布罗茨基诗歌全集

Стихотворения и Поэмы Т. 1 Первая часть

Любовь сильней разлуки, но разлука
длиннее любви. Чем [illegible] грешит
тем [illegible] [illegible] [illegible]
и уста, не говоря уже, что [illegible]
[illegible]. но [illegible] [illegible] и [illegible]

вспоминаю что камни [illegible]
что под [illegible] не [illegible] в [illegible]
но то что [illegible] [illegible] [illegible] [illegible]

но то что [illegible] [illegible] [illegible] [illegible]
[illegible] [illegible] [illegible] он не [illegible]

[illegible]
Колосы все обломит [illegible] ([illegible], [illegible])
[illegible] не [illegible] в [illegible]
но то что и [illegible] не [illegible]

[illegible] Семи – думаю [illegible]
подменно [illegible] [illegible] [illegible] [illegible] [illegible] [illegible] [illegible]

布罗茨基诗歌全集

Стихотворения и Поэмы Т. 1 Первая часть

Иосиф Бродский

第一卷

（上）

[美] 约瑟夫・布罗茨基 著

娄自良 译

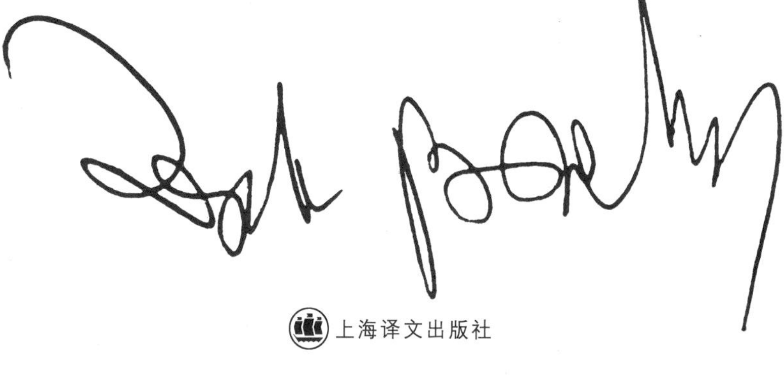

上海译文出版社

译者前言

本书分为三个部分：

1. 列夫·洛谢夫的序言——约瑟夫·布罗茨基的文学传记，详细地述评他在各个时期诗学思想和创作的演变过程；

2. 布罗茨基的作品，搜罗之详尽无出其右，然而其核心是他被苏联政府驱逐出境后在美国以俄语出版的六部诗集；

3. 注释，占据本书篇幅的绝大部分，而其中的绝大部分是引述诗句，详解其含义、隐喻、象征、言外之意，详细分析诗的格律特点及其与传统和外语诗的关系等。许多难以理解的地方只有在注释中才能找到答案。

显然，这三个部分是相互呼应，融为一体的，阅读本书应从认真阅读序言入手。

布罗茨基在西方的生活，简略地说，就像沿着成功的阶梯上升：薪酬相当可观的名牌大学教授职位；文学家所可能获得的一切最高的奖项和奖金，其中包括 1981 年的“天才奖”、1987 年的诺贝尔文学奖、1991 年的美国桂冠诗人称号；耶鲁、达特茅斯、牛津的荣誉博士，佛罗伦萨和圣彼得堡的荣誉市民，荣誉军团勋章获得者，如此等等。

布罗茨基由于其随笔而在美国，很大程度上也在整个西方确立了作家的声誉。正是由于英语随笔《小于本人》（*Less than One*）、《水印》（*Watermark*）和《悲伤与理智》（*On Grief and Reason*）西方才能理解和评价布罗茨基的才华的真正水平，布罗茨基被誉为“最伟大的随笔大师之一”。1987年被授予诺贝尔奖便是对他的才华的承认。

不过，布罗茨基七岁上学，十五岁退学。他对诗感兴趣较晚，十七岁开始写诗。十八九岁写的诗还只是青少年的试笔（因为醉心于华丽的辞藻、浮夸的文风和卖弄空洞无物的外来语而受到诟病），生活长期处于动荡之中——逮捕、监禁、精神病院、法庭审判、流放、驱逐出境、致命疾病的发作，然而逆境没有摧毁他。他终于成为有广泛文化教养，并在某些知识领域达到高深造诣的人，是“由于不倦地自我教育”——这是与布罗茨基相知三十余年的列夫·洛谢夫所下的结论。布罗茨基早在年轻的时候就通过自学掌握了英语和波兰语，后来可以凭借词典阅读拉丁文、意大利文和法文，在生前的最后几年又开始学习中文。

在他亲密的朋友中有杰出的语言学家、文艺学家、艺术史学家、作曲家、音乐家、物理学家和生物学家，而布罗茨基的一个广为人知的特点是就其感兴趣的学科非常仔细地向专家求教。与他交往甚密的谢尔盖耶夫感慨地写道：“约瑟夫能在空气中抓到无数的东西。他如饥似渴地捕捉每一个新出现的 item（英语，此处的意思是：资料），竭力记下此项收益，在诗中加以运用。可以说，什么也不会白白放过，一切都用得上。其惊人的技巧是难以想象的。”

1970年起，布罗茨基本人或在他的监督和积极参与下选编的六本诗集以俄文在美国出版：

《在旷野扎营》（*Нью-йорк: издательство имени Чехова, 1970*）；
《美好时代的终结》（*Ann Arbor, Michigan: Ardis, 1977*）；
《言语的一部分》（*Ann Arbor, Michigan: Ardis, 1977*）；

《献给奥古斯塔的新四行诗》（*Ann Arbor*，*Michigan: Ardis*，*1983*）；

《乌拉尼亚》（*Ann Arbor*，*Michigan: Ardis*，*1987*）；

《洪水泛滥的景观》（*Dana Point*，*California: Ardis*，*1996*）。

本书目录中的第一首诗是：1. **Рождественский романс**《圣诞节浪漫曲》。

请注意，此处的1.（№1，以下类推）其实是注释的索引，可以在注释“1.”中查到。在这第一条注释之前还有说明注释的内容和范围的章节，如“本书的构成”、“注释的结构”、“作品的史料”、“参考资料和图书索引”，浏览这些章节乃至了然于心是必要的，这样才能逐渐熟练地查阅注释，获得释疑解惑的大量信息。

娄自良

2018年8月

目录

佩尔修斯之盾
——约瑟夫·布罗茨基的文学传记 001

短诗和叙事诗 141

在旷野扎营 143

丘陵 145

1. 圣诞节浪漫曲 145
2. 献给约翰·多恩的大哀歌 148
3. “你要回归故土。那又怎样……” 155
4. 从市郊到市中心 156
5. “那天晚上我们看见……” 162
6. “现在我越来越感到疲惫……” 164
7. 选自《英国老歌》 165
8. “新住户觉得家里的一切都格格不入……” 166
9. 丘陵 167
10. “你将在黑暗中疾驰，沿着一望无际的寒冷的丘陵地带……” 175
11—12. 十四行诗二首 177
13. 以撒和亚伯拉罕 179
14. “傍晚他冻僵在门口，只见……” 200
15. “你感觉到，火苗在摇曳着渐渐熄灭……” 203
16. 动词 204

17. 有题词的诗 206
18. 关于费佳·多布罗沃利斯基的短歌 208
19. 云彩飘过 209
20. 致 A. A. 阿赫玛托娃 211
21. 十四行诗 213

ANNO DOMINI 214

22.“我搂着双肩，看了看……” 214
23. 天使之谜 215
24. 蜜月片段 218
25.“你，红胸鸲，从三株灌木丛中……” 219
26. 幸福的冬季之歌 220
27. 发扬克雷洛夫精神 222
28. 学龄儿童读物 224
29. 预言 225
30.“拒绝悲伤的清单——吝啬鬼……” 227
31. ANNO DOMINI 229
32. 前往斯基罗斯岛的路上 233
33. 哀诗 235
34. 诗节 236
35. POSTSCRIPTUM 240
36. 蒂朵和埃涅阿斯 241
37. 六年后 243

喷水池 245

38.“穿着棉袄的园丁像一只鹌鸟……” 245
39. 大车队 247
40. 忧伤和柔情 248
41. 在道路泥泞的时期 250
42. 北方的边疆 252
43.“上帝在乡村不是生活在角落里……” 254

44. “岁月在我的上空飞逝……” 255
45. “我窗外，木窗窗外，有几棵树……” 256
46. “生了炉子。火焰在黑暗中闪动……” 257
47. 俄耳甫斯和阿尔忒弥斯 258
48. 1965 年 1 月 1 日 259
49. 黄昏 260
50. 烛台 261
51—57. 选自《校园诗集》 263
58. “学会与人群隔绝以后……” 278
59. 1939 年 9 月 1 日 279
60. 寄语诗歌 280
61. 喷水池 282
62. 洗衣桥 284
63. 近于哀诗 285
64. 雅尔塔的冬日黄昏 286
65. 四月的诗 287

在旷野扎营 288

66. 艾略特之死 288
67. 致一位女诗人 292
68. 致罗马的老建筑师 295
69. 玻璃瓶里的信 300
70. 献给奥古斯塔的新四行诗 311
71. 容器里的两个小时 317
72. 在旷野扎营 323
73. 再见，韦罗妮卡小姐 326

注释 333

佩尔修斯之盾

——约瑟夫·布罗茨基的文学传记

一

约瑟夫·亚历山德罗维奇·布罗茨基 1940 年 5 月 24 日生于列宁格勒维堡区图尔教授的医院[①]。按东正教历书，5 月 24 日是创造斯拉夫字母的圣徒基里尔和梅福季的纪念日。不过，成长于被同化的犹太人家庭的诗人到成年时才知道，而这时他早就把自己的命运和“亲爱的基里尔字母”联系在一起了。

彼得堡是世界大城市中最北边的。布罗茨基一生怕热，夏天喜欢去北方，那里有松树、花岗岩、苔藓、灰色的天和灰色的水。他总是渴望在靠近大河或大海的城市生活。

大战开始，父亲参军以后，母亲带着一岁的儿子离开父亲在环形排水池与瓦斯大街（旧彼得戈夫大街）交会处的家，迁往离自己亲族较近的地方，住在主显圣容大教堂后面。布罗茨基母子在那里住到 1955 年。布罗茨基已是少年的时候，他们迁往主显圣容广场斜对面的装饰成“摩尔塔尼亚”风格的很大的出租屋。布罗茨基住在他后来所描写的“一间半房间”里，直至 1972 年离开俄罗斯。潘捷列伊莫诺夫街通往布罗茨基生活和成长的主显圣容广场。这条街的起点是夏园附近的小喷水池，那里有一座桥，栏杆装饰着佩尔修斯的盾牌和墨杜萨·戈尔贡的脸。科尔涅伊·丘科夫斯基在儿童读物中讲了佩尔修斯的故事。墨杜萨·戈尔贡的头上是一大堆蠕动的蛇，那就是她的头发，样子太恐怖了，人只要看她一眼，就会变成石头。不过佩尔修斯不但勇敢，而且很狡猾。他迫使墨杜萨看到她自己在打磨得像镜子一样的盾牌上的映像。童年时读神话就像读童话故事：有趣、快乐、可怕。人随着年龄的增长会发现，神话实际上是在阐述生活，暗示在神话的表面下所隐藏的内涵。“……桥上戈尔贡的铁铸的脸/在我看来是那些地方最正直的面孔”（《五周年》），——多年后布罗茨基在远离故土的地方这样回忆道。那时他已是作家，“可怕的镜子”的主题经常出现于他的诗作和随笔。

布罗茨基对诗感兴趣较晚。大约是十七岁开始写诗。他的诗开始表现出独创性特征时，他已经二十岁出头了，但此后他就非常迅速地提高了写作的技巧。写于 1961 年还充满了青春期的模糊冲动的长篇叙事诗《游行》（“神秘剧”），写的是居住着文学人物的城市。在列宁格勒秋天的街道上漫步着陀思妥耶夫斯基的梅什金公爵，勃洛克的阿尔列金和科隆宾娜，亚历山大·格林而非茨维塔耶娃的克雷索洛夫。

此时这些不朽的人物形象与从陀思妥耶夫斯基到白银时代的彼得堡文学的抒情主题和哲学题材一起，被逐出允许阅读的范围已有三十年：城市像一座迷宫，失去上帝的人们在其中迷失了方向；城市的虚构性；城市作为世界性的恶的化身。与彼得堡传统的决裂之所以发生，众所周知，与其说是文学演变的结果，不如说是由于文学演变被革命和布尔什维主义制度的警察措施所打断。俄罗斯优秀文化的自由发展在 20 年代中叶彻底中断，因而

---

① 布罗茨基在未发表的回忆录中谈到这一点（*РНБ*；略语表见注释）。

斯大林后的第一代人把过去的三十年看作祖国历史中的一个巨大的窟窿，于是很自然地力求重建不同时代之间的联系。年轻的布罗茨基多半是直觉地这样做了。他的作为的真正意义，老一辈人从一旁看得更清楚。在巴黎的文学批评家 B. B. 魏德列在长篇概论《彼得堡的诗学》的末尾有一段话讲到布罗茨基："我知道，他生于 1940 年；他不可能记得。然而在看他的作品时，我每一次都在想：不，他记得，他透过生生死死的迷雾记得 1921 年的彼得堡，基督 1921 岁时的彼得堡，在那个彼得堡，我们埋葬了勃洛克，却未能埋葬古米廖夫。"②

在苏联的社会结构中，布罗茨基的家庭属于"职员"范畴。亚历山大·伊万诺维奇·布罗茨基（1903—1984）是摄影记者，玛丽亚·莫伊谢耶夫娜·沃尔佩特（1905—1983）是会计。约瑟夫是他们晚来的独子。

物质条件"和大家一样"。住得很挤，一家三口挤在十六平方米的房间里，后来住在另一套几家合住的住宅，略微宽敞些——父母住较大的穿堂房间，儿子住小间的前部，而父亲在后部的立柜后面洗印自己的照片。两个房间里堆满了不同风格的旧家具。他们穿的是旧衣服，时常要缝补和改做③。家人没有挨饿，可是经常缺钱用，父母的收入不多（"……家里，从我记事起，因钱而起的争执就不曾停过"④）。布罗茨基出生后的最初几年正赶上艰苦的年代——1941—1945 年的战争、战后物资匮乏的 1945—1948 年。他太小，不记得列宁格勒被围困的惨状，不过和大多数同龄人一样，童年只记得勉强不致挨饿的穷苦

② 见 *Н. Гумилев*. 文集第 4 卷。华盛顿：Издательство книжного магазина Victor Kamkin, Inc. C. XXXV - XXXVI。

③ *СИБ* - 2. T. V C. 318.

④ *РНБ*.

生活。

布罗茨基从童年起，尤其在青年时期，是非常敏感的，往往不能经受冲突甚至只是情绪激动的生活场景。他本人很直朴地说，在这样的时刻“情绪会低落”。他那时患有恐怖症，尤其怕孤独。这种恐惧以及内心同它的斗争，他在其诗作《芥菜园里》以自我观察的高超能力作了描述。成年后他喜欢援引芥川龙之介的话而略加改变：“我没有信念，我只有神经。”[5] ——承认自己有变态人格（或精神分析学术语中的“神经官能症”）的特征。众所周知，心理学家认为，这种类型的人是与艺术天赋有密切关系的。青年时期，据学校的正式鉴定可以断定在童年也一样，布罗茨基给人的印象是一个喜怒无常、心灵易受伤害的人。随着岁月的流逝，他养成了自律的习惯，面对致命的疾病时表现了难得的坚强，而且在年轻的时候，即使遭遇危机，例如 1964 年在法庭上，他也能在内心找到自制的力量。在危急关头精神坚定，拥有很强的工作能力，善于将庞大的创作计划进行到底、追求完美，这一切都说明，他的性格远比典型的“喜怒无常的神经过敏者”复杂。他独立自主地决定自己的行为，从而克服了生物学所注定的结果。

布罗茨基的自觉生活开始于战后的列宁格勒。他在回忆的随笔中写道：“如果真有人从战争中获益，那就是我们——战争之子。我们除了生存下来之外，还获得了浪漫主义想象的丰富素材。”[6] 每一步都有轰炸和炮击所遗留的家园的废墟使人想起战争。刚刚结束的战争和胜利的鲜活感受与帝国的神话融为一体，

---

⑤ Н. 费尔德曼的译文是：“我没有良心，我只有神经。”（Акутагава Рюноскэ. Новеллы. М.：Художественная литература，1974. С. 539）

⑥《胜利的见证》（经作者 А. 苏梅尔金认可的译本）（*СИБ*－*2*. Т. Ⅵ. С. 8）。

正如城市街道上不久前的战争的累累伤痕与彼得堡所富有的后古典主义风格的象征意义不可分割：这个小男孩从自己房间的窗口看得见主显圣容大教堂用缴获的大炮建起的围墙，而在佩斯捷利街（潘捷列伊莫诺夫街）的另一端是为纪念俄国舰队的胜利而建造的潘捷列伊莫诺夫教堂。剑、矛、镖枪、钺、盾、头盔、古罗马扈从的插着小斧头的束杖装饰着横跨喷水池的大桥，正如也装饰着帝国旧都的其他很多围墙和建筑物正面。

建筑物的新古典主义装饰风格不仅有助于培养爱国主义情操。“应该说，这些建筑物的正面和柱廊——它们的古典主义、现代派、折中主义的风格及其圆柱、壁柱、神话中的兽首和人首的雕塑，它们的图案装饰和支撑着阳台的女像柱、正门壁龛里的躯干像使我对我们这个世界的了解多于后来的任何一本书。”[7] 关于女性裸体的最初想象来自夏园的大理石雕像，正如较抽象的美学观念——对称、景观远近的正确配置、部分和整体的协调来自新古典主义的建筑艺术。孩子在尚未充分自觉的幻想中构建着理想祖国的神话般的形象，它的光荣和强大不可思议地与暴力和死亡无关，生活建立在匀称、和谐的基础之上。在个人的这种乌托邦和历史上的俄罗斯帝国之间是不能画等号的。关于后者童年的布罗茨基不曾多想，而在成年后对俄国的帝国主义和军国主义抱着毋庸置疑的蔑视态度。他想象中的帝国的象征是白底和“大海的”蓝色斜十字架，而不是拜占庭“帝国的可恶的双头鸟或共济会似的镰刀斧头”[8]。正是童年培养起来的对理想国家的乌托邦幻象与过早衰朽的苏维埃帝国的丑恶现实之间的冲突决定了他的作品的内在悲剧，如«Anno Domini»、«Post aetatem

---

⑦《小于本人》（译者 B. 戈雷舍夫）（*СИБ*-2. Т. V. С. 8）。
⑧ *СИБ*-2. Т. V. С. 329.

nostram»、《大理石》以及其他作品。

彼得一世所设想的彼得堡是真正的“第三罗马”，然而牢固地植根于20世纪彼得堡知识界的意识中的历史参照物却是亚历山大：这个城市所拥有的高雅文化别出心裁地将希腊化时代和基督教结合在一起，是建立在东方世界边缘的一座辉煌的古典城市，它拥有世界上最好的图书馆，这个城市将遭到野蛮人的入侵，图书馆被付之一炬。如果说第一次世界大战前的彼得堡的现代神话是末世论神话，预示着这个城市是必遭灭亡的新的亚历山大，那么战后幸存的彼得堡人就不得不面对新的现实：野蛮人来了，周围是废墟，我们生活在“我们的纪元之后”。这个题材将以各种各样的变体出现于布罗茨基的创作：仿古风格的叙事诗«Post aetatem nostrum»、诗作《矫揉造作》、剧作《大理石》、诗作《发扬柏拉图精神》以及其他一些作品，把未来表现为往日的“永恒的回归”（尼采语），像野蛮时期的经常回归那样。这个题材也表现于布罗茨基为他的生身城市彼得堡而作的随笔（《关于一个改了名字的城市的手册》）。想必一个不算太冒昧的推测是，对废墟中的城市的印象注定他会把哀诗确定为他的创作的中心体裁。

他按规定于1947年七岁上学，不过1955年就退学了。苏联的学校从来不是以确切意义上的**教育**为宗旨，而且那几乎是苏联国民教育史上最糟糕的时期。历史和文学课完全服从于对未来的苏联公民进行意识形态灌输的任务。历史、文学甚至地理教科书都是用贫乏无味的语言写成的，并且塞满了宣传。孩子的自尊心受到压抑。通常会因为没有学好功课或顽皮就当众羞辱、责骂、侮辱孩子。

虽然得了些2分，其中包括英语课（一个将成为公认的英语随笔大师的孩子)，布罗茨基还是较好地掌握了学到的知识。当然，这首先是指他对俄语语法的卓越理解。他对自己的母语进行了深入的思考。有一封信保存了下来，这封信是他在 1963 年写的，与当时改革正字法的倡议有关。一个没有受过正规教育的年轻人向学识渊博的改革派语言学家们解释说，正字法的划一在很多情况下会导致言说者心理的贫乏："语言的复杂不是缺陷，而是——这是首要的——创造它的人民内心丰富的见证。因而改革的目的应该是探索更充分、更迅速地掌握这笔财富的方法，而绝不是简单化，实质上简单化就是对语言的盗窃。"⑨

离开学校，从而突破常规是不平常的决绝之举。与官方对工人阶级的颂扬相反，日复一日地要孩子们牢记，没有高等或中等教育，他们便注定要在社会金字塔的底层混日子。对于城市中等文化家庭的少年而言，离开学校就意味着与别人不一样了，被社会抛弃而处境更糟。

离开学校后，几乎立即达到了一定的年龄，按照法律的许可，布罗茨基又试图继续正规的学业——在夜校注册就读，作为旁听生在大学学习。不过，他终于成为有广泛文化教养，并在某些知识领域达到高深造诣的人，是由于不倦地自我教育。他早在年轻时就通过自学掌握了英语和波兰语，后来可以凭借词典阅读拉丁文、意大利文和法文，在生前的最后几年又开始学习中文。布罗茨基本人曾半开玩笑地说，他获取知识是"by osmosis"(英语，用耳濡目染的方法)。对这种自我教育应严肃地看待。在他亲密的朋友中有杰出的语言学家、文艺学家、艺术史学家、作曲家、音乐家、物理学家和生物学家，而布罗茨基广为人知的一

⑨ *Гордин 2000*. С. 140 (Я. 戈尔金的书里全文引用了这封信)。

个特点是就其感兴趣的学科非常仔细地向专家求教。很了解布罗茨基的 A. Я. 谢尔盖耶夫写道："约瑟夫能在空气中抓到无数的东西。他如饥似渴地捕捉每一个新出现的 item（英语；此处的意思是：资料），竭力记下此项收益，在诗中加以运用。可以说，什么也不会白白放过，一切都用得上，其惊人的技巧是难以想象的。"⑩

布罗茨基出生和成长于苏联的那个历史阶段，反犹太主义几乎成了政府的官方政策，与此同时，反犹太主义也在市民中复活了，扩散了。他跻身其中的那些人，与周围的大多数人相比，人生的机遇显然是有限的，这样的认知同母乳一起被布罗茨基吸收了，早年在他的同龄人中扩散的日常生活中的反犹太主义又加强了这样的认知。"在学校里作为'犹太人'意味着经常要准备自卫。人们叫我'犹太佬'。我握紧拳头冲上去打架。我对类似的'玩笑'的反应是很过分的，认为受到了人身侮辱。他们触犯我，因为我是——犹太人。现在我不觉得这有什么侮辱的意味，但这种理解来得较晚。"⑪ 不过从布罗茨基在诗歌、随笔和答记者问中全部自传性的言论来看，很清楚，他在成年后的生活中较少为反犹太主义而感到痛苦。在某种程度上可以这样来解释，十五岁离开学校后，布罗茨基从不追求功名，否则他会碰到通常的障碍——对犹太人升入高校和踏上仕途的限制。在更大的程度上是由于他很早就养成了独立自主的意识：在青年时代就为自己立下规矩，绝不贬低自己与国家政体和社会制度发生冲突，因为支撑它们的是简单粗暴的意识形态，而反犹太主义不过是它很多的组成部分之一。

---

⑩ *Сергеев 1997*. С. 436.

⑪ *Иытервью 2000*. С. 123.

在语言和文化方面，布罗茨基是俄罗斯人，至于身份的自我认同，他在成年时期形成了一个简明的公式，并一再使用："我是犹太人、俄罗斯诗人和美国公民"。按性格特征来说，他是极端个人主义者，按美学见解而言，是人格主义者，他排斥任何按种族或民族准则划分的联合会。其实进入布罗茨基文化视野的犹太因素仅限于它融入西方文明的程度，即如同基督教西方所接受的《旧约》。值得玩味的是，在叙事诗《以撒和亚伯拉罕》冗长的宗教哲学冥思中，虽然含有对散居异乡的犹太民族的悲惨命运和大屠杀的隐晦暗示，不过对基本情节，对亚伯拉罕的牺牲的解释，显然是以两位哲学家的著作对这部《圣经》的片段的阐释为中介，其中的一位是基督教存在主义哲学家克尔恺郭尔，另一位是脱离犹太教的俄罗斯哲学家列夫·舍斯托夫。

叙事诗《以撒和亚伯拉罕》与犹太人问题只是多少有些联系，除此之外，在布罗茨基的全部庞大的诗歌遗产中只有两首以犹太人为题的诗。第一首是《列宁格勒附近的犹太人墓地》(1958)，年轻的布罗茨基显然是在模仿老一辈诗人鲍里斯·斯卢茨基非法出版而风行一时的诗《关于犹太人》("犹太人不播种粮食……")，布罗茨基本人从未将《……犹太人墓地》收入自己的诗集。第二首是《列伊克洛斯》(维尔纽斯犹太人区一条街道的名称)，被收入组诗《立陶宛的余兴节目》(1971)，是以选择命运为题的幻想：布罗茨基在其中似乎把自己置于维连家族某个祖先的地位。

这里还要提一提布罗茨基对消失的中欧文化世界的怀旧。这表现在他热爱波兰语和波兰诗歌、罗伯特·穆齐尔和约瑟夫·罗特源于奥匈帝国生活的长篇小说，乃至好莱坞关于鲁道夫大公和他的恋人玛莉亚·韦切尔男爵小姐双双自杀的伤感主义传奇剧

《马耶尔林格》。这个消失的文明的南方前哨是“在荒野的亚德里亚海深处的”的里雅斯特，它曾是另一位奥地利大公马克西米利安官邸的所在地，布罗茨基的诗《墨西哥的余兴节目》两首是献给他的，而东北方的前哨是奥匈帝国和俄罗斯帝国边界上的加利西亚人的小城布罗德，在该地出生的约瑟夫·罗特在长篇小说《拉杰茨基进行曲》中记述了这座小城。这个祖先发祥地的曲调只是隐秘地回响于布罗茨基的几首诗［《丘陵》、《第五牧歌（夏季）》］，只有一次他在接受波兰记者采访时大声说了出来“（波兰）这个国家，对它——不过，这样说也许很无聊——我所体验到的情感，也许，甚至比对俄罗斯更强烈。这也许是由于……我不知道啊，看来是由于某种潜意识，毕竟，归根结底，我的祖先，都是来自那里——那是布罗德啊，——我们的姓就是由此而来……”⑫。

二

青少年时代是在各个阶段交替中度过的，每几个月就是布罗茨基工作的一个阶段——在“兵工厂”做铣工的学徒，在州医院的陈尸房当解剖医生的助手，当过澡堂里的司炉、灯塔上的水手、地质勘探队的工人——到过北方的阿尔汉格尔斯克州，到过

---

⑫ *Интервью 2000*. C. 328. 布罗茨基到过布罗德吗？我从未听他说去过乌克兰，估计他只是在去克里米亚或敖德萨的途中，从列车的窗口看到过乌克兰。不过布罗茨基从米兰寄给父母的没有注明日期的明信片（现收藏于彼得堡阿赫玛托娃博物馆）谈到他顺路去看了列奥纳多的《最后的晚餐》，又补充道：“记得，我第一次看到‘工作晚餐’这幅画是在姆林，在一座有很美的黄色李子的花园里”。“姆林”就是“磨坊”，在乌克兰往往被用作地名。有一个居民点就叫这个名字，而且离布罗德不远。

远东，到过雅库特以及里海东北的大草原[13]。

选择在冻土带、原始森林、草原从事无定额劳动，而非墨守成规的八小时工作日，在较晚的时期，人们会说，这是他们“见过的”。斯大林之后的时代，俄罗斯脱离外部世界而孤立的状态依然如故，然而城市的年轻人有了在国内荒无人烟的广袤大地上游历的机会。无怪乎50年代下半叶列宁格勒最知名的大学生诗歌小组是矿业学院在Г. С. 谢苗诺夫领导下的文学联合会。矿业学院的学生中出现了一批非常有才华的诗人，例如：列昂尼德·阿格耶夫，弗拉基米尔·布里塔尼什斯基，利季娅·格拉德卡娅，亚历山大·戈罗德尼茨基，叶连娜·昆潘；他们的联合会还有“外来的”人才：格列布·戈尔博夫斯基和亚历山大·库什涅尔。弗拉基米尔·布里塔尼什斯基成功地出版了这个小组的第一本薄薄的诗集《探索》。诗集中占据中心地位的是“地质”抒情诗及其组成部分：旅途、克服物质上的匮乏、男性的严峻的友谊。若干年后布罗茨基说，布里塔尼什斯基的诗是促使他在青少年时代拿起笔来的最初动因：“诗集的标题是‘探索’。这是一个文字游戏：地质探索和一般的探索——探索人生的意义及其余的一切……我觉得，对这同一个主题可以写得更好些。”[14] 马拉姆津本[15]的开篇

[13] 1963年秋，《列宁格勒晚报》有一篇文章宣称布罗茨基是寄生虫，他在答辩中写道：“我曾在地质队工作，到过雅库特、白海沿岸、天山、哈萨克斯坦。这一切都记录在我的劳动手册里。”（引自 *Гордин 2000*. С. 171）布罗茨基在地质勘探队一共出差五次：1957年和1958年去白海，1959和1961年去东西伯利亚、雅库特，1962年去哈萨克斯坦。1961年夏，他在雅库特的尼尔坎村被迫无所事事期间（由于没有驯鹿而不能继续前行）发生了神经性疾病，获准返回列宁格勒（参见：*Шульц 2000*. С. 76）。

[14] *Интервью 2000*. С. 141；另参见：*Волков 1998*. С. 34。

[15] 作者审定并自费出版的布罗茨基五卷本文集，是马拉姆津于1972年至1974年准备就绪的；这是此后历次出版的布罗茨基1972年前的作品的主要来源。以后的作品，见MC。

几首作于1957年的短诗《别了……》、《工作》、《祝酒》完全掌握了“矿业学院学生”的诗学功课，不过逊色于作诗技巧的范例：

闯过一切障碍。
走遍一切沼泽。
翻山越岭。
去吧。
工作就是这样⑯。

按照时代精神，艰难跋涉是形成个性、“探索自己”的一种方式。1958年8月7日在阿尔汉格尔斯克州东北的彼尔沙湖镇写给校友Э. 拉里奥诺娃的一封信里，***探索***——是关键词：“地球上有些人孜孜以求的是要使未来比现在更好些。这是一些真正的作家、真正的医生、真正的教育家。真正的——意思是创造者。我想在某个方面成为配得上的人。为此需要有广博的知识。〈……〉我很后悔，我开始您所谓的旅行太晚了。毫无疑问，这两年没有白过。〈……〉我希望，你能正确地理解我。我所做的一切就是探索。探索新的思想、新的形象，主要是新的表现形式。”⑰

在勘探队和后来在流放中的体力劳动——在野外翻掘岩石，集运木材等等——不仅不使他心情沉重，反而是那里的生活中最愉快的方面：“在那里我黎明起身，清晨六时左右跟随执勤人员

---

⑯ МС. Т. 1. С. 3.
⑰ 引自Э. 拉里奥诺娃提供给胡佛研究所的复印件。角形括号表示删节的部分。

去管委会的时候，我明白，此时在整个所谓的俄罗斯大地上正在发生同样的事情：人民都在上工。因而我有权觉得自己是属于人民的。这个感觉太棒了！”[18] 布罗茨基是20世纪俄罗斯唯一的大诗人，像普通工人一样开始自己的劳动生涯。

他与苏维埃政权冲突的一个难以置信的方面在于，当局向他提出了对漂泊文人的公式化的控诉，指控他不劳而获，不愿从事生产劳动。布罗茨基在其意识形成的年代，虽然有十分广泛的文化兴趣，但决不能归入“娇生惯养的青年”之列，锦衣玉食的知识分子那种漫无止境的内省，臭名远扬的“脱离人民”、假斯文与他是格格不入的。他对普通人的态度既不过分温情，也不全然是讽刺。他在很多方面都觉得自己是他们中的一员。

布罗茨基很早，几乎四岁就学会了阅读。正如人人识字的国家的所有儿童和少年一样，他在电视群众性的普及之前就读了很多书。书本知识与天赋的生动的想象力相结合，使这个年少的读者能识别不同的国家、时代和文化。学校教学大纲硬塞的等级阶梯激起了抗议，抗议之余便是对列夫·托尔斯泰（作为官方的等级阶梯上的“首要作家”）的讽刺态度，对涅克拉索夫、契诃夫的冷漠。布罗茨基拿来与托尔斯泰相对立的不仅有他所热爱的没有纳入苏联学校教学大纲的陀思妥耶夫斯基，而且还有屠格涅夫。童年时期的圣像破坏运动的阴影表现在布罗茨基对普希金的态度上，不过他从未质疑普希金在俄罗斯文化中的核心作用。“……我们在学校里惟妙惟肖地朗读《智慧的痛苦》和《叶甫盖尼·奥涅金》〈……〉。这对我来说是很大的乐趣。是关于学生时

⑱ *Волков 1998*. С. 85.

代的最愉快的回忆之一。”[19] 他一生写的最后一封信是谈论普希金的散文作品[20]。他能背诵普希金的很多抒情诗和《青铜骑士》。关于《回忆》中的诗行：“在厌恶地阅读我的人生的时候……”——他说，从其中产生了陀思妥耶夫斯基和俄罗斯的全部散文作品。不过布罗茨基还是总想纠正俄罗斯传统上对普希金的崇拜而列举非常优秀的一代诗人——巴丘什科夫、维亚泽姆斯基、卡捷宁，而首先是巴拉滕斯基。他非常了解和热爱 18 世纪的诗——从康捷米尔和特列季亚科夫斯基到杰尔查文和卡拉姆津。

在童年和少年时期无系统地阅读俄罗斯和世界（主要是西欧的）经典作品之后，年轻的布罗茨基的主要阅读范围是现代主义时期的文学，主要是译作，50 年代下半叶的青年对它有浓厚的兴趣。这一代人渴望弥补斯大林统治后期在严酷的文化孤立中所失去的十年。公立图书馆和家庭藏书遭到清洗后幸存的书籍在人们之间争相传阅：革命前出版的尼采、柏格森、弗洛伊德的著作和苏联战前出版的 O. 哈克斯利、多斯·帕索斯、Л. Ф. 塞利纳的长篇小说，海明威早期的长篇小说和短篇小说集，托玛斯·曼的《魔山》，普鲁斯特的史诗，贝内迪克特·利夫希茨翻译的《十九和二十世纪法国抒情诗选集》，米哈伊尔·津克维奇和伊万·卡什金的《二十世纪的美国诗人》，Д. С. 米尔斯基的《英国近代诗选》[21]，期刊《国际文学》载有《奥德修纪》章节的各

---

[19] *Интервью 2000*. С. 150. “……在列宁格勒拿起笔来的任何一个作者，不论他多么年轻而又缺乏经验，都会这样或那样地把自己与和谐的学校生活联想起来，校名是普希金起的”（*Волков 1998*. С. 133）。

[20] 参见：*Труды и дни*. С. 21－24。

[21] 出版时没有米尔斯基的署名，他在本书出版的 1937 年被捕（书中作为编者署名的是译者之一 M. 古特纳）。这本书在布罗茨基的朋友圈里获得很高的评价，M. Б. 迈拉赫于 1963 年赠予布罗茨基作为生日礼物（*Мейлах 1997*. С. 159）。

期。这个期刊以俄罗斯化的名称《外国文学》于 1955 年复刊。其中载有散文作品以及翻译的诗歌。显然，它特别吸引年轻的布罗茨基。他学生时代的很多诗作是自由诗，这在俄罗斯诗歌中颇为罕见，而在《外国文学》中却是司空见惯的。对他来说，俄罗斯现代主义散文作品（别雷、扎米亚京、巴别尔、皮利尼亚克）在风格上，而罗札诺夫还在伦理上是不可接受的。一个重要的例外是恰在这时被重新发现的安德烈·普拉东诺夫——布罗茨基认为他是 20 世纪的主要作家之一。稍后他了解了并高度评价列昂尼德·多贝钦、安纳托利·马里延戈夫，特别是康斯坦丁·瓦吉诺夫的散文作品。从 1961 年秋起，他就有机会在藏有私自出版物的图书室里了解很难接触到的俄罗斯侨民作家的作品，那都是青年学者 C. C. 舒尔茨收集起来的（摄影拷贝、打字翻印的书籍和巴黎期刊《现代纪事》中的某些作品）。其中有纳博科夫的全部俄文长篇小说，茨维塔耶娃、霍达谢维奇、Г. 伊万诺夫的散文作品和诗歌[22]。

布罗茨基对俄罗斯高超的现代派诗歌（帕斯捷尔纳克、曼德尔施塔姆、阿赫玛托娃、赫列布尼科夫、奥贝里乌等）的认识不是开始于他的文学兴趣尚在形成的少年时期，而是开始于稍后的 60 年代上半叶，这时他已是一位积极从事创作的诗人。只有茨维塔耶娃是例外，他早在 60 年代初就读了她的叙事诗《山之歌》、《终结之歌》、《捕鼠者》的秘密翻印本。茨维塔耶娃立即给他留下了深刻的印象，成为他毕生仰慕的诗人[23]。

与《外国文学》相比，有关西方精神和美学新风尚的资料在更大程度上是来自波兰的波兰文书刊。与西欧“资本主义”的出

---

[22] *Шульц 2000*. C. 77.

[23] 参见：*Интервью 2000*. C. 417。

版物不同，“人民民主主义”的波兰书刊在苏联是可以自由出售的。波兰的刊物可以订阅。“我读过的现代西方文学作品，大约有一半是波兰文的……”[24] ——布罗茨基为了阅读加缪和卡夫卡的作品而学会了波兰文。和他的很多列宁格勒的朋友一样，他也是波兰周刊《观察》的忠实读者。在布罗茨基身边，偶然在《素描》这首诗中遇到诗行“月亮闪耀着刺目的光芒。/ 月亮下面，仿佛孤单的人脑——乌云……”，《观察》的老读者一定会想起达尼埃尔·姆罗兹的那些超现实主义的版画，他曾不止一次描绘有人脑状的大朵乌云的夜景。总之，《观察》的画家和作者以五六十年代的先锋派（从贝克特的荒诞派戏剧到比特尔斯的抒情作品）为取向的风格在布罗茨基的很多作品中都有所反映。

不过对形成自己的风格特别重要的是了解波兰的诗。这是斯拉夫语族的诗，然而它与发源于古罗马的欧洲传统有着更深远、更有机的联系。波兰有过文艺复兴和巴洛克风格的鼎盛时期，以及对布罗茨基非常有吸引力的全球电视转播体系。俄罗斯的巴洛克风格大约迟来了一百年，不过布罗茨基也发现，康捷米尔、特列季亚科夫斯基和杰尔查文就有巴洛克风格的特点。他翻译过16世纪波兰文艺复兴时代的诗人雷伊、沙任斯基的作品，也许还译过科哈诺夫斯基的作品。他们为他接受约翰·多恩和其他英国玄学派诗人作了准备。他还译了波兰浪漫派大诗人诺尔维德的作品，这位诗人的激情和悲剧性想象早于茨维塔耶娃，而且他的狂热的诗体也早于茨维塔耶娃——节奏异常的诗句中满是大胆的省略。他译了比自己年长的当代波兰现代派诗人加尔琴斯基、赫尔伯特、米沃什的作品。

㉔ *Интервью 2000*. С. 325.

吸引青年布罗茨基的那些作品在风格上相去甚远，却有一个美学的主导方向——现代主义。若是承认“浪漫主义”、“现实主义”、“现代主义”、“后现代主义”等的定义的相对性，就终究可以肯定，布罗茨基作为艺术家的形成要归功于现代主义的熏陶。现代主义有时被混同于另一种现象——艺术上的先锋派，大约从19世纪最后二十五年到20世纪中叶，现代派在文学和艺术上占据着主要地位。尽管现代派作家的作品是多种多样的，却有一个基本的相似之处。他们全都基于由来已久的神话原型构建情节，现实的描写不合情理、不连续，在前辈力求发现和谐与逻辑的地方揭示混乱和荒诞的胜利，对所有的人来说，基本的哲学问题和叙事问题都是时代问题。这个时代最杰出的现代派诗人之一和最有洞察力的批评家艾略特曾指出，现代主义的美学和哲学与巴洛克风格在类型学上是相似的。

童年的布罗茨基没有读过学校教学大纲之外的诗歌。十七岁开始经常阅读诗歌。他很容易就能记住并兴味盎然地大段或全文援引自己心爱的诗——杰尔查文的《梅谢尔斯基公爵之死》，巴拉滕斯基的《秋》、《荒原》、《致一位意大利叔叔》，A. K. 托尔斯泰的《波波夫的梦》，20世纪诗人的大量诗作（既有老一辈的诗人，也有他的同龄人），这足以说明，实际上所有这些俄罗斯诗人的作品是多么牢固而详尽地保存在他的持久的记忆里。

50年代列宁格勒的年轻诗人们从上一代的示范中受到教益。当然，我们讲的不是半官方性质的诗作，而是真挚的抒情创作。年轻的诗人们爱戴的老师是有才华却由于非政治倾向而很少发表作品的诗人格列布·谢苗诺夫（1918—1982）。谢苗诺夫特别强调诗歌的连续不断的世代传承关系：

然而普希金的星光在
窗外的严寒中闪烁。
然而丘特切夫的隐秘
透入心底而令我泪下。

然而勃洛克的疯狂
会使我永久地心酸。——
唯有这编织中的一条细线
惊动我午夜的听觉[25]。

从普希金到丘特切夫，从丘特切夫到勃洛克。要不是有书刊检查，谢苗诺夫就会在勃洛克之后讲到霍达谢维奇和阿克梅派诗人。在这个文学谱系中，随之而来的是列宁格勒 1930—1940 年的那一代诗人，格列布·谢苗诺夫本人也属于这一代。1921 年被枪毙的古米廖夫或侨民霍达谢维奇，其姓名不再被当众提起，或在讨论中代之以其学生和追随者的姓名，主要是 20 年代至 30 年代列宁格勒的诗人们，如 H. C. 吉洪诺夫和别的一些人。培养的是具体的观察、情感的含蓄、简洁和洗练。这种文风不适合为领袖、党、政府、“共产主义建设者苏联人民”写赞美诗，不适合揭露美帝国主义以及诸如此类的宣传文章，按规定这样的文章需要华丽、冗长的雄辩术。另一方面，它本身不会激起意识形态检查官的气愤，因为避免使用隐晦（“人民不懂”）的词语，不会超越标准语的词汇规范。

为什么布罗茨基未能掌握列宁格勒的功课，原因很简单——

---

[25] *Глеб Семенов*. Прощание с осенним садом. Л.: Советский писатель, 1986. С. 112.

他不曾在这个学校学习。我们知道，他在童年和少年时代没有读过诗，也不写诗。对他那一代的列宁格勒诗人来说，这是反常的。在那个时期，少男少女通常会渐渐地成长为诗人，从童年起便饱读诗歌并且自己作诗。在学校、文化宫、少年宫，与教孩子们学习摄影或制作航空模型的小组并列的是少年诗人小组。最有天赋的孩子被选入少年宫（涅夫斯基大街的阿尼奇科夫少年宫）的艺术学校。Г. С. 谢苗诺夫曾在战后最初几年领导这个学校。学生们在那里很快就学会用扬抑格、抑扬格、抑抑扬格、抑扬抑格和扬抑抑格写诗而不破坏重音的次序，多少能准确地押上诗行的韵。等孩子们年龄稍长，再向他们说明，重要的并不是正确的诗律本身，它只是形式，而诗作的内容是思想，但不是抽象的思想，而是通过对生活情景的具体描写来表现的思想。这种描写的基础是对细节的精确观察。换言之，有高度文化教养的 Г. С. 谢苗诺夫是自觉的，而文化教养较差，在文学小组捞外快的文学家们则是由于修辞的惯性而教授阿克梅派的诗学基础。在那时，直接由于斯大林的意识形态政委们于 1946 年在文学界所造成的浩劫，“阿克梅派”这个词和创作了阿克梅派诗歌最纯粹的典范作品的阿赫玛托娃的姓名一样，是不能说出口的，然而阿克梅派精湛的美学依然是培养未来诗人的基础。在俄罗斯约定俗成的所谓“阿克梅派”，在英美称之为“意象派”。埃兹拉·庞德坚持诗歌应避免象征性的暗示、影射和一般的抽象（“自然的物体永远是最贴切的象征”），T. C. 艾略特随后在 1919 年为“客体的相关描写”下了内容丰富的定义：诗的表现力会加强，只要不是直接地，而是通过对**客体**——事物、情况、事件——的相关描写来表现情感。这是现代派诗学的黄金律之一。1968 年布罗茨基在其诗作《烛台》中写道：

无疑，艺术的感染力就
在于真实，而不是吹嘘，
因为艺术的基本规律
是细节的独立性，这一点无可争辩。

在意识形态的残酷压迫的条件下，客体的相关描写的方针虽然能在某种程度上引导青少年诗人的试笔避开保守的半官方的雄辩术，以及对年轻人更有吸引力的“仿效马雅可夫斯基”风格。不过这个学派也有不好的一面。这种“现实主义”在实践中往往会变成“形式主义”，因为一首诗只要能证实作者的观察力，就会得到认可。年轻诗人的老师即使自己铭记在心，但在那种条件下也不能开导自己的被监护人，成功观察到的细节在诗中的重要性不在于细节本身，而在于表现悲哀、希望、恐惧、绝望、爱，以及理性和玄学的探索。

布罗茨基在童年和少年时期没有受过这样的训练。没有人要他记住，被社会抛弃的诗人保持浪漫派的态度，直接探讨生死问题、有无宗教信仰问题，这是“愚蠢的爱好”，而文化史题材是“咬文嚼字”。他开始作诗已不是爱慕虚荣的孩子，为受到称赞而努力按规则写作，而是开始独立生活的青年，认真地关切这种生活的意义及其不可避免的痛苦和死亡，性的美好和丑陋，贫困和失去自由的经常性威胁，以及并非最不重要的一点是在这个世界的自我肯定。在文学尤其是诗享有崇高威望的社会，他选择诗歌作为自我肯定的方法，同时也作为探索那些“棘手问题”的答案的方法。

布罗茨基的天性中有追求第一的渴望，正如也有所谓神授的超凡能力。他吸引同龄人的是真诚，广泛的兴趣，自然而非做作的新派作风，以及对人、对交谈、对抽象观念和日常事件的非常热心的态度。与这结合在一起的是茫然不知，在文学圈子里什么行为得体，什么行为不得体。他从不带着最初的试笔参加评论，却出席私人聚会和官方核准的文学青年的会见，为的是朗诵自己的诗作，显然对诗的优点满怀自信。他的朗诵照例比别人更响亮也更热情奔放，不过当时几乎所有的新诗都意在朗诵[26]。朗诵后往往独自或在朋友们的陪伴下离开，不留下来听听别人的朗诵。这一切不能不激起文学青年监护人的愤怒和担心。很多人都记得1960年2月14日在纳尔瓦河附近高尔基文化宫的“赛诗会”上的丑闻。十九岁的约瑟夫朗读了《犹太人墓地》。像往常一样，他的朗读博得大多数青年听众的喜爱，可是在大厅里的Г. С. 谢苗诺夫大声表达了他的气愤。赛诗会的另一位参加者Я. А. 戈尔金在其回忆录中是这样说明的：“崇高的诗人，在其多灾多难的人生中习惯于高傲的矜持、沉默的对抗，谢苗诺夫气愤的是约瑟夫所闪现的天真的反抗，似乎并非得益于才华的轻松自如。”[27]布罗茨基朗诵《有题词的诗》，以回应激烈的责备。题词是一句拉丁文的俗语：“朱庇特可以做的，公牛不可以。”小冲突酿成了大丑闻。丑闻不仅在不满的文学青年中，而且也在有责任监视这类青年的人们之中提高了他的知名度。

1960年布罗茨基第一次与惩罚机关发生冲突。一年前莫斯

---

[26] “特别受欢迎的是Г. 戈尔博夫斯基、В. 索斯诺拉、А. 莫列夫、К. 库兹明斯基、Н. 鲁布佐夫、И. 布罗茨基的诗朗诵。这类诗歌有时被称为‘舞台诗’或‘声乐诗’。诗人与观众的视听接触影响了诗的韵律特征——诗的选音配韵和节奏的组合。”（*Иванв Б. 2003*. С. 548）在1950—1960年代之交，最受欢迎的列宁格勒青年诗人的名单应加上И. 赖恩、Е. 叶夫图申科（莫斯科的）、А. 沃兹涅先斯基和Б. 阿赫马杜琳娜，他们以怪僻的朗诵风格为其特征。

[27] *Гордин 2000*. С. 134.

科大学新闻系学生亚历山大·金兹布尔戈私自出版诗刊《句法》。第三期《列宁格勒专辑》有布罗茨基的五首诗，其中包括《犹太人墓地》和《朝圣者》，后者也许是他初期诗歌中最风行的一首。《句法》是第一本私自出版的刊物，广为人知。它在莫斯科和列宁格勒传播，国外对它也有所了解，苏联报刊对它大肆抨击：《消息报》发表诽谤文章《无赖们爬上了诗坛》[28]。1960 年 7 月金兹布尔戈被捕，判处羁押集中营两年。

《句法》中包括布罗茨基在内的诗人们的作品，作为个人主义或悲观主义的诗作，在意识形态上是苏联书刊检查机关所不可接受的，但这些诗歌并没有直接批判苏维埃制度，也没有号召推翻它。尽管如此，一些年轻人还是被传唤到国家安全委员会（克格勃）受审，以残废和坐牢威吓他们，要是不知悔悟的话。从这时起，即使不是更早，布罗茨基便处于列宁格勒克格勃注意的范围。

1962 年 1 月 29 日布罗茨基被捕，在什帕列尔纳亚的克格勃内部监狱羁押了两天。对布罗茨基的两个熟人亚历山大·乌曼斯基和奥列格·沙赫马托夫的案子进行调查，有可能也对布罗茨基提起严厉的控诉。

奥列格·沙赫马托夫当过空军飞行员，是有才华的音乐家，是一个有冒险秉性的人，大约比约瑟夫年长六岁。1957 年他们在列宁格勒青年报《接班人》编辑部偶然相遇，两个人都是来投稿的。从童年起就爱好航空的约瑟夫与他颇为相投。沙赫马托夫介绍他与亚历山大·乌曼斯基相识[29]。乌曼斯基是有广泛天赋的

---

[28] 1960 年 9 月 2 日；作者是 Ю. 伊瓦先科。

[29] 关于乌曼斯基小组的资料我主要得自 Г. И. 金兹布尔戈-沃斯科夫。另参见：*Шахматов 1997*。

业余爱好者。他谱写钢琴奏鸣曲，撰写关于基本粒子的文章和政治哲学专著，醉心于神秘主义科学，认真研究印度教，还练习瑜伽。据熟人的回忆，乌曼斯基很有魅力，在他周围总是有一个青年小组，吸收那些想在官方意识形态框框之外讨论“永恒问题”的人们，以及新派的画家和音乐家。

1960 年 12 月布罗茨基去撒马尔罕探望在那里的沙赫马托夫。两个朋友忽然想出一个不切实际的逃往国外的计划。多年后布罗茨基这样描述那个计划：买票登上小型支线飞机，起飞后击昏飞行员，由沙赫马托夫驾驶，飞越边界进入阿富汗[30]。买了撒马尔罕-铁尔梅兹航班的机票，可是在起飞前，布罗茨基耻于伤害无辜的驾驶员，因而计划作废（沙赫马托夫写道，只因航班被取消）。

一年后，沙赫马托夫因非法持有枪支在克拉斯诺亚尔斯克被捕。受审时竭力想逃脱新的刑期，这次的刑期可能会很长，他供称在列宁格勒有一个“乌曼斯基地下反苏团体”，并供出几十个与乌曼斯基多少有点关系的人。还讲了和布罗茨基一起逃往国外的那个未能实现的计划。于是布罗茨基也被拘留，但因为没有犯罪事实，而且关于犯罪意图也仅有沙赫马托夫的口供，两天后获释。不过，1964 年在法庭上给他在撒马尔罕的瞎折腾记了一笔账，从此他就处于克格勃的严密监视之下，直至被驱逐出境。

三

布罗茨基十八九岁写的诗，由于毅力和丰富的想象，偶尔会

---

[30] 参见：*Волков 1998*. С. 66.

有很不错的诗行，但整体上毕竟还只是青少年的试笔。这些诗的作者像他这个年龄的很多人一样，醉心于空洞华丽的抽象概念，满怀浪漫情调而轻视平凡的世界。他喜欢华而不实的外来语，语无伦次地加以使用，几乎到了谵妄乱语的程度：

... начисто заблудиться
в жидких кустах амбиций,
в дикой грязи простраций,
ассоциаций, концепций
и — просто среди эмоций.

（«Стихи о принятий мира», 1958）[31]

他的想象用异域情调的小册子和电影的混杂堆砌创作华丽却不知所云的哑谜：

Мимо ристалищ, капищ,
мимо храмов и баров,
мимо шикарных кладбищ,
мимо больших базаров,
мира и воря мимо,
мимо Мекки и Рима,
синим солнцем палимы,
идут по земле пилигримы.

（«Пилигримы», 1958）[32]

---

[31] *СИБ-1*. Т. 1. С. 20（未收入*СИБ-2*）。
[32] *СИБ-2*. Т. 1. С. 21.

麦加和罗马，作为国外神秘的豪华景象的象征的市场，随即是科学幻想中的蓝太阳和来自不喜欢的涅克拉索夫一首诗中的“朝圣者/太阳暴晒”。写丑闻的《有题词的诗》（1858）赋予抒情主人公以兽性和神性——神或牛，人性是被忽略的。在一定的年龄段，很多人，几乎所有的人都这样写。莱蒙托夫在这个年龄就声称：“我——或者是神——或者什么也不是！”没有什么可奇怪的，这样的诗，又热情洋溢地以非同寻常的“琴弦般的”嗓音朗读，有浪漫倾向的少男少女都很喜欢。不同凡响的是，早期在同龄人中所获得的好评，未能诱使布罗茨基停滞在这个阶段，他另辟蹊径，很快就摆脱了矫揉造作的浪漫色彩。大约在十九岁他已经开始领悟到，诗作不是源于异想天开的幻想，而是源于现实生活。当他被带往克格勃的时候，他已经知道，在受审时该怎样自持：

要牢记风景〈……〉
在工作人员办公室的窗外……

要牢记，
顺着玻璃慢慢流淌的浑浊的雨水怎样
扭曲了那些建筑物的匀称，
在那些人说明我们该做些什么的时候。

（《诗学的定义》，1959）[33]

日常生活的抒情，诗的俗语资源，善于在简单和平常的现象

---

[33] *СИБ-1*. Т. С. 30（未收入 СИБ-2）。

中发现超验的底细——布罗茨基学习了这一切，到 1962 年这一类严肃的诗对抽象的浪漫派诗歌开始占有绝对的优势。在这个流派里布罗茨基是有老师的。后来他把自己年长的朋友叶甫盖尼·赖恩和弗拉基米尔·乌夫梁德称为老师。年轻时影响了他的还有这一代的其他卓越的诗人——斯坦尼斯拉夫·克拉索维茨基、格列布·戈尔博夫斯基和弗拉基米尔·布里塔尼什斯基。不过，那时他无疑是从阅读斯卢茨基的作品吸取了主要的教益。

Б. А. 斯卢茨基（1919—1986）是战时一代最重要、最独特的诗人。这位勇敢刚毅的人物就其政治信念而言毕生是共产主义者，可是他的无情的现实主义诗歌完全不符合官方“社会主义现实主义”的要求。50 年代下半叶是他的创作的极盛时期，那个时期几乎所有的青年诗人都在某种程度上亲身感受到他的影响。

К. К. 库兹明斯基回忆，1959 年冬他曾向布罗茨基出示自己最初的诗作。没有评价也没有忠告，布罗茨基向他朗读了斯卢茨基的《科隆的牢房》，意思是：就该这样写[34]。布罗茨基对斯卢茨基终生不忘。提起斯卢茨基，他照例会背诵《市场上的音乐》：

我在大市场长大，
在哈尔科夫，
那里只有几个垃圾桶
那里只有几个垃圾桶
　　　　　　　　干干净净地放着，
人们因为急于吐痰，

---

[34] *Константин Кузьминский*.《杜鹃花奖》获得者//Русская мысль. 1987, 30 октября. № 3697. С. 11。正文中错为 1958 年。

从不走近垃圾桶……[35]

斯卢茨基吸引布罗茨基的不是社会主义主题，尽管他本人也不无反资产阶级的倾向，吸引布罗茨基的是诗的力量。斯卢茨基在 19 世纪枯竭的诗歌形式和室内乐的纯粹实验之间打开了自由的空间。原来只要略微变化古典诗格，诗行就有了灵活性而不至于分崩离析。布罗茨基追随斯卢茨基，开始运用俄罗斯古典诗歌的原封未动的资源[36]。他也逐渐开始去掉或添加某个音节，使古典诗格转化为三音节诗格的变体。例如在《言语的一部分》组诗（1974—1976）中，郁闷、陈旧的抑抑扬格多半变了样。斯卢茨基表明，丰富而不显眼、不毫无必要地惹人注目的音韵资源还远没有用尽。动词韵尤其如此，有时会用韵前（重音前的）辅音（*стояли-доставали*，*пили-били*，*кружился-ложился*，而在 *звучала-изучала* 中同音异形接近于完全相同）。文学圈子反对动词韵聚集，形成贫乏的语法上的押韵。总之，斯卢茨基几乎伪装成散文的诗贯穿着连接其结构的诗学手法——同音重复、元音重复、头语重复、形似词错综、双关语等等。他教会布罗茨基利用诗的戏谑因素应对严肃而非戏谑性的任务，布罗茨基的叙事诗《以撒和亚伯拉罕》（1962 年 7 月）的开头似乎在向这位老师致敬。这里令人印象深刻地利用了《圣经》中的一个名字 Исаак（以撒）及其俄罗斯化的变体 Исак 之间的区别："俄语的以撒（Исаак）少一个音，〈……〉以撒（Исак）本来就是蜡烛头，/以前人们都把那支蜡烛称为以撒（Исак）。"斯卢茨基有一首关于这个话题的短诗：

---

[35] 最初发表于 Знамя. 1957. № 2。

[36] 这在 1972 年之前的一个时期首先表现于非常多样化和富于独创性的诗节。详细的述评参见：*Шерр 2002*。

人们到处颂扬以撒（Исаак），
所有的教堂都在为他祈祷。
对待 Исак 却很不一样，
只许他在室内活动[37]。

布罗茨基从斯卢茨基学到的重要一课涉及怎样作诗，以适应诗的语义结构。斯卢茨基的《市场上的音乐》开始于以粗俗的语言讲述极其粗俗的场景，似乎不改叙事的风格，而以稍加掩饰地援引福音书作为结尾：音乐在鞭笞街头的小贩，好像把讨价还价的那些人赶出教堂的基督。布罗茨基也要在自己的诗里把肉欲的、庸俗的成分与抽象的哲学和玄学密切地结合起来。他笔下的新的但丁，作为从乌有创造宇宙的造物主，将一个词填在空白处，而这个关于宗教仪式的词（Слово）却与亵渎和粗俗的词“херово（叉开腿）”押韵（《波波的葬礼》，1972）。他往往从逼真地描写丑陋的现实——简陋的内部装修或恶劣的自我感觉——开始写诗，并引向精神上的发现，不过这种发现并不总是能让人得到安慰，抱有希望。他的短诗《我搂着双肩，看了看……》（1962）和长诗《静物画》（1971）都是这样的结构，不过抒情情节的直接的、“自下而上”的顺序更多地让位于较复杂的结构。

不过，布罗茨基师承斯卢茨基的，或者说，至少在斯卢茨基作品中所领悟到的最重要的一点是——诗的基本情调，那种能表现作者对世界的态度的主要属性。布罗茨基曾在 1985 年谈到这一点：“斯卢茨基几乎是独自改变了战后俄罗斯诗歌的基本情调。

[37] *Борис Слуцкий*. Собрание сочинений: В 3-х т. Т. 1. М.: Художественная литература, 1991. С. 71. 就在这首诗里，斯卢茨基以前置词押韵（*Немногое от — господ*），这成了布罗茨基的“名牌”手法。

〈……〉特有一种生硬、凄凉和冷漠的音调。像这样讲话的通常是那些侥幸存活下来的人，假使他们想大体上讲讲，他们是在哪里活下来的，此后又到过哪些地方。”㊳

在少年时期，布罗茨基回避官方“文学小组”泯灭差异、压抑想象力的学习方法，他独自学习诗歌遗产——不均衡，却是自由地学习。不过，正如任何一位初涉门径的艺术家，他感到有必要与某位亦师亦友的人经常地联系切磋。在50年代下半叶和0年代初，列宁格勒的年轻诗人向往前面提到的矿业学院文学家联合会，或希望结交与列宁格勒大学语文系的文学家联合会多少有些联系的人。如果说矿业学院的诗人们有一位对他们产生了很大影响的老师Г. С. 谢苗诺夫，那么语文系的文学家联合会却有几个官方派的学监，因而“语文系学生们”主要的诗朗诵及有关的谈论不是在联合会的会议上进行，而是在合住的一套住宅的几个房间里——在列昂尼德·维诺格拉多夫、弗拉基米尔·乌夫梁德或写下这几句话的笔者家里。不过，在“语文系学生”的聚会上也时常能遇到“矿业学院学生”，在这两个团体之间没有严重的对立。不同的是美学取向。谢苗诺夫按照相当保守的传统培养自己的学生，而自行其是的“语文系学生”认为自己是30年代中断的俄罗斯先锋派的复兴者和继承者。这就决定了老一辈知识分子对两个团体的诗人的不同态度：严肃地看待“矿业学院学生”，尽可能帮助他们发表作品，而“语文系学生”的创作被认为是有点幼稚的游戏。不过“语文系学生”弗拉基米尔·乌夫梁德和谢尔盖·库勒的诗也以其独特的幽默得到老一辈知识界读者的赏识。布罗茨基不常介入矿业学院学生的社会环境，尤其是在上述

㊳ 在纪念第二次世界大战结束40周年座谈会上的发言：Times Literary Supplement (London). № 4285 (17 May 1985). P. 544。

与Г. С. 谢苗诺夫的冲突之后。1959—1960年他结识了列昂尼德·维诺格拉多夫、弗拉基米尔·乌夫梁德和米哈伊尔·叶列明，他们曾构成后来所谓的“语文系流派”的核心，不过这三个人中只有叶列明曾在语文系学习。布罗茨基与乌夫梁德交上了朋友，而且毕生喜爱他的讽刺性模拟和多愁善感的抒情水乳交融的诗。乌夫梁德毫不张扬，却非常机敏的作诗技巧也令他叹服，说到他后来把乌夫梁德称为自己的老师之一，那么这一点应该很具体地去理解：布罗茨基押韵的风格在很多方面重复并发展了乌夫梁德在50年代末所取得的成就。不过，那个时期在列宁格勒的年轻诗人中还有一位卓越而不同凡响的人物，诗人叶甫盖尼·赖恩，其文学观点使他与“语文系学生”和“矿业学院学生”都没有过于密切的交往。

布罗茨基写于1991年的关于赖恩的短篇随笔特别提出，哀诗是对赖恩的抒情作品起决定作用的体裁。“哀诗——追忆往事的体裁，也是诗中最常见的体裁。其原因部分地在于人类的本质所固有的感觉，主要是在事后才觉得，存在渐渐地具有现实性的地位，部分地在于一个事实，即笔在纸上的运行本身，按时间顺序来说，就是一个回溯的过程。”[39] 哀诗确实使赖恩在列宁格勒年轻诗人的圈子里脱颖而出。这个圈子所推崇的体裁是旧时所谓的“微型诗”、抒情小品，倾向于捕捉瞬间的感受、印象、观察、思想。有才华的诗人们在这种体裁的框架内写了形形色色的诗。矿业学院学生列昂尼德·阿格耶夫描绘苏联日常生活的自然主义微型画，米哈伊尔·叶列明根据各种资料形成隐喻，大多是根据科学资料，因而只有少数知情者才懂的八行诗，以及亚历山大·

㊴ *Евгений рейн*. Избранное. М.; Париж; Нью-Йорк: Третья волна, [1993]. С. 6.

库什涅尔的心理复杂，然而措辞简练的内省，是难以对比的，但体裁的属性是相同的。这些和前面提到或不曾提到的其他有才华的诗人，在成功的诗作中记下了瞬间感受的极其丰富、细微的心理差异，不是“快乐”、“悲伤”等太笼统的词语所能表达的。比布罗茨基年长五岁的赖恩促使自己的朋友作出世界观的抉择，而非形式主义的抉择。哀诗实质上是怀旧的体裁，写的不是当下，而是过去，即与时间问题有关。任何诗歌创作只有在其他话语形式不适应的时候才是必要的。在这个意义上，哀诗存在的理由来自维特根施泰因的著名论点：谈论死是不可能的，因为“死不是有生命的存在”[40]。在谈论无能为力的地方，抒情作品就是可能的。哀诗作品还有一个内情——语言和时间问题无法解决：任何书写都是“回溯的过程”。这个问题困扰着浪漫派作家，看来任何作品都不可能与直接感受完全相符，因为作品总是“迟来的”；这里，困扰布罗茨基的，与其说是情感能不能表达的问题，不如说，要是可以这样说的话，是“瞬间之永不停留”。

停下，这个瞬间！与其说
你完美，不如说你不可重复。

（《雅尔塔的冬日黄昏》）

由于幸运的巧合，大概就在他结识赖恩的时候，布罗茨基为自己发现了巴拉滕斯基。布罗茨基由于侨居国外与赖恩分别十六年之后，在1988年重逢，老朋友问他：“是什么把你推向诗歌的?”回答是：“1959年我乘飞机去雅库茨克。我在那里纵酒作

---

[40] *Ludwig Wittgentein*. Notebooks：1914－1916. Chicago：The University of Chicago Press，1979. P. 75.

乐，混了两个星期，因为天气不好。就在那里，在雅库茨克，记得我在这个可怕的城市里溜达，顺便走进书店，碰巧买了巴拉滕斯基的作品——‘诗人文库’出版。我那时没有什么书可看，找到这本书看了以后，就全都明白了：现在该做什么。”[41] 追随巴拉滕斯基“该做什么”，布罗茨基在关于这位诗人的札记中解释了自己对现代哀诗创作的理解：“……他从来不是主观的、自传性的作者，而是倾向于概括，倾向于心理的真实。他的诗——是结局、结论，是对已有的生活悲剧或精神悲剧的附言，而不是对悲剧事件的叙述，对情境往往是评论多于描述〈……〉。巴拉滕斯基的诗几乎以加尔文宗教徒的热忱追随自己的主题，而这个主题几乎总是——以自己为样本所描绘的远非完美的灵魂。”[42]

介绍布罗茨基认识阿赫玛托娃的正是赖恩[43]。这是在 1961 年 8 月 7 日。阿赫玛托娃关于布罗茨基个别作品的确凿言论，我们已知的并不很多[44]。我们知道，她指出在她 1962 年生日写给她的诗《公鸡们会高声啼叫，四处奔忙……》，是比期待于道贺体裁的更为深刻的作品，并以其中的诗句作为自己的诗《最后的玫瑰》的题词[45]。我们知道她非常重视叙事诗《以撒和亚伯拉罕》及其关于 A 音的诗行：“其实——这是可怕的喊叫/稚弱、悲伤，是临死的哀嚎……”——用作四行诗《名字》（最初的标

---

[41] *Иосиф Бродский*，*Евгений рейн*. Иосиф Бродский. Человек в пейзаже//Арион. 1996. № 3. С. 34. 赖恩曾为一部未完成的文献片采访布罗茨基。布罗茨基提到的那本书是：*Е. А. Баратынсний*. Полное собрание стихотворений. Л.：Советский писатель，1957。“布罗茨基和巴拉滕斯基”这个主题在叶菲姆·库尔干诺夫的论文《布罗茨基和哀歌艺术》中有所阐述，见 *Иосиф Бродский：ворчество，личность，судьба*. С. 166－185。

[42] *An Age Ago*. P. 159.

[43] *Рейн 1997*. С. 73.

[44] 参见：*Лосев 2002*。

[45] *Ахматова 1996*. С. 234，390.

题）的题词。阿赫玛托娃看了《献给约翰·多恩的大哀歌》后讲的一句话“您自己也不明白啊，您写了什么呀！”（布罗茨基和几位回忆录作者的引述略有差异）作为成人仪式的一个因素走进了布罗茨基个人的神话[46]。

尽管如此，这时布罗茨基已形成个人的风格，与阿赫玛托娃作品的基本取向——暗示性、言而不尽的诗风、语言倾向于质朴的诗意不仅不相似，而且在很多方面是截然相反的。布罗茨基充分意识到了这一点，后来他解释道：“我们去她那里不是要得到称赞〈……〉我们去她那里，因为她会使我们的心情活跃起来，因为有她在座，你仿佛会放弃自己，放弃自己在内心，在精神上——我不知道这该怎么说了——所达到的水平，放弃你与现实交谈的‘语言’，而选择她所使用的‘语言’。当然喽，我们谈论文学，当然喽，我们散布流言蜚语，当然喽，我们跑去买来伏特加、听莫扎特的音乐并嘲笑政府。可是回顾过去，我的所见所闻不是这些；从我的意识里浮现了出自《野蔷薇》的一个诗行：‘你不知道，人们已经宽恕你了……’它，这句话，与其说冲破不如说甩开了语境，因为这是发自内心的声音——因为宽恕者永远比冒犯本身和冒犯者更伟大。因为对一个人说的话，其实是对全世界说的。它是——灵魂对生活的回应。我们向她学习的大概正是这一点，而不是作诗技巧。”[47]

阿赫玛托娃亲切地接待周围的年轻诗人，然而对约瑟夫·布罗茨基的态度却完全不同，把他既看作一个人，也看作一个诗人。毫无疑问，她最先认识到了布罗茨基诗歌天赋的潜在的、当时还远未实现的气派以及他个人的气魄。“须知布罗茨基是她的

㊻ 参见：例如 *Интервью*. *2000*. C. 174。

㊼ *Волков 1998*. C. 256.

发现，她的骄傲”，丘科夫斯卡娅在日记里这样写道[48]。阿赫玛托娃对布罗茨基是平等相待的：“约瑟夫，咱俩了解俄语的一切音韵……”[49]。对她来说，Н. Я. 曼德尔施塔姆也是年轻诗人，是“小奥夏”[50]，表面上，举止风度很像自己伟大的同名者。显然，对阿赫玛托娃来说，相似并不只是表面上的。她在1963年的日记里写道：“另一个约瑟夫对我的态度令我想起曼德尔施塔姆”[51]。这也就决定了阿赫玛托娃出人意料地对年龄相差半百的布罗茨基平等相待的关系，他的言谈有时会给她留下深刻的印象。在日记和书信中她一再地重新回到布罗茨基的想法，认为诗中主要的是——构思的伟大。“又重新浮现了意义深远的话语：‘主要的是——构思的伟大。’”[52] 有一天阿赫玛托娃写道：“《几页日记》的题词取自布罗茨基的一封信：‘……他（大写的人）是由什么构成的呢，由时间、空间、精神？应当认为，作家在努力塑造大写的人的时候，就一定要写时间、空间、精神……’”[53]（必须指出，布罗茨基关于“构思的伟大”的想法有一个文学上的起源——《莫比·狄克》第104章有一段著名的论述，提及“丰富宏大的主题具有使作品伟大的力量”。“我们自己会达到主题的程度，”梅尔维尔写道。“要创作伟大的作品，必须选择伟大的主题。”）[54]

---

[48] *Чуковская*. Т. 3. С. 208.

[49] *Волков*. *1998*. С. 256.

[50] *Надежда Мандельштам*. Воспоминания. Нью-Йорк：Изд. им. Чехова，1970. С. 205.

[51] *Ахматова 1996*. С. 523.

[52] 同上，С. 588，601，637。

[53] 同上，С. 724。

[54]《莫比·狄克》最早的俄文本是1961年出版的 И. 伯恩斯坦的译本（我们的引文纠正了译者的一些错误）。Г. И. 金兹布尔戈-沃斯科夫告诉我，布罗茨基当时就非常热情地向他推荐这本书。《玻璃瓶里的信》、《新的儒勒·凡尔纳》和《你，缠满蛛网的吉他状的东西……》都有《莫比·狄克》中的类似表现。

布罗茨基在阿赫玛托娃身边所吸取的经验教训，不仅涉及个人的道德品质，还涉及诗学使命的品德方面。作为坚定不移的个人主义者，作为原则上的“私人”，他明白，严肃对待自己使命的诗人不能不是人民经验的表达者，他是用他们的语言写作。苏联的意识形态要求作家有“人民性”，而且人民性被理解为政治正确和审美简单化的结合。结果是知识界对“诗人和人民”问题本身形成了百折不挠的反感。因而20世纪对“纯艺术”和“象牙之塔”话题的沙龙式奇谈怪论被很多人信以为真。阿赫玛托娃对宣传鼓动是不予理睬的。她后期的创作，首先是*Requiem'a*的中心主题，是诗歌的代表性主题：她意识到自己的天职——她的声音是“一亿人民的呐喊”。布罗茨基的诗《安娜·阿赫玛托娃诞辰一百周年纪念》也正是要肯定这一点——祖国的大地在用她的声音说话，幸亏有她，这片土地才“在又聋又哑的世界”获得“说话的能力”。

布罗茨基遭遇了不少非常事件和动荡——大诗人阿赫玛托娃和后来的威斯坦·奥登的赞许，还有逮捕、监禁、精神病院、法院审判、流放、驱逐出国、致命疾病的发作、世界性的荣誉和地位，不过对他本人而言，多年来他人生中的主要事件始终是与玛丽娜·（玛丽安娜·）帕夫洛夫娜·巴斯马诺娃的同居关系和决裂。在普希金的《先知》中，上天派来的六翼天使赋予诗人神奇的视力、听觉和声音。布罗茨基深信，对一个女人的爱在他心里引起了同样的改变：

> 这是你，热情洋溢，
> 给我创造了
> 左边的、右边的

耳壳，低声细语。

这是你，扯着窗帘，
往我湿润的口腔
注入频频
呼唤你的声音。

我简直瞎了。
你悄然出现
赐我视力。

（《我只是那个……》）

“献给M. 巴斯马诺娃”的诗在布罗茨基的抒情诗中占有中心地位，不是因为优秀——其中有杰作也有很一般的——而是因为这些诗和投入其中的内心体验是一座熔炉，冶炼了他诗歌的个性。布罗茨基到了自己的晚年还谈到这些诗：“这是我一生的主要事业。”[55] 在说明他怎么会基于“献给M. 巴斯马诺娃”的诗写作《献给奥古斯塔的新四行诗》的时候，出人意料地引向与但丁《神曲》的比拟：“遗憾，我没有写一部《神曲》。看来永远也写不成了。而这里却在某种程度上写成了一本有自己题材的小书……”[56]

作者所说的题材是感情的培养，个性的形成过程。题材从相对平静的初恋发展而来（1962—1963年的抒情诗，这些诗在另

[55] *Волков*. 1997. С. 317.

[56] 同上，正如托马斯·文茨洛夫给作者的信所指出的那样，更正确的做法，不是把*НСКА*比拟为《神曲》，而是要比拟为但丁的另一部作品«Vita nuova»（《新生活》）。

一处被收入组诗《幸福的冬季之歌》；参见注释 26）。这样的平静与对自己和女友的一种自然哲学观点是相符的（“你——是风，小友。我——是你的/树林……”）[57]。两人的关系是必然的，因为和大自然的变化过程——日夜交替、季节转换、潮起潮落不可分割。参与他们的生活的有树林、空气、大海、飞鸟，但完全没有提及另一种人形动物，直至他们不再强制拆开一双情侣（“在牢房的门闩发出/摆脱压迫的响声之后……”，1964）。不过，1964—1965 年无论在流放地还是与爱人别离中所写的诗仍然基于自然界的隐喻，可是拆散一对情人的反常力量闯入了生存的正常进程：

> 我穿着敞开的大衣
> 世界穿过筛子落入我的眼睑，
> 穿过迷惘的筛子。
> 我有点聋，我，上帝啊，有点瞎。
> 听不见话语，还有整整 20 瓦
> 的月光。
>
> （《献给奥古斯塔的新四行诗》）

结束这个时期的诗《预言》（1965）是——绝望的个人乌托邦的画面，在这个乌托邦自然界被压缩到海岸边的狭长地带，有一个菜园和牡蛎（这些在早期平静的诗作中也曾提到，如《天使之谜》和《蜜月片段》）。**他人的**世界，文明自我毁灭的后启示录

---

[57] *СИБ* 注明的日期 1983 年是错的。尽管我们不知道写这首诗的确切日期，不过那是在 1963—1964 年。除了修辞特点之外，还有一个情况足以说明：作者在 *НАСК* 中把这首诗放在最前面，即放在组诗《幸福的冬季之歌》里。

世界被留在“海堤”之外。抒情题材的下一个发展阶段是——1967—1972年在彻底决裂的当时及其后所写的诗。自然哲学的梦想已经破灭：

从赫西奥德曾经颂扬的
那种傻气的旋转木马上
纷纷下来的，不是从座位那里，
而是在夜色就要降临的地方。

（《诗节》，1978）

这个时期的诗有哀诗《六年后》（1968）和《爱情》（1971）。没有自然界的中介而是人际关系及其心理和生活方式直接出现在回忆决裂的诗里。就是在这时布罗茨基开始在古希腊罗马和基督教文化的不朽形象中重新认识个人的悲剧——以直接比拟的方式（“我离开城市，像忒修斯——/离开自己的迷宫，让米诺陶诺斯留下/发臭，而让阿里阿德涅——留在/巴克科斯的怀里细语缠绵。”[《前往斯基罗斯岛的路上》，1967]；“像雅各那样，/守护着从楼梯上跑下来的/美人。”[《近于哀诗》，1968]），以及仿佛以古希腊罗马为题材的寓喻形式（*Anno Domin*，1968；《蒂朵和埃涅阿斯》，1969；《奥德修斯对忒勒马科斯说》，1972）。在侨居国外头几年献给《M. 巴斯马诺娃》的诗里，关于失去爱情的挥之不去的思念加强了更广泛的怀旧主题和戏剧性：“……我把枕头拍松，含糊地呼唤着‘你’，/身在海角天涯……”（《那里也没有人带着爱心来……》，1975—1976）。写于70年代末，后来收入《献给奥古斯塔的新四行诗》的那些诗越来越具有冥思的抒情色彩，而在这本诗集编成的几年后所写的《亲爱的，今天很晚我才走出家门……》(1989)和《女友啊，容貌渐衰，你到乡下去定居吧……》(1992)读起来就像是对往日的悲剧的两句讽刺性的附言。不过，什么促使布罗茨基把自己与“M. 巴斯马诺娃.”有关的诗说成自己的《神曲》呢？显然，作者本人会比读者更强烈地感受到，青年时代所经历的悲剧是足以改变个性的特殊的内心体验。在这方面起关键作用的是三首诗：《哀诗》(《到现在想起你的声音，我还是会来……》，1982)、《燃烧》(1981)和《我只是那个……》(1981)。在《哀诗》中“失去女友的人”被比拟为“进化的产物”，即有质的不同的生物，好像一种海生动物爬上陆地，就要适应新环境的生活并学会另一样的呼吸。《燃烧》争辩性地模仿帕斯特纳克的文选诗《冬夜》的形象性，情欲被宗教仪式化，比拟为祭坛上的供品：

你号叫吧，颤栗吧，尽情
抖动你瘦削的肩头。
天上的父啊，
但愿你享用他的袅袅青烟。

三首诗中的最后一首的结尾将人间的爱情等同于宇宙之爱：

天体这样被创造出来。
创造后，往往就这样
让它们旋转，
滥用恩赐。

于是我们时而被抛进热浪，

时而是寒潮，时而一片黑暗，
地球在旋转，
在宇宙中消失。

这个尾声无非是《神曲》末尾诗行的迂回说法："爱，推动着星星和天体"（俄译者 M. 洛津斯基）。

四

1963 年深秋和 1964 年初的一个半月是布罗茨基生平最沉重的时期。和巴斯马诺娃的关系出现意外的变化，这种不幸完全控制了他的心情。然而正是在这个内心最脆弱的时期，由于情况的巧合而使布罗茨基成了警察局整治的对象。

在布罗茨基遭难的前一年，赫鲁晓夫统治下的自由化"解冻"时期达到顶点，1962 年 11 月号的《新世界》杂志刊载了 A. И. 索尔仁尼琴的中篇小说《伊万·杰尼索维奇的一天》。这部作品不是对"某些缺点"的批评，而是关于苏联整个规划的反人道本质的寓言。《伊万·杰尼索维奇的一天》发表后，随之而来的应该是真正的、广泛的自由化。但它的到来只是在四分之一世纪之后，而 1963 年，恰恰相反，是意识形态反动的一年。党的高层意识到他们的制度的根基开始动摇，于是抨击自由思想，迎合自己的越来越任性乖戾的领袖。1963 年 6 月召开了苏共中央全会，全会上彻底巩固了斯大林文艺政策的复辟。中央委员会抓思想的书记 Л. Ф. 伊利乔夫的报告论述了苏维埃制度下的意识形态政策。伊利乔夫谈到"年轻、政治上不成熟，却又过于自信、受到无限吹捧"的作家们，他们不再"为人民的英雄业绩而欢欣鼓舞”[58]。谈到要特别注意对年轻一代的共产主义教育，因为“青年中还有懒汉、精神不健全的人，爱发牢骚的人”，他们“在大洋彼岸的点头赞许下诋毁艺术的思想性和人民性原则，而代之以懒汉和不学无术者的鸟话”[59]。伊利乔夫在报告的开头严厉地提醒全国：“在我国的条件下没有选择可言：我想劳动就劳动，想偷懒就偷懒。我国的生活及其法律不提供这种选择权。”[60]的确，尽管苏联宪法所宣布的只是含糊的劳动**权**，1961 年 5 月 4 日与“不劳而获”作斗争的法令却从立法上规定，警察有权监督，一切有劳动能力的公民必须有固定的工作地点。

虽然布罗茨基落入彼得格勒克格勃及其党组监督人员的视野大约已有三年，起初他们未必在心怀不满的青年作家相当庞大的群体中把他定为最可恶的人物。那时布罗茨基并不比其他非官方的诗人和作家更适合于典型的整治对象这个角色。更准确地说，甚至比其中的很多人都更不适合于这个角色，因为在围场里的插曲之后，几乎认为意识形态腐化的一个必备的特征是形式主义（这意味着任何创新，对社会主义现实主义教条的任何背离），而布罗茨基的诗风是比较保守的。大多数年轻人，例如那个索斯诺拉，都更坚决地从事文学形式的试验。可是 1963 年列宁格勒的国家安全局和与它密切合作的共青团州委注意到，以前的那个小角色由于乌曼斯基和沙赫马托夫的案子而在本市知识青年中特别受欢迎。

11 月 29 日《列宁格勒晚报》发表了一篇文章《依傍文学的

---

[58] *Л. Ф. Ильичев*. Основные задачи идеологической работы партии//Пленум ЦК КПСС 18 – 21 июня 1963 г. Стенографический отчет. М.: Издательство политической литературы 1964 г. С. 58 – 59.

[59] 同上，С. 36。

[60] 同上，С. 26。

雄蜂》。其中把布罗茨基称作“自信地攀登帕尔纳索斯山的侏儒”[61]。文章的标题听起来也是威胁性的：“雄蜂”——“寄生虫”的同义词。“他继续保持寄生虫的生活方式。二十六岁〈原文如此！〉的健康小伙子将近四年没有从事有益于社会的劳动”[62]，——文章的结尾这样说。一个寄生虫，写一些形式主义的颓废的小诗，对西方奴颜婢膝，于是——依据伊利乔夫在六月中央全会上的报告，一个离经叛道的概括形象出现了[63]。

严格地说，即使根据苏联的法律来看，布罗茨基也不是不劳而获。恰恰在这个时期他开始靠写作挣钱。1962 年 11 月号的《篝火》杂志刊载了长篇《小拖船抒情叙事诗》。1962 年秋莫斯科文学出版社出版了古巴诗选，有布罗茨基的两首译作，1963 年他又有两首译作被收入南斯拉夫诗集，而且已经与这个声誉卓著的出版社有了新的翻译合同。

布罗茨基在“绳索厂厂长别墅”的莫斯科卡先科精神病医院迎来了 1964 年。朋友们安排他住院检查，希望精神失调的诊断能挽救他免于更坏的遭遇。这个计划是在阿尔多夫家有布罗茨基本人和阿赫玛托娃参加的“军事会议”上通过的，在几位相识的精神病医生的帮助下才得以实现[64]。布罗茨基当时就描写了这个新年：

在这里的六号病房，
我站到可怕的宿处，

---

[61] 引自：*Гордин 2000*. С. 159－163。
[62] 同上，С. 163。
[63] 半年后，伊利乔夫独断地核准了布罗茨基的案子，与 A. A. 苏尔科夫谈话时把诗人称作“社会渣滓”（*Чуковская 1997*. С. 217）。
[64] 参见：*Loseff 2004*。

在蒙着脸的白色王国
夜闪着泉水似的白色光辉
与主治医生平分秋色……[65]

最近几个月受尽神经紧张的折磨的布罗茨基害怕了，担心真的会“在蒙着脸的白色王国”丧失理智，几天后就要求朋友们把他从精神病医院解救出来，他们当初把他安排到医院里是费了一番周折的。

1 月 2 日[66]出院后，布罗茨基立刻就知道了玛丽娜已与前男友同居，于是赶往列宁格勒要求解释。几天后他曾企图切脉自杀（依据丘科夫斯卡娅 1 月 9 日的日记）。朋友和相识的人都以为，对布罗茨基的迫害和迫在眉睫的判决是具有社会政治意义的可怕事件，而对布罗茨基来说，此刻的悲剧是失去他视为妻子的女人，其余的一切只是加重这个悲剧的荒谬的环境。对他而言，1964 年及其后的一年正是在爱情冲突，而非与体制作斗争的标志下度过的。不论在精神病医院，还是以后在被捕前的几个星期为躲避列宁格勒的警探而奔波于莫斯科、列宁格勒和塔鲁萨之间，他都继续致力于抒情组诗《幸福的冬季之歌》的写作。这个标题并非自嘲——组诗渗透了对 1962 年冬幸福的恋爱时期的回忆。甚至注明 1964 年 1 月的诗，其履历的潜台词很可怕，却凸显了与世隔绝的伤感情调：

---

[65] СИБ-2. Т. 2. С. 11.

[66] 1964 年 2 月 18 日在法院第一次开庭时，布罗茨基说他是在 1 月 5 日出院的（*Гордин 2000*. С. 182.）。这要么是维格多罗娃的笔误，要么是布罗茨基的口误，因为出院证明上写的是 1 月 5 日。实际上 1 月 3 日布罗茨基已回到列宁格勒。

幸福的冬季之歌，
你就留作纪念，
要在旋律的进展中
回忆其中的冷漠：
你像小家鼠那样
急奔而去的地方，
不论如何称呼，
它都存在于旋律的韵脚里。
…………
就是说，这是春天。
是呀，静脉里的血
太满了：刚一切开
鲜血便潮涌而出。

在那样的现实情况下所创作的《幸福的冬季之歌》，在原则上甚至是挑衅性地不问政治。我们知道布罗茨基在什么条件下写完了《幸福的冬季之歌》，从这个角度来看，这是略带讥讽意味的伤感的爱情诗，是关于大自然的诗意的沉思，是大体上淡然的口吻，这种口吻更适合于19世纪的英国乡绅或俄国地主，而不是逃避民警的苏联弃儿——这一切的解释在于自觉选择的道德观，争取内心的独立自主。

去一趟莫斯科回来后，2月13日晚布罗茨基在自家附近的街道上被捕。2月18日在捷尔任斯基区的法院审理布罗茨基的案子。女法官萨韦利耶娃的审问毫不掩饰地表明，她的目的就是要立即判决布罗茨基不劳而获有罪。

“女法官：总之，您有什么特专长？

布罗茨基：诗人，诗歌翻译家。

法官：谁承认您是诗人？把您列为诗人？

布罗茨基：没有谁。（*没有挑衅意味。*）是谁把我列为人类的呢？

法官：您学习过吗？

布罗茨基：学习什么？

女法官：学过作诗吗？没想过要进高校，那里有人培养……有人教……

布罗茨基：我不认为这要靠教育。

女法官：这要靠什么呢？

布罗茨基：我认为这……（*惘然若失*）来自天意……”[67]

辩护方的主要意图是争取从宽处理，莫斯科的朋友们为救援约瑟夫而设计的办法是拿到他有精神病的证明——对精神病人能怎样？——于是律师在初审结束时请求将布罗茨基送去体检。

这个请求得到了超乎预期的效果，不是像辩护方所要求的那样解除监禁进行体检，而是把布罗茨基关在“普里亚什卡”三个星期，即普里亚什卡河沿岸街的第二精神病医院，而且最初三天是在狂躁症患者的病房。那里立即开始为他“治疗”——半夜叫醒他，把他浸在冷水浴盆里，裹上湿床单，放在暖气片旁边。渐渐烘干的床单钻心地刺人。1987 年有人问他，在苏联的生活中什么时候最痛苦，布罗茨基不假思索地提起在普里亚什卡河上所遭受的折磨[68]。不清楚为什么要让布罗茨基遭受中世纪的酷刑。

---

[67] СИБ-2. Т. 2. С. 181-182.

[68] 参见 *Интервью 2000*. С. 279。

须知惩罚机关并非要迫使他提供任何情报，根据一切情况来判断，也没有要求他悔过，承认自己误入歧途。二者必居其一，要么真的认为他是精神病患者，要用自己的方法治愈他，使他能接受审讯和判决，要么就是医务人员的施虐狂，关于这一点，后来世界从持不同政见者的叙述中了解到，他们都领教过苏联精神病医生的恐怖手段[69]。在列宁格勒没有碰到对布罗茨基怀有善意的医生，普里亚什卡河上的精神病医生作出的结论很可能是客观的，然而在那种情况下却是致命的："他所表现的是变态人格的特征，没有精神疾患，就其神经心理的健康状况而言是有劳动能力的。"[70]

3 月 13 日法院第二次开庭，决定要办成示范性的诉讼。诉讼程序分为三部分：审问被告；证人的发言和质询；社会控诉人和辩护人的发言。布罗茨基和法官萨韦利耶娃的对话还是以第一次开庭时的那种荒唐的方式进行。

A. H. 托波罗娃律师回忆道："布罗茨基的最后发言很精彩。他说：'我不仅不是不劳而食者，而且将是为祖国争得荣誉的诗人。'这时法官，陪审员——几乎所有的人——都哈哈大笑。"[71]

诉讼程序持续了近五个小时，到晚上很晚才结束。判决甚至使那些不希望为诗人辩解的人也大吃一惊。对布罗茨基的判决是按 1961 年法令所能判处的最重的刑罚——"从列宁格勒市移居

[69] 几年后经历过"精神病医生的惩罚"的人中有一个是纳塔丽娅·戈尔巴涅夫斯卡娅，她是诗人也是布罗茨基的朋友。关于实行惩罚的医生以及刑具湿床单，参见 *Bloch*, *Sidney and Reddaway*, *Peter*. Psychiatric Terror: How Soviet Psychiatry Is Used to Suppress Dissent. New York: Basik Books, 1977。关于在普里亚什卡河上的经历怎样成了长诗《戈尔布诺夫和戈尔恰科夫》的素材，详见 *Loseff 2004*。

[70] *Гордин*. *2000*. С. 186.

[71] *Якимчук 1990*. С. 23.

专门划定的地区，为期五年，并在定居点从事义务劳动”[72]。

维格多罗娃无视女法官的威胁而写的布罗茨基庭审记录，不仅对布罗茨基的命运，而且在俄罗斯近代政治史上也是意义重大的文件。几个月里，这篇记录就在非法出版物中得到广泛的传播，还出现在国外，西方报刊也加以援引。此前布罗茨基的名字在西方鲜为人知，而在 1964 年底，尤其是在法国«Figaro littéraire»、英国«Encounter»全文译载维格多罗娃的记录之后，这位受到凶恶、迟钝的官僚主义者摧残的青年诗人的富于理想的故事，已经完全完全没有苏联贫乏的日常生活和地方政客作风的详情细节，这使西方的知识界深感震撼。对了解极权主义的性质的人们来说，对布罗茨基的审判是迫害帕斯特纳克之后的又一个证据，说明在赫鲁晓夫时代的苏维埃俄罗斯，正如在斯大林时代一样是没有言论自由的，而对很多左派人士来说则是对苏维埃社会主义的信任彻底破产。

布罗茨基深知，从健全理性的视角来看，正在发生的一切是十分荒谬的，同时也深知自己与国家的冲突是不可避免的，尽管正如他的辩护人所强调的那样，他从未写过任何反对国家的诗歌。他的国家是以意识形态为基础的体制，因而更接近于柏拉图的极权主义乌托邦，而不是霍布斯的实用主义利维坦。“柏拉图的理想国”第十卷有一段著名的话，说诗人是扰乱社会秩序的疯子，应该逐出理想国：“〈诗人〉唤醒、培育、加强心灵中最恶劣的一面，毁灭心灵的理性本源；〈……〉他个别地向每个人的心灵灌输坏的国家体制，纵容心灵的非理性本源……”[73] 布罗茨基

---

[72] *Гордин 2000*. С. 187.

[73] *Платон*. Сочинения. М.: Мысль. 1971. Т. 3. С. 435.

在 1977 年写了《发扬柏拉图精神》，这首诗回忆群众怎样“在周围暴跳如雷，大声喊叫，/用劳累过度的食指戳着我：‘你不是我们的人！’”。维格多罗娃的笔记还记下了休庭时在法院大厅里的谈话：“作家们哪！把他们全都赶出去才好！知识分子！硬是骑在我们的脖子上……我也要开始写作，译诗呢！……”[74]

布罗茨基不喜欢回忆 1964 年 3 月的审判。记者对他生平的这个小插曲的过度关注引起了他的抗议：他希望被看作诗人，而不是制度的牺牲品。

据我们所知，布罗茨基在普里亚什卡没有写过诗，不过在 2 月 13 日被捕后到 18 日被送去进行精神病鉴定前，他在牢房里每天都写，在以《囚犯须知》[75] 为总标题的四首小诗注明写于 14、15、16 和 17 日。写于 2 月 15 日献给阿赫玛托娃的八行诗《二月里春天还远……》（即东正教的奉献节——阿赫玛托娃的命名日）也是一幅大自然的微型画（讽喻人到中年的女诗人的容貌），不过其余的短小诗句都基于监狱里的直接印象：牢房的寒冷、电灯的强烈光线、打瞌睡、在封闭的空间往返踱步。突然，第四首诗《在牢房散步之前》的末尾出现了与美化的神话的比较：作者置身其间的那种极端恶劣的生存条件与赫拉克勒斯的第十一件大功绩——前往赫斯佩里得斯圣园获取金苹果的旅行。同样的对比，人身卑微的不自由和想象力的自由，监狱封闭的——就其本义而言——空间和无限的文化空间的对比，布罗茨基的两首八行诗抨击得更加尖锐，这两首诗布罗茨基写于自己的生日 1965 年 5 月 24 日，当时他被羁押在区民警局的禁闭室。他因为休假迟

---

[74] *Эткинд 1977*. С. 170.

[75] 初次发表时又补充了 16 行，是一年多以后在另一个禁闭室写的，组诗的标题更具讽刺意味——《禁闭室里的音乐》。

到而受到羁押几天的惩罚。

夜。禁闭室。监视孔
直刺我的瞳孔。
执勤的民警在咕噜咕噜地喝茶。
我觉得自己好像大街上的垃圾桶，
命运把成堆的垃圾倒进去，
每个垃圾都往里面吐唾沫

琴丝刺人的竖琴
在茅坑的后面。
沼泽地在侵蚀土坡。
而以天为背景的一名哨兵
完全就像福波斯。
你往哪里钻哪，阿波罗！

在对禁闭室和从监狱窗口看围着带刺铁丝的茅房的自然主义描写中，绕开戏剧性词汇，使用刑事案件的行话（“行窃的黑话”），这就强烈地突出了福波斯-阿波罗在诗末的出现。作者以注意细节的习惯审视着监狱的禁闭室和囚禁其中的自己。作者的立场是在禁闭室之外，总之是“在外面”，即绝对自由的立场。某种重要的情况发生于监狱的简朴的素描——布罗茨基诗学的哲学原理诞生了。受难被看作人类生存的条件，世界就是它本身的样子。“直插”这个不雅的词与福波斯-阿波罗邻近消除了不体面的性质，修辞的两极在作品中自然地相遇，作品不评论生活，不数落生活，而是描绘生活。狱中诗意味深长的是感情的持重，特别是没有那种普遍的狱中抒情主题——抱怨、自怜。这是原则性的方面。十五年后，布罗茨基开始以诗总结自己四十年的人生历程，回忆狱中的体验（“我代替野兽走进笼子，/ 像墙上的钉子熬尽期限和癔病女患者的狂叫……”），强调自觉地接受灾难（“我把押送兵发蓝的瞳孔放进了自己的梦里……”），严禁内心脆弱的表现（“我允许自己接连发出任何声音，除了哀号之外……”）。

对布罗茨基的审判往往被称为“卡夫卡式的”，意思是缺乏法理逻辑、控诉的荒谬和令人憎恶的氛围。不过对布罗茨基来说，审判的确是卡夫卡式的，不过另有含义。须知卡夫卡的《审判》不仅涉及人会被审讯和处决而不明所以，还涉及人虽然不明白为什么要审讯他，却还是觉得自己有罪。这种全人类的存在主义罪恶感不一定与犹太基督教的原罪观念有关，从来就存在于布罗茨基的诗和一般的精神生活。在布罗茨基的伦理学和诗学中，与罪恶的主题密切联系在一起的是宽恕的主题。阿赫玛托娃的话：“你不知道，人家宽恕你了……”——他带在身边走过一生，作为护身符[76]。

五

四月中旬指派布罗茨基从阿尔汉格尔斯克州关押解送犯人的监狱前往阿尔汉格尔斯克州科诺什区的移民点。监狱、押解人员的侮辱是不小的考验，而流放地的生活却并不那么可怕。后来在

---

[76] 引自她的诗《你别怕，我还很像……》，这首诗被收入组诗《蔷薇花开（录自焚毁的笔记本）》。写于 1962 年 7 月，也就是在布罗茨基已经与阿赫玛托娃经常见面的时期，她想必正是在那时给他读了这些诗句。

西方，记者谈到布罗茨基的遭遇时提及“古拉格”和某些虚构的“流放北极地区从事劳动的移民村落”[77]，这就可能使不太了解俄罗斯地理及其他实际情况的读者产生永久冰层和镣铐的想象。

流放不是日常的田园生活，时常思念家乡，时而会有完全被遗忘的感觉，但布罗茨基的回忆却不是这样：“……我生平最好的时期之一。有些时期也不坏，然而更好的——好像不曾有过。”[78]

流放犯要自己找工作。布罗茨基找到的工作是当“长工”，即国营“达尼洛夫斯基”农场的杂工。他碰巧要干的“杂工”是田间作业：

> 布罗夫——拖拉机手——和我，
> 农业工人布罗茨基，
> 我们在播种越冬作物——六公顷。
> 我在观察林木茂盛的地区
> 和有一条反光带的天空，
> 我的一只皮靴触及制动杆。
>
> 子粒在耙子下面扎煞，
> 发动机的轰鸣响彻四周。
> 飞行员在乌云间留下自己飞舞的笔迹。
> 面向田野，背朝震动，
> 我自己是播种机的点缀，

---

[77] 参见：例如 *Disch 1980*，*Kirsch 2000*. P. 40。
[78] 参见：*Волков 1998*. С. 89。

满身粉尘，好像莫扎特[79]。

在另几首诗里他提及当桶匠（《制轮匠死了，桶匠……》）、屋面工（《我代替野兽走进笼子……》）、马车夫（《踏上泥泞的道路》），而根据他本人的回忆我们知道，他曾在树林里集运原木和放牧小牛。

他在诺林斯卡亚村找到了住所。“那里有36栋或40栋木屋。不过只有14栋有人居住。主要是老人和小孩，其余的居民，略微有些生存能力和力气的年轻人都离开了这个地方，因为那里穷得可怕，是没有希望的地方。”[80]

虽然布罗茨基回忆阿尔汉格尔斯克州流放地的生活是自己生平最幸福的时期之一，却并不意味着他在诺林斯卡亚村的生活安然自得，无忧无虑。对来往自由的限制使他难以忍受，尤其是不能与巴斯马诺娃相见。1964年在流放地所写的诗（24首完篇或未完篇的诗）几乎有一半或献给不在身边的巴斯马诺娃，或干脆以离别为主题。其中只有一首《发扬克雷洛夫精神》描写田园牧歌似的场景，两人在一起悠闲地散步。翌年关于爱情和离别的诗——占三分之一。此外，1965年所写的叙事诗《费利克斯》把情敌讽刺地描绘成婴儿型的色情狂（СИБ-2，том 2，стр. 154-160；这篇作品布罗茨基没有发表，到70年代才在小圈子里为人

[79] 这个细节似乎是简朴的“写生”，处于意味深长的对比之中。飞行员在天空的飞行使人想起作者童年当飞行员的梦想。飞行员没有当成，甚至在播种机上抖动着，“满身”灰尘的他也“好像莫扎特”。作者恰恰对农业的实际情况没有给予应有的注意：播种机变成了耙子（这是不同的农具，尽管拖拉机手会把播种机上的中耕机梁架叫作“耙子”）。“子粒……扎煞”听起来很奇怪。显然，由于这些原因这首诗在全集出版前未能发表。

[80] *Интервью 2000*. С. 433.

所知，这要归功于马拉姆津斯基的汇编）。布罗茨基的严厉的批评者 А. И. 索尔仁尼琴注意到出现于流放时期的诗句“……土地、一切在生长繁殖的植物、马匹和农村劳动起着使万物欣欣向荣的作用”。“甚至透过令人惊愕的埋怨声——大地、俄罗斯乡村和大自然的呼吸会出其不意地提供顿悟的萌芽。‘在乡村，上帝不是生活在某些角落，/像嘲笑者所想象的那样，而是无处不在……’”[81]这样说只是部分正确。俄罗斯的大自然，乡村生活白天和季节的一系列活动经常出现于布罗茨基的抒情作品，至少从 1962 年起是这样。由于多种原因的综合，这一类的诗排挤了早期抒情作品的城市主题和书卷气。其中既有市郊生活的直接印象，也有对巴拉滕斯基哀诗的爱好，也有对罗伯特・弗罗斯特的诗的初步认识，从诗风的某些特点来看，还有帕斯特纳克晚年作品的潜在影响。

在流放地布罗茨基外于——或者说先于——其余的一切思索着诗歌艺术的原理。他曾在 1965 年 6 月 13 日致雅科夫・戈尔金的信中加以阐释。信里有两个基本论点。其一涉及创作的心理学，其二布罗茨基称之为“实践性的”，——涉及构造单个诗句或短诗的几个原则。在心理上，作者应该只遵循自己的直觉，不论直觉把你引向何方，要绝对独立于准则、规范，不必顾忌权威和假定的读者。“要独立。独立——在任何语言里都是最优秀的品质。哪怕会导致失败（蠢话）——这不过是你个人的失败而已。你要自己清算自己；要不，鬼才知道该清算谁。”[82] 对作品的要求也起着毫不逊色的决定性作用。“在诗歌中最主要的是结构。不是题材，而是结构。这是不同的。〈……〉必须安排结构。

[81] *Солженицын 1999*. С. 182.

[82] 引自 *Гордин 2000*. С. 137。

例如：关于一棵树的诗。你开始描写你所见到的一切，从土壤起，往上描写到树梢。你请看，这就是伟大的作品。应该习惯于把画面作为整体来看……没有整体的部分是不存在的。〈……〉不是用逻辑，而是以心灵的悸动——只有你自己明白的悸动——把诗节连接起来吧。〈……〉主要的在于——这就是所谓的戏剧性原则——结构。须知隐喻本身就是——微型精细画的结构。我承认，我觉得自己更像奥斯特洛夫斯基，而不是拜伦（有时我觉得自己是莎士比亚）。”[83] 抒情作品的戏剧性，作为作诗战略的结构——这实质上是曼德尔施塔姆、阿赫玛托娃、帕斯特纳克语义学诗体的基础[84]。

布罗茨基去流放地是一个诗人，而过了两年不到回来成了另一个诗人。改变不是瞬间发生的，但变得很快。流放第一年，即1964年所写的诗，基本上还是1962—1963年的那种表达方式。因此两者在诗集《献给奥古斯塔的新四行诗》里是那么有机地结合在一起。明显的例外只有上面讨论过的狱中组诗和年末所写的*Einem alten Architekten in Rom*（《致罗马的老建筑师》）。后者的标题接近于重复美国诗人华莱士·斯蒂文斯的诗题《致罗马的老哲学家》。早在同年秋布罗茨基还改动了拜伦的诗题《献给奥古斯塔的四行诗》——《献给奥古斯塔的新四行诗》。关于《我窗外，木窗窗外，有几棵树……》这首诗，布罗茨基说他是作为弗罗斯特的诗题《我窗外的一棵树》的变体来写的。他从前也读过

---

[83] 引自 *Гордин 2000*. С. 137。

[84] 这种诗学也称为阿克梅派诗学。不过帕斯特纳克的日常文学活动与阿克梅派小圈子是没有联系的，他的诗学原则上与曼德尔施塔姆和阿赫玛托娃有许多共同之处，首先是在这里引述的布罗茨基的信里所提及的方面。戈尔津在自己的书中引用的帕斯特纳克关于结构的特殊意义的论述，与布罗茨基的思想很相似（同上，С. 138）。

译本，还想读原版英美诗歌，不过在诺林斯卡亚村才开始用心地领会英语诗的内涵。他手边有一本很好的英俄词典，有很多书，其中包括路易斯·安特梅尔和奥斯卡·威廉姆斯的诗选[85]。每到傍晚他就在村旁小河边的木屋里心无旁骛地在词典里查找与英语词准确对应的俄语词，缓慢地阅读英语作品。这样专心阅读的一个附带的效果是自然而然地对英文有了很好的了解，然而这时他感兴趣的对象已不是另一种语言，而是另一种诗。英语诗逐渐展现在他面前，不像俄语诗，也不大像他以前读过的那些译作。

布罗茨基究竟吸取了英美诗的哪些教训呢？初看似乎是英国的巴洛克诗体给布罗茨基的风格打上了最鲜明的印记。在诺林斯卡亚村他初次对最伟大的英国诗人约翰·多恩的创作有了充分的认识（他自己的《献给约翰·多恩的大哀歌》写于 1962 年，当时他对多恩的作品还几乎一无所知，除了关于钟声的风行一时的引文，它“为你而鸣”）[86]。他曾译过多恩和马韦尔的作品，细心阅读莎士比亚的戏剧。他们的诗意冥想往往表现于展开的（放大的）隐喻。这样的隐喻和比拟又称为“协奏曲”（来自意大利语 concetto，“虚构”，在这里的意思不是臆想，而是思想的提炼，**想象的建构**）。“协奏曲”是全欧洲巴洛克风格的典型特点，不过布罗茨基潜心阅读的原作主要是英语作品，尤其是波兰语作品。17 世纪玄学派诗人通常把感觉、心情比拟为物理客体及其功能，似乎与激动诗人的主题没有任何相似之处。不同于浪漫派动人的一次性比拟（例如，“少年的欢娱已逝，/如梦，如清晨的

---

[85] 一再出版的 *The New Pocket Anthology of American Verse from Colonial Days to the Present*（edited by Oscar Williams）就有那些“黑白方框”——布罗茨基在纪念奥登的随笔中所回忆的那些诗人的肖像（*СИБ-2*. T. 5. C. 263）。

[86] 参见：*Интервью 2000*. C. 154；*Волков 1998*. C. 159-161。

雾”)，巴洛克风格的转喻的发展是理性的、合乎逻辑的，允许作者闪耀想象和机敏的火花。安德鲁·马韦尔就在《爱的决定》中这样运用欧几里得的几何公设：

As lines, so loves, oblique may well
Themselves in every angle greet;
But ours, so truly parallel,
Tough infnite can never meet.

(好像直线，爱情也是这样，倾斜时
可以/从任何角度迎向对方；/
可我俩，就是真正的平行线，/
即使无限延伸，也永远不能相交)[87]。

布罗茨基曾在60年代的诗中试验类似的隐喻，悉数收入《美好时代的终结》：《纪念塔季扬娜·布罗夫科娃》、《纪念保卫汉科半岛的英雄的喷水池》(整首诗都是展开的隐喻)，而极端的表现是长篇诗作《没有伴奏的歌声》，其中几何学的隐喻——被不可跨越的空间隔开的情侣的视线好像直角三角形的两条边，在天上相遇——在244行诗中所占的篇幅长达120多行。

众所周知，古典主义时期所排斥，浪漫派诗人所遗忘的巴洛克风格，是在现代主义中复兴的——先是复兴于19世纪末法国

---

[87] 布罗茨基多次重复这个平行线情节。交叉的平行线作为抗议的象征，反对认为世界完全可以理解的纯理性主义观点，交叉的平行线是布罗茨基继承自陀思妥耶夫斯基(《地下室手记》、《卡拉马佐夫兄弟》)以及别雷、帕斯特纳克、纳博科夫、华莱士·斯蒂文斯这样的作家(详见《美好时代的终结》的注释)。

象征派诗歌，稍后是英国意象派诗人埃兹拉·庞德、T. C. 艾略特所理解的历史性纲领，他们的思想和创作决定性地影响了20世纪的英语诗。不过，玄学派的隐喻在新的体现中是以浓缩的形态出现的：以复杂的逻辑结构解释诗人怎样联接相距颇远的概念，而寄望于有准备的读者的领悟能力。例如，埃利奥特《普鲁弗洛克的情歌》开头两行就是这样：

When the evening spread out against the sky
Like the patient etherized upon a table.

（当暮色在天空蔓延的时候/被麻醉的病人正在手术台上。）

原则上相似的隐喻也是俄罗斯现代派的鲜明特点。例如，试比较马雅可夫斯基《裤子里的云》引自埃利奥特的比拟："12点钟落下，/好像死刑犯的头颅滚落断头台。"或如帕斯特纳克关于情妇的诗《由于迷信》："她带着椅子进来，/好像从隔板上拿下我的生命/吹掉上面的灰尘。"尽管有个人的各种差异，原则上同一类型的玄学派浓缩隐喻既是茨维塔耶娃也是曼德尔施塔姆的特点，很可能正是有鉴于此，布罗茨基才在致戈尔金的信中写道："隐喻是一个微型结构。"60年代下半叶他也主要倾向于这种隐喻形式。1958年的诗有两个典型的例子（均见*OBП*）。

在洗衣桥上，我和你曾
模仿刻度盘的指针，
指针在十二点相逢，此后

不是分别一昼夜，而是永别……

（《洗衣桥》）

只有倾盆大雨刺激着我昏昏欲睡的神智，
仿佛守财奴走进远房亲戚的厨房，
这时通过我耳鼓的：
还不是音乐，却也不是噪音。

（《近于哀诗》）

不过我们看到，布罗茨基不同于本国的上一代诗人，在尝试古代巴洛克艺术手法时，似乎是在自己的形成过程中演绎着现代派对现实的观感和与之有关的隐喻方式的前史⑧。他这样做有时不免有损于情感的表现力（只要比较一下《没有伴奏的歌声》和与之有关的传记题材《莎霍区》就能看出，情感的表达比后者更复杂，也更富于张力，就因为后者没有展开仿古的隐喻）。显然，由于某些内在的原因，布罗茨基感到有必要完成17世纪的功课，弥补俄罗斯诗史的缺口。不能说，俄罗斯诗歌完全放弃了巴洛克风格的诗学。布罗茨基喜欢推荐安季奥赫·康捷米尔的顿涅茨诗行，援引格里戈里·斯科沃罗达的巴洛克风格的俄语诗和乌克兰语诗，并发掘杰尔查文甚至巴拉滕斯基对现实的巴洛克风格的反映，然而对巴洛克风格和现代主义同样典型的理智语言和情感语言的有机融合，他首先是通过在烛光下，在俄罗斯北方的木屋里深入研读英语诗而加以掌握——那里的环境从17世纪起就很少变化。

---

⑧ 对布罗茨基隐喻形式的详细分析，参见：*Polukhina 1989*；*Полухина, Пярли 1995*。

说布罗茨基诗体范围的急剧扩大就是开始于诺林斯卡亚村，未免停留在现象的表面。急剧的变化发生于诗的个性的结构，因而这个新“我”需要自我表现的新形式。像在列宁格勒的法庭上那样，回避自己和正在进行中的事态是脱困的良策，同样，布罗茨基在 1964 年和 1965 年之交认识到，作品的作者与作者的“我”异化会展现怎样的可能性。

……这是最好的方法，
可以拯救强烈的感情，以免弱势群体
介入。希腊的假面原则
重新流行。

（《再见，韦罗妮卡小姐》）

作者的新观点最鲜明地表现于诗的体裁，这种体裁在 20 世纪俄罗斯抒情诗中被视为陈旧的或处于过渡状态，正是由于在有故事情节的诗里没有更恰当的术语。19 世纪“诗体故事”是相当流行的：普希金的《未卜先知的奥列格之歌》，雷列耶夫的沉思，A. K. 托尔斯泰的历史题材的抒情叙事诗，以及这样一些有故事情节的诗，如普希金的《箭毒木》，莱蒙托夫的《将死的斗士》，涅克拉索夫的《毛发》——只是大量例子中的几个而已。到 20 世纪这种体裁过时了。写作和出版了大量有故事情节的诗，短篇和长篇的叙事诗都有。这样的作品“是民众容易懂的”，其实就是苏维埃俄罗斯文化产品的思想检查官容易懂，当然，也只有这样的诗才能服务于宣传的目的。但高雅的现代派俄语诗几乎完全排除了故事情节。于是早期马雅可夫斯基或茨维塔耶娃激情洋溢的抒情诗，阿赫玛托娃情感含蓄的自我反思，曼德尔施塔姆关于文化学的冥思，也像安年斯基、勃洛克、帕斯特纳克、叶赛宁的抒情诗一样倾向于极其准确的自我表现。这种纯抒情诗的理想是——作者和作品的“我”的完全的同一性。这一类抒情诗总是充满激情，而且诗里的情感总是明确地表现出来。马雅可夫斯基的《长笛-脊柱》和《裤子里的云》，茨维塔耶娃的长诗《终结之歌》和《山之歌》表达了痛苦、绝望和对周围世界的蔑视和憎恨，或帕斯特纳克诗集《妹妹是我的生命》中的欣喜、对自然哲学的热衷，或曼德尔施塔姆的诗，如《失眠。荷马。鼓起的风帆……》、《瓶子里流出蜂蜜的金色细流……》的激动人心的喜悦、对诗学思考的重要性的强调，而最常见的——从安年斯基和勃洛克到叶赛宁——是生活的寂寞和因之而起的自怜之感。从诗歌艺术的语用学观点来看，可以说这类抒情是在作者和读者之间建立充满好感的个人关系。诗人所体验到的感觉、心情包罗万象，因而很有感染力。正如托尔斯泰在《什么是艺术》一文中所说明的那样：“艺术是人类的活动，在于一个人有意识地以某种外在的符号把他所体验到的感觉传递给别人，而别人受到这些感觉的感染，也就能体验到。”[89] 就抒情诗而言，这样以虚构的人物“别人”代替“我”，而且这个人物所处的环境与作者的生活环境显然不符，这就破坏了可信度。因此甚至俄罗斯现代派的长篇叙事诗也是内心的倾诉（上面提到的马雅可夫斯基和茨维塔耶娃的叙事诗、帕斯特纳克的诗集，其中的抒情自白压倒了故事情节，不论1905年的革命、施密特中尉的叛变还是玛丽娅·伊利英娜的传记）。俄罗斯现代派诗歌中的例外纯属试验性的作品（例如布留索夫或谢利温斯基的诗），勃洛克的长诗《十二个》、

---

⑧⑨ *Л. Н. Толстой*. Собрание сочинение：В 22-х т. Т. 15. М.：Художественная литература，1983. С. 80.

吉洪诺夫早期的通俗叙事抒情诗、巴格里茨基的某些作品都是，不过这些诗人也主要留在亲密抒情的传统轨道上。20 世纪俄罗斯唯一以其主要创作摆脱这个传统的大诗人是米哈伊尔·库兹明。从早期的《亚历山大之歌》到稍后的诗体小说集《福雷尔破冰》，库兹明在抒情作品中采用的是“希腊的假面原则”，时而还写一些“像散文”的诗，即采取讲“别人的”故事的形式，其情节有时还相当复杂。

俄罗斯现代派诗歌中的例外，在那个时期的英语诗歌中却是典范。托马斯·哈代、У. Б. 耶茨、埃德温·阿灵顿·罗宾逊、罗伯特·弗罗斯特、埃德加·李·马斯特斯、Т. С. 艾略特、У. Х. 奥登都同样地既写第一人称的诗，也写关于“别人”的诗。他们对虚构人物进行细致的心理描写，详细地描述他们的生活场景，往往在诗中使用直接引语。当然，这些诗使俄罗斯青年读者感兴趣的首先应该是，在放弃情感的直接自我表白的条件下，诗赖以达到感染效果的那个因素，**抒情性**。就其最一般的特征而论，可以说，尽管这样的诗往往很长，而且其中的描写也很详细，但足以感动读者的主要的东西，却是作品中所没有的。情感的感染力在于言不尽意，在于意味深长的潜台词[90]布罗茨基认为罗伯特·弗罗斯特是近代英美诗歌的中心人物，关于他的诗的艺术准则，布罗茨基是这样说的：“……弗罗斯特的叙事的主要力量——与其说是记述，不如说是对话。弗罗斯特笔下的情节照

---

[90] 我们在这里所作的总结，只能用于描述俄语诗和现代派英美诗之间的本质区别。谈的是倾向，而非绝对的事实。例如，暗示的潜台词也是阿赫玛托娃抒情诗的明显特点，而且在其他俄罗斯诗人的作品中也能找到对暗示法的有效运用。这样的诗学大师在俄罗斯文学中是有的，不过他不是诗人，而是作家——契诃夫。参见“о‘чеховском’”у Ахматовой и Бродсуого：*Лосев 1986*，*Loseff 1995*。

例发生在四壁之内。两个人彼此交谈（令人惊叹的是他们在彼此之间什么话不说啊!）。弗罗斯特笔下的对话包含作者的一切必要的情景说明，一切必要的舞台指示。描述了布景、动作。这是古希腊意义上的悲剧，简直就是一出芭蕾舞剧。”[91] 特别重要的是所指出的并非抒情艺术的古典范例，而是古希腊的悲剧（在那次谈话中布罗茨基还由于弗罗斯特而提及普希金的“小型悲剧”）。抒情作品的戏剧化（在前面引述的致戈尔金的信里他说：“我觉得自己更多的是奥斯特洛夫斯基，而不是拜伦”），利用“舞台”、“演员”，使他可以包罗万象地转述日常生活的可怖、荒诞，而在浪漫主义抒情独白的传统形式中，存在主义悲剧很容易就被偷换成个人的抱怨。

这种沉思的结果是这样的一些作品，如«Anno Domini（公元)»、《致 Z. 将军的信》、《烛台》、《戈尔布诺夫和戈尔恰科夫》（1968)、《雅尔塔的冬日黄昏》、《献给雅尔塔》，组诗《选自〈校园诗集〉》和与之有内在联系的诗《处女作》、《品茶》（1969)、«Post aetatem nostram»（1970)、《致罗马友人的书信》（1972）等，沿着这个方向所跨出的最初几步见于这样的一些作品，如«Einem alten Akhitkten in Rom»（1964)、《预言》、《容器里的两个小时》（1965）和《喷水池》（1966)。这都是布罗茨基创作中驰名的诗，其体裁和风格在布罗茨基之前的 20 世纪俄罗斯诗歌中罕有相似的现象。不过，与此同时，布罗茨基也继续在传统的抒情方式上痛下工夫。最后，在英语文学的影响下出现的新动向与传统并非分道扬镳。在布罗茨基那里，最有成效的恰恰是折中主义的方法——从我-叙述到他-叙述、从中立的讽刺风格到隐秘

---

[91] *Волков 1998*. С. 98. 这是真实谈话的笔记，布罗茨基的话不完全正确：弗罗斯特笔下的情节远非“照例”发生在房间里。

的激情自由转换（例如《容器里的两个小时》、《预言》和《雅尔塔的冬日黄昏》）。到70年代中叶，这种折中主义产生了对任何国家、任何时代的诗都非同寻常的结果，即作诗的“我”的结构战略——**把自己作为别人来描写**。“完全无足轻重”，“一个人/身披斗篷”在《潟湖》（1973）中初次登台，此后有一系列短诗，其中的“我”都处于孤立的个人空间，与世隔绝——往往是在咖啡馆的小桌边，在毫无特色的旅馆房间里或街心公园的长椅上，而且在平流层的“我（鹰）”也包括在内。诗中的这个角色与世界的联系——是目视的，是早期一首诗所说的“记住细节”的才能，是稍后的一首诗所说的要珍视“细节的独立性”。

在诺林斯卡亚村阅读英语诗时，布罗茨基有一次体验了宗教迷信所谓的瞬间顿悟。他是这样描述的：“……书（《英语诗集》）完全偶然地翻在奥登《回忆耶茨》的那一页……这首诗用四音步写成的第三部分中的八行听起来好像救世军军歌、出殡赞美歌和儿歌的混合体：

[Time that is intolerant
Of the brave and innocent,
And indifferent in a week
To a beautiful physique,

Worships language and, forgives
Everyone by whom it lives;
Pardons cowardice, conceit,
Lays its honours at their feet.]

[Время，которое нетерпимо/К храбрым и невинным/ И за одну неделю становится равнодушно/К красивой внешности，//Поклоняется языку и прощает/ Кажого，кем язык жив；/Прощает трусость，тщеславие，/ Складывает свои почести к их стопам.]

“记得，我坐在农村的小木屋里，一个正方形的窗户只有飞机的舷窗大，我望着窗外潮湿、泥泞、有几只鸡在走动的路，对刚才读到的东西半信半疑，该不是我的语言知识同我开了个玩笑吧。”[92]

在我们看来，在布罗茨基的意识里，就像拿书占卜时一样偶然出现的奥登的这些诗行，使他聚焦于这个时期内心最深沉的思考、怀疑、感受的两种倾向。首先是宗教道德对罪孽和宽恕的感受。布罗茨基被判处流放是无辜受害，然而存在主义的负罪感是他所固有的（所以后来他才把自己的感受称为“卡尔文主义”的道德）。正如我们所知，那时只有阿赫玛托娃理解了布罗茨基在流放中所感受到的这种道德危机，并把它比作陀思妥耶夫斯基在“死屋”里的危机感。被看作神谕阅读的奥登的诗预示着宽恕，条件是真诚地献身于自己的使命：成为语言赖以为生的人之一。

其次，对布罗茨基来说，奥登的八行诗是魔法水晶球，他在其中找到了答案，回答了对他而言至关重要的语言和时间的本性问题。英国诗人朴实的话语使他确立了语言重于个人意识和集体存在的观念。这些想法弥漫于时代的氛围，好像海德格尔的存在主义哲学和萨丕尔的文化学，以及急剧扩大影响范围的符号学的

---

[92] *СИБ*-2. Т. 5. С. 259-260（译文是经过校正的）。

辐射形传播。从符号学的观点来看，一切存在都是符号体系，都是语言；生活表现为交际的网络——信息的传递、接收、曲解、不接收（正如布罗茨基在《与天人交谈》中以不可知的笔调所写的那样，甚至对上帝的信仰也“不过是一种邮件/单向的”）。萨丕尔把语言的结构比拟为留声机唱片上的纹路——人类的思维只能沿着这些纹路运行。海德格尔教导说，存在是在语言中实现的。对此奥登作了补充：语言需要诗人，使语言始终是鲜活的语言。当然，奥登是在重复旧的真理，布罗茨基已经听说过。归根结底，甚至词源本身也指明了这一点，“поэзия（俄语，诗）”——源于希腊语 poeisis（诗）、“делание（创造）”，即以语言作为工具、创造以前不曾有过的东西。而在沉重的怀疑、近于绝望的时刻，奥登的话帮助布罗茨基确信自己所选择的道路是正确的。

从一切迹象来看，与奥登诗行的那次至关重要的接触是发生在深秋，一月初布罗茨基从西方广播中获悉艾略特的死讯，在 1 月 12 日写完《艾略特之死》，首行在很多人看来是对三十一年后布罗茨基自己的预言：“他死于一月，在一年之始……”实际上这简直就是近似地翻译了奥登关于耶茨之死的首行：“他消失于隆冬……”（“He disappeared in the dead of winte ...”）这首诗大体上是模仿奥登哀诗的三部分的结构。第一部分展开诗与时间以及时间与海洋的比拟。时间是循环的——日、周、年的周而复始。诗也基于语音（尤其是诗行的末尾——韵脚）、有节奏的人物、形象、情节的有规律的重复，时间被描绘成海洋及其潮起潮落所形成的波浪的律动。（十年后他又在组诗《言语的一部分》中回到这种复杂的“玄学的”比拟，其中的一首诗是这样开头的：“我生长于波罗的海沼泽地，靠近/铅灰色的波浪，波浪总是成双地涌流，/于是所有的韵脚——便由此而来……”）冬季节日后结冰世界的画面在电影平面图的交替中提供——从推摄扫出“门外的碎片”到从平流层向海洋和大陆的一瞥。形象是具体的、物质的，正如艾略特所要求的那样。然而第二部分和第三部分就其思想的成熟和表达的晓畅而言逊色于范例——奥登的哀诗。耶茨逝世时，奥登是比二十四岁的布罗茨基年长许多也远为成熟的诗人。布罗茨基还只是开始走上自己的路，写于1965年1月12日的这首诗只是这条路上的第一个路标。

1965年1月初，被奥登关于耶茨之死的哀诗激起灵感的布罗茨基每晚在国营农场劳动后为艾略特之死写诗的时候，在莫斯科，维格多罗娃、丘科夫斯卡娅、格鲁季宁娜、阿赫玛托娃和诗人的其他辩护人孜孜不倦的斗争，他们踏破门槛、写信，对多少有些影响力的人物的劝说开始生效。布罗茨基于11月23日正式获得自由。

布罗茨基为获释而高兴，依旧为了与情妇的复杂关系而忧虑，写诗，而对一年半的磨难尽可能地少想。他所发生的一切使他感到惊讶的首先是自己的荒谬。“折磨的总和产生荒谬”，——几年后他根据自己的经验下了这样的结论[93]。

六

1965年从流放中回来，1972年出国，这七年间布罗茨基在苏联社会的处境很奇怪：他获准自由生活，靠笔墨维持生计，却没有正式作为诗人而存在。

---

[93]《致Z. 将军的信》。

他仍然处于克格勃的视野之内，尽管直接的迫害停止了。审判和逮捕的丑闻使布罗茨基在列宁格勒作家协会的处境有了重大转折，新当选的理事会大体上是自由派，很赏识布罗茨基。使他成为协会会员是不可能的，因为他几乎没有发表过作品，但有一个附属协会的“职业小组”，这个小组团结了一些人，这些人从事文学工作，却由于种种原因不能成为协会的全权会员。布罗茨基回到列宁格勒，也立即被安置在这里。这样他的身份证就有了机关印记，这是他免于不劳而获指控的证书。他像被捕前一样，继续翻译写作儿童诗，有时在刊物《篝火》和《火花》上发表，并尝试其他与文学有关的工作，例如列宁格勒电影制片厂外国电影配音译制片的文学加工。偶尔因为他在私人场合读诗而付钱给他，这是向听众收取的应得的报酬[94]。

安排与心爱的女人同居的尝试在流放后又持续了两年。他们时而同居，时而分开住。1967 年秋玛丽娜和约瑟夫有了儿子安德烈，可是此后不久，在 1968 年初，也就是在初遇的六年之后，他们彻底分手。

我和她在一起生活了这么久，
我们用自己的身影
　　做各自的门——工作也好，睡觉也好，
却始终敞开门扇，
显然，我们就是穿过这些门扇，
走出暗道，奔向未来。

（《六年后》）

---

[94] 参见：*Сергеев 1997*. С. 440－441。

不能说，布罗茨基不在意他的诗能否出版。正如很多真正的诗人——不同于爱慕虚荣的业余爱好者，他对发表作品的态度是双重的。一方面，他怕一旦发表 作品会彻底脱离作者。诗歌创作——永远是心理宣泄的体验，他想延长这一过程。未发表的诗仿佛尚未完成，而发表了——就是永别。另一方面，布罗茨基在受审时关于他怎样看待自己的社会地位所说的并非空话。他自觉地认为，出版是必要的，早在60年代中叶，他的草稿中就有诗作目录——未来诗集的构成。他在那时的谈话中曾把诗集出版，自己的工作得到社会的承认，称之为“正义的胜利”，只有这过分夸张的表达方式才有开玩笑的意味。

1965年在布罗茨基不知情的情况下，他的诗集《短诗和叙事诗》（*СИП*）在纽约出版。它主要是根据未经作者认可的非法出版物的抄本付印的，布罗茨基从来不承认它是自己的[95]。散见于侨民期刊，国内读者无缘得见的作品，以及开始出现的某些诗歌的外语译作，再要称之为“正义的胜利”是不可能的。布罗茨基在列宁格勒作家圈子里的众多同情者，也像莫斯科的熟人一样，希望从流放地回来后能随即出版布罗茨基的诗，这方面的集体努力似乎会产生效果。1965年底或1966年初布罗茨基就按照有自由派倾向的编辑们的建议将诗集手稿交给苏联作家出版社列宁格勒分社。他建议以“冬季邮政”为书名，不同于美国版的诗集，本书所收集的主要是1962—1965年的诗作。布罗茨基被蒙骗了整整一年，此后他向出版社要回了手稿。

他的第一部真正的诗集《在旷野扎营》1970年出版于纽约。这是大部头的书，其中有70首短诗，有叙事诗《以撒和亚伯拉

[95] 关于*СИП*的出版经过，参见：*Клайн 1998*；*Кузьминский 1998*。

罕》和《戈尔布诺夫和戈尔恰科夫》，书末还有译自约翰·多恩的四篇译作。《以撒和亚伯拉罕》和22首短诗（其中的15首写于1963年之前）与收入《短诗和叙事诗》的重复，但这部诗集的三分之二以上是成熟的新作。所有幼稚、模仿性的作品一概淘汰，甚至包括《四行诗》（“连国家、乡村墓地也……”）和《列宁格勒附近的犹太人墓地……》那样曾风行一时的作品。各部分中诗的分节和顺序是作者缜密构思的结果。1968年6月布罗茨基在列宁格勒将手稿的主要部分交给其诗歌的译者美国教授乔治·克赖恩。对私带手稿出境的美国人，尤其是布罗茨基而言，这是一步险棋。在不久前的西尼亚夫斯基和达尼埃尔的诉讼案之后，“将手稿交给西方”这句话本身就意味着“间谍活动”或“叛国”。尽管布罗茨基的诗没有任何类似于西尼亚夫斯基和达尼埃尔的政治讽刺内容，可是苏联的惩罚机关很容易就能将《玻璃瓶里的信》、《在旷野扎营》和《戈尔布诺夫和戈尔恰科夫》的某些章节解释成反苏维埃的。

《在旷野扎营》的结构的两大支柱是诗集之首的《以撒和亚伯拉罕》和卷末的《戈尔布诺夫和戈尔恰科夫》。在布罗茨基精神演变的道路上，这两部叙事诗标志着掌握《圣经》——《旧约》和《新约》的不同阶段。在其作诗的道路上则标志着其独特风格的形成和确立：结构手法、词语的形象体系（象征性词汇）、独创性的诗律。

《以撒和亚伯拉罕》是布罗茨基创作中第一部以《圣经》为题材的作品，是他的诗中唯一的经过提炼的《旧约》题材。在世界艺术中得到广泛反映的亚伯拉罕祭祀的故事（《创世记》，第22章），布罗茨基以前也不可能不知道，即使看过冬宫博物馆的伦勃朗的画，不过写作这部叙事诗正好是在他生平头一回阅读圣经的时候："我简直在看完《创世记》的几天之后就写完了《以撒和亚伯拉罕》。"[96] 也就是在那时，布罗茨基读了克尔恺郭尔的《畏惧与颤栗》。正是在这里，克尔恺郭尔在思考亚伯拉罕的祭祀时得出结论，宗教感情是超越理性的，"信仰的骤变"是必然的。由于这个缘故布罗茨基也了解了列夫·舍斯托夫的思想（《克尔恺郭尔与存在主义哲学》）。

关于布罗茨基在1963年5月怎样致力于《以撒和亚伯拉罕》的创作，Н. Е. 戈尔巴涅夫斯卡娅写道："……他向我详细地——可以说是从结构方面——讲述了还是草稿的《以撒和亚伯拉罕》。例如曾讲到КУСТ——其中的每一个字母会有什么含义。一切都恰如后来出版的叙事诗，然而这是当时的讲述啊。这使我感到震惊：我不知道，而且至今也不大明白，诗还可以这样写，诗人早就成竹在胸，并拟订计划（但可以回忆一下普希金的写作计划）。"[97]

至于还有什么能使布罗茨基想到叙事诗的计划，А. Я. 谢尔盖耶夫有这样的记述："……他说，在分析罗宾逊的叙事诗《艾萨克和阿奇博尔德》时，他暗自把主人公改为'以撒和亚伯拉罕'。"[98] 埃德温·阿灵顿·罗宾逊的《艾萨克和阿奇博尔德》（1902）几乎是田园牧歌。俄罗斯读者读着十二岁男孩和老人艾萨克（以撒——美国基督教徒常用的名字）徒步旅行去老人阿奇博尔德家做客的故事，会想起契诃夫的《草原》。罗宾逊的叙事诗的潜在情节是——生命的终端和开端的对比，是孩子关于死亡的最初的思考。《以撒和亚伯拉罕》与罗宾逊叙事诗的内容似乎

[96] *Kline 1973*. P. 228.
[97] *Горбаневская 1996*. С. 16.
[98] *Сергеев 1997*. С. 432.

没有什么共同之处，不过，应当考虑到布罗茨基的如下评语："记得我曾与阿赫玛托娃讨论以诗体改写圣经的可能性问题。在美国这里，没有哪位诗人会做这种尝试。埃德温·阿灵顿·罗宾逊是愿意这样做的最后一个人。"[99]

有时《以撒和亚伯拉罕》被视为布罗茨基以犹太人为题材的为数不多的作品之一。操俄语的以色列批评家塞夫·巴尔-谢拉提出了这样一种极详尽的解释。他把这部叙事诗看作圣经的诗体诠释。诗人试图遵循喀巴拉的神秘教义，以以撒和亚伯拉罕的故事破解犹太人的使命，同时通过这次创作为自己解决阿多诺的悖论："在大屠杀之后还能写诗?"[100]

如果说这位以色列批评家认为，布罗茨基以克尔恺郭尔为出发点而转向以色列人历史的玄学方面，那么在不列颠文艺学家瓦莲京娜·波卢欣娜的阐释中，作家布罗茨基却比克尔恺郭尔更具有基督教精神："布罗茨基在自己的叙事诗中改变了视角，力求看透亚伯拉罕故事的含义。叙述的核心不是父亲，而是儿子。以撒像亚伯拉罕信任上帝一样信任自己的父亲。看完这部叙事诗，我们得出结论，也许，对阴森的上帝之谜的回答总是浮在表面上。归根结底，上帝对亚伯拉罕的要求只是上帝对自己的同样的要求：为了信仰而牺牲自己的儿子。"[101]

毕竟对布罗茨基未来的个人及其创作的命运而言，《以撒和亚伯拉罕》的重要性首先在于掌握克尔恺郭尔的神学，至少是其

---

[99] *Волков 1998*. С. 101. Е. 彼得鲁尚斯卡娅推测，这部叙事诗的构思与斯特拉文斯基为男中音和室内乐队而作的叙事曲《亚伯拉罕和以撒》有关。1962 年斯特拉文斯基来过苏联，曾在公开讲演中谈到这部作品的写作情况。布罗茨基经常关注斯特拉文斯基（*Петрушанская 2004*. С. 40－41）。

[100] *Бар-Селла 1985*. С. 213.

[101] *Polukhina 1989*. P. 264.

神学的基本公设：绝望是人类生存的条件，人的本体论罪孽/人有罪并直接站在上帝面前（后来布罗茨基把这一切形容为自己的“加尔文主义”）。1965 年 5 月 14 日致友人的信里有一句话说明了《以撒和亚伯拉罕》对布罗茨基精神形成的特殊意义，信里诗人对自己的全部创作给予了轻蔑的评价：“重要的只有《以撒和亚伯拉罕》。”[102] 对作者来说，《以撒和亚伯拉罕》成了形成自己的存在主义哲学的工具，自我认同的工具，不是根据宗教、民族或社会特征的认同，认同的只是注定要在精神上永不休止地艰苦探索的人。

《以撒和亚伯拉罕》——也是布罗茨基语义诗发展的一个重要阶段。词的形象是作品的内容丰富的核心，只有放在他的整个创作的语境中才能真正了解：荒漠/沙土，丘陵，灌木/森林/树叶，蜡烛/火光。使用“独立的细节”是构建标志的基本方法。对木板——一个真正的独立的细节——的描写就是这样，因为作者并不说明这是什么样的木板，在游牧的犹太人宿营地的几个帐篷中这块木板是从哪里拿来的。他描写宿营地、帐篷、向一个帐篷的里面窥视，仿佛是贴近一个裂缝看（木板的裂缝?），接下去是 32 行诗，这才说到“谁也不知道裂缝，是木板……”。这种描写的惊人之处在于，对近在眼前的东西的凝神观察（微型摄影）被覆上完全不同范围的画面。作者仔细审视木板被刀砍出的裂缝，他看得那么仔细，甚至注意到“在黑暗的细孔里残余的树脂蒙着一层灰尘”。接着他把木板中的这些微型空洞比作窗户。于是出现一栋屋子，屋子的墙边刮着低吹雪。在巴勒斯坦峡谷和另一些地方、另一种气候下的圣经场景并存。评论家们关于这块木

---

[102] *Сергеев 1997*. С. 428.

板写道，它——（1）暗指圣像“板”，（2）棺材板，（3）木板上刀砍的裂缝在提醒有人企图消灭犹太人，镇压犹太人的反抗，（4）希伯来语的词“луах”（“木板”）还表示遗教碑，以及（5）刀砍木板就是克尔恺郭尔的“信仰骤变”。所有这些解读在某种程度上是合乎逻辑的，与叙事诗的题材也很协调，而解读的多样性恰恰说明，布罗茨基成功地塑造了一个象征性的形象，使它具有产生多种含义的无限潜力，不过布罗茨基《以撒和亚伯拉罕》的诗句有些地方还是过于复杂，而且作者在语言方面还不足以驾驭向他潮涌而来的幻觉的洪流。两三年后，他在创作另一部巨著《戈尔布诺夫和戈尔恰科夫》期间才充分掌握了作诗的技巧。

布罗茨基晚年曾以怀疑的态度评价自己初期的作品，而在完成《戈尔布诺夫和戈尔恰科夫》的二十年后回忆时称之为“特别重要的作品”[103]。创作这部叙事诗的几年也许是作者生平最富于戏剧性的几年：警察的迫害、逮捕、审判、流放、从流放地回来、与情妇的不和、与她建立家庭的尝试、儿子出生、彻底决裂。这些经历所引起的极大的心理负担，以及与之有关的个性的改变构成了叙事诗的传记性的主要基础，而且《戈尔布诺夫和戈尔恰科夫》的完善过程本身也作为真正的自我完善的过程融入了这种内心体验的总体：第三章倒数第二诗节是一篇祈祷，在祈祷中，作者的 alter ego（改变）就是请求至高无上的神赐予他“战胜沉默和窒息”作为经历的总结。

作为《戈尔布诺夫和戈尔恰科夫》的素材的外部生活环境，是布罗茨基两次在精神病院接受诊察：有几天在莫斯科郊外的

---

[103] *Волков 1998*. С. 318.

“绳索厂厂长别墅”，然后在列宁格勒的“普里亚什卡河上”。拥挤、污浊的空气、寒冷、恶劣而缺乏营养的伙食、粗暴的态度，此外还有病人的友谊、医务人员的冷酷、迫使病人“认错”的原始的精神疗法，苏联精神病院所有的这些像监狱一样的特点，在叙事诗中都有现实主义的、而有些地方也有很离奇的描写。

年轻的诗人在那些年里的确有情感过分受刺激的特征，时而会怀疑自己的精神是否健康。阿赫玛托娃的《安魂曲》描写了由于剧烈的精神创伤而陷入二重人格的状态，无疑，他便以此自况：

癫狂已用翅膀
蒙着心灵的一半，
又拿很冲的酒灌它，
又引诱我去黑暗的深谷。
我明白了，我应该
把胜利让给它，
倾听自己的仿佛已是
陌生人的呓语。

《戈尔布诺夫和戈尔恰科夫》的深刻自省还起着内科治疗的作用：预防堕入“黑暗的深谷”。布罗茨基把自己最可怕的体验转化为艺术作品，而把互相冲突的声音转化为这个作品的人物。

寒冷恶臭的病房是时远时近的背景，而《戈尔布诺夫和戈尔恰科夫》真正的活动场所是抒情主人公的意识、大脑（мозг）。要注意的是，在布罗茨基的诗里大脑往往代替往日相对有诗意的

"心"。这明显地反映于词汇的频率数据的比较[104]。

	大脑	心
布罗茨基	73	102
曼德尔施塔姆	6	50
普希金	6	三页半的小号铅字（纯属戏言）

诗人讲了个颇为典型的故事，讲的是他在初次做心脏手术前夕的想法："我对自己说：'是呀，当然啦，这是心……可毕竟不是大脑，这可不是大脑啊！'我这样一想，就轻松多了。"[105]

"我对自己说……"——这大概是了解叙事诗构思的关键。主要主人公的二重人格——不是精神分裂症的症候群，更不是"声音"幻觉的病态现象，像某些批评家所误解的那样[106]，而是大脑两半球结构的人格化。"在任何最深奥的创作领域，不论数学还是音乐，最高成就主要与右半球的形象直觉有关，然而为了体现这种成就（首先是语言文字的体现，总之是利用离散个体的括字版，如自然语言的文字）还需要利用左半球的（言语）能力。"[107] 最初对戈尔布诺夫和戈尔恰科夫的描述就是这样：前者有

---

[104] *Патера 2002*；A Concordance to the Poems of Osip Mandelstam/Edited by Demetrius J. Koubourlis. Ithaca [N. Y.]：Cornell University Press，1974；Словарь Языка Пушкина. М.：Государственное издательство иностранных и национальных словарей. Т. 2. 1957；Т. 4. 1961.

[105] *Волков 1998*. С. 195.

[106] 参见：*Проффер 1986*。

[107] *Вяч. Вс. Иванов*. Художественное творство，функциональная асимметрия мозга и образные способности человека//Текст и культура. Труды по знаковым системам XVI. Ученые записки Тартуского государственного университета. Выпуск 635. Тарту，1983. С. 12.

一个“平淡无奇的”姓氏，倾向于发展复杂的逻辑结构，如第Ⅲ章《戈尔布诺夫在夜间》的二进制概念，以收集离散的象征（*小狐狸*、*岛屿*、*浮标*）作为他的梦境的密码，而后者，其姓氏会激起读者的“普希金式的”联想，梦见的是富于感情色彩的具体画面（形象）——街景、自己的童年时光，而首先是音乐的印象（“演奏会、如林的弓弦……”），他的夜间独白，第ⅩⅢ章《戈尔布诺夫在夜间》与第Ⅲ章《戈尔布诺夫在夜间》对称，是几乎毫无联系的一连串激昂的传单，传单上有布罗茨基一般很少用的大量惊叹号（有29个，而第Ⅲ章只有1个）。叙事诗一再指出的正是戈尔布诺夫的言语因而也是思维的功能：“多么奇怪，戈尔恰科夫/说着戈尔布诺夫的疯话！”这也就决定了，照例是戈尔恰科夫提出问题，而戈尔布诺夫作出回答、解释。因为语言在布罗茨基的人类学价值等级中居于首位，我们在第Ⅹ章的结尾读到的是：“音调高些的时候——那是戈尔布诺夫，/哪里低些——是戈尔恰科夫的声音。”

叙事诗中只有一处会使读者怀疑戈尔布诺夫和戈尔恰科夫——是一个人的两种身份。戈尔布诺夫在第七章说：“我生于五月，是孪生儿”——和叙事诗的作者一样。而且那里还说，戈尔恰科夫生于三月，白羊星座。这是在开玩笑的场合说的，用星相学解释戈尔布诺夫和戈尔恰科夫的性格，然而在这里，更确切地说，问题不在于星相学，而在于胚胎学：人类的大脑是在出生前三个月开始形成。

抒情主人公相互冲突而又彼此离不开的两种身份的对称—不对称，类似区分大脑两半球的功能的对称，这种对称-不对称也表现于叙事诗的结构，表现于内容的平行现象和各章对称编排的鲜明反差。作者为强调《戈尔布诺夫和戈尔恰科夫》的这个重要的结构特点而使十四章标题的总和构成十四行诗一样的文本：

1. 戈尔布诺夫和戈尔恰科夫
2. 戈尔布诺夫和戈尔恰科夫
3. 戈尔布诺夫在夜间
4. 戈尔恰科夫和医生
5. 第三者的歌声
6. 戈尔布诺夫和戈尔恰科夫
7. 戈尔布诺夫和戈尔恰科夫
8. 戈尔恰科夫在夜间
9. 戈尔布诺夫和医生
10. 台阶上的谈话
11. 戈尔布诺夫和戈尔恰科夫
12. 戈尔布诺夫和戈尔恰科夫
13. 关于大海的谈话
14. 交谈中的谈话

叙事诗形式的对称很严格。实际上 14 章的篇幅是均等的——各有 100 行，第 1 章和第 13 章例外，是 99 行（总共 1 398 行）。所有“对话”的各章都用 10 行诗节，每节各有五个同样的对偶的韵脚（强调二重性的又一种方法，其实质是抒情的独白）。越出戈尔布诺夫和戈尔恰科夫对话的范围之外，也对称编排的第 5 章和第 10 章是例外，诗节更长，韵脚也不重复。

在叙事诗的正文中一再出现针对弗洛伊德泛性论学说的讽刺性抨击。布罗茨基与阿赫玛托娃和纳博科夫（但不是奥登！）一样，不承认精神分析。他说：“弗洛伊德从某一点看，是一位杰出的人士，他扩大了我们对自己本身的认识。但一般地说，这一切并没有给我留下特殊的印象。……这位先生愚蠢的一个简单的例证：他硬说创作的本质是情欲的升华。一派胡言，因为创作过程也好，情欲也好，怎么说呢，人的积极性其实是各自独立的，——并非一个是另一个的升华，两者都是人的创造因素的升华。”[108]

在《戈尔布诺夫和戈尔恰科夫》之前，布罗茨基曾在《以撒和亚伯拉罕》和一些短诗中尝试对话的形式。我们记得，在诗中运用对话最使他感到惊讶的是罗伯特·弗罗斯特（参见上一章）。借助于对话，弗罗斯特营造了存在主义的荒诞、恐怖氛围。有趣的是，布罗茨基的对话文本照例没有情景说明，以确定谁在对答，甚至预定要搬上舞台的作品——剧作《民主!》（1990）和《树》（1964—1965?；参见第Ⅸ章关于这些剧作的说明）也是这样。在《戈尔布诺夫和戈尔恰科夫》中布罗茨基甚至采用怪癖的手法，将所有“他说”之类被省略的说明全都移入单独的一章——第5章《第三者的歌声》，然后又移入对称编排的第10章《台阶上的谈话》，给句子加上引号，这些句子不是对话，而是“作者”独白的一些片段（“这不也是谈话吗，/既然一切都是用语言来叙述?”）。不加说明可以增强对话内部化的印象，取消人物对话和抒情独白之间的差别。

对巴赫金关于对话主义，尤其是关于文艺创作不可能有“无对象的单声部语言”[109] 的学说，《戈尔布诺夫和戈尔恰科夫》堪

[108] *Интервью 2000*. С. 567 - 568. 可以设想这就是荣格在叙事诗中的回声——大海作为荣格所谓的无意识的主要象征在这里起着重要作用，尤其是在叙事诗的第13章（《关于大海的谈话》）。

[109] *М. М. Бахтин*. Эстетика словесного творчества. М.: Искусство, 1979. С. 288 - 289.

称完备的例证，而写作《戈尔布诺夫和戈尔恰科夫》的时期恰逢巴赫金在苏联复兴之初。但未必说得上直接的影响。巴赫金的直接影响在这里是没有的，不过飘荡于空气中的对话论思想，特别是关于没有与他人的积极交际，便不可能有自己的思想，在叙事诗中是有所反映的。注意：荣格，改为尤格！

……我觉得，只是在
有对话者的时候我才存在！

——戈尔恰科夫在第 8 章这样说[110]。

最后，阅读这篇叙事诗不能不注意到，它的时间与基督教的历法有关——这是大斋期的疯人院（戏谑或严肃地提及斋戒和此后的复活节，这在作品中是按时出现的）。大斋的宗教意义是"精神旅行，其目的——是把我们从一种精神状态引向另一种精神状态"[111]，这也包含在《戈尔布诺夫和戈尔恰科夫》的情节里。叙事诗的十四章分为七双符合斋戒的七周（试比较另一首复活节诗《献给椅子》的基本类似的结构，那里的七个诗节符合狂欢周的七天——从周一至周日）。整个作品的关键是圣徒叶夫列姆·西林在大斋祈祷中的那广为人知（部分地要归功于普希金的转述）的一句话："让我看清自己的罪过吧，不要惩罚我的兄弟。"在悔罪的大斋期间日益尖锐的肉体（出卖者的）和精神（被出卖者的）的对立还表现为与福音书的类比：戈尔布诺夫类似于注定要在十字架上受难的基督，而戈尔恰科夫则类似于不认基督的彼得，如果不是类似于叛徒犹大的话。在这个意义上说，布罗茨基

---

[110] 试比较《静物画》的结尾——参见第 7 章的有关部分。
[111] *Прот. А. Шмеман*. Великий пост. Париж: YMCA-Press, 1986. С. 91.

的对话体叙事诗很像中世纪的神秘剧。“……我爱你，又出卖你遭受磨难”，——这是犹大-戈尔恰科夫在第8章的结束语。在这宗教礼仪的情节中，叛徒和被出卖者不可分割地联系在一起：“多么奇怪，十字架上的戈尔布诺夫/指望着下面的戈尔恰科夫”，——折磨戈尔布诺夫的医生们感到惊讶（第9章第八诗节）。在下一个诗节的末尾各各他的类比加强了。医生们问：“哎，戈尔布诺夫，您要咖啡吗?”（被改写为一碗加醋的胆汁）——对方用基督的话回答道：“你为什么背弃我!”

还有一个与救世主类比的潜在的暗示被置于第4章和第9章的标题《戈尔恰科夫和医生》和《戈尔布诺夫和医生》之内。在圣像画和西欧宗教画中经常可以看到的一个情节是图解路加福音第2章第46—47节：“过了三天，就遇见他在殿里，坐在教师中间，一面听，一面问。凡听见他的，都稀奇他的聪明和他的应对。”按西欧传统，教堂智者（在俄语中是“教师”）称为“医生”[112]。盘问戈尔布诺夫-戈尔恰科夫的精神病医生令人想起丢勒名画中盘问基督的怪诞而阴郁的医生们。

1964年后布罗茨基构思《戈尔布诺夫和戈尔恰科夫》，试图在荒谬得令人恐怖的亲身经历中找到意义[113]。他在其中发现了一个宗教模式。心理变态者、“拿破仑们”和“爱品茶的人”在戈尔布诺夫-戈尔恰科夫的陋室里是没有的。在这个可悲的地方，癫狂不是病态，而是存在主义的不幸——亲人的背叛、人间的冷酷、自身在生物学上的脆弱。这种不幸无法忍受——这也就意味着“失去理智”，丧失自己的个性。抵抗不幸的人的孤独，被布

---

[112] 帕斯特纳克以类似基督的主人公日瓦戈医生阐明了“医生”一词的这个含义。

[113] 马拉姆津注明1964年5月的叙事诗初稿：“睡在窗边的是戈尔布诺夫，而戈尔恰科夫就躺在他身旁。”(*РНБ*)

罗茨基比喻为基督在各各他的孤独。叙事诗中还有与《旧约》对照的幻觉因素：

> 您等一等，我看见……一个人……瘦瘦的……
> 四周是——沙漠……亚洲……看哪：
> 沙土像鞑靼军队一样爬行，
> 太阳在熊熊燃烧，它怎么了？……在天顶啊。
> 天顶被敌对的气氛四面包围……
>
> （第 4 章第 5 节）

这不仅是用俄语写的，而且是用布罗茨基诗作的象征性语言来写的，这里的“沙漠”、“亚洲”、“沙土”等字眼，比它们的词汇意义有更多的含义。我们可以在《以撒和亚伯拉罕》和作为书名的那首诗以及一系列其他作品中找到同样的一些词语形象。

这个片段所涉及的圣经中的约瑟夫，被他的弟兄们抛进井里，他居然从井里逃了出来，并在异乡获得荣誉和尊重。

七

布罗茨基喜欢说，诗“поэзия”和政治“политика”的共同之处只有起首的两个字母“по”。他的非政治倾向不是表现于回避尖锐的政治题材，而是表现在他把政治题材只看作亚种下面的一种。社会生活中善与恶的表现，对他来说不过是人性冲突的个别事件。在这方面很典型的是布罗茨基对奥登笔下恶的经典形象的再认识。这里讲的是奥登的诗《阿喀琉斯之盾》的一个著名的段落：

A ragged urchin, aimless and alone,
Loitered about that vacancy; a bird
Flew up to safety from his well-aimed stone:
That girls are raped, that two boys knife a third
Were axioms to him, who'd never heard
Of any world where promises were kept
Or one could weep because another wept.

(一个衣着褴褛的街头顽童,/独自无目的地/在这空地上走来走去;/一只鸟儿/飞起,躲过他瞄得很准的石头。/强奸那些小姑娘,两个少年会杀掉第三者,/对他来说这就是公理,因为他从未听说,/有哪个世界会信守承诺,/什么地方会有人因别人痛哭而呜咽。)

布罗茨基在《坐在阴影里》一诗中回忆奥登的这一段,在诗的序幕中说:

我看着在花园里
奔跑的孩子们。

他们欢快凶狠的游戏、
伤心的哭泣
会使未来的世界困惑不解,
要是它有眼能看的话。

还有下面的14诗节:

一个干瘦的顽皮少年，
街头的小天使，
嘴里紧抿着水果糖，
在花园里拿木把弹弓
瞄准一只麻雀，
不是想——“我要命中”，
而是坚信——“我杀了它”。

奥登笔下衣衫褴褛的少年无谓地作恶，因为他生长于赤贫和赤贫所产生的残忍的世界。布罗茨基笔下同样作恶的不是衣衫褴褛的少年，而是嘴里含着水果糖、在花园里游戏的顽皮孩子。布罗茨基曾说，上面引用的奥登的诗节，“应当雕刻在现存的所有国家的入口，而且总的来说，要雕刻在我们整个世界的入口”[114]。不过我们看到，他重新解读了这个诗节：孩子心中的恶不是由于社会经济因素，而是由于人类学因素。

与心仪的诗人的分歧，与基督教的伦理信条无关，而是与排外、战争、种族灭绝有关。到30年代末，奥登还多少持有马克思主义关于战争和革命起源的观点：“饥不择食”，他在《1939年9月1日》中这样写道。布罗茨基认为，经济不平等、饥饿和贫穷的问题终究是可以解决的：

重要的是给许多人创造舒适的生活条件。
（这一点可以在霍布斯那里找到）。

（《话说洒掉的牛奶》）

---

[114] *СИБ*-2. Т. 5. С. 264.

在霍布斯看来，大部分人类都创造了不同形态的国家和这些利维坦，总算结束了一切人反对一切人的战争，并建立了社会保障体系。不过在警察的保护下生活并填饱肚子也并不觉得幸福些。

布罗茨基有马尔萨斯人口论所启示的阴暗预感。

那么多人手的事业
不是毁于剑下，
而是毁于廉价的裤子
被气愤地扔掉。

未来是黑暗的，
不过是因人而起，
不是因为我
觉得它是黑暗的。

(《坐在阴影里》)

人太多了，而且越来越多。群众、军队、合唱向来敌视有个性的人。在《话说洒掉的牛奶》发表的二十年后，布罗茨基的诺贝尔奖获奖演说是这样开始的："对一个有个性，而且毕生偏爱这种个性胜于任何社会角色的人，对一个在这种偏爱中走得相当远的人——其中也包括远离祖国，因为做一个民主制度下最大的失败者也好于在专制制度下做思想的受难者或主宰者——对这样的人来说，突然出现在这个讲坛上——深感困窘和沉重"[115]。在

---

[115] *СИБ*-2. T. 1. C. 5.

真正的民主制度下，社会以私人的自由契约为基础；在与苛政不可分割的庶民政治中，有个性的人作为变节者和叛徒而受到迫害（参见《发扬柏拉图精神》），或者在最好的情况下，处于边缘状态。过去这样，将来也永远这样：

在不久的将来，无疑，
人口会膨胀。雇工
像过去一样，在烈日下
挥锄。有一个戴眼镜的人，
将忧伤地在咖啡馆翻阅马克思的著作。

（《百科全书札记》）

有个性的人（布罗茨基的抒情主人公的政治身份）的梦想是和女友在海边定居，“凭借高高的堤坝/与大陆隔开”（《预言》），独自生活在一个偏僻省份的海边（《致罗马友人的书信》），但实际上他注定要生活在群众之中，目睹暴君喃喃自语，“恨得咬牙切齿地说：‘一只野山羊’。”（《发扬柏拉图精神》）布罗茨基关于私生活的梦想和被社会遗弃的主题，往往发生于虚构的国度、城市和时代的假设的情况，这种情况与其说是空想的，不如说是理想的，因为可以反映现实的不同变体的实质、柏拉图的“理念”。苏联的实质就是一个帝国，苏维埃的大都会就是柏拉图的城邦。在这个集体主义国家，个人生活的理念就是凭借“高高的堤坝”与世隔绝。

布罗茨基经常把他所憎恨的政体称作苛政。在布罗茨基的诗中，暴君总是带着平庸的光环出现。在«Anno Domini»中，他受着肝病的折磨，在《致暴君》中——吃着美味的小面包，在

«Post aetatem nostram» 中——在厕所里使劲，在《官邸》[116]中——穿一件淡紫色的女式棉背心对着一行行数字打盹儿。这是一个不大聪明、不再年轻的病态的人。他的素质中最有人性的一点是他一定会死。

形容语“渺小”是布罗茨基的恶的问题中的关键词。“恶的平庸”最早出现于汉娜·阿伦特的经典作品《艾希曼在耶路撒冷》(1961)。其含义当然不是说恶是平庸的，而是说恶的体现者、发起者是平庸的。平庸——是托尔斯泰笔下对拿破仑和陀思妥耶夫斯基笔下对鬼机灵的卡拉马佐夫的主要评语。20世纪一再证实，大规模的恶行——，纳粹分子的灭犹，柬埔寨的恐怖统治，卢旺达的种族灭绝等——其责任者都不是恶魔般的超人，而是平庸之辈。中等资质的人，有时有些精神变态，而有时也可能没有，会干出其规模之大匪夷所思的恶行。布罗茨基在个人经验的有限范围内也曾体验到这一点。迫害和折磨他的人无例外地都是一些平庸的人们。他们的行为是出于原始的欲望和恐惧，思维能力由于被洗脑而僵化。这些人终于也像那些站在国家金字塔塔尖上的人一样，由于精神空虚、道德沦丧而作恶。恶的平庸所表现的是犹太基督教伦理学自古以来所阐释的恶的非实体性：恶填补空虚，恶的实现需要内心空虚的人。

在布罗茨基最初在西方写作和发表的一篇随笔[117]，以及1984年在规模不大的威廉斯精英学院对毕业生的演讲中，关于恶的本性的直接论述都占有主要地位。布罗茨基向青年致临别赠言时还

---

[116] 布罗茨基写《官邸》(1983) 指的是苏联当时的统治者 Ю. В. 安德罗波夫 (参见 *Рейн 1997*. С. 194-195)。

[117]《作家——孤独的旅行者……》(*СИБ-2*. Т. 7. С. 62-71)。

说："对恶的最可靠的抗拒——是极端个人主义、独立思考、独创性，甚至可以说是——怪癖。"[118] 这在较少挑衅性的文体中也可以称之为"批判性思维"或"脑力劳动"。不过，在布罗茨基的诗和随笔中经常有与恶的问题相关的主题，似乎有悖于他对个人主义甚至怪癖的肯定。诗人声称，他个人的主要成就在于"我的歌没有主题，/然而它不能合唱"（《我总是强调，人生如戏……》）——在考虑到使他的国家遭到历史性灾难的那些罪人时，他却坚持使用代词"我们"。

这个"我们"在《在旷野扎营》这首诗里是有特殊含义的：

> 现在列宁格勒的希腊人那么少，
> 所以我们拆了希腊教堂，
> 要在空地上建造
> 音乐厅。

曾经是彼得堡希腊正教团体的教堂的那座建筑物被列宁格勒当局勒令拆除，在它的原址上于 1967 年为迎接十月革命 50 周年而建造了一座音乐厅。诗的第一节讲的是新建筑物的丑陋。被拆毁的希腊教堂也并不以建筑艺术见长，不过布罗茨基的冥思与保护历史文物的问题无关，而是涉及此事的象征意义——俄罗斯抛弃了基督教，同时也就抛弃了古希腊的文化遗产。给俄罗斯历史留下了极其丑陋而庸俗的特征。"我们"被布罗茨基选作冥思的主体，在诗的开头看来是难以置信的，因为决定拆除老建筑、建造新建筑的正是对诗人进行残酷迫害的列宁格勒的那些官僚主义

[118]《临别赠言》（*СИБ*－2. Т. 5. С. 275 ）。

者。但随着诗的进展，便渐渐地清楚了，这里讲的不是苏维埃制度的一系列反文化罪行，而是民族的集体失误，这个民族从自身中产生了这种制度并放弃了历史性的选择——接受古希腊的遗产及其不可分割的民主制度。《在旷野扎营》以尾声结束，尾声是一系列面向未来的问题，而提出这些问题的不是“我”，在希腊教堂被拆毁时坐在壁龛废墟上的作者，而是“我们”。在诗的结尾“我”自然而然地转为“我们”：

今夜我望着窗外
在想，我们来到了哪里？
我们离什么更远：
是离东正教还是希腊化时代？
我们亲近的是什么？那里，在前面的是什么？
现在有另一个时代在等待我们吗？
若是，我们共同的责任又是什么？
而我们应该为这个时代作出怎样的牺牲？

布罗茨基对祖国的历史罪行负责的主题，更尖锐地表现于个人倍感羞耻、屈辱。有人问，他生平是否有过什么时候强烈地想逃离俄罗斯，他回答道：“是的，在 1968 年苏军入侵捷克斯洛伐克的时候。记得，我那时很想随便跑到哪里去。首先是要避开耻辱。避开我属于一个干出这种事来的强国的现实。因为至少部分的责任总是落在这个强国的公民身上。”[119] 他以讽刺诗《致 Z. 将军的信》回应对捷克斯洛伐克的占领，诗中的主人公，帝国的一

---

[119] *Волков*. *1998*. С. 182.

名老兵，拒绝战斗："将军！现在我有寒颤。/不知怎么了：是由于羞耻？由于恐惧?"这种心情更直白地表现在为苏维埃国家最后一次帝国主义冒险而作的《1980年的冬季战役》：

> 光荣属于那些人，他们眼也不抬，
> 在六十年代走进人工流产手术室，
> 为了拯救祖国免于耻辱！

《在旷野扎营》发表两年后，布罗茨基在«Anno Domini»中明说，每个人对祖国历史的恶劣结局都错在哪里——错在随大流，盲目追求"与大家一致"，错在放弃个人主义。在苏联日常生活的用法中，"个人主义"等同于利己主义。布罗茨基是彻底的个人主义者，也是同样彻底的利他主义者。是个人主义者，这对他来说意味着精神上的独立，对自己的一切行为，包括个人不得不参加的集体行为承担道义责任。集体主义——这是拒绝上帝的定数（"离开了造物主的圣像"），也是拒绝生活本身：

> 所有人在棺材里都一样。
> 那就让我们在生前有不同的面貌！
>
> （«Anno Domini»）

如果我们（"我们"）都选择无个性和无作为，那么这就意味着我们以裁判权换取平均量的安逸：

> ……我们不是祖国的审判官。审判之剑

将陷入我们自己的耻辱之中：
继承者和权力都掌握在别人的手里……
好啊，船舶停航！
好啊，大海结冰！

布罗茨基60年代至70年代政治抒情诗的祖国题材总是——交通停顿、生活麻木以及平均信息量的题材。“停滞”这个术语只是在20年后才进入他的同胞们的政论。以前的公民诗流行浮夸的言辞，在布罗茨基笔下，政治史题材是可见的、经过细节加工的画面，而其实是包含着隐喻的画面。这就是——《话说洒掉的牛奶》、《美好时代的终结》、《波波的葬礼》和直接以列宁格勒的现实为背景的其他一些作品中束缚城市生活的严寒。或是《致Z. 将军的信》虚拟景色中的一条不可通行的沼泽小径：“我们大炮的炮筒扎进了污泥……”或是诗体小说«Post aetatem nostram»的一章《君主》中两个讽喻的激烈冲突：君主的残暴驱策和停滞的历史进程。

总之，现在一切都蹒跚而行。
帝国像一艘三桡战船
在对三桡战船而言太窄的运河里。
划船人用桨使劲敲击陆地，
石块剧烈地刮蹭着船舷。

肤浅的观点认为《在旷野扎营》是一篇朴实之作。是生平的写实：诗人认识年轻的鞑靼姐妹，从她们住宅的窗口看到已开始拆毁希腊教堂。由于这个缘故他对往事的思考是用五音步抑扬格写就的，似乎可以改写为散文而无损于它的内容。然而在似乎从容的独白中有一种戏剧性的紧张。这种紧张是逐渐形成的——布罗茨基有谋略地使思考往事与日常见解交替出现。一个在日常生活中仅有有限的具体含义的词语，却由于贴近关于祖国历史的思考而暗示着其他的一些含义。

一切都起因于鞑靼人的交谈；
随后有一些响声搅进了谈话，
起初与话语声融成一片，
但很快就压倒了它。
挖土机开进了教堂的小花园，
吊杆上挂着铁制的重锤。
于是墙壁开始缓缓地倾斜。

这看上去好像并非隐喻，而是对事实的直接描述。诗中稍显突兀的是修饰语“鞑靼人的”。女主人未必会当着客人的面用他听不懂的母语交谈，也许这是布罗茨基常有的打趣的故作幼稚的用词手法（试比较：“惨无人道的，/更确切地说，行人稀少的十字路口……”或是“老太婆在一条牧羊犬的包围中——/意思是说，它围着老太婆/绕圈子……”见组诗《从二月到四月》)。“鞑靼人的”在诗中只是表示作者的对话者是鞑靼人而已。但在潜台词中是有情节的转变的。“一切起因于鞑靼人的交谈……”一切是指什么？指希腊教堂被摧毁？那么诗行“吊杆上挂着铁制的重锤”的最后一个词就会引起与俄罗斯历史上著名的克里米亚鞑靼王朝的双关联想。揭示这个双关语的含义，在《在旷野扎营》这样的哀诗中听起来就太滑稽了，不过布罗茨基并没有加以揭示，让它留在潜台词中。同时在题材中引入了俄罗斯历史自觉的根本问题：欧洲还是亚洲？

对布罗茨基来说，欧洲从它的希腊化源头开始，就是和谐（结构性）、运动、生命。亚洲是混乱（无结构性）、静止、死亡。

……死亡是模糊的，
就像亚洲的轮廓。

（《1972 年》）

（在阅读弗拉基米尔·索洛维约夫的作品时，布罗茨基曾一再碰到“亚洲——死亡”这个形象的联想[120]。）

布罗茨基总是把地理（或地缘政治）主题表现于严格的对立模式的框架之内：亚洲——西方，伊斯兰教——基督教，树林——海洋，冷——热，以及进入政治流行词汇很久之前的停滞——运动[121]。1970 年末布罗茨基写道：“今天我浑身感到热！我渴望迁走！”——即使在这种打趣的诗句中***热***和***运动***（“迁走”）也是与帝国停滞（这个词兼有冷和静止的意思）的形象相对立的：“那里的气候也是静止的，在那个国家……”（《献给约翰·多恩的大哀诗》）。

诗作《训诫》（*ПСН*；写于 1987 年）通篇把亚洲描绘成危机四伏的地方，在那里旅行者的每一步都潜伏着出卖和犯罪，人的生命分文不值。在这首诗中我们也能找到与布罗茨基的亚洲主

[120] 布罗茨基很了解 B. C. 索洛维约夫的创作，不是仅凭布罗克豪斯和耶夫隆的百科辞典的词条。从流放中回来后，他手边有了一部复印的索洛维约夫全集，是有人从国外的朋友那里带来的。

[121] 关于这一点详见拙作 «Home and Abroad in the Works of Brodsky»（*Loseff 1992*）。

题相矛盾的线索。细心阅读就会发现亚洲（更正确地说是中亚）现实中所特有的一些现象——宽颧骨、棕色眼睛、高山景色、淤泥堵塞的河流、沙漠、厩肥的气味以及典型的俄语词汇。如果说在第一行诗中读者前往亚洲（“在亚洲旅行，在陌生人家借宿……”），那么下面的第二行就准确地说明了亚洲的那些“陌生人家”究竟是什么样子，提供了如下的清单：乡村木屋，浴池，仓房在——圆木搭建的阁楼里。这里提及的四种类型的建筑物都与传统的罗斯有着牢固的联想关系，尤其是特意用破折号引出的古风的“用圆木搭建的阁楼”。这种混合运用独具特色的“亚洲”和独具特色的“俄罗斯”的策略扩散到了整首诗作。第二诗节（“你要防着宽颧骨……”）之后的第三诗节是描写居住着“农夫”和“农妇”的“乡村木屋”，如此等等。换言之，我们在《训诫》中所接触到的是俄罗斯——亚洲、欧亚大陆、索洛维约夫笔下的“薛西斯的俄国”令人生畏的形象，要是可以这么说的话。

布罗茨基的诗学思想不在于以19世纪作家的方式告诉我们：“你挠了挠俄罗斯人，却发现是鞑靼人”——而在于“亚洲”这个概念对他来说不是地缘政治概念，而是心灵主义概念。布罗茨基的亚洲神话题材成分在某种程度上既吸收了索洛维约夫的成分（亚洲——注定的危险敌人），也吸收了欧亚大陆的成分（亚洲——这就是我们），但布罗茨基对传统的俄罗斯-亚洲神话所作的改变，却着眼于其体现者的道义立场。布罗茨基不像索洛维约夫那样号召文明之间进行最后的决战，也不张扬不文明的亚洲，如勃洛克的大欧亚诗体宣言《西徐亚人》：“是的，亚洲人——我们……”等。在这两种情况下都有集体的、民族的正义感和自豪感：在索洛维约夫那里是由于**我们**没有像亚洲人那样“成为奴隶”，在勃洛克的《西徐亚人》中则相反，是因为我们具有西方所丧失的集体的、历史的生命力。布罗茨基愿意分担拆毁希腊教堂的集体的、民族的、我们的罪错，不过对他来说，积极的成果只能是在个人方面——个性的自由、个人的自律。

《话说洒掉的牛奶》以多样的风格激动地讲到布罗茨基的信条：

> 通常谁唾弃上帝，
> 谁就会首先唾弃人类。

我们知道，在无神论社会和不关心宗教的家庭受教育的布罗茨基，在青年时代热衷于玄学问题，而且对印度教和佛教原理的了解早于对犹太基督教的了解。初次读完圣经是在他二十三岁的时候。他是信教的人吗，如果是，那么他的信仰对基督教、犹太教、东方宗教持什么态度呢——或者那是同上帝的关系而与宗教信仰无关？利用布罗茨基的信仰或不可知论来投机是极为不妥的，而在他自己的作品中我们能找到的只是对后一个问题的明确无误的回答：“我不赞成宗教仪式或形式主义的礼拜。”[122]

不信仰东正教的仪式并不自动地意味着倾心于新教或福音派基督教，尽管布罗茨基会在诗里转向上帝：

> 低下头来，我有话要附耳低语：我
> 为一切而感恩……
>
> （《罗马哀诗》，Ⅻ）

---

[122] *Интервью 2000*. С. 95. 记者问他，听说他已经正式信奉东正教了，这是真的吗，布罗茨基回答道：“这绝对是胡说八道！”（С. 219）

……对着上帝因为白日
的喧嚣而掩住的耳壳，
你只低声说了四个字：
——宽恕我吧。

（《立陶宛的余兴节目》）

布罗茨基的信仰的表现不是期望拯救自己于痛苦的深渊，而是感恩和请求宽恕，实质上是幸福心态的流露。“只要不用烂泥封住我的嘴，/嘴里响起的就只是感恩的声音。”（《我作为野兽走进笼子……》）关于阿赫玛托娃《野蔷薇》的一行诗：“你不知道，人们宽恕了你……”——布罗茨基说——“这行诗是心灵对存在的回答。”（“因为宽恕者永远大于伤害本身和造成伤害的那个人”）[123]

有两首诗最充分地表达了布罗茨基的摇摆不定的信仰——时而信仰上帝，时而是不可知论，这就是《与天人交谈》（1970）和《静物画》（1971；两者均见 *КПЭ*）。布罗茨基说，圣经中给他留下强烈印象的是《约伯记》。《与天人交谈》的凄凉悲惨的声调正如约伯的怨言。但约伯确知在对谁说话，而且能听到他的回答。布罗茨基笔下与天人交谈的人，倒像是贝克特笔下等待戈多的人，既不能确定天上的状态，有时甚至也不能确定对方是否存在。这个戈多时而是天使，时而似乎是上帝（因为恩赐被还给了他），时而是“划过苍穹的玩偶之一”，这就导致了不可知的结论（“任何话语都是没有针对性的”），时而是存在主义的阴沉的宗教观：“一切信仰都不过是单向的邮件。”精神支柱、面对痛苦和

[123] *Волков 1998*. С. 256.

死亡的“勇气”只能求之于己，而不是诉诸上帝。

《与天人交谈》和《静物画》相隔一年有余，然而《静物画》对于《与天人交谈》中没有答案的问题作出了肯定却很不平常的回答。《静物画》写于病中，在不那么严重的确诊之前被怀疑患有癌症。诗中提到病情引起的贫血症状：“我的血很凉。/它的寒气比/结冰结到底部的河更猛烈……”“两条大腿很凉，像冰。/静脉的青紫色/酷似大理石”。《静物画》中没有“心灵”这个词，但这首诗的戏剧冲突是——生物变为无生物，肉体变为大理石，人变为物。没有“心灵”这个词，却有从加缪的《西西弗神话》直接转入布罗茨基诗歌词汇的“荒诞”。加缪关于人类生存的荒诞的思想，布罗茨基也在被收入《美好时代的终结》的其他诗作中加以援引——《致Z. 将军的信》（“痛苦的总和催生荒诞”）和《献给雅尔塔》（“须知这是——为荒诞辩护！对荒谬的颂扬！”）。加缪对荒诞的态度是有二重性的。人类生存的荒诞性在于不可避免的死亡：“想法是‘我存在’，我的行为方式仿佛一切都有意义……这一切都被会死亡的荒诞性以令人头晕的速度所推翻”[124]。但加缪说，揭示荒诞性会给人带来悲剧性的自由，甚至带来幸福，这种揭示会“从此岸世界赶走上帝，他是带着对无益的痛苦的不满和偏爱潜入这里的”[125]。不过布罗茨基对加缪的这种英雄主义的无神论不予认同。面对荒诞的挑战，他在《静物画》中以肯定信仰来应对，而且具有诗风的非凡创意。

成熟期的布罗茨基向来以结构作为语义构成的重要因素。除了《戈尔布诺夫和戈尔恰科夫》之外，各部分的对称/不对称也许在哪里也不像在《静物画》中那样起着特殊的作用。这首诗包

[124] *Альбер Камю*. Творчество и свобода. М.: Радуга, 1990. С. 66.
[125] 同上，С. 108。

含十个编号的部分，每个部分各有三个四行诗。前九个部分是作者的独白，类似于《话说洒掉的牛奶》，但聚焦于死的主题。正如已经说过的那样，这个主题表现为人/*物*之间的对立。就像契诃夫《樱桃园》中的加耶夫含泪赞扬“可敬的壁橱”不可动摇的存在，布罗茨基讽刺地把餐柜和人对立起来，餐柜如同巴黎圣母院的砥柱一样坚固，人却对死亡满怀可怜的恐惧。第1—3部分和第6部分讲到人、自己，都以“我”出现：“我坐在板凳上……”（1），“我准备开始……”（2），“我不爱人们……”（3），“我在大白天睡觉……”（6）。与第1—3部分和第6部分对称的是第9部分结构中的第4部分和第7—9部分。其中讲的是物：树、石头、灰尘，总之以物为对象。第5部分（《壁橱》）是整个结构的核心。在这里我们可以看到对具体的物的观察，不过观察者也并未缺席，有“我”，尽管不是作为主语：“旧壁橱……使我想起……”这首诗的下半部物对人的优势确定了有机物麻木的主题，简直把“静物画”解释成“死的大自然”。在结束这个主题的第9部分直接讲到死神走近实际上已无生命症候的尸体，这具尸体只能像物——镜子一样反映死神的面容。

作者直接的独白至此结束。但《静物画》还没有完。在严格的对称结构之外，作为情节前后不连贯的陈述而出现第10部分——伪福音书的场景，被钉在十字架上的基督与马利亚的对话[126]。话题是战胜死亡而复活的秘密。

---

[126] 福音书没有这个情节。很可能他是受了阿赫玛托娃《安魂曲》的影响，《安魂曲》也是分为十个部分的结构，其中的第10部分也与前九个部分没有明显的联系。第10部分《钉上十字架》是两个福音书场景，前一个场景引述了基督对马利亚所说的话：“别为我悲伤，母亲……”（引自东正教复活节前的圣餐仪式第九首伊尔莫斯颂歌。）

圣母对基督说：
——你是我的儿子还是我的
神？你被钉在十字架上。
我怎么还能回家？

在跨出门槛的时候，
我不明白，不能确定：
你是我的儿子还是神？
就是说，不知你死了还是活着？——

他回答道：
——生或死，
妇人哪，没有区别。
儿子或神，我是你的。

生或死没有区别——这好像是克尔恺郭尔的“信仰的骤变”，不过在布罗茨基简练的诗行里还隐藏着对悲剧性二分法的这种回答的颇有诗意的合理化。只是在“Я твой（我是你的）”这一点上生死才没有区别。由于现代俄语语法也普遍省略动词—系词，我们会忘记，完整的语法结构应为“Я *есмь* твой（我是你的）”。被爱的纽带联系在一起的人们 *суть*，是存在的。在这种联系之外——homo homini res est（人对人是物）[127]。不论“荒诞中的人”（加缪语）的刚毅的孤独怎样令布罗茨基肃然起敬，对“决定性的问题”他毕竟还是遵循传统的基督教精神来回答。也不只是在

---

[127] 关于《静物画》另参见：*Loseff 1989* 以及本书对这首诗的注释。

《静物画》中。作为救赎的爱的主题贯穿于布罗茨基此后的所有作品。与“我不爱人们……”的挑衅相反，他后来写道：

> 许多人——其实是所有的人！——至少，在这个
> 世界上值得爱……
>
> （«Стрельна»）

不过，布罗茨基对善的肯定似乎在哪里也不曾达到那种隐喻的力度，像他在 1980 年圣诞节所写的一首诗《雪在下，把整个世界留在少数人手中……》：

> 仰望夜空，多少光塞满星星
> 的碎片！好像难民塞满了小船。

如果说圣诞节的星光——是纯粹的善的能量，那么这星光的量子在布罗茨基笔下就成了一艘小船，地球上最流离失所的人们在小船上逃避迫害他们的恶。小船上的难民——在 70 年代末和 80 年代初几乎每天都能在电视新闻上看到或在报纸上读到：越南人、古巴人试图在破旧的、有时是自造的简陋的小船上逃避共产主义的暴君们。

八

苏联几乎密不透风的封闭在 60 年代末出现了裂缝，为数不多的公民获准离境，以便与国外的亲属会面。1972 年春获准离境的人数激增，这是很容易解释的——莫斯科在期待美国总统理

查德·尼克松来访。鼓励尼克松在以后提供粮食并执行“缓和”政策。

这时布罗茨基得到了“通知”——以色列当局认证的来自虚构的以色列亲属的邀请函，邀请他在祖先的土地上定居。他不愿按这次邀请采取行动。那时他还是认为，情况会发生变化，准许他短期出国旅行。布罗茨基有太多的依恋——依恋父母、儿子、朋友、出生的城市，太珍惜母语环境，不愿一去不复返。

不过，列宁格勒的克格勃对这个老当事人有自己的设想。有了适当的机会便一劳永逸地摆脱这位不可预测的诗人。既不让布罗茨基好好准备，也不让他向亲友道别。1972 年 7 月 4 日，布罗茨基在自己年满三十二岁的十天之后乘飞机从列宁格勒前往维也纳。

离开苏联侨居国外，在 70 年代对出行者和送行者都是不无悲剧成分的事件。人们相信这是永别，因而送行有点儿送葬的意味。对出行者何况还是从未离开过苏联国境的人来说，一去不复返地跨过边界也同样有刻骨铭心的悲哀，因为边界隔开了故土的熟悉的世界和不熟悉的外人的世界。

离开社会主义的列宁格勒飞行不久便来到资本主义的维也纳，最初只是感性层面的大为震惊。另一个世界刺眼的亮丽色彩，充耳是另一种言语。不过新现象的压抑减轻了，一切忙乱的令人惊愕的印象全都退居次要地位，因为布罗茨基在另一个世界的边境遇见了一个人，他对此人的敬重高于当代的任何人，这就是威斯坦·奥登，他关于语言的权力凌驾于时间的话是八年前在俄罗斯北方的乡村木屋里读到的，这句话彻底改变了他的命运。这几乎是一次偶然的幸遇，对布罗茨基以后的人生具有极大的意义。

在布罗茨基出现于他的篱笆门边之前的两年，奥登读了他的诗的乔治·克莱因的权威译本，随即为这本译诗集写了简短的前言。这篇文章落笔谨慎——奥登一开始就指出，不懂原文，根据译文来评论诗人是很难的，然而前言是以同情的笔触写的，而且其中的一些见解相当透彻。

对奥登的直觉不能不给予应有的评价，他似乎猜透了这个用陌生语言写作的青年诗人的隐衷，对他满怀好感，并竭尽所能地帮助他克服在陌生环境里初期的紧张心情。然而无论如何也不能把这次见面称为平等的交流。首先，对俄国这名政治流放犯写的是什么诗，奥登缺乏真切的了解，何况从个人方面说，他也不可能对不会讲英语的布罗茨基作出真正的评价。不过对布罗茨基来说，与奥登的见面乃是天意。在俄罗斯，在文学之路的开端，布罗茨基有白银时代最后一位伟大诗人阿赫玛托娃的赠言，而在人生巨变的前夕，在西方的门口，受到了最伟大的英美诗人威斯坦·奥登的欢迎。在寻求话语感谢自己的两位享有盛誉的庇护者时，布罗茨基的感谢实际上是出于同样的原因："可以把这（指奥登的诗——洛谢夫注）叫作精神上的慷慨，但愿精神不需要在心里折射它的人。人不是由于这种折射而受人敬重，而是精神变得仁慈而容易理解。仅凭这一点——何况人生有限——就足以向这位诗人顶礼膜拜。"[128] 在《安娜·阿赫玛托娃诞辰一百周年纪念》这首诗里，同样的思想——伟大的诗人会找到神圣的词语"宽恕"和"爱"——有了迂回的写法：

……因为人生一世而已，这些词语出自必死者之口，

---

[128] *СИБ*-2. Т. 5. С. 274.

听起来比出自上空的云絮更清晰。

当然，并非完全的对称。布罗茨基与阿赫玛托娃有多年的密切交往，许多时间都是在交谈中度过，而和奥登的交流是短暂和单向的。回忆阿赫玛托娃的时候，布罗茨基强调的是她的道德典范的意义，在他和阿赫玛托娃之间作为诗人却很少共同之处。奥登则不然。是影响还是自觉学习或才气相近起了作用（也许三者都起了作用），总之，实际上布罗茨基的一切——从单个诗句的结构到对诗歌体裁的理解和一般的诗歌艺术观点——都能在奥登那里找到类似的现象[129]。从个人方面来看，在他们之间可以找到相似的特点，也可以找到根本不同的特点，但另一方面才是实质性的——生于 1940 年的俄罗斯诗人的诗歌与他父母的同龄人的这位英、美诗人的诗歌惊人地相似。看来与奥登的见面帮助布罗茨基认清了这罕有的选择性相似的深度，这次见面之后，他便终其一生都完全自觉地以奥登作为典范来审查自己的诗作。

布罗茨基所移居的国度，对他来说并不那么陌生。布罗茨基受过认识美国文化的长期函授教育。好莱坞和美国文学渐渐带来这个大洋彼岸的国家的大量文化信息。当约瑟夫年龄稍长，像他那一代的许多人一样陶醉于爵士乐的时候，他断定这门艺术的基础实质上正是个性独立、个人自由的原则。梅尔维尔的伟大的长篇小说，Э. А. 罗宾逊、罗伯特·弗罗斯特、Э. Л. 马斯特斯的诗暴露了个人主义的某些令人忧虑的方面。然而独自对抗世界的混乱和恐怖、“无所畏惧”的伦理观更具有吸引力，不像否认道德的马克思主义决定论（“自由是被认识的必然”）或叶夫图申

[129] 关于这一点参见上面涉及在诺林斯卡亚村阅读英美诗歌的章节。“布罗茨基和奥登诗体”这个题目不属于这里的概述范围，需要认真地研究。

科一首寓言诗中的人物所表明的无耻的相对主义："真正的自由——我们没有，你们也没有……"[130] 我们曾引用奥登《阿喀琉斯之盾》中的著名诗节，讲到一个人形的小野兽，他作恶，因为他从未听说"of any world where promises were kept"（"有哪个世界会信守承诺"）。其实奥登是在呼应 20 世纪美国更风行的（最风行的！）一首诗，罗伯特·弗罗斯特的《驻足于雪夜的树林》，其结尾是：

But I have promises to keep,
And miles to go before I sleep,
And miles to go before I sleep.

（不过我有必须信守的承诺，
我在睡觉前还有几英里的路要走，
我在睡觉前还有几英里的路要走。）

这只是一个例子，说明布罗茨基怎样从潜心阅读美国诗歌而渐渐获得对一个社会的认知，在这个社会个人的责任感是显而易见的。

在旁观者看来，布罗茨基 1964 年生活中的主要事件是不公正的审判和流放阿尔汉格尔斯克州。对布罗茨基本人来说——是一本英语诗集使他茅塞顿开。1972 年也是这样——所谓的"文化休克"，改变居住地的创伤只是表面的和暂时的，对他来说，

---

[130] « Сенегальская баллада » （1966）；*Евгений Евтушенко*. Собрание сочинений：В 3 - х т. М.：Художественная литература，1984. Т. 2. С. 96.

主要的是新的音乐开始响起，这在他的诗的焕然一新的音韵中得到了表现。富于隐喻的“诗的音乐”——有具体内容支撑的表达形式。在诗歌作品的所有成分中唯有它可以真正准确地描述和量化。这里讲的是语音结构和节奏。在诗集《在旷野扎营》中55%的短诗，连两篇长叙事诗和《学校诗选》在内，是用从容的五音步抑扬格写的，这是俄罗斯叙事体和沉思体诗歌的典型诗格。其中的少数短诗是用其他经典诗格写的（五首四音步抑扬格、五首抑抑扬格等）。近18%，69首短诗中的12首用的是三音节诗格的变体，即比五种经典诗格组织得更复杂、更不可预测、更个性化的诗格（“Теперь так мало греков в Ленинграде”是五音步抑扬格，而《再见，韦罗妮卡小姐》这首诗的音步："Если кончу дни под крылом голубки ..."就是三音节诗格的变体）。从1970年起这个比例有了变化。《美好时代的终结》所收入的诗写于60年代末至1971年，三音节诗格的变体已占29%。但量与质的飞跃发生在《美好时代的终结》和《言语的一部分》之间。《言语的一部分》中用经典诗格写的诗是少数，占36%，多数是三音节诗格的变体。

只有与诗无缘的人才会认为，这样改变取向纯粹是技术性的。作品的韵律特征以及语音和节奏的组织——俄罗斯诗歌是由此起步的。亲切地回忆往日爱情的瞬间（“楼梯上跑下一位/盛装的美女，我像雅科夫一样，/在暗中守候……”）和窗外乍起的暴风雨的即时印象（“远处的雷声震耳……”）开始融入统一的抒情作品，布罗茨基在《近于哀诗》中记下了一笔：

> 这时通过我耳鼓的：
> 还不是音乐，也已不是噪音。

把失去意义的“噪音”，即不受控制的回忆、意识流、离散的观察和印象改造为传情达意的诗的音乐，这就是创作。韵律的选择，对布罗茨基来说，其重要性不亚于语言的表达，而且先于语言的表达。诗行的音步从纯粹物理学的声学的角度来看，是语音按一定顺序的交替，而这个顺序是由重音节之间的间隔的长度来决定的。这种间隔持续几秒或一秒的几分之几，但不管怎样，间隔是发生于时间之中。韵律是在时间中操控言语。“音步……不是单纯的音步，而是相当引人入胜的玩意，这是打乱时间进程的不同形式。任何一首歌曲，甚至鸟鸣都是改组时间的一种形式。我不想在这里发一些离奇古怪的议论，只是说，格律诗提炼着各种不同的时间概念”，——布罗茨基这样说[131]。因此诗的节奏结构的选择，对布罗茨基而言便有了哲理意义。不论诗的情节如何，节奏令人想起情节在其中展开的两种语境，——时间不顾一切的单调而等速的流逝和个人（作者、抒情主人公）试图打破单调性——延长、缩短时间或让时间倒退。从 70 年代开始在他那里占优势的三音节诗格变体比经典诗格更能使他以远为个性化的形式拟定时间概念。当然，在经典的俄语诗格的范围内也可能有节奏的细微差别，然而布罗茨基的三音节诗格变体是他自己为自己，为自己和时间的关系而创造的。

布罗茨基的三音节诗格变体的诗行是独具特色的。其中有三个强音甚至两个强音的诗行（强音指三音节诗格变体诗的强重音音节）。一个很早的例子——《丘陵》（1962；*ОВП*）：“Вместе они любили/сидеть на склоне холма ...”可以根据这首诗的情节推测，它的节奏结构的来源是西班牙《歌谣集》的俄文译本（译

---

[131] *Интервью 2000*. С. 396.

者：马查多·洛尔卡）。很久以后，布罗茨基在组诗《墨西哥余兴节目》（1975；*ЧР*）的那些具有模仿风格的诗中以《墨西哥歌谣）》作为其中一首的标题，从而直接指明了这层渊源。同样毋庸置疑的是，布罗茨基力求找到与奥登的节奏相当的俄语节奏。《静物画》（1971；*КПЭ*）不仅重复奥登《1939 年 9 月 1 日》的情节结构（序幕："我坐在公共场所，看着人们，可我不喜欢他们"；展开：关于这一点的哲理思考；结论：基督徒仁爱之心是必要的），而且重复奥登的三个/两个强音的三音节诗格的变体和清一色的阳性尾韵：

奥登：	布罗茨基：
I sit in one of the dives	Я сижу на скамье
On Fifty-Second street	в парке, глядя вослед
Uncertain and afraid	проходящей семье.
As the clever hopes expire ...	Мне опротивел свет.

（我坐在饮食店里，
在 52 道街上，
缺乏自信又受了惊吓，
离奇的希望在渐渐消失……）

但更有收获的是在另一个方面——带有长诗行的三音节诗格的变体。在 1972 年至 1977 年间的所有作品中，布罗茨基所珍视的无过于组诗《言语的一部分》。构成组诗的二十首短诗中有十五首是以抑抑扬格开始的："Ниоткуда с любовью ..."，"Узнаю этот ветер ..."，"Это ряд наблюдений ..."，如此等等。抑抑扬格有某种伤感主义的语义光环，显然与华尔兹舞曲“三拍”的节奏有关。抑抑扬格在布洛克的抒情诗中并不罕见，不过曼德尔施塔姆把它贬低为有些庸俗的浪漫诗格。布罗茨基走的是另一条路，选择抑抑扬格作为他最看重的作品——爱情诗和怀旧诗的基本韵律。组诗《言语的一部分》的诗行对抑抑扬格而言太长（大体上是五音步和六音步），因而大多数诗行的抑抑扬格变成了最小限度的三音节诗格的变体，却彻底改变了原有的节奏：诗行的末尾“缺少”抑抑扬格的一个无重音的音节：“По-то-му ｜ что каб-лук ｜ ос-тав-ля- ｜ -ет сле-лы ｜［这里少一个音节］---зи-ма”。这样长的类似于抑抑扬格的三音节诗格变体的诗行，在俄语诗中几乎不曾有过。

如果说青年时代的布罗茨基拉长诗行是要创立相当于爵士乐的即兴诗（《从郊区到市中心》直接谈到了这一点：“郊区的爵士乐向你们致意……”），那么《言语的一部分》的作者只是在言语的噪音中倾听时间的节奏（“帝国的兴衰和言语的噪音相关……”,《科德角的摇篮曲》）。

让我写下这些话的不是
爱情也不是缪斯，而是降低
音速，寻根问底的平淡的噪音……

（《切尔西区的泰晤士河》）

“寻根问底的平淡的”噪音所强加的时间节奏毁了作品。要使分行符合语法上的划分，就该这样分：

让我写下这些话的不是爱情也不是缪斯，

而是降低音速，
寻根问底的平淡的噪音……

跨行的诗句从70年代初开始，便越来越频繁地出现在布罗茨基的笔下，而且越来越走极端［像上面引文中的否定语气词***не***（不是）的隔离］。埃特金德这样讲到布罗茨基："这是一位具有深刻的哲理思维的诗人，他的哲理思维在保持独立性的同时表现于对言语的句法的执著追求：平静淡然、学者般广泛涉猎的句子一往无前，无视格律—诗节的障碍，这样的句子似乎从不参与任何'文字游戏'。然而这是不对的，——它不仅参与这种游戏，它本身就是诗的躯干，而诗赋予它以形式，并与它一起投入悖论关系，或者不如说是讽刺关系。"[132] 诗律和句法的冲突，其结果是跨行，埃特金德认为，这种冲突在布罗茨基那里也像在茨维塔耶娃那里一样，都是**哲理**因素。这种哲理冲突是布罗茨基成熟期全部诗歌的基础，冲突的内容就在于他所选择的诗律：被置于冲突关系的是人和节奏，是个人的、有限的、必死的生命和无始无终、从容流逝的时间。难怪既在布罗茨基早期的作品《从郊区到市中心》，也在他最后写就的诗《八月》（*ПСН*）中会出现来自普希金的引喻"年轻的、陌生的一代"，这个情节远比对它的平常解释凄惨。同样可以说，布罗茨基作为其诗学基础的韵律特征和话语的冲突，乃是普希金的形象、普希金的"游戏人生"和"冷漠的大自然"的冲突的抄本。只是要懂得，普希金的"равнодушная"这个词不是用于平常的意思"无所谓"、"漠不关心"，而是用它的本义——像拉丁文***aequanimis***的仿造词。讲的

[132] *Ефим Эткинд*. Материя стиха. Париж: Institut d'Études Slaves, 1985. C. 114.

是自然界的平均性，自然界没有个性，没有善恶之分，生也不比死好。布罗茨基经常用自己诗行的格律使人想起这一点。在他那里也能找到公开的声明，以一种佛教徒精神宣称，必须完全接受这些生存条件，“与神融为一体，如同与风景融为一体”（《与天人交谈》，*КПЭ*）。

在《美好时代的终结》和《言语的一部分》的诗行中他既成功地模拟时间（通过节奏），又并不成功：他提高嗓门，怒不可遏，满腔热血。于是诗行中出现了希腊人所谓的两种元素的斗争，没有这种斗争便没有戏剧。

卡尔·普洛菲尔打算出版写于《在旷野扎营》问世后的新诗诗集，或诗人移居美国后不久的诗选。不过布罗茨基不急于出版。推迟的主要原因是创作方面的——作者对写于 1970 年之前的“旧作”不再感兴趣了。而新作，他在 1973 年和 1974 年觉得还不足以凑成一本书。发表于 1975—1976 年的组诗《言语的一部分》对他有特殊的意义——在母语环境外创作潜力会枯竭的担心没有应验，可以考虑出书。组诗的标题应该也就是书的标题。关于书的构成问题，诗人和他的朋友出版家有过争论：布罗茨基真正想出版的是 1971 年后的新诗，但这样一来，在俄罗斯写于《在旷野扎营》之后的那些优秀作品就被排除在诗集之外。终于决定——出版相互衔接的两本诗集，而不是一本。不过，布罗茨基对这个计划作了重要的修正。他原则上不愿拿《1972 年》这首诗作为第二本诗集的开卷之作，也就是说，不愿在写于国内和国外的诗之间划一条界线。正如他拒绝承认，审判和流放是自己人生中的特殊的、命运攸关的事件，被驱逐出境、移居美国，他也认为不过是“空间的延续”。如果说他的生活和诗作有什么实质性的变化，那么这种变化是发生在 1971 年和 1972 年之交，而不是在五个月以后。后来他说："……1972 年是一条界线——至少是苏联的国境线……但绝不是心理上的界线，尽管我在那一年从一个帝国跨进了另一个帝国。"[133]《致暴君》、《波波的葬礼》、《素描》、《致罗马友人的书信》、《纯真之歌，它是——阅历之歌》、《奉献节》、《奥德修斯对忒勒马科斯说》写于 1972 年冬、春的俄罗斯。《1972 年》、《蝴蝶》和《古典芭蕾是美的囚笼……》是在国内开始写的。

在准备出版时，布罗茨基对《言语的一部分》所表现的兴趣远大于对《美好时代的终结》的兴趣。他感到自豪的是书名和收入其中的同名组诗。布罗茨基倍感珍惜的思想是：作为人的创作，他的《言语的一部分》大于作为生物个体或社会一分子的人。后来他在国内出版的第一本有代表性的诗选用的也是这个书名（Часть речи. М.：Художественная литература，1990）。

和布罗茨基所有的诗集一样（只有《献给奥古斯塔的新四行诗》例外），《言语的一部分》开卷就是圣诞节的诗《1971 年 12 月 24 日》。收尾的是《佛罗伦萨的 12 月》，这首诗几乎是在诗集准备付印时才加上去的。两个"12 月"之间显然有主题上的呼应。列宁格勒的诗的开头"包围货摊的"群众，回忆起来很像佛罗伦萨的诗末尾的"包围有轨电车场的"群众。

《言语的一部分》与布罗茨基其余诗集的区别在于单篇的诗（16 首）较少。主要部分是四部组诗（《致罗马友人的书信》、《致玛利亚·斯图亚特的十四行诗二十首》、《墨西哥余兴节目》和《言语的一部分》——总计 56 首），还有一些结构近似组诗的诗，如《波波的葬礼》（分为四个部分）和《纯真之歌，它是——

---

[133] *Волков 1998*. С. 313.

阅历之歌》(两个部分各有三首诗)，最后还有叙事诗《科德角的摇篮曲》(布罗茨基称之为“诗”，不过看来是用于其广义，指诗体作品)。严格地说，《……摇篮曲》及其特殊的抒情题材，与组诗之间的体裁差异已被磨灭，然而这改变不了总的情况：在1972年至1977年这个时期，诗人倾向于创作系列性的风格相似、题材多少有些联系的抒情作品。

九

布罗茨基在西方的生活，简略地说就像沿着成功的阶梯上升。名牌大学教授职位的相当可观的薪酬。文学家所可能获得的一切最高的奖项和奖金，其中包括1981年的“天才奖”、1987年的诺贝尔文学奖、1991年的美国桂冠诗人称号。布罗茨基是耶鲁、达特茅斯、牛津的荣誉博士，弗罗伦斯和圣彼得堡的荣誉市民，荣誉军团勋章获得者，如此等等，诸如此类。

不相等的两半在人生的“黄金分割”中所大致折射的反差很大的对照，只是呈现于局外人的肤浅的观感。自然，采访记者经常会问，移居西方对他有什么影响，布罗茨基耐心地、时而气愤地回答说，这不过是“空间的延续”。在《科德角的摇篮曲》第四章他列举了与“改换帝国”有关的生活特征：

改换帝国，以致人声鼎沸，
以致讲话时唾液四溅，
以致栖身的陌生角落无数，
以致平行线相交（通常在极地上）的机会
慢慢地越来越多。而这，

帝国的改换，还与劈木柴有关……

在陌生的角落生活很不习惯，经常要讲外语，甚至还要劈木柴，在列宁格勒是不必做这些事的，可这里有壁炉。不过，归根到底

……笔
急切地要讲述

相似的故事。因为你们手里拿的
还是从前那样的笔。小树林里
长的还是那些植物。

在某种意义上说，日常生活中的祸福同样地干扰着布罗茨基，因为两者都会卷进来使他分心，不能专注于唯一的要务——写作。1964年1月当民警冲进来进行恐吓时，他在想，要是能把他的诗《穿棉袄的园丁，像一只鸫……》写完就好了。

《美好时代的终结》和《言语的一部分》问世后，到他出版下一部诗集《乌拉尼亚》过去了十年。乌拉尼亚在希腊神话中不仅是司天文的缪斯，还是阿佛罗狄忒·乌拉尼亚（“天上的缪斯”），是两个阿佛罗狄忒之一。另一个是阿佛罗狄忒·潘婕莫斯，即“全民的缪斯”，或如A. Ф. 洛谢夫所译“庸俗的缪斯”。1988年出版的诗集的英译本，其结构与俄语的《乌拉尼亚》在很大程度上是吻合的。不过英语的书名有些改动，不是《乌拉尼亚》，而是《致乌拉尼亚》，这澄清了一个思想：《致乌拉尼亚》——是布罗茨基内心传记的矢量。

1992年布罗茨基曾向采访记者解释诗集的名称，他说："我觉得，（但丁）好像曾在《炼狱》……向乌拉尼亚恳求帮助——帮助他把难以用语言表达的东西改写成诗。……我曾想把书名改为《迈向乌拉尼亚》，仿效奥登的《迈向克利奥》……"（*Brodsky 1992*）。

书名也与布罗茨基特别喜爱的巴拉滕斯基的诗《最后的诗人》（1835）有关，不过，像布罗茨基的暗中援引所常有的那样，他的援引是争辩性的。巴拉滕斯基笔下歌唱"天赐激情"的诗人与"冷的乌拉尼亚的崇拜者"是对立的。相反，布罗茨基确定自己的缪斯是"冷的"司天文的缪斯、司地理的缪斯，广义的解释也就是不以激情为转移的客观创作的缪斯。《乌拉尼亚》是最直接意义上的冷书。七十三首诗中有二十四首，几乎占三分之一，讲的是冷、冬天和秋天，讲春夏的只有十首。《乌拉尼亚》中有一些热爱生活的作品，如《马泰广场》、《罗马哀诗》、《燃烧》，不过占优势的是顺从天意的主题，追求冷漠、恬淡的格调。把《乌拉尼亚》和主题相似的早期作品比较一下，这一点就特别明显。像《致Z. 将军的信》（*ПКЭ*）、《1972年》（*ЧР*）这样一些诗的政治热情变成了《1980年冬的战争》和《五周年》的忧郁的冷嘲热讽。热情洋溢的寻神（《与天人交谈》、《静物画》、*КПЭ*）变成了讽刺性的不可知论（《献给椅子》）。1968年的《斯特洛弗》（"分手时悄无声息……"，*ОВП*）讲到与心爱的女人分手："死后的遭罪，/生前就已降临"，——而1978年的《斯特洛弗》（"好像一只杯子……"）是这样写的：

真的，叶子上的黑色
污垢积得越厚，

个人对往事，
对未来的空虚
就越不在意。

下一个诗节是：

若问我去“哪里”，
你听不到回音，
因为放眼四方
都是冰雪统治的世界。

关于生存于生死之际的两首长诗（颂诗）《蝴蝶》（*ЧР*）和《苍蝇》（*У*）形成了特别强烈的对比。蝴蝶是灵魂、死而复生的传统象征。《苍蝇》所歌颂的是传统抒情诗中不可能有的东西——一个萎靡、肮脏、垂死的昆虫。然而正是歌颂，而不是令人震惊和厌恶的描绘，像波德莱尔之后的诗所常有的那样。诗人在苍蝇身上找到了蜕变、死而复活的新的象征，它正在“光线昏暗的灯”下的“无色的尘埃”里爬行。

布罗茨基在《乌拉尼亚》中有目的地创作了一种没有先例的东西——单调的日常现象、生活寂寞的抒情诗。

布罗茨基出国时已是完全成熟的人，能阅读英语，但没有积极主动地掌握它。他从不认为自己是英语作家（“我是俄罗斯诗人，美国公民……”）。他在英语世界的作家声望首先基于他用英语写了（或用英语自译了）数十篇随笔、文章、公开讲演，其中的四十篇被编辑成书：《小于本人》（«Less than One»，1986）、《水印》（«Watermark»，1992；俄译本见《绝症患者的沿岸街》）

和《悲伤与理智》(«On Grief and Reason», 1995)。他还写了一定数量的英语诗，并且勤奋地把自己的诗译成英语，不过，如果说他的随笔基本上受到好评，那么英语界对他作为诗人的态度就远非一致的了。他本人对自己的英语诗的态度也并不单纯。一方面，他一再强调自己的英语诗的次要的甚至消遣、游戏的性质。对于他是否认为自己是双语诗人这个往往会提到的问题，他对采访记者说："这样的奢望我是完全没有的，尽管我能写出相当不错的英语诗。不过，当我用英语写诗的时候，这对我来说，更像是游戏、下象棋，不妨说是玩拼图方块。……但成为纳博科夫或约瑟夫·康拉德——这样的奢望我压根儿就没有。"[134] 另一方面，他顽强而又年复一年越发勤奋地继续写英语诗，并非总是轻松的体裁，而是抒情的、哲理性的和涉及当代悲剧主题的诗作。不仅如此，他还越来越信不过英语诗人和翻译家所翻译的他的俄语诗。在他逝世四年后出版的五百页英语诗集（*CP*）中没有作者不曾参与完成的译作。其中的诗是布罗茨基亲自用英语写作和翻译的或有布罗茨基的参与。至于"参与"实际上意味着什么，布罗茨基的朋友、诗人和诺贝尔奖获得者沃尔科特回忆道："但实情是，与自己的所有译者共事时，很大一部分工作是约瑟夫亲自完成的，甚至在节奏上，甚至在押韵上"[135]。

显然，充分了解外语诗的体裁特点和修辞手段可以丰富母语的创作。这种情况曾发生在各个时期不同民族的诗人之间。我们已经说过，英美诗怎样影响了布罗茨基作品中作者的"我"的作用和隐喻的结构等。但诗歌作品的更深层次——韵律、诗对语法的运用、不同言语风格的冲突的语义处理等——都取决于民族语

[134] *Интервью 2000*. С. 118.
[135] *Полухина 1997*. С. 303-304.

言的典型特点，因而是不可译的[136]。不可译的鲜明例证是押韵的次数（押韵就其性质而言，首先是语音现象）。譬如说，三重韵（*aaa*），在俄语诗中罕见，而在英语诗，尤其是奥登的诗中却相当普遍，布罗茨基曾令人印象深刻地加以采用，如《五周年》（*У*），«Fin de siècle»（法语，世纪的终结），欧里庇得斯的悲剧《美狄亚》的序幕以及《矫揉造作》（*ПСН*）。看来将这些作品译成英语应该不会有什么问题，因为押韵的这个模式英语诗也曾用过。可是英诗大师如德里克·沃尔科特却说："英语中的三重韵aaa有了讽刺的意味，如拜伦，甚至滑稽可笑的意味。在英语中很难为这样的尾韵辩解，因为其中有喜剧性或讽刺性的俏皮话……我想：试图用英语达到布罗茨基原作的这种语音效果会导致对诗句结构的极大破坏。"[137] 布罗茨基英语诗的批评家，不论是否怀有善，对广泛使用阴性韵也有这样的反应。诗行的阴性结尾（即重音在倒数第二音节，而不是在最末音节）在俄语诗中就像阳性结尾一样平常，因而各自在修辞上是中立的。而当代英国人听起来就觉得滑稽可笑——阴性韵适合于搞笑的儿歌或轻歌剧的咏叹调，而把严肃的作品变为讽刺性的模拟。实际上不可能在英语诗中复制俄语诗的节奏结构。原因很清楚：俄语词大多是多音节，英语词大多是单音节。另一方面，俄语任何长度的词都只有一个重音节，而英语的多音节词却有一个强重音和一个弱重音。如果在英语作品中模拟俄语的节奏，就会给英语读者留下讨厌的"击鼓"的印象。然而与自己的诗的英译者合作时，布罗茨基首先坚持的恰恰就是要最大限度地接近于

---

[136] 为了公正起见，我应该说，布罗茨基曾激烈地否定这个看法，尽管毫无根据。我最初是在《英国的布罗茨基》一文中提出这个看法。

[137] *Полухина 1997*. С. 303.

原作的节奏结构和韵脚。在这方面使他的诗英语化的尝试，他断然拒绝，认为太“流畅”[138]。

布罗茨基由于其随笔而在美国，很大程度上也在整个西方确立了作家的声誉。正是由于随笔西方才能理解和评价布罗茨基的才华的真正水平。1987 年授予诺贝尔奖便是对这种才华的承认。

他极其认真地写了获奖讲演，力求在讲演中以最简洁的方式陈述自己的信念。这是我们从布罗茨基以往的全部创作中所了解到的那些主题，不过在这里陈述得特别坚决：他首先谈到艺术的**人类学意义**，然后是**语言**在诗歌创作中的**首要意义**。

在公开讲演和访谈中，布罗茨基时而会语惊四座，声称“美学高于伦理学”。然而这绝不意味着漠视艺术的道德内容，更不意味着艺术家有权成为非道德主义者。这是席勒和浪漫派的传统论题，在俄罗斯文学史上，阿波隆·格里戈里耶夫曾给予最详尽的论证。1981 年格里戈里耶夫曾这样写道：“艺术作为对本能的生活之本能的自觉反应，作为创作力和创作力的活动，不屈从也不可能屈从于任何千篇一律的东西，包括伦理道德在内，不应该以任何千篇一律的东西，因而也不能以伦理道德来评判和衡量艺术。好吧，我要根据这个观点走向匪夷所思的极端。不是艺术要向伦理学习，而是伦理要向艺术学习（而且过去和现在都是这样）；说真的，这个怪论并非那么不道德，像初看时或许会有的印象……”[139]

---

[138] 参见：*Myers 1996*. P. 35. 关于布罗茨基的自译参见：*Weissbort 2004*。

[139] А. А. *Григорьев*. Искусство и нравственность. М.: Современник, 1986. С. 264.

关于艺术（布罗茨基认为艺术的最高表现是诗）陶冶情操，矫正性情，使人变得更优秀，并赋予他力量，以反抗敌对的、消灭个性的历史力量的思想，是有传统的。布罗茨基本人也牢记柏拉图将美与善和理性等量齐观的三位一体论和陀思妥耶夫斯基的名言："美拯救世界"——还提及其他一些经典作家的名字。他根据这些一般性的论述作出文学的意义大于文化或文明的结论。艺术——是人类学的（试比较格里戈里耶夫的"本能的"），因为艺术改变着人作为一个种类的天性本身。在布罗茨基看来，只有读书人是有个性的人和利他主义者，不同于集体群居的人形动物。布罗茨基仿佛提出了他自己的人类进化论的版本。他的更优秀的人是不同于社会主义乌托邦"新人"的个人主义者，也不同于尼采的超人的人道主义者。两种情况使这些论述具有强烈的尖锐性——一种情况在正文里有所表述，另一个情况蕴涵于正文之中。布罗茨基从时代的悲惨现状出发谈到阅读伟大文学作品的必要性。20世纪是人口爆炸的世纪，随之而来的是规模空前、惨无人道的行为：纳粹的大屠杀[140]。布罗茨基意识到自己这一代人的功绩是没有让斯大林主义彻底毁灭人们的心灵并延续了俄罗斯文化的发展进程[141]。这样的文化的美育效果对布罗茨基来说是显而易见的："……对熟读狄更斯作品的人来说，以任何思想的名义对和自己一样的人放一枪，比不读狄更斯作品的人要难得多。"因此"美学乃伦理学之母"[142]。在讲演中没有直接说出来，但含

---

[140] СИБ-2. Т. 6 С. 52.

[141] 试比较魏德列关于布罗茨基恢复了两个时代的联系所说的话（见本书第2页）。

[142] 同上，第55页。我们不必犹疑，布罗茨基的这个警句是与他所喜爱的克尔恺郭尔相矛盾的，克尔恺郭尔将美学置于伦理和信仰之下，称之为享乐主义。

有对相对主义的偏见和流行于西方有教养阶层的知识分子习气的批判。布罗茨基没有对西方尤其是美国社会的缺点视而不见，但直言不讳地宣称，群众性的社会主义实验，首先是自己祖国的实验，乃是新时期最可怕的恶。然而西方知识分子圈子里大谈两种社会制度的各种缺点而又等量齐观，不加区分。对社会主义和共产主义的原则性抨击，以及一般地以善恶范畴评价政治制度一概被斥为反动。文学是道德进步的工具的观点即使不被斥为反动，也被视为陈腐和幼稚。这个观点的前提是作者写入文学作品的某种一致的内容，如但丁、巴尔扎克、陀思妥耶夫斯基、狄更斯（在相对不长的讲演中布罗茨基列举了二十多位作家和哲学家的名字）。但知识界占优势的风气是宣布“作家死了”，而后现代主义的公设之一是任何作品都有无限的多义性。因而布罗茨基在瑞士科学院的小礼堂所说的一切，用他惯用的说法，对很多听众都是“逆耳之言”。

苏联报刊只是在两个半星期之后的 11 月 8 日才第一次在《莫斯科新闻》上提及诺贝尔奖[143]。《文学报》到 11 月 18 日才有了报道。不过在莫斯科和列宁格勒已刮起自由的微风。《新世界》杂志诗歌栏编辑奥列格·丘洪采夫（他早在 1987 年就在美国与布罗茨基有过交往）终于获准在 12 月号发表新出炉的获奖者的诗选。看来并非故意，但入选的作品大多是“信”——组诗《致罗马友人的书信》、《致明朝的信》，以及《奥德修斯对忒勒马科斯说》和《从哪里也没有人怀着爱心……》[144]这在记忆中唤醒了 20 年前所写的诗行：

---

[143] Московские новости. 1987，8 ноября. С. 14.

[144] 除了“信”还有《新的儒勒·凡尔纳》和《小城的秋日黄昏》（Новый мир. 1987. № 12. С. 160－168.）

……风，

像回到父亲家里的浪子，

立刻就收到了所有的信。

（《来自K城的明信片》）

十

1972年离开俄罗斯的时候，布罗茨基不知道以后还能不能见到祖国。从苏联侨居国外，只是单向的不归路。受惩罚的不仅是被流放的政治犯，而且家庭也不能幸免。布罗茨基的父母十二次提出申请，要求准许他们一起或单独去看望儿子，但每次都遭到拒绝。拒绝的理由是毫无道理的：当局认为出国“没有合适的目的”。布罗茨基的母亲死于1983年3月17日，父亲在一年多后也去世。他们终于没有见到儿子。

戈尔巴乔夫当权后开始解除国家的封闭状态。记者越来越频繁地问这位诺贝尔奖得主，是否准备回国。他起初回答说，等国内开始出版他的书就回国[145]。在1987—1989年报刊的最初报道之后，他的书终于在1990年开始出版[146]。随着出版的书越来越多，而刊物有关布罗茨基的文章和文学评论又潮涌而来，形成雪崩之势[147]，疑虑支配了布罗茨基。他对祖国，尤其是对生身城市所怀有的感情是复杂而隐秘的，在目前的情况下回去势必会伴随

---

[145] 参见 *Интервью 2000*. C. 223；Newsday. 1989，December 28. P. 57。

[146] 1990年出版了《鹰的秋啼》（Л.：IMA Press）、《诗集》（Л.：СП Алгафонд）、《诗集》（Библиотечка журнала *Полиграфия*）和有代表性的集子 Часть речи. Избранные. стихи，1962 - 1989（М.：Художественная литература）。

[147] 据不完全统计（*Указатвль 1999*），献给布罗茨基的作品在他生前的最后一年有近千篇。

着庆贺、电视和新闻界，要与生疏的人群会面。渐渐地他以玩笑的口吻来搪塞回国的问题，说什么他不该回到犯罪现场，也不该回到当初谈恋爱的地方。

对戈尔巴乔夫的苏维埃制度自由化的尝试，布罗茨基抱着怀疑的态度。他颇有洞察力地看出，这并不是和平的民主主义革命，像他的很多朋友和相识所理解的那样，而是俄罗斯政体习以为常的突变——官僚主义的帝国利维坦在变化的世界中适应新的生存条件。就在那时，在 80 年代末，他开始写作独幕剧《民主!》[148]（完成于 1990 年），又在 1992 年写了第二幕，以回应前苏联事件的发展。布罗茨基以前从来没有（以后也没有）写过真正的政治讽刺体裁的作品。甚至直接回应镇压捷克斯洛伐克改革的作品《致 Z. 将军的信》（1968，*КПЭ*）也是以一名疲惫而绝望的帝国士兵独白的形式写的，讽刺和抒情融为一体。然而《民主!》是纯粹的讽刺，是一幅政治漫画。就像早期带有政治讽喻成分的作品«Anno Domini»（1968，*ОВП*）和《帝国，傻子的国度》一样，剧情不是发生在首都，而是在帝国的一个省份。不过«Anno Domini»和《帝国，傻子的国度》中的帝国是假定的，而《民主!》讲的就是苏联，而某省指的是一般化的某个波罗的海共和国[149]。

另一篇直接呼应苏联事件的作品是《仿贺拉斯》（*ПСН*）。更正确地说，这首诗应称为《反贺拉斯》。贺拉斯的颂诗《致共和国》警告“国家之舟”在航行中会遇到可怕的危机，要谨慎。布罗茨基却完全相反，号召向未知的世界猛冲：“飞吧，小

---

[148] *СИБ*-2. Т. 7.

[149] 在过去的某个时候也可以将《公元》(«Anno Domini»）解读为把前往波罗的海苏维埃共和国立陶宛的旅途印象移入了想象（参见：*Венцлова 1998*）。

舟！”——这是诗的中心思想。“别怕呀！”——重复了两遍。这是——快乐的诗。展开贺拉斯的经典隐喻可以有不同的方式，布罗茨基选择了剽悍、肆无忌惮的格调，听起来剽悍而快乐，因为诗里高度集中了乖张的，其实是游戏的笔法。半数诗节都全部或部分地采用半谐韵，其中包括第一诗节：

Лети по воле волн，кораблик.
Твой парус охож на помятый рублик.
Из трюма доносится визг республик.
Скрипят борта.

破浪飞驶吧，小船。
你的帆像一张揉皱的纸币。
从船舱传来加盟共和国的尖叫。
船舷吱吱作响。

由于缩短每个四行诗的第四行，诗就显得仓促。作者似乎没有时间找到合适的词而以不合格的“еённый”塞入韵脚，没有时间顾及用形似词错综格拉近“неотличай *горизонт от горя*”是毫无意义的，也没有时间质疑同音异义双关语“Гиперборей—Боря”的性质。

如果说布罗茨基真的在某处模仿贺拉斯，那就在于他以可见的具体形象发展了对贺拉斯而言已是古老的“国家之舟”[150] 的隐

[150] 熟悉古希腊罗马文学的布罗茨基知道，这个比喻早就出现于索福克勒斯的《俄狄浦斯王》，在那里，伊奥卡斯忒将国家元首比作在暴风雨中掌舵的舵手。

喻。诗的力量在于尽管诗行简短、“仓促”，一再出现头语重复，而诗的内容却并不局限于号召冒险地破浪飞行。寥寥数语，布罗茨基就让我们看到了多得惊人的现象：

肋骨两侧的衣缝声声撕裂。
舵手闲聊着凶残的鱼类。
甚至最勇敢的人们
也在大口地呕吐。

但小船的飞驶只是勉强跟得上诗人想象力的飞扬。横跨第五诗节和第六诗节的不完整的七行诗勾画了嵌入其中的整个短篇故事的轮廓：

他们就这样发现了列岛，
后来那里闪着海员们的白色十字架，
一个世纪之后，那里

有人向您出售系着细绦带
的书信，令人讶异的是
与土著妇女私生的可爱的孩子
那双惹人怜爱的蓝眼睛。

布罗茨基最后五年的生活恰逢俄罗斯和世界的巨变。他真正被卷入了当时所发生的一切，时而以俄语，时而以英语的诗歌、文章和公开讲演回应重大事件。在这五年他总是前所未有地忙碌着：继续教学工作，参加各种广场集会。在美国到处奔走，时常漂洋过海。在美国获奖诗人的岗位上发起全美诗歌宣传运动。又开始了另一个活动，目的是在罗马创立俄罗斯科学院。

1990年9月他娶了意大利女子玛利亚·索查妮（按母系是俄罗斯人），享受着不曾有过的家庭生活的乐趣。1993年他们有了女儿安娜。

这个时期也是他从年轻时起在文学上最多产的时期。90年代他创作和翻译了一百多首诗、一部戏剧和十篇长篇随笔。这时健康情况急剧恶化，他自知已不久于人世。

易发心血管疾病想必是遗传性的。“26年不间断的颠簸，/生计的窘迫，法庭的惩罚”也起了作用，已知的局部贫血和心理上的应激反应是有关系的，不过从未搞清楚，是应激反应引起了心绞痛发作，还是疾病引起了心理的不稳定。在乡村饮食恶劣的条件下过于繁重的劳动，以及侨居岁月安排不当的单身汉生活也损害了健康。

在其漫长的成年生涯中，布罗茨基始终在他意识到的死亡的威胁下写诗。他不是忧郁症患者，有能力把日子过得充实，甚至快乐，尽管有病，尤其是在病情缓解的时候。他没有写于1997年的诗，即第一次动心脏手术后的那一年，但可以猜测，这是由于手术后的心情抑郁，个人性格上的某些原因，或希望不再像过去那样写作[151]。的确，《乌拉尼亚》和最后一本诗集的诗体有了不少新的变化，不过作者对生的（对死的?）感受也有了变化。只要布罗茨基意识到他的寿命多么有限，似乎他那阴郁的听天由命的情绪便会消失，这种情绪曾表现于1979年之前所写的作品，如《切尔西区的泰晤士河》（1974；*ЧР*）、《五重奏》（1977；

[151] 据档案材料的初步研究可以推测，布罗茨基在1979年写过诗，不过想必是觉得一无是处，认为这些作品需要继续琢磨。

У)、《诗节》("好像玻璃杯……";1978;*НСКА*)。相反,出现了一些不能不称之为朝气蓬勃的作品。那就是——《乌拉尼亚》中关于意大利的诗:《皮亚察·马捷伊》(1981)、《罗马哀诗》(1981)和《威尼斯诗节》(1982)。稍后,在收入《洪水泛滥的风景》中的成果丰硕的最近七年的诗中,与哀诗或讽刺性作品一样,也有很乐观的(《西班牙舞女》、《云》、《仿贺拉斯》和«Ritratto di donna»)。最后一本诗集与以往的所有诗集相比,喜剧的成分更多。幽默在一些诗中占优势,如《肯陶洛斯》(全部组诗)、《兰德维尔运河,柏林》、《你不会对蚊子说……》、《矫揉造作》和《墨尔波墨涅神庙》,当然,还有近乎滑稽的《演出》,不过在基调比较严肃的其他作品中也有不少搞笑的地方[152]。在他最近的诗中有一首是《科尔涅利·多拉贝拉》(1995 年秋),以悲剧性的、庄严的诗行结尾:"大理石使我的主动脉变窄"——对器物的硬化煅烧被重新理解为投身万神庙,在那里当之无愧者获得大理石雕像的永生。不过,这首诗的开头把身披托加的大理石罗马人比作从莲蓬下跳出来,仓促地变为一条毛巾的人。

"先知通常都不大健康",布罗茨基早在 1967 年就这样写道(《再见,韦罗妮卡小姐》,*ОВП*)。他不是把疾病理解为反常现象,而是理解为创作的必要条件,即使一般地说并非人性的必要条件。关于经常意识到死亡不可避免会使人生更有意义的想法并不新鲜。莎士比亚在十四行诗 CXLVI 结尾的一个诗节里就表现了这个想法:

So shalt thou feed on Death, that feeds on men,

[152] 布罗茨基将早在俄罗斯写的四首旧诗中的两首《高领衫之歌》和《伊万诺夫的浪漫曲》收入 *ПСН*,这两首诗都是诙谐的讽刺性模拟作品。

And Death once dead, there's no more dying then.

（亲爱的，你就以死亡为食吧，死亡是以人为食的，/一旦死亡死了，便不会再有死亡）

布罗茨基的列宁格勒朋友亚历山大·库什涅尔也在其早期的优秀诗作之一（《即使在最轻松的日子……》）中写到心灵以死亡为食，把经常想到死比作有毒的植物籽粒：

可是没有这种籽粒，
就不是那个味儿，不想喝酒了。

美国诗人华莱士·斯蒂文斯在《星期天的早晨》（1923）这首诗中以简洁的笔触所表达的正是这个想法："死乃美之母……"

与迷信的恐惧格格不入的布罗茨基曾在1989年的一首诗的开头就说："世纪很快就要结束，而我会死得更早。"（«fin de siècle»，*ПСН*）在阳光的《罗马哀诗》中他也忘不了迫近的死亡，然而这种思量和为生活的欢乐而感恩的主题是密切地联系在一起的。《罗马哀诗》的结尾是布罗茨基所有的六部诗集中唯一的向上帝的直接诉求：

低下头来，我有话要向你附耳低语：我
为一切而感恩；为鸡的脆骨
也为剪子连续而急促的声音，它已为我
剪破黑暗，既然黑暗——是你的。

甚至在《马太广场》的热情奔放的诗节中也会偶尔出现“残躯”和“**躲到幕布下偷闲**”（黑体表示着重号——洛谢夫）。这里有普希“在黑暗的无底深渊岸边”的陶醉，但某些人处于存在主义绝境而发生的“信仰的骤变”，在布罗茨基那里却毕竟没有发生。然而在他后期的诗歌中，在为生活的丰富多彩而感恩的同时，还有挑战命运、不顾肉体的死亡而自我肯定的主题（《科尔涅利·多拉贝拉》，*Aere perennius*；*ПСН*）。的确，圣诞节的诗大多写于面对死亡的最后十年[153]，不过索尔仁尼琴说得好，在布罗茨基那里“……圣诞节的主题好像被装上镜框放在一边，就像被温和的光线照亮的正方形”[154]。在诗人喜爱的大地存在的要素——海洋、江河、街道、女性美、心爱的诗人们的作品——之中还有圣徒家庭的基督教神话成分：生于岩穴，婴儿和星座的关系，逃往埃及的时候在旷野扎营。不过他对福音书题材的喜爱与个人得救的信仰无关。据其他诗作来判断，布罗茨基所承认的死后存在的唯一形式是作品，“言语的一部分”，他的贺拉斯式的纪念碑。诗人的笔比伪君子的全套家什更可靠：“由于有笔世世代代的犁沟会更长，/你们带着手提香炉永世待在犁沟里也是枉然。”（*Aere perennius*）

除了“exegi monumentum”，我们还在布罗茨基那里找到了其他一些传统主题，涉及诗人关于死的冥思，即纪念逝者的主题：“逝者把自己的一部分留给我们，让我们保存它，并继续活下去，使他们也能继续存在。归根结底，生命的意义就在于此，

[153] 我们说的是直接以圣诞节为题材的诗歌，而不只是与日历上的圣诞节有关的诗歌。后者有《圣诞节浪漫曲》（1962）、《绳索厂厂主别墅的新年》（1964）、《送客》（1964）、《话说洒掉的牛奶》（1967）、«Anno Domini»（1968）、《岸边的第二个圣诞节……》（1971）和《潟湖》（1973）。

[154] *Солженицын 1999*. С. 190.

不论我们是否意识到这一点”[155]。还有，另一次说得更简练：“我们就是他们啊。”[156] 我们可以在很多《纪念……》（《追忆……》）的诗里找到这个主题的变体。仅在《洪水泛滥的风景》里就有六个：《安娜·阿赫玛托娃诞辰一百周年纪念》[157]、《纪念父亲：澳大利亚》、《追忆根纳季·什马科夫》、《威尔廷努斯》（纪念詹尼·布塔伐瓦）、《纪念 H. H.》和《纪念克利福尔德·布劳恩》。

这个领域还有一个传统主题，即作者死后有机生命仍在延续。普希金的这个主题“年轻的一代、生疏的一代”的变体见于布罗茨基的诗《从市郊到市中心》（*ОВП*）、《1972 年》（*ЧР*）、*Fin de siècle*（*ПСН*）和最近完成的《八月》（*ПСН*）。他还有该主题的一个更匪夷所思的变体——生命的延续是腐烂、分解：“动物的尸体是——脱离笼子而自由，脱离整体而自由：是分解的微小粒子的封神仪式。”（“只有灰烬才知道，焚毁是什么意思……”；*ПСН*）尽管是自然主义，这首诗里讲的却不仅是有机体。未来考古学家所发掘的动物尸体也就是“被埋在土里的激情”。

除了传统的主题之外，布罗茨基还有他自己的与死亡问题有关的主题。正是这个主题极其广泛地表现于他的诗作，尤其是在晚年，不过早在《致罗马友人的书信》（1972，*ЧР*）中就已初露端倪。这个主题就是“我身后的世界”。

书信所寄予的罗马友人名叫伯斯图姆。像布罗茨基的另几首诗一样（参见《发扬柏拉图精神》中的福尔图纳图斯），收信人

---

[155] 引自在纪念卡尔·普罗费尔的晚会上的讲话（*Beinecke*；原文是英语）。

[156] 与阿廖什科夫斯基谈话时讲到自己的梦，这个梦诱发了随笔《致贺拉斯的信》（阿廖什科夫斯基当时就把这篇随笔转交给我们了）。

[157] “……形式上这是献给诞辰周年，内容对布罗茨基而言却是典型的‘悼亡诗’”（*Лотман 1998*. С. 196）。

名字的含义是拉丁文的 Postumus——“后人”，这是给父亲死后出生的孩子取的名字。贺拉斯也在颂诗《致伯斯图姆》中饶有趣味地表现了这个名字的含义：“噢，伯斯图姆，伯斯图姆！岁月如梭/转瞬即逝……”（颂诗，第 2 卷）[158] 《致罗马友人的书信》与贺拉斯的著名颂诗的相似之处不仅在于人生苦短的主题，而且还在于两篇作品的结尾都是生活场景在继续而不见作者（抒情主人公）的身影。相似之处得以强调，还在于布罗茨基追随贺拉斯，在末尾提到了柏树——古罗马人墓地上的树。在初稿（*РНБ*）中这个“死后的”情节是没有的：

大海在黑色的松木栅栏外闪着波光
谁家的船在岬角旁与风浪搏斗
我跪在摇椅上——老普林尼
黑鸫在柏树茂密的枝叶间啁啾[159]

定稿中“信”的结尾与草稿似乎没有什么区别：

闪动的月桂的绿叶。
大开着的门，满是尘土的小窗。
被遗弃的椅子，被遗留的床。
纺织品吸收着正午的阳光。

黑海在黑色的松木栅栏外喧嚣。

---

[158] *Квинт Гораций Флакк*. Оды. Эподы. Сатиры. Послания. М.: Художественная литература, 1970. С. 112. Пер. з. Морозкиной.
[159] 遗憾，我们只有最后一个诗节的草稿。

谁家的船在岬角旁与风浪搏斗。
在干裂的长椅上的是——老普林尼。
黑鸫在柏树茂密的枝叶间啁啾。

其实两段结尾之间的区别是原则性的。定稿中没有“我”。**被遗弃、被遗留（这些词挤在一个诗行里是不无深意的）**的世界的物理属性依然如故，它依旧是动态的，把自己呈现于生动的感知：月桂的有光泽的叶子在灿烂地闪动，纺织品因为有太阳而炙热，海在喧嚣，船在与风浪搏斗，黑鸫在啁啾。却没有人由于难以忍受的闪光而眯起眼睛，在太阳地里取暖，倾听大海的喧嚣和鸟鸣，目送远方的帆船并接着把书看完。顺便说一说，未看完的书——就是作家反映那个世界的书，《博物志》，老普林尼试图提供对整个自然界的百科全书式的叙述。

在这方面布罗茨基想象力的发挥特别富有成效。对他来说，任何地方的特点都是以前到过那里的人们此刻的缺席：“每一家在有供暖设备的同时/还有一个缺席系统”（《每一家在有供暖设备的同时……》，*ПСН*），“一片空地，我们曾在那里相恋”（《你忘记了被遗弃在沼泽地里的那个乡村》，*ЧР*）。在描写夜间噩梦般的四个房间时他说：

第三间——到处积着厚厚的灰尘，好像
空心的油脂，因为这里从未有人住过。
我喜欢这一点，胜于父亲的家，
因为以后到处都是这样。

（《这个房间散发着破烂和生水的气味……》，*У*）

关于这些诗行 M. Ю. 洛特曼写道："总之，对布罗茨基而言，空即使不是超验的，无论如何也是彼岸的，它也就被纳入近似于宗教仪式上的圣像之列（"我信仰空"，如此等等）。空是全部物质世界的基础，它包含在物质之内，构成其实质——或不如说——构成其绝对的剩余部分。正是由于空物质才**不是**有限的。"[160] 这是正确然而过于谨慎的见解。布罗茨基在有些作品中有意识地将空神圣化：

空。不过想起它
你就好像突然见到了无源之光。

（《1971 年 12 月 24 日》，*ЧР*）

布罗茨基从年轻时起就对宗教学说很感兴趣，在这些学说中乌有、空是与存在和神性联系在一起的：佛教、喀巴拉、雅各布·波墨的神秘主义等。

从物理空间向观念的、玄学的空间转化的形象出现于《人们把一切都归咎于我，只把天气除外……》（1994）这首诗的末尾，布罗茨基打乱顺序，以这首诗作为自己最后一部诗集的末篇。他在《人们把一切都归咎于我，只把天气除外……》之后还写了不少诗。可是恰恰希望这首诗被看作他的 valediction（告别辞）：

……也许，一般的虚无之保留
会珍惜将它变为筛子的尝试
并为筛孔而感谢我。

---

[160] *Лотман 1998*. C. 201 - 202. "很喜欢……更好了"，因为诗的风格在某种程度上接近于民间的俗语作品。

在这首告别诗中，空间的洞孔与星融为一体，在布罗茨基的诗中还有一个固定的神奇形象源于福音书和《旧约》，也源于奥维德（在奥维德《变形记》第15卷中尤里·恺撒死后成了天上的星）。在同一年的另一首诗《在下一个世纪》中这样讲到星星："因为对它们来说光速是灾难，/它们的在场是缺席，而存在只是不存在的结果"，就是说，布罗茨基用不同的方式表达了以天文学资料为基础的一个隐喻，该隐喻在马雅可夫斯基的叙事诗《放开喉咙》中是以否定的形式来表现的："我的诗一定会到达……不像死去的星星的光那样永远在途中。"[161] 当然，根本的区别在于物体的不存在、缺席在布罗茨基那里成了存在的观念形式。

M. Ю. 洛特曼在《诗人与死》一文的开头写道：在布罗茨基那里，"……话语侵入沉默、空、死的领域具有特殊的重要性——这是在敌人自己的领土上与之作斗争"[162]。当然，"与窒息作斗争"（《我总是强调，人生如戏……》，*КПЭ*），"言语的一部分"战胜死亡这个中心主题来到布罗茨基的诗里，不仅是作为普希金和贺拉斯的传统，也是作为古代的印欧传统[163]。洛特曼所引用的"我信仰空"只不过是《波波的葬礼》末尾的反题语境中的正题（*ЧР*）：

---

[161] 布罗茨基的诗与马雅可夫斯基有很多相似之处，这个隐喻也指明了相似的主要因素之一：两位诗人都着迷于未来和时间问题［参见：*Кристина Поморска*. Маяковский и время.（К хронотопическому мифу русского авангарда）//Slavica Hierosolimitana. 1981. Vol. Ⅴ-Ⅵ. С. 341-353］。在这个意义上布罗茨基是不亚于马雅可夫斯基的**未来派**。Ю. 卡拉布切夫斯基是对的，他曾探索他所厌恶的两位诗人之间极为相似的特点，不过他还写道，布罗茨基"不仅比马雅可夫斯基无可比拟地更有教养，而且也比他聪明得多"（*Карабчиевский 1985*. С. 273）。参见布罗茨基与托马斯·文茨洛瓦谈话时罕有然而意义重大的自白："我向马雅可夫斯基学到了太多的东西。"（*Интервью 2000*. С. 349）

[162] *Лотман 1998*, стр. 189.

[163] 同上，С. 194。

已是周四。我信仰空。

在空里像在地狱里，不过更糟。

于是新的但丁向一页纸弯下腰来

在空白处写下一个词。

反题——词填充了空，黑填充了白[164]，空白被消灭了。布罗茨基对空白问题，对缺席的情节的兴趣，首先毕竟不在于教条主义哲学，而在于艺术。

归根结底，对

这些空白处，对它们的

空洞的画面感到好奇才是艺术。

（《新生活》，*ПСН*）

---

[164] 布罗茨基早就掌握了白色和黑色的象征意义：试比较青年时期未完篇的《百年战争》中的"'土地是黑的'——'噢不，它是白的……'"等等，《献给雅尔塔》（*КПЭ*）中白色世界的幻影，"白的在白的上面，作为卡济米尔的幻想（《罗马哀歌》，Ⅺ），雪被是空间最好不过的外貌（《我不是疯了，是夏天太累……》；*ЧР*），创作自我实现的不变情节是**黑的在白的上面**。陀思妥耶夫斯基也用过同样的意外情节：……**黑的在白的上面还不算多**，须知**黑的在白的上面**是不可改变的"（致 A. 迈科夫的信，1867年8月；*Ф. М. Достоевский*. Полное собрание сочинений: В 30 т. Т. 28（Ⅱ）。Л.: Наука, 1985. С. 205；黑体是着重号，是陀思妥耶夫斯基原有的）。

看来很有可能，梅尔维尔的长篇小说《莫比·狄克，或白鲸》第ⅩLⅡ章《关于鲸鱼的白》对年轻诗人的想象产生了强烈的影响，这一章是关于白色的象征意义的专论：白"是精神本源的意味深长的象征，甚至是基督教的神自己的真正的幈幪，同时又加剧了人类所恐惧的一切的可怖。……不信神的一切色皆无色，而不信神是人力所不及的……"（赫尔曼·梅尔维尔《莫比·狄克，或白鲸》的俄文版. М.: Художественная литература, 1967. С. 227–228）。试比较"与光学所教导的相反，在布罗茨基那里白并不意味着颜色的丰富多彩，而是颜色的完全缺失"（*Лотман 1998*. С. 204）。

尽管布罗茨基撇开创作过程，把创作过程时而归结为在纸上写下一个空泛的“词”，时而甚至简单地归结为用黑填充白色空间（他写字不用圆珠笔，总是喜欢用自来水笔，而且墨水一定要用黑的），不过，读者关注的当然不是“什么白在黑的上面”（《致Z. 将军的信》，*КПЭ*），而是信的字符所描绘的诗人的想象。他的想象确实容不得空。无论如何，全球性的启示录、个人的死亡都不能使世界成空。切斯拉夫·米沃什有一首诗《世界末日之歌》，其实质在于，审判日当天和以后生活的因循守旧都在继续：“而另一个世界末日是不会有的!”这近似«Post aetatem nostram»（《我们的时代之后》）和剧作《大理石》[165] 里所发生的情况。《大理石》从情景说明开始：“我们时代之后的第二个世纪”，——不过布罗茨基的一系列其他诗作仅限于未来学的某个细节或捎带提及的观察：《预言》（*ОВП*）中的堤坝，《官邸》（*У*）中伪装成列柱的军用火箭筒，《天气预报附注》（*ПСН*）在第一诗节末尾插入的更确切的说明——“甚至**在未来已降临的此刻**，/要保存一位女宾的雕像”（黑体表示着重号。——洛谢夫）。对布罗茨基而言，历史不是单向的过程，像一神教、黑格尔或马克思主义所理解的那样，但也不完全是循环，而更像是镜子：过去反映于未来。整首诗《正午的房间》都与此有关：“在未来就是在混合体中，是在被反映的昨天……”——接下来是：

我们不会死，在期限到的时候！
而是一个孩子

[165] 在布罗茨基早期的诗作中还会遇到更传统的科学幻想等题材，例如他的诗《致阿赫玛托娃》（*ОВП*）和未完篇的叙事诗《百年战争》（Звезда. 1999. № 1. С. 130－144）。

用指甲把我们
从混合体上刮掉!

在成年的布罗茨基那里，1965年后怕死的主题从诗中渐渐消失。如果说对他喜爱的斯多葛派而言，哲学是死亡的练习，那么对他来说，这种练习就是诗。对死的恐惧让位于专注甚至愉快地关心丰富多彩的激流般的人生，让位于去“我们身后的世界”旅游的想象，冥思空的问题（缺席——在场）和斯多葛派哲学，后者有时被表现为粗鲁几乎是地痞无赖的形式。我指的是诗《悲剧的画像》(*ПСН*)。

这首诗注明的时间是1991年7月，开篇是由四个部分构成的“一组戏剧”。书中在《悲剧的画像》之后是为上演欧里庇得斯的《美狄亚》而作的诗《矫揉造作》和《墨尔波墨涅神庙》。引人入胜的是设法弄清，究竟是什么原因使布罗茨基将《悲剧的画像》这首篇幅不小，而且无疑具有原则性重要意义的诗挤出了记忆。由于个人生活迎来了一个幸福的时期？由于彻底摆脱了这个题材？对此我们却一无所知。

《悲剧的画像》具有总结性，在这方面不亚于«Aere perennius»和《人们把一切都归咎于我，只把天气除外……》，可以在其中发现布罗茨基过去三十年所有诗作的基本主题的概要。例如星星的主题。

紧贴悲剧的面颊！紧贴戈耳戈涅斯的黑色鬈发，
从圣像的后面紧贴粗糙的木板，
像驶往东方的列车一样
带着从颧骨上滚落的
星星……

在布罗茨基的诗里星星也是被分开的恋人在天上相会的地方（《没有伴奏的歌声》，*КПЭ*），是上帝慈父般的眼神（《圣诞节的星星》，*ПСН*），也是绝望的泪水（《在湖区》，*ЧР*），也是挤满流离失所的难民的小船（《雪在下，把整个世界留在少数……》，*У*）。星星——是人间苦难和宇宙之爱的交汇点。此时星星就是从颧骨上滚落的泪水，也是比喻的第二部分的驶向东方的列车，那些列车正把古拉格的几十万其他受难者送去遭受曼德尔施塔姆的折磨和处死。

这个片段的韵脚（指俄文的韵脚）以前也有过。布罗茨基在《五周年》（*У*）中说：

……我不爱酗酒，不亲吻圣像，
而一座桥上的戈耳戈涅斯的铁脸

我觉得是那个地方最正直的脸。

显然，这个韵脚的确含有深意，只能在《五周年》中加以揣测：圣像的反面是——佩尔修斯的盾牌。从圣像后面看着信徒的是天界，而从相反的方面看的是——一个可怕的怪物，蠕动着的混沌的化身，它的目光是致命的。

佩尔修斯之盾——是一面镜子。诗的开头要人注视悲剧的脸，而布罗茨基首先看到的是他自己：

我们看一看悲剧的脸吧。看到的是她的皱纹，
她的鹰钩鼻子的侧影，男性的下巴。

首先投入眼帘的是皱纹。接下来在诗里出现的是疾病和肉体腐烂的越来越引起反感的细节。诗的词汇也与这些细节相适应："打耳光"、"蹬腿"、"摇尾巴"。而在以往的年代悲剧"是美丽的"。在索福克勒斯和拉辛的世界，悲剧是人奋起反抗天命、反抗命运的摆布。在贝克特和布罗茨基的世界，悲惨的是人的肉体本身在其不可避免地走向死亡和腐烂的路上。亚里士多德把悲剧描述为一切体裁中最体面的。它应该是理智的（《诗学》第6章）并回避低俗的语言表达（《诗学》第22章）。"悲剧的画像"及其长寿，若非阿拉伯式的尸恋，那就有伤大雅了。

我们倒在悲剧的怀里，准备寻欢作乐！
陷入她的并不年轻的肉体。
把她顶穿，直抵床垫的弹簧。

布罗茨基笔下的悲剧不用"崇高的语言表达"，只是极其不雅地发出牛鸣声：

在喉咙发出的元音中
你要选择蒙古人臆造的"ы"（呃）[166]。
使它成为名词，使它成为动词、

---

[166] 1997年我在安阿伯向布罗茨基转述有关俄语史的资料，也谈到一种猜想，说俄语中的ы音是突厥语影响的结果。很可能布罗茨基也看到了巴秋什科夫对俄语的看法："语言本身嘛，不怎么样，有些粗野，散发着鞑靼人的气息。什么是Ы？什么是Щ？什么是Ш，ШИЙ，ЩИЙ，ПРИ，ТРИ，ТРЫ？"（*К. Н. Батюшков* Нечтоопоэте и поэзии. М.：Современнк，1985. С. 252；引自Н. И. 格涅季奇在11月27日—12月5日期间收到的一封信）。试比较Д. И. 彼得罗夫斯基《宗旨》的著名诗行："我们把后缀引入动词，/把前置词引入副动词，/为了让蒙古人不能/这么快就学会我们的表达技巧。"（*Дмитрий Петровский*. Галька. М.：Круг，1927）

副词和感叹词。“ы”——普通的吸气和呼气
我们由于利害得失而声音嘶哑地发出“ы”音，
或带着“出口（выход）”的牌子冲向门口。
但站在那里的是你（ты）瞪着凸出的眼珠子。

与呻吟着“ы”的悲剧的丑恶性交暗示着俄罗斯人的淫秽——隆吉诺夫的《骠骑兵入门课本》：“Ы，是不用于词首的字母。/‘Ы!’——荡妇的呻吟，在快要结束的时候。”[167] 这就是布罗茨基笔下的悲剧所比拟的情况，整首诗就是挑战婚姻的混乱和解体。这是充分展开的隐喻，即使最短促的音响听起来就像冲着死神的脸说：“Fuck you!”

很可能疾病会使布罗茨基渐渐地成为不能工作的残废，而他将死在医院的病床上或手术台上。可是“……死神像贼一样向他走来，/突然偷走了生命”（杰尔查文）。1996 年 1 月 27 日星期六傍晚，他把自己久经风霜的皮包塞满了手稿和书籍，准备第二天带着去南荻。星期一新学期就要开始了。他向妻子道了晚安说，他还要工作一会儿，便起身来到自己的书房。早晨她就是在那里发现了他——躺在地板上。他衣着整齐。书桌上与眼镜和一支不曾点燃的香烟并排放着一张白纸和一本打开的书——《希腊诗选》。

布罗茨基葬在威尼斯古老的圣米凯尔墓地，在墓地的新教地区，因为禁止没有宗教信仰的人士葬在天主教和东正教

---

[167] 布罗茨基（*Beinecke*）凭记忆在工作笔记本里记下了《骠骑兵入门课本》的一些片段。

的地区[168]。不大的地方很像乡村墓地，不过在砖墙外威尼斯的潟湖惊涛拍岸。简朴的大理石墓碑上刻着普罗佩提乌斯哀诗的字句：Letum non omnia finit[169]。

列夫·洛谢夫

---

⑱ 1974年布罗茨基寄语安德烈·谢尔盖耶夫，戏称想葬在威尼斯："不过没有知觉的尸体/在哪里腐烂都一样，/被剥夺故乡的黏土，/在伦巴第峡谷的冲积层/腐烂也愿意。因为/自己的大陆上也是那些同样的蛆。/斯特拉文斯基长眠在圣米凯尔……"（*Сергеев 1997*. С. 453）

⑲ "死去不是一切都完了"（普罗佩提乌斯《哀歌集》，4. Ⅶ）。碑铭是诗人的遗孀选定的，她知道布罗茨基爱好普罗佩提乌斯的作品，特别是这首哀歌，人们有时将它更名为《肯提亚之死》。这行诗也是布罗茨基给予崇高评价的康斯坦丁·巴秋什科夫的哀歌《朋友之死》（1814）的题词。与巴秋什科夫这首哀歌的呼应可以在布罗茨基晚期的诗《致西莫·希尼》（*ПСН*）中看到。也许阿赫玛托娃与布罗茨基谈起过普罗佩提乌斯的这首哀歌，那是在1965年秋他们交往密切的时期，因为正是在那时她曾向他反复朗读这首诗，并且说："普罗佩提乌斯是一位优秀的哀歌诗人。"（*Роман Тименчик*. Анна Ахматова в 1960-е годы. М.；Toronto：Водолей Publishers — The University of Toronto，2005. С. 271）

短诗和叙事诗

在旷野扎营

Men must endure

Their going hence, even as their coming hither;

Ripeness is all

King Lear, Act V, Scene 2

丘陵

1. 圣诞节浪漫曲

向叶甫盖尼·赖恩致以爱慕之意

夜间永不熄灭的小船
在茫然不解的忧伤中，
缓缓地飘浮于窒息的砖石之间
飘出亚历山大花园，
夜色里孤僻的小灯笼
好像一朵黄玫瑰
在自己心爱的人们的头顶上，
在过路人的脚旁。

梦行者、醉汉们蜂群似的合唱声
在茫然不解的忧伤中随风飘荡。
一名外国人忧郁地
在夜幕下的首都拍下一张照片，
而出租汽车载着有病的乘客们
驶往奥尔登卡，
而那些半死不活和孤僻的人
互相搂抱站在那里。

忧郁的歌手在茫然
不解的忧伤中在首都缓步而行，
客栈的忧郁的圆脸老板

站在小煤油铺的旁边，
年老而漂亮的情郎
在难看的街道上步履匆匆。
半夜新婚的马车队
在茫然不解的忧伤中缓缓地移动。

一个偶然游泳的人在黑暗的
莫斯科河南岸慢慢地走向不幸，
犹太人的口音漫游在
忧郁的黄色楼梯上，
临近新年、临近周日，
一个貌美如画的美人儿
从爱情慢慢地走向忧郁，
茫然不解自己的忧伤。

寒冷的傍晚在眼睛里缓缓掠过，
雪花在行驶的车厢上颤动，
严寒的风，苍白的风
紧裹着通红的手掌，
而蜜酒像晚上的灯光一样流淌
籽仁酥糖香气袭人，
圣诞节的前夕在头顶上方
送来夜间的大馅饼。

你的新年在茫然不解的
忧伤中沿着城市喧嚣
的暗蓝色浪潮漂移，
仿佛生活又重新开始，
仿佛会有光明和荣耀，

迎来好日子和充足的面包，
仿佛生活即将向右摆动，
在向左摆动之后。

1961 年 12 月 28 日

2. 献给约翰·多恩的大哀歌

约翰·多恩入睡了，周围的一切都已入睡：
入睡了，墙壁、地板、被褥、图画，
入睡了，桌子、地毯、门闩、门钩、
整个衣柜、餐柜、蜡烛、窗幔。
全都入睡了。长颈玻璃瓶、玻璃杯、盆、
面包、切面包的刀、瓷器、水晶玻璃器皿、餐具、
夜里的小灯、内衣、衣橱、玻璃、时钟、
楼梯的梯级、房门。夜无处不在。
夜无处不在：在墙角里、在眼睛里、内衣里、
在文稿之间、在桌子里、在准备好的发言里、
在发言的话语里、在木柴里、夹钳里、
在冷却的壁炉的角落里、在每一个东西里。
在坎肩里、鞋里、袜子里、在镜子
后面的阴影里、在床铺里、椅背里，
又在盆里、基督受难的十字架里、床单里、
门边的扫帚里、便鞋里。一切都入睡了。
入睡了。窗户。以及窗外的雪。
邻家屋顶的白色斜坡。好像
屋顶滑雪场。整个街区都在睡梦里，
街区被窗框拼死分开。
入睡了，拱门、墙壁、窗户、一切。
鹅卵石、木块、栅栏、花坛。
没有光的闪烁，没有吱吱作响的车轮……
围墙、浮雕、锁链、铁墩子。
入睡了，门、铁环、把手、门钩、
锁、门闩、开门的钥匙、插销。
哪里也听不到低语声、簌簌声、敲门声。
只有雪地的吱吱声。全都睡着。天亮还早。

入睡了，监狱、城堡。磅秤
在鱼摊上睡着。猪胴睡着。
房屋、屋后的地方。锁在铁链上的几条狗。
几只小猫睡在地窖里，竖着它们的耳朵。
老鼠、人都睡着。伦敦在酣睡。
一艘帆船睡在港口。船下水和雪
在梦里发出嘶哑的声音，
与远处入睡的天空融为一体。
约翰·多恩入睡了。大海也一样。
那白垩岩的堤岸在大海的上方入睡。
整个岛睡着，被笼罩在同一个梦里。
而每一座花园都插上了三道门闩。
睡了，槭树、松柏、榆树、冷杉、云杉。
睡了，山坡和斜坡上的小溪、小径。
狐狸、狼。熊钻进了睡觉的地方。
风在兽穴的入口处吹积了雪堆。
小鸟也睡了。听不到鸟鸣的声音。
听不到乌鸦的聒噪，夜，听不到猫头鹰
的笑。英国广袤的大地寂然无声。
星光闪烁。老鼠负罪地走过。
全都入睡了。所有的死人躺在
自己的棺材里。安静地睡着。床上
生者睡在自己衬衣的海洋里。
孤单地睡。酣然入睡。睡在相拥的怀抱里。
全都入睡了。睡了，江河、山岳、森林。
睡了，走兽、飞禽、昏暗的世界、一切生物。
只有白雪从夜空飞落。
不过在那里也都睡了，在人们的头顶上。
天使们睡了。圣徒们在梦里
忘却惶惶不安的世界——圣者之羞。
地狱睡着，美好的天堂也睡着。

谁也不会在此刻走出家门，
上帝入睡了。此刻的大地是陌生的。
目不能视，充耳不闻。
恶魔也睡了。敌意也和他一起
在英国田野的雪地上沉睡。
骑士们睡了。天使长带着号角睡了。
马匹也睡了，在梦里从容地摇晃。
所有的基路伯——成群地
在保罗教堂的拱顶下相拥而眠。
约翰·多恩入睡了。诗句入睡了，躺着。
所有的形象、所有的韵脚。强弱
难辨。恶习、忧伤、罪孽，
一样地沉寂，睡在自己的音节里。
每个诗句和另一个都亲如兄弟，
哪怕彼此耳语也好：靠近一些啊。
可是每一个都那么远离天堂之门，
那么苍白、空虚，那么一无所有，以致完全相同。
所有的诗行都睡着。睡着，抑扬格的严格结构
扬抑格也都睡着，仿佛左右的警卫。
它们的视觉睡着，听不见洪水滔滔。
而在视觉后面酣睡的是另一种东西——荣誉。
一切灾难都睡着。痛苦在酣睡。
罪恶睡着。善恶互相拥抱。
先知睡着。灰白色的落雪在空间里
寻觅着微小的黑点。
全都入睡了。大批书籍在酣睡。
语言之河睡着，被遗忘的坚冰所封闭。
一切言语都睡着，连同其中的一切真理。
它们的锁链睡着；锁链只发出微微的金属声。
全都酣睡着：圣徒、魔鬼、上帝。
他们的凶恶的仆人。他们的朋友。他们的后代。

于是只有白雪在黑暗的路上窸窣作响。
于是整个世界再也没有别的声音。

不过，嘘！你听……那里，在寒冷的黑色里，
那里有人在哭泣，有人在恐惧地窃窃私语。
那里有人在享有整个冬季。
而他在哭泣。那里有谁在黑暗中。
嗓音那么尖！尖哪，简直就是针。
却没有线……声音是那么孤单地
在雪地上随风飘荡。到处是严寒、黑暗……
缝合着夜和黎明……多么高啊！
“是谁在那里号哭呢？是你，我的天使，
在等待归来，在雪地中像等待夏天一样，
等待着我的爱？在黑夜回家。
是你在黑暗中哭泣吗？”——没有回答。
“是你们在那里吗，基路伯？这含泪的声音
使我想起了悲伤的合唱。
是你们突然决定要离弃我沉睡中
的大教堂。是你们吗？是你们吗？”——寂然无声。
“是你吗，保罗？诚然，严厉的言语
使你的嗓音太刺耳。
是你在黑暗中垂下白发的头
在那里哭泣？”——但迎面而来的是寂静。
“是在黑暗中遮住目光的那只手吗，
在这里到处显现的那只手？
是你吗，上帝？纵使我的想法荒唐，
然而哭泣的声音真是太崇高了。”
沉默。一片寂静。——“是你吗，加百列，
是你吹了号角，却有人在大声叫骂？
不过也好，只有我一个睁开了眼睛，
而骑士们正在鞴马。

一切都在酣睡。睡在漆黑夜色的怀抱里。
而猎犬座已经飞快地从天空涌现。
是你吗，加百列，在这寒冬
号哭，独自一个，在黑暗中、带着号角？”

“不，这是我，你的灵魂，约翰·多恩。
我独自在这高空满怀悲伤，
因为我用自己的劳动创造了，
枷锁般沉重的情感、思绪。
你带着这样的重负
在激情中，在罪孽中却飞得更高。
你曾是一只飞鸟，到处看到自己的人民，
看到所有的人，时常飞临屋顶的斜坡。
你见过所有的海洋，整个遥远的边疆。
你也见过地狱——在自己的内心，而后——在现实中。
显然，你也见过幸福的乐园，
被嵌在极难看的镜框里——由于各种可怕的灾难。
你看到：生活，它像你的孤岛。
于是你和这个大洋相遇：
四面八方只有黑暗，只有黑暗和呼啸。
你从上帝身旁飞过又飞快地扎回。
可是那重负不让你飞向高空，
从那里看，这个世界——只有数以百计的塔楼
和蜿蜒如带的河流，因而从那里往下看，
这末日审判几乎并不可怕。
而且那里的气候是稳定的，在那个地方。
来自那里的一切就像慵困中的病态梦境。
来自那里的上帝——只是多雾之夜
最远一家窗口的光。
旷野是有的。不能用犁耕。
多年从不耕耘。几个世纪也不耕耘。

“周围的森林好像墙壁，
只有雨点在大片草原上跳舞。
一个初次来到这里的樵夫，他的瘦马
跑上草地，因恐惧密林而来回走动，
樵夫爬上松树，突然发现自己的谷地
起火，谷地在很远的地方。
一切，一切都很遥远。而这里是轮廓模糊的地带。
平静的目光扫过远处的一些屋顶。
天气那么晴朗。听不到犬吠声。
钟声也完全听不到。
他明白了，一切都离得很远。
他猛然一拉，使马转向树林。
于是立刻缰绳、雪橇，夜、他自己
和可怜的马——一切都成了《圣经》中的梦。

“唉，我在哭泣，哭泣，无路可走。
我注定要回到这些岩石之中。
我不能以血肉之躯来到那里。
我注定只有在肉身死后才能向那里飞升。
是的，是的，独自去。忘了你，亲爱的，
把你遗忘在潮湿的泥土里，永久地忘了，把你
遗忘在痛苦中，徒劳地希望飘然相随，
但愿缝合自己的肉体，缝合离别。
可是，你听！我在这里哭泣，惊扰
你睡眠的时候，——雪花飘进夜色，没有融化，
在这里缝合着我们的离别，
针也在来回飞动，迅疾如飞。
不是我在号哭——是你在哭泣呀，约翰·多恩。
你独自躺着，睡在碗橱里，
在雪花飘落在沉睡的房屋上的时候，
在雪花从那里飘进黑夜的时候。”

与鸟儿相似，他睡在自己的窝里，
把自己高尚的道路以及对美好生活的渴望
完全寄望于星星，
那颗星现在被乌云遮着。
与鸟儿相似，他的灵魂是高尚的；
而世俗道路或许罪恶深重，
却比鸦巢更合乎自然，鸦巢
筑在椋鸟的很多灰色空巢的上方。
与鸟儿相似，他也在白天醒来。
现在——他躺在白色罩单下面，
这时雪花在缝合，梦在缝合
灵魂和沉睡的肉体之间的空间。
全都入睡了。不过有两三个诗行
还在等着结局，咧着有豁子的嘴讥笑，
世俗的爱情——只是歌手的职责，
而精神恋爱不过是神甫的肉欲。
往谁的磨盘注水，
磨盘总是把世间同样的谷物磨碎。
如果说可以与人同生，
那么谁能与我们共死呢？
这个结构里有漏洞。每个都能随意捞便宜。
四面八方。走了。又回来。
还是冲刺！只有苍穹
偶尔会拿起裁缝的针。
睡吧，睡吧，约翰·多恩。你睡吧，别折磨自己。
长外衣破了，破了。沮丧地挂在那里。
说不定乌云就会露出
星星，她这么多年在维护你的世界。

1963 年

3

你要回归故土。那又怎样。
看看周围吧，谁还需要你，
现在你还能和谁做朋友？
回来了，自己买一份

有甜酒的晚餐吧，
看着窗外，想一想：
一切之中只有酒是你的，
好啊。谢了。谢天谢地。

多好啊，无人可以怪罪，
多好啊，你不受任何人的束缚，
多好啊，生前世上谁也
没有爱你的义务。

多好啊，从来没有谁
在黑暗中牵着你的手送行，
多好啊，在世间独自
步出喧闹的火车站。

多好啊，匆匆回国，
发觉自己置身于私密的谈话中，
于是突然领悟，对新变化
的关心来得多么迟缓。

1961 年

4. 从市郊到市中心

我又重访
这个心爱的地区，有很多工厂的半岛、
作坊的乐园和工场的世外桃源，
内河轮船的天堂，
我又喃喃自语：
瞧，我又在儿时的家园。
瞧，我经过小奥赫塔跑着穿过一千个拱门。

我前面有一条河
在石炭的浓烟下一望无垠，
背后是一辆电车
在完好无损的桥上隆隆驶过，
于是砖砌的围墙的压抑
骤然开朗。
日安，我们又重逢了，贫穷的青春时代。

郊区的爵士乐在欢迎我们，
你可以听到郊区的小号，
头戴黑色软帽的金色
新奥尔良爵士乐队美好、优雅，
不是灵魂也不是肉身——
是谁的身影俯在亲爱的留声机上方，
仿佛萨克斯管掀起你的衣衫。

围着鲜红的围巾，
披着斗篷杂处于盛装者之间，
你引人注目地站在
桥上，贴近逝去的岁月，

把未喝完的柠檬水杯子
紧紧地捂在脸上，
而身后联合工厂的亲爱的喇叭在怒吼。

日安，我们就这样相逢了。
你，青春时代，多么空虚：
邻近的新的晚霞
把火红的画面赶向远方。
你多么贫穷。多少年，
白白流逝。
日安，我的青春时代。天哪，你多么美好。

一群猎犬在结冰的丘陵上无声地飞奔，
在一些红色沼泽地之间
响起了火车的汽笛声，
出租汽车飞快地驶上
空无一人的公路，
消失于疏林炊烟，
而山杨仰望着云端。

这是我国的冬天。
现代的电灯用它呆板的眼睛瞪着，
在我面前，成千的
窗户亮得令人目眩。
我提高自己的叫喊声：
以免声音撞上楼房，
这我国的冬天终于一去不复返。

不会难受得要死吗，不会，
我们找不到它了，不找了。
从出世起

我们每天都不知在走向哪里，
仿佛远方有谁
在新建筑里十分出色地演出。
我们四散奔走。只有死神在召集我们。

可见，并没有离别。
存在着大规模的聚会。
可见，有人会在黑暗中
突然搂住我们的肩膀，
唉，一片黑暗，
于是在一片黑暗和寂静中，
我们都一起站在寒冷、闪光的河流上。

我们的呼吸多么轻松，
因为像植物一样，
我们会成为
别的生命中的光线和阴影
或不仅如此——
因为我们永远在逃匿，
将丧失一切成为死亡和天堂。

我又在那同一个
幸福的乐园走过——从车站往左拐，
在我前面奔跑的
是双手掩面的现代夏娃，
俊美的亚当
出现在远处的拱门下，
涅瓦河的风在到处悬挂的竖琴里呜咽。

在新建筑的黑—白乐园里
生活是多么匆忙。

蛇盘绕着身子，
而富于英勇精神的天命寂然无声，
人工冰山
在喷水池旁悄悄地闪烁，
早晨的雪在回旋飞舞，汽车在不倦地飞驰。

难道不是我，
被三盏路灯照着，
多少年来在黑暗中
踩着弹片在废墟上逃跑，
而天光
也在起重机旁翻腾
难道那不是我？这里有了某种永久性的变化。

新人当政，
无名无姓、完美无瑕、大权独揽，
照耀在祖国的上空，
浅蓝色光芒四射，
而在猎犬的眼里
路灯闪现——只是开端，
有人总是独自走在几栋新屋旁。

可见，没有离别。
可见，我们只是徒然地请求
自家的死者宽恕。
可见，那样的冬天不会重新出现。
只剩下一条：
平安地走过人间。
不可能掉队。赶超——这才是可能的。

我们正匆忙赶去的地方，

这个地狱或天堂的一席之地，
或干脆就是一片黑暗、
黑夜，这一切都无人知晓，
亲爱的国家，
这是经常歌颂的主题，
这不是爱？不，这难以言表。

这就是永恒的生活：
惊人的大桥，经久不息的发言，
驳船的航行，
爱情的复苏，往事的忘却，
轮船的灯火
和商店橱窗的辉煌，远处有轨电车的叮当声，
你的肥大裤子旁冷水的拍溅声。

我祝贺自己
有这早年的发现，有你，
祝贺自己
有惊人的痛苦遭遇，
有这奔流不息的河，
有这美丽的山杨衬托的天空，
能为商店里缄默的人群记述损失。

你不是这些地方的居民，
不是死人，而是经纪人，
完全是独自一个，
你最后大声讲到自己：
谁也不认识，
认错了人，忘了，受骗了，
谢天谢地，这是冬天。可见，我没有回到任何地方。

谢天谢地，我是个陌生人。
在这里我不能指责谁。
一无所知。
我走着匆忙赶路
现在我多么轻松，
因为我无需向任何人告别。
谢天谢地，我留在地球上而没有祖国。

祝贺自己！
不论活多少年，我什么也不需要。
我将活多少年，
就为一杯柠檬水奉献多少年。
我回来多少次——
不过我不再回来了——仿佛要锁上家门，
就为了石砌的烟囱和犬吠声所引起的乡愁奉献多少次。

1962 年

5

昏暗的苍穹比马腿亮些，
因而不能融入夜色。

那天晚上我们看见
一匹黑马在我们的篝火边。

我不记得有什么更黑的东西。
马的四条腿像黑炭一样。
它是黑的，像夜，像黑洞。
它全身漆黑，从鬃毛到马尾。
而从未配上马鞍
的马背却黑得异样。
它站着凝然不动。好像在打盹。
马蹄黑得叫人望而生畏。

它是黑的，感觉不到有影子。
那么黑，不可能更黑了。
那么黑，就像深夜的夜幕。
那么黑，就像体内的一根刺。
那么黑，就像前面有树木遮着。
好像肋骨之间的地方。
好像地面下的小坑，坑里有个麦粒。
我在想：我们的内心是黑的。

但它毕竟在眼前显出黑色！
还只是钟表上的半夜。
它一步也没有向我们靠拢。
它的腹股沟笼罩着一片漆黑。
它的背部已经看不见了。

没有剩下一个亮斑。
它的双眼弹指间变成了白色。
更骇人的是它的瞳孔。

它仿佛是谁的底片。
为什么它停止奔跑，
留在我们之间直至早晨?
为什么它要呼吸乌黑的空气?
为什么它要在黑暗中弄得树枝簌簌作响?
为什么它的眼睛射出一缕黑光?

它是在我们当中为自己物色一位骑者。

1962 年 7 月 28 日

6

现在我越来越感到疲惫，
现在对这一点的抱怨越来越少。
噢，我的灵魂秉承天意的手工业方式，
快乐而温馨的劳动组合。

你为自己设想怎样的飞鸟，
把它们馈赠或出售给谁，
于是你栖息于现代的鸟巢，
并以现代的旋律歌唱？

归来呀，灵魂，给我一片羽毛，
让电台为我们唱一曲荣誉之歌。
你说吧，灵魂，生活呈现怎样的外貌，
怎样呈现于飞鸟的俯瞰之下？

仿佛来自虚无的白雪
在简陋的屋檐上飘舞的时候，
你描绘死神的情况吧，我的街道，
而你，鸟儿，要为生命大声呐喊。

我在步行，而你在某个地方飞行，
已经听不到我们的叹息。
我活着，而你在某处大喊大叫，
扇动较焦躁的翅膀。

1960 年 12 月 11 日

7. 选自《英国老歌》

冬天的婚礼

我在一月出嫁了。
院子里挤满了来宾，
山上的那座教堂
久久地响着钟声。

从教堂那里，从花冠下，
看得见那条往返的路。
我纵目远望，
没有叫回信使。

教堂的钟声在鸣响。
我的新郎在望着我。
为我俩点燃的蜡烛那么多！
我正在数蜡烛的数目。

1961—1963 年

8

新住户觉得家里的一切都格格不入。
匆匆一瞥的目光扫过所有的物品，
这些东西的阴影与外来者那么不相称，
以致阴影自己也因此而惴惴不安。
可是房屋不愿再空着。
唉，仿佛缺乏这种勇气，
不能理解，门锁就
独自在黑暗中抵抗。
是的，现在的这位不像以前的那位，
后来者搬来橱柜和桌子，就不想
再离开这四堵墙壁了，
然而不得不离开；他走了，死了。
没有什么能把他们连接起来，
无论容貌、性格还是内心的沮丧。
不过他们之间有一条线，
通常所谓的家。

1962 年 10 月

9. 丘陵

他们喜欢一起
坐在丘陵的斜坡上。
从那里他们看得见
教堂、花园、监狱。
从那里他们见到过
长满青草的池塘。
把凉鞋扔在沙地上，
两人在一起坐着。

双手抱着膝盖，
他们望着云彩。
下面的电影院旁几个
残疾人在等候卡车。
斜坡上一个洋铁罐
在一些碎砖旁闪着光。
银行的粉红色尖顶上方
一只乌鸦在盘旋、啼叫。

市中心汽车在
三座桥上驶向银行。
教堂里响着钟声：
一名电工在那里娶亲。
而在丘陵这里万籁俱寂，
凉风拂面。
四周没有警笛声，没有叫喊声
只有蚊子的嗡嗡声。

那里的青草被压倒，

他们总是坐在那个地方。
到处是黑色的斑点——
食物留下的痕迹。
母牛们老是用舌头
舔着这个地方。
这件事尽人皆知。
不过母牛毫不知情。

烟蒂、火柴和餐叉
被沙土掩盖着。
被脚尖踢开的
玻璃瓶在远处显出黑色。
一听到哞哞牛鸣，
他们便下坡向灌木丛走去，
随即默默分手——
正如曾默默地坐在那里。

———

他们从不同的斜坡往下走，
偶尔侧身而行。
灌木在他们面前合拢，
随即又分开。
皮鞋在草地上打滑，
石块间闪着水光。
一个来到小路，
另一个在同一瞬间来到池塘。

晚上有几个婚礼
（似乎是两个）。
下面的草地上出现了

十件衬衫和连衣裙。
晚霞已渐渐消隐
把乌云吸引到自己跟前。
雾气从大地上升起，
而钟声依旧。

一个唉声叹气、脚步踉跄，
另一个吞云吐雾——
那天晚上他们沿着
不同斜坡走下丘陵。
沿着不同的斜坡走下去，
他们之间的空间在扩大。
而他们那可怕的叫声
同时使空气为之震颤。

灌木丛猛然分开，
灌木丛突然分开。
灌木丛仿佛被惊醒，
而它们的梦境可怖。
灌木丛呼啸着分开，
仿佛天崩地裂。
他们各自面前出现了两个人，
手里微微摆弄着铁器。

一个被斧子劈了，
鲜血流了几个小时，
另一个由于心脏破裂
当即丧命。
凶手们把他们拖进小树林
（他们的手臂上淌着鲜血），
抛进了杂草丛生的池塘。

于是他们又在那里相逢。

———

新郎们还在摸索着
挤向餐桌旁的座位，
牧人们就带着这
可怕的消息来到了广场。
乌云密布
闪耀着晚霞的光辉。
母牛站在灌木丛里
贪婪地舐血。

一名电工在斜坡上跑，
内弟也跟着他来到灌木丛。
新娘怨恨地独自
站在下面的花丛里。
一个老妇人披着方格花呢披巾
在她前面编织绦带。
而醉酒的来宾
都紧跟他们的足迹向丘陵奔去。

树枝在他们脚下噼啪作响，
他们在飞跑，仿佛陷入谵妄。
那些母牛在灌木丛里哞哞地叫，
也很快地走向下面的池塘。
突然大家都清楚地看到
（四周暑气熏蒸）：
碧绿的浮萍中有一个黑洞
好像进入黑夜的门户。

谁能从那里抬起他们，
从池塘的水底拉上来？
死神像水一样在他们的上面，
水在他们的肚子里。
死神已经在每句话里，
在缠绕着草茎的藤蔓里。
死神在被舔尽的血里，
死神在每一头母牛里。

死亡在徒劳的追捕里
（似乎在寻找小偷）。
从今而后这些母牛的奶
将变成红色。
在红色的、红色的车厢里，
来自红色的、红色的轨道，
在红色的、红色的牛奶桶里——
要给红色的孩子们喂奶。

死神在嗓音和眼神里。
死神占满衣领。——
城市这样回报他们：
死神对他们而言异常沉重。
必须唤醒他们，但愿吧。
可是怎么战胜忧伤呢：
如果凶杀发生在结婚的日子，
牛奶就会变成红色？

死神——不是露水中
带着镰刀的可怕的骷髅。
死神——就是我们都
站在其中的那个灌木丛。
这不是葬礼上的哭泣，
也不是黑色蝴蝶结。
死神——这是乌鸦的叫声
黑色——指的是红色的银行。

死神——这是一切机器，
这是监狱和花园。
死神——这是所有的男人，
他们都吊着领带。
死神——这是浴室、教堂、
家家户户的玻璃——毫无例外！
死神——这是和我们同在的一切——
因为它们——什么也看不见。

死神——这是我们的力气，
我们的劳动和汗水。
死神——这是我们的血管，
我们的灵魂和肉体。
我们不再走上丘陵。
我们的家里有灯火。
不是我们看不见灯火——
是灯火看不见我们。

———

玫瑰、老鹳草、风信子、
芍药、丁香、鸢尾花——

它们的去处是可怕的锌板棺材——
玫瑰、老鹳草、水仙、
百合，好像木蓝叶粉，
它们的香气馥郁而强烈，
紫罗兰、春兰、紫菀、
玫瑰和一束麝香石竹。

我请求把它们送往河岸，
让它们听天由命。
要把它们扔到河里，扔到河里，
河流会带着它们去森林。
去黑森林里的支流，
去黑森林里的人家，
去死气沉沉的低地沼泽地带，
乃至更远——波罗的海边的丘陵。

———

丘陵——这是我们的青春期，
我们驱逐它，由于不了解。
丘陵——这是成百的街道。
丘陵——这是大量运河。
丘陵——这是痛苦和骄傲。
丘陵——这是天涯海角。
在丘陵上走得越高，
看到的远方丘陵就越多。

丘陵——这是我们的苦难。
丘陵——这是我们的爱。
丘陵——这是呐喊、呼号，
它们走了，又来。

光明和无边的痛，
我们的忧伤和恐惧，
我们的幻想和苦楚，
这一切——都在丘陵的灌木丛里。

丘陵——这是永久的荣耀。
总是把权利置于
我们的苦难之上。
丘陵——高于我们。
总是看得见它的巅峰，
在无边的黑暗之中也看得见。
永远，昨天和今天
在斜坡上走动。
死神——这不过是平原。
生活——是丘陵、丘陵。

1962 年

10

你将在黑暗中疾驰，沿着一望无际的寒冷的丘陵地带，
沿着白桦树小树林，它在黑暗中向一旁的三角形民居延伸，
沿着空谷，沿着结冰的草地，沿着沙土的谷底，
你被月亮照亮，也就只看见月亮。
马蹄嘚嘚的声音响彻结冰的丘陵——这响声无可比拟，
这是你在那里，在下面，沿着峡谷踏出自己的一条线，
那里有小溪从你的路上岔开，隐入黑暗之中，
那里，你的敏捷的身影在斜坡的石壁上簌簌作响。

他就是沿着结冰的草地疾驰，消失在黑暗中，
出现在远方，被月光照亮，在那一望无际的丘陵上，
驰过黑色的灌木丛，沿着空谷，冷风扑面，
自言自语，消失于黑森林。
沿着空谷，驰过黑色的灌木丛，踪迹难觅，
即使你有勇气，而且光线环绕在你的脚边，
反正无论如何你永远也不可能赶上他，
是谁在那丘陵上疾驰啊，这是我想知道的，这是我想知道的。

是谁在那里疾驰，是谁在夜幕下飞奔，我，
个人转向森林之王——
代表三角形民居向大自然发问，
是谁在丘陵女王的照耀下独自在那里疾驰？
可是俄罗斯平原上的哥特式云杉吞没了答案，
从敞开的窗户传出弹奏钢琴的美妙音符，灯光四射，
有人在丘陵上飞驰，披着月光，靠近天穹，
沿着结冰的草地，驰过黑色的灌木丛。森林渐渐临近。

在低矮的树枝间马形的绿宝石一闪，
有人跪在海狸堤旁的暗处，
有人在黑水中看自己的倒影，
那个人回来了，他曾在黑暗中沿着丘陵飞驰。
不，别以为生活就是——虚构故事的循环，
因为成百的丘陵——是惊人的母马的臀部，
骑着母马在夜间而有月光的时候驰过沉寂的周围地区，
快要睡着的时候，我们在梦境里急切地向南方飞驰而去。

我对大自然表示：这是骑手们在驰往黑暗，
却突然在按照你的样子创造着自己的世界，
从海狸堤，从荒野寒冷的篝火
到宏伟的大坝，到大量寂静无声的灯火。
无论如何——回来了，无论如何，甚至巴拉达诗体的节奏
有些散漫，有些可悲的重复。
即使造物主在自己的圣像上不活动也不睡，
也突然会有某种马蹄形的东西穿过云杉木大教堂而出现。

你，我的森林和流水啊，有的人骑马绕行，也有的人
像穿堂风一样穿过你，有的人直言不讳，而有的人拐弯抹角，
有的人袖手旁观，而有的人勇于承担，
有的人在黑暗中仰面躺在结冰的小溪上。
不是不可以逃避，辨明是非不是不可以，
因为不是生命力，而是某种隐痛
在向你渗透，以致感觉不到春天的来临，
只有树巅在黑暗中不停地喧嚣，仿佛梦想的摇摆不定。

1962 年

11—12. 十四行诗二首

1

伟大的赫克托尔死于箭下。
他的灵魂顺着黑水河漂流，
灌木丛簌簌作响，云朵黯淡，
安德洛玛刻在远处饮泣吞声。

在这哀悼的晚上埃阿科斯
在清澈齐膝的溪流中缓步而行，
而生命从他睁大的双眼中
追随着赫克托尔，而温暖的河水
已经齐胸，不过黑暗透过
波浪和灌木丛充满深邃的目光，
后来河水又到了他的腰部，
沉重的宝剑被湍流托起
向前漂去
并带走了埃阿科斯。

1962 年

2

致 Г. П.

我们又住在海湾之滨，
又见云彩在我们的上空飘过，
又见轰隆作响的现代维苏威，
又见灰尘落在条条小巷，
又听到小巷里的玻璃窗哗啦哗啦的响声。
总有一天我们也会被灰尘掩盖。

在这不幸的时刻我但愿
乘有轨电车来到市郊，
走进你的家门，
倘若几百年后
有一支队伍来发掘我们的城市，
那么我但愿他们发现我
永久地留在你的怀抱里，
身上撒满新落的火山灰。

1962 年 11 月

13. 以撒（ИСААК）和亚伯拉罕（АВРААМ）

“我们走，以撒（Исак）。你怎么站在那里？走呀。”
“马上。”——回答在潮湿的树枝间
钻进夜里的倾盘大雨，
好像木筏迅速地——驶往召唤声渐渐消失的地方。

俄语的以撒（Исаак）少了一个音。
不论它的身影还是勇气（强弩之末）
都并不抱怨以一个字母代替两个，
他空有一张嘴（他仅有的肉体）。
另一个字母在这里是没有的——你去找也是白找。
而这也是——一滴，一点，微不足道。
以撒（Исак）本来就是蜡烛头，
以前人们都把那支蜡烛称为以撒（Исак）。
而一个音是无法让他回头的——只能大声叫喊：
“以撒（Исак）！以撒（Исак）！”——于是回声来自右面、左面：
“以撒（Исак）！以撒（Исак）！”——于是就在这一瞬间蜡烛
一摆躯干，火焰便冲向天空。

亚伯拉罕——情况完全不同。
丘陵、灌木丛、敌友聚集
成群，墓地、细细的树枝、教堂——
然后迫使它们诉诸于它——
它们是得不到回答的。仿佛听觉
和大脑被一堵红墙隔开，
自从它失去一个元音，
辅音的响声也起了奇怪的变化。

由于这些损失，给他们发出的回答
不是锋芒毕露的话语，而是喉咙和大脑的静默。
在这里不是蜡烛——这里是一株灌木焚毁了。
一束枯枝。在这里几桶蜡有什么用？

“我们走吧，以撒（Исаак）。”——“马上。”
“我们快点走吧。”——可对方迟迟不答。
“你怎么在那里耽搁这么久？”——“等一会。”——“我等着吧。”
（蜡烛在黑暗中亮着满地烛光。）
“我们走吧，别落在后面。”——“马上，我跑。”
从东方缓缓飘来乌云的无声无息的部队。
“你怎么站住了？”——“眼里尽是沙子。”
“别落在后面。”——“不会，不会。”——“走吧，别怕。”

以撒（Исаак）和亚伯拉罕在旷野
第四天徒步前往神所指示的地方，
两人沿着那些全部都荒凉的丘陵走，
丘陵起伏好像（在他们脚下）一道测试题。
可那是沙地。一层厚厚的沙地。
而且沙地上有草（一碰就会割伤手指），
它的根，若是有过的话，也早已干枯。
它和沙一起缓缓地移动，草是漂泊者。
它的幼芽是苍白的颜色。
说的也是，——它从哪里得到汁液呢？
它和沙一样，一滴液体也没有。
它的味道——与树林里的苔草相似。
周围是沙地。沙丘。田野。
沙丘。数不清，走不完。
毋宁说是大海，下面的海底是地球。
而这是难以置信的，难以置信。

沙丘。新月形沙丘——这是名称。
沙漠的苍穹在他们上方移动。
亚伯拉罕大步走着。以撒（Исаак）
跟着他走进沙漠的广阔幅员。
太阳下山，照在父亲的背上。
沙地在旋转。风加快了速度。
丘陵，丘陵。无边无际。
“我儿，你有柴吗?”——“这就是，干树枝。”
海浪涌来，又向后退缩。
仿佛长时间的谈话立即停止，
从岸上卷走沙粒，一点点
思想的残余——不，空话的残余。
不过这里没有堤岸，只有两个过路人
浅浅的脚印仿佛沙岸的边缘，——不过旁边没有
沿岸的泡沫带——没有，哪怕是细微的。
不，这里的波涛昏暗、闪亮、漆黑。
这里大海在左边，右边，后边，无处不在。
而两个过路人——都是独木舟，独木舟，
海水吞没足迹，涌起小舟。
“父亲哪，你有火吗?”——“瞧，这就是。”
迎着光看不清，那么模糊……
火透过昏暗的树枝编织的衣衫
把他俩压弯了腰。
不过亚伯拉罕还带着一皮囊
烈酒，而以撒（Исаак）一路上
碰到水井就从井里打水。
从一旁看去，他们此刻像什么呢?
东边的乌云遮住了苍穹。
风拔光山峰、针叶。
参差不齐的正面仿佛以撒（Исак）上方
的黑森林，所有的树干都寂然无声。

一线之光渐渐熄灭，好像在那里
聚集了林中野兽——脊背挡住了光线。
现在他们——按垂直线——向下面
的沙地飞奔而去，鸟儿展开了双翼。
而森林也在成长。树梢在向上爬……
而两个过路人像大海里的小舟一样漂浮。
新月形沙丘把他们带到下面漆黑的地方。
在这里他们势必要赶快点燃篝火。

我还记得：有一座山。
那里有一条小径，上方悬挂着
樱桃花儿盛开的拱门，清晨就浮动着水蒸气：
那里在山脚下有湖泊，largo
波浪发出沙沙声，也听得到青草簌簌作响。
小径空寂，几小时也杳无人迹。
躺在小径上的总是只有树叶的阴影，
而秋天——飘落的是树叶自己。
水蒸气悄悄消隐，海角在远处闪着波光，
林鼠啃着刷白的树干，
而总是望着沙地树枝，
俯向沙地，越发近了，近了。
仿佛渴望知道这里的情况，
在小径的沙地上有它们亲爱的阴影，
彼此凝视，又好像是在向下延伸，
要在小径上与它们永远融为一体。
蜜蜂在嗡鸣，湖泊的周围闪着光，
夜间月亮在细细的树枝间浮动，
两片叶子的阴影仿佛数字 8，猛然
使小树林不顾一切地融入这片景色。

亚伯拉罕蓦地看到一株灌木。

浓密的枝叶低低地铺开。
尽管地平线像先前一样，这里却是一片空地，
而这意味着：他们的目的地近了。
“这里不远了。”灌木几乎凑近
他的脸悄声道，不过亚伯拉罕却
不露声色，一步跨进了暗处。
的确——以撒（Исаак）没看出信号。
他抬起头望着那
阴森的密林露出树根的地方，
密林就在他的头顶上方繁衍——而那里的星星
在它们（树根）之间点燃了晶莹清澈的星光。
还有一颗。绕过它们，在远处“土”团
在盲目地跟着“树根”游走。
它们终于在他的上空走了过去。
森林的幻象已从天空消隐。
这时他才注意到两步之外
的那株灌木（对父亲感到羡慕）。
他丢开干树枝，站起来，握紧手里
的枯叶，凝视着沙地。

就问题本质而言，灌木像一切。
像帐篷的影子，像猛烈的爆炸，像法衣，
像河流的三角洲，像光线，像车轮——
不过轮轴不得不朝下。
与手掌相似，与血肉之躯相似。
在一瞥之下，隐约显出蜿蜒如带的静脉。
与平民相似——他们散居各地，
但他们吹着口哨在重新整合自己的队伍。
与手掌相似，与一百条手臂相似。
（与血肉之躯相似——他缺的只是言语能力，
但还是那样的身量，周围还是那样的世界。）

春天在他心里处处是蜡烛、蜡烛。

“我们快点走吧。”——“等会儿。”——“我们走。”——“马上。”

“我们走，别站着。”——（戴上帽子，像躲到屋檐下）

“快走呀。”——（隐藏了视线）。

“你快点儿。”——“马上。”——“我听不见。”

他像鸟巢，他的雏鸟在黑暗中
挥起稚嫩的翅膀，扑向光明。
他与血液相似——血液向所有的末端
奔涌而去（不过这是一条不归路）。
不过他最不像身体，
而是与灵魂，与灵魂的条条道路相似。
这些道路上的交通，快得就像在路上的那一哆嗦。
道路接通了，而他们的栖身之地有什么？
道路接通了又匆匆后退。
在这里他们不可能挡住彼此的去路。
在夜间会互相干扰，身影在附近掠过。
膝关节弯成弧形，树叶弯成曲线。
道路接通了又立刻匆匆后退，
潜入黑暗，潜入空间，潜入噪音，
凡是渴望离开的一切——立即啪的一声，
落在地下——那就是干树枝啊。干树枝。
于是风又在上空呼啸着刮过。
留在这里的——转瞬间——都在一根小树枝后面
退回原处，发出窸窸窣窣的声音，
被某种弹簧挤成一堆。
在这感性王国，一切都渴求生命：
作为它们的外貌，与荒漠中的灌木相似，
风在这里摇晃的不是发黑的灌木，
而是大地上无所不在的生活的外貌。
不仅感性的外貌——也许整个

宏伟的世界——更粗犷，更丰富，更讲究，
百倍无畏而豪华的生活——都云集于此。
“哎，以撒（Исаак）！你怎么站住了？走呀。”
是谁？灌木（Куст）。是什么？灌木（Куст）。他不再有根了。
其中几个字母本身比单词更大，更宽。
“К”像小树枝，“У”——更像。
唯有“С”和“Т”在别的什么世界。
“К”中的小树枝两个枝丫，
而“У”中的小树枝总共只有一个指骨。
不过这是一个教训：是时候了，要按
字母的形状教单词，而把词汇置之不顾。
“哎，以撒（Исаак）!”——“马上，就来。就来。”
（他体内积累了炽热的气体。
他边走边把水罐拿到嘴边，
可是脚下一滑，——水罐掉下跌碎了。）
夜。以撒（Исаак）穿着大衣和亚伯拉罕
并排走在新月形沙丘上。
月亮升起，迈出的每一步
都闪闪发亮，仿佛沙金里的白银。
丘陵，丘陵。一望无际。
哪里也看不到硬的东西。
一切都很松软，像沙地，像父亲的影子。
天空隐约的隆隆声渐渐增强。
月光闪烁，远方一片蔚蓝。
浓密的阴影，风已消失于无形。
“我们还很远吗，父亲?”——“噢，大概不远了吧。”
亚伯拉罕看也不看他，立即答道。
从沙丘到沙丘，接着又往下走，
他们匆忙地四处张望，
缓步前行。灌木丛向下延伸——

不过，他们一直沉默着：而他们是并肩而行啊。
不过亚伯拉罕本来就心知肚明：
他们到了，他用一只便鞋挖着小坑。
青草窸窣作响。现在说走就是扯淡。
他们就是要在这里为自己安排过夜。
“哎，以撒（Исаак）。你又落在后面了。我等着呢。”
他那么紧张地睁大眼睛，以致
感到了空气刺痛了视网膜——只听：“马上就来。
我觉得，这里的灌木在向我低语着什么。”

“走吧。”——亚伯拉罕加快了脚步。
月光明媚，繁星闪耀的整个天空
在他的头顶上寂然无声。广阔的空间在他的耳边呼啸。
不过那只是空气而已，只是空气。
沙地和黑暗。灌木丛向下延伸。
他们每次攀登都感到越发艰难。
弓着腰缓步而行。根本看不到脸。
……亚伯拉罕把一捆木柴扔在地下。

他们坐着。两人之间燃着篝火。
眼睛在流泪。浓烟刺眼，
而篝火的火星飞向夜色中的广阔空间。
以撒（Исаак）在折断干树枝。
他跪在地上，向前弯着腰，
想添些干柴：篝火要灭了。
不过父亲抓住了他的手：
“留下它吧，我们早晨还要用。
你去搂些干草来。”——以撒（Исаак）疲乏地
站起身来，吃力地移动脚步，
缓慢地走上新月形沙丘，那里四面八方
都是一片漆黑，而身后的篝火也在渐渐熄灭。

那些被折断的树枝在思量：死神
找上了它们——现在只是暂时
拆开它们，不是拆开躯体，而是分到不同地方；
不过在这里等着他们的另有一番折腾。
折断的树枝已经在这里
长眠——在烧热的明亮的沙地上。
不过他们还必将变成火，
然后又变成新的躯体——灰烬。
只有在这海量的沙大军
把全部灰烬都化成灰尘的时候，——
那么他们就真的必死无疑了，
消失，无影无踪，不复存在，完全消灭。
形式多样的死在等着这些树枝。
离开森林的狼群
在夜里的荒地，荒地之间飞跑，
树枝也在黑暗中无声地到处乱窜。

以撒（Исаак）带着干草回来了。
亚伯拉罕手上搭着一块抹布：
“拿来。我马上把干草扯碎。”
于是很快就开始把扯碎的干草投进篝火。
篝火稍微亮些了。心里的恐惧消失了。
然后风突然吹旺了火焰。
“我们早晨要木柴干什么？”——以撒（Исаак）
后来问道，于是亚伯拉罕答道：
“为的就是我们来这儿要干的事
（你落在后面，老是急着赶上来，
可是因为我们来了，灾难也就过去了）——
明天我们要在这里放置一只羔羊。
你去找干草的时候，没看见
那里的祭坛吗？”——“那里能看见什么呢？

那里一片漆黑，我因恐惧而发呆了。
只有沙地。”——“嗯，好吧，想喝酒吗？”
这时亚伯拉罕已经用一只手
却捏紧皮囊，酒水流进喉咙；
以撒（Исаак）纵目仰望：
那里越发剧烈地呼啸、闪烁、翻卷。
“喝够了”，——他坐向火，
用醉汉的短促的动作擦了擦嘴。
一股暖意使他昏昏欲睡。
他抬起头看着暗处：“羔羊在哪里呀？”
篝火给眼睛添上了隐约的光辉，
他听到了回答（几乎就是吆喝）：
“在这片荒地上……神必自己
找来羔羊……天父，他必自己预备……”
篝火燃烧着。父亲的眼珠是琥珀色。
眼神与火打趣，而火焰——与眼神打趣。
一颗星星闪烁。梦神越来越近地
走向以撒（Исаак）。他已在身边。
“那里有昔日的祭坛。是很久很久
以前建立的……不过不记得是谁建立的了。”
丘陵从四面八方飘浮而来，
像以前一样，——似乎灌木并没有发出信号。

篝火在燃烧。准确地说，是浓烟费劲地
突破厚厚的灰烬费劲地冲向天上的那颗星星。
一切都已入睡。万籁俱寂。
不睡的只有亚伯拉罕。然而正需要如此。
以撒（Исак）睡了，做了这样的一个梦：
默然无语的灌木在他面前挥舞枝条，
他自己也想用手去触摸它们，
不过每片叶子都在他面前惊慌地颤抖。

谁：灌木（Куст）。什么：灌木（Куст）。他没有根了。
其中的几个字母——比一个单词更大、更宽。
“К”很像小树枝，“У”更像。
只有“С”和“Т”在某个别的世界。
他面前所有的枝条，所有的心灵之路
都在靠拢，互相拍打，纷至沓来。
在深沉的梦里，在黑暗中，在一片寂静中
它们在合拢，闪现，冲向高空。
这时灌木在他面前拿起了针。
他看着更远处：在那昏暗雾幕下
他自己带来的干树枝
很快地与活的小树枝长在一起了。
于是树枝都越来越长，越来越长，越来越长
叶子离他的脸越来越近，越来越近。
大地闪光，大地上茂盛的灌木
在他面前越来越高地升上黑暗的夜空。
什么是“С”和“Т”——而КУст刺穿密布的乌云。
什么是“С”和“Т”——所有的树枝都渴望翩翩起舞。
不过他这才明白了：“Т”——祭坛，祭坛，
而“С”躺在上面，作为捆绑的羔羊。
这就是КУСТ：К，У，和С，和Т。
阵风使树枝急剧地
向各个末端倾斜，但他们必将在十字架中相逢，
在那里字母“Т”一个代替所有的五个。
不仅“С”不得不在那里沉睡，
不仅“У”以后要分享梦境。
只要上面的板条一滑，
不是字母“Т”——而是КРЕСТ（十字架）立刻就在我们面前。
而树枝——他看见的——更长了，更长了。
于是树枝接纳了他。

大地闪光——而他在大地上空浮动。
星光闪烁……

其实——晨曦

已把远方染成了金色，
于是亚伯拉罕便把已被捆绑的他，
把他带到那里，过去踩出的足迹
正是从那里通往篝火阴燃的这里。
干树枝早已送到那里，
于是他立刻把以撒（Исаак）安顿在这张
床铺上——一切恍如梦境，
而与现实毫无相似之处。
他回来了把羊毛放进火里。
羊毛突然冒出火焰，一股热气扑到手上，
羊毛随即四散飘开；
亚伯拉罕掏出带短刃
的刀（几乎就是从他睡觉的地方
掏出来的，他在家里用它切面包……）
“好吧，是时候了”——他说，看了看：
现在他的手掌放在什么东西上？
一只手里——是匕首，另一只手里——是亲骨肉。
“现在我要了结了……”——他当即呆住了，
勉强地喃喃自语“上帝保佑”。
天使迅速地从沙丘后现身。
“够了，亚伯拉罕”，——他低声说，
立刻，亚伯拉罕突然
浑身大汗淋漓，他松开了手掌，
刀掉在地上，天使连忙拾了起来。
“够了，亚伯拉罕。一切都结束了。
一切都结束了；上天也很高兴，
因为你甘愿牺牲——尽管你是祭品的父亲。
嘿，一切到此为止。现在我们回去吧。

我们到那里去，在那里大家现在都很悲伤。
让他们见证，世间没有恶。
我们到那里去，那里所有的河流都闪闪发光，
像你的匕首，但是没有谁的身体会受到伤害。
我们到那里去，在那里你的羊群等候着
和这里的草不一样的草；在那里
你的帐篷梦想着某一天，那时
你子孙的人数可比沙数。
我还记得：有一座山。
山脚下有一条小溪、一片林中旷地。
早晨起水蒸气就从那里缓缓上升。
小树林老是在山坡上热心地呼啸。
下面，青草喧闹地从溪流中吸水。
一阵风吹来——小树林连忙追赶。
小树林的叶子在潮湿的土里腐烂，
以后又在春天回到枝头。
叶子在那里和这里有些相似。
一年年过去，它们的样子始终不改。
树干立着，它们之间长着灌木丛。
一望无际的层层乌云在高空飞驰。
而点点繁星在夜色中闪烁，
时常密密地布满苍穹。
小溪的波浪在茂密的青草里喧闹，
夜间的水蒸气在随着溪道的形状升起。

…………

我们去那里吧，那里的灌木丛都寂然无声。
那里没有干树枝，那里鸟儿衔草
营巢。而篝火有时露出
的树枝，——那也是来自灌木的有生命的枝条。
你的脑子现在像一团乌云，黑暗遮住光线。

你睁开眼睛吧：这里根本没有死亡。
这里每一株灌木——看哪——都站着，仿佛
在广袤的平原中向上飞腾的征兆。
你睁开眼睛吧：纯洁的灌木正在开花期。
你看看那里：它在等候你的回答。
回答呀，亚伯拉罕，回答它的叶子——
回答我呀——我们走。”起风了。
“我们走吧，亚伯拉罕，到你的国度去，
在那里身躯和魂灵都和人们——和亲人们在一起，
在那里，所有的一切都生活于统一的管制下，
在那里，所有的一切——都上百次地更改名字。
他们会多起来，然而他们的更大的黑影
也就会困住他们的手脚。
不过每句话里都有某种信号，
再次指向最初的含义。
灌木丛围绕着他们，田野的青草
吸收脚步声，而森林在家乡的碧空
闪烁，就像亚伯拉罕，就像以撒（Исаак）。
我们走吧。暴风雨即将过去。
行啦，亚伯拉罕，你经受了考验。
我拿走了刀——你已经不需要它了。
寒冷的晨曦照耀着灌木丛。
走吧，以撒（Исаак）就要被叫醒。
行啦，亚伯拉罕。经受了考验。一切。
一切都结束了。全都清楚了。结束。句号。
行啦，亚伯拉罕。露出脸来。
够了。现在一切都清楚明确。”

立着一座座帐篷，到处是无数的绵羊。
这里是黑压压的一大群，——数也数不清。何况
它们麇集于此，好像倒映在

附近一片水洼里的层层乌云。
一堆堆篝火冒着烟，上百的鸟儿飞来飞去。
看家狗在咬架，几口锅里有管它们够的骨头。
热得红扑扑的脸膛上汗水淋漓。
四面八方传来响亮的说话声。
斜坡上有羊群，旁边有乌云的影子。
乌云缓缓向前迎接：太阳已经升起。
条条小溪从闪亮的峭壁上直泻而下。
那里有几头骆驼懒洋洋地躺在阴影里。
灌木丛呼啸，千百只苍蝇乱飞。
一只胡蜂在羊群里发出模糊的嗡嗡声。
斧子发出伐木的声音。牧羊人从山上眺望：
那些帐篷在峡谷里宛如一些斑点。
透过门的缝隙可以看到一个土块。
从外面的缝隙可以明显地看到女人们的手。
灰尘和光线渗入每一个角落。
这里的一切都满是裂缝、透光的狭孔、裂痕。
谁也不了解裂缝，不知道木板会怎样，
（任何种类的——包括最坚固、最上等的在内，——
也不管它有多厚、多长、多窄）
在树枝间产生纷争的时候。
干燥的木板往往有很多裂缝。
不过这一切都不值一提，只是表面现象。
可是内部——树脂疯了，
木板内部的情况恶劣得多。
树脂干了，全都变成气体，
飘到外面去了。与此同时，它
遗留的地方在缓慢地斜着爬行，
——去哪儿，只有它自己知道。
拿刀插入（切口未必很深）
就觉得刀受到了某种控制。

木板顽强地使它偏向一边，
却意外被劈成两个部分。
要是木板也能以同样的黑暗隐藏
那些枝条的话，那么可怜的刀
尽管此前总是那么笔直
此刻却突然不由自主地开始破浪疾驰。
所有的缝隙与灌木都有内在的共性，
它们纠结，叙述，陷入争吵而不能自拔，
缝隙之一老是说："我在长。"
而树脂的遗骸在黑暗的气孔里蒙上灰尘。
从外面看，好像被雪掩盖着。
一个或两个缝隙——变黑，好像黑洞。
不过，这个家的"门"是和"墙"熔铸在一起的。
低吹雪把小树枝、植物纤维涂上白粉。
门避开视线，而且严实地上了锁。
不过刀总是（在内部，在裂缝的上面、下面）
一仆二主：
手掌和木板——要看谁更强……
就不说是"在谁的心目中"了。
光在射过这个小缝时会落满尘埃。
在骆驼躺卧的地方，以撒（Исаак）
正和一个外来人交谈。
一堆堆篝火冒着烟，上百的鸟儿飞来飞去。
一只绵羊咩咩叫，一只胡蜂发出模糊的嗡嗡声。
人们红扑扑的脸上冒着热气。
一个个帐篷躺在峡谷里，好像一些斑点。
羊群缓缓地走动。耸立着一个坟丘。
小溪潺潺，水波摇曳着青草。
他精神一振：在空旷的野外
他又听到了自己的名字。
他向远处看去：面前的是一个个帐篷，

一帮人走来，一朵云彩从东方飘来。
一群狗在篝火周围旋转，好像在跳舞，
灌木丛簌簌作响，这时他看见了山冈。
妻子站在那里，她的身后——是帐篷、田野。
她手里拿着无花果的绿枝。
她挥舞着它，呼唤主人：
“我们走吧，以撒（Исаак）。”——“走，利百加。”

“我们走，以撒（Исаак）。你怎么站着不动了？走呀。”
“马上就来”——回答声在潮湿的树枝间
钻到了夜间的滂沱大雨下面，好像
一只快速的木筏，——潜入呼唤声渐渐消失的地方。
“以撒，别掉队。”——“不会，不会，就来。”
（小白桦树表现了能力和定力。）
“以撒（Исаак），你记得家吗？”——“记得，记得，能找到。”
“喂，我们走吧。别掉队。”——“不用担心。”
“我们走，以撒（Исаак）。”——“等一会儿。”——“走吧。”——“马上。”
“走呀，别站着。”——（戴上帽子，像走到了屋檐下）。
“赶快走吧。”——（藏起每一只眼睛）。
“赶快走。走吧。”——“马上。”——“我听不见。”
俄语的以撒（Исаак）少了一个音。
却因此而获得大量特点，
这些特点因为“一个字母代替了两个”
隐藏在字母中弥补了后者。
俄语“И”只是简单的连接词，
它在言语中增加行为的次数。
（相当于数学中的加号），
不过它不知道，是谁在增加行为的数量。
（然而总和无须借我们的口说出。

因此——视觉上没有这个音）。
“C”是什么意思，我们可以根据 куста（灌木）来了解：
“C”——是紧紧捆绑着的祭品。
而字母“A”——是这些字母中的老者、
一个连接词，以便词语之间有一个分隔的音。
其实——这是可怕的喊叫，
婴儿的、悲惨的喊叫，是临死的哀号。
要是使它成双，安排成 AAA，
就能将这些音合并在一起，
从而可以划分话语，
那么在其总和中就有惨痛的哀号：
“火焰包围了‘K’的所有关节，
并直接向孤单的‘A’冲去！”
但没有人举起手里的刀子，
以结束痛苦，亚伯拉罕不在附近。
半个名字还逗留在嘴里。
另一半被火焰藏了起来。

И СновА жертвА на огне Кричит（而祭品又在火上喊叫）：
这就是俄语“ИСААК”的含义。

雨打树枝，噼啪作响，
篱笆外好像有人哭泣，
“喂，谁在那里？”——万籁俱寂。

“我们走，以撒（Исак）。”——“等一会儿。”——“我们走吧。”——“马上。”
“走呀，别站着。”——雨点不停地敲击着屋顶。
“赶快走吧！瞧他，每一次都是这样。
快点走。走吧。”——“马上。”——“我听不见。”

雨不停地下。水顺着树干
往下流，冲刷着烟子。
正是在春天的树叶里，太阳的光和热，
总是远多于六月的树叶里所
应有的——这在夏天更加
明显，——尽管野草却比夏天的苍白。
不过，在树叶的阴影悬在草上的地方，
阴影比起后者便毫不逊色。
在树干的阴影里土地更明显。
其中较明显的东西，在亮光下却显得微弱。
无声的列车驶过田野，
田野起先向右边的铁轨倾斜，
而后——向左边——清晨、夜间、白天，
一团团灰白的浓烟在大地上翻滚——
隐藏在列车里的人们突然觉得，
列车在无休止地飞快穿过数字 8。
列车——沿着轴线——切割这个双环形的数字，
其间布满了乡村、田野、墓地、沟壑。
铁轨两侧——劈开气浪
涌向天空的各处。
穿过数字 8——风车的叶片，
穿过飞机螺旋桨的桨叶，
列车向前飞驰——一只手牵引着它，
光束在附近的丘陵上轻快地移动。
同样的光束隐藏在列车内部，
不过在探照灯下酣睡，以激情，
一种热切的激情支配着列车：
作为光束，它局限于后面薄薄的板壁。
列车飞快，在昏暗中看不清人脸。
可是丘陵——丘陵却不是臆造的，
于是道路波浪般地起伏

涌流，就像辽阔水面上的灯光。
雨不停地下。一切都闪闪发光。
门帘、窗帘挂歪了，
顺着流水槽飘落，窸窣作响。
湿透的四个角把房子顶高。
只有一个窗口燃着蜡烛。
冷雨敲击着薄薄的窗框。
好像在水下，在河底，
有火焰在黑暗中若隐若现地燃烧。
火焰燃烧，只是为了火光
在这里熄灭而消失于无形。
这儿在黑夜哪里也没有行人，
对面窗口的墙上的砖形路标藏而不露。
院子的门闩上了，院丁开始酗酒，空荡荡的夜。
大雨摇动铁锁。
蜡烛亮着，叶片的边缘清晰可见。
门闩像水、像火一样环绕四周。
插销的波涛，门闩的黑糊糊的巨浪，
在水底——泉水——墨杜萨，在有节奏地
合唱的是门钩、插销、锁链、螺栓；
这一切——只是大海，只是大海。
然而蜡烛还是把自己的光芒投向黑暗，
召呼它投向自己（穿过雨水，穿过墙砖，穿过木板）。
投向自己？——噢，不是，是接连不断地召唤它
投向在蜡烛里燃烧的东西。应该是投向蜡，投向蜡。
围墙是板墙。门上有三把锁。
锁没有锁孔。不可能从这里拿走钥匙。
周围笼罩着漫无边际的黑暗。
打开窗户——巨浪立即涌来。
门闩吱吱作响，接近蜡烛的通道被阻断。
（在无可奈何的愤怒中用手把锁攥紧吧。）

而蜡烛仍然亮着，亮着。
它吞噬着什么，苟延残喘。
一只狐狸来了，在窗口目光闪烁。
它面前的玻璃那波浪似的点点波光熄灭了。
它一看——底下点着蜡烛，
以长长的影子美化墙壁。
一只狐狸来了，往肩后看了看。
轻轻地吹了声口哨，在口哨中听得出某种
近似话语的东西，这里也点着蜡烛。
烛台上装饰着蜜蜂、绿叶。
到处是蜜蜂、翅膀、灰尘、花朵，
而在最中间，在那铜烛台上的风景里
有一个篮子，里面放着鲜果，
这些鲜果在模压的花纹里甚至
比洋梨的种子还小。——可是蜡烛的火苗
忘了可以呼救，在蜡烛上
颤抖着等候黑夜末日的到来，
就像秋天光秃秃的树林里的一片夏天的叶子。

1963 年

14

1

傍晚他冻僵在门口，只见：
两个骑手驰骋在附近的田野，
仿佛在绕圈子，穿过小树林和林间小径，
彼此好久也赶不上对方。
时而扔下缰绳，垂头丧气，疲惫不堪，
时而又兴奋地欠身跨上马鞍，
沿着丘陵的明亮的斜坡疾驰而去，
时而又进入小树林，那里夜色渐浓。

两个骑手在晚上的泥泞之中飞驰，
不仅离开家，离开一颗贴近的心，
他们彼此呼唤、招呼，
高尚的伙伴向小树林的后面驰去。
就这样，他俩从来不待在一起，
穿过小树林和林间小径，穿过没有水的池塘，
不像车站哨兵那样骑马同行，
仿佛在他们之间没有成百的灌木丛！

夜晚的两个幽灵——哪里有他们的足迹，
他们听不到水的二重的拍溅声，
寂寞又使他们回归自己，
他从他们的呼唤声知道了他们的名字。
沿着冷冰冰的村道，
在黑色的松树下，在土团中，
两个骑手驰骋在白色的河流上，
两个骑手在驰骋：苦闷和安宁。

2

空无行人的路躺在松树下，
窗外的马蹄声渐渐消失，
我认识他俩，早就认识：
心在剧烈地跳动，像疾驰中的他们。

心在那样跳动：怦怦作响，
从田野上飘来冰凉的一氧化碳，
而波浪在岸边的灌木丛中闪动，
而可爱的团队在响亮地演奏。

他们的马蹄声渐渐远去，而心跳依旧！
声音低得像耳语，但毕竟没有沉寂，
这就意味着，他们仍在奔驰！
他们可以沉默，心跳声——不会消失。

两个骑手进入漆黑的夜色，
一个跟着一个，伏在马鞍上，
走过小树林与河流，沿着黑树林，
驰往他们能飞向天堂的地方。

3

七月之夜的城镇一片黑暗。
一群小蚊子飞进镀金的窗口。
发热的收音机在地板上播放音乐，
于是勇敢的吉莱斯皮走到桌边。

从忧郁的伤感到不可改变的命运，
从最初的噪音到清脆的小号，
从友人的抒情到敌人的幸福

在美好的世界只有两步之遥。

我对自己的生活不爱，也不怕，
我决不与自己的时代斗争。
让周围的人想怎么说就怎么说，
使我不得安宁，愉悦他自己。

在这个国家的每一个栅栏旁，
每一级台阶上，每一面墙壁边，
就在不远的将来，黑发男子或金发男子，
我的灵魂将以两个面孔出现。

干脆在死后的初期，
哪怕就像被抛洒的骨灰一样，
让后辈清早就赶巧在纸上碰到，
即使我的骨灰能接触到亲爱的笔也好。

4

两个骑手驰骋于夜色苍茫的空间，
灌木丛分散在河上的薄雾里，
美好的静谧在黑暗中跟着
青春期的烦闷飞逝，时远时近。

两个骑手在疾驰，他们的影子在翱翔。
乡村小路的上空繁星闪烁。
马蹄敲击在结冰的土地上。
一男一女在夜色中并辔而行。

1962 年 6 月

15

你感觉到，火苗在摇曳着渐渐熄灭。
而影子在角落里——微微颤动。
已不可能指着那些影子，
喝令它们停下。
是呀，这些战士听不见号令。
它们正受到严惩，全都披枷戴锁。
影子从各个角落无声地袭来，
我突然处于中央。
黑暗从下面越来越急剧升高。
恰似一个惊叹号。
越来越浓的夜色从高空降临，
直至下巴，把纸张揉成一团。
现在时钟上的指针已经消隐。
不仅看不见，也感觉不到。
这时只剩下眼睛里一个发光的斑点，
眼睛凝然不动。凝然不动。
火熄灭了。你知道：它熄灭了。
生火的炊烟在天花板下飘荡。
不过那发光的斑点——不离开眼睛。
不如说，不离开黑暗。

1962 年

16. 动词

围绕着我的是一些沉默的动词，
恰似别人的脑袋的
　　　　　　　动词，
饥饿的动词，赤裸的动词，
主要的动词，耳聋的动词。

没有名词的动词，不过是——动词罢了。
全都住在地下室，
据说是——地下室，
　　　　　　　　　出生在——几层
普遍的乐观派
之下的地下室。

每天清晨他们去上工，
搅拌砂浆、搬运石头，
不过，要建设城市，建设的却不是城市，
而是为自己的孤寂树立的纪念碑。
而走开，好像走进别人的回忆，
动词有节奏地走过一个又一个词形，
有一天会以其所有的
三个“时”走上各各他。

而他们的头顶上的天，
仿佛乡村的墓地上的鸟，
唉，就像站在
上了锁的门前
有人在敲击，把钉子钉死，
在过去、

现在、
将来
时。

没有人来，
　　　　　也没有人拍照。
锤子的敲击声
成了永恒的节奏。
夸张的大地躺在他们的身下，
天好像一个隐喻，浮动在我们上空！

1960 年

17. 有题词的诗

朱庇特可以做的事情，
公牛不可以……

在上帝面前每个人都是
赤裸的。
可怜，
赤裸
而又赤贫。
每一种音乐里都有
巴赫，
在我们每个人的心里都有
神。
因为永恒属于——
诸神。
短暂易逝是——
公牛的命运……
神固有的
在我们看来是
诸神的黄昏。
还要甘冒失去天堂的
危险，
唉，也许说得
不恰当。
还会一再地
踹我们，
然后说一声：
你们解散。
我们就
由于伤痛

而哀号。

然后

我们渴望恩赐……

每个人都有自己的

教堂。

每个人都有自己的

棺材。

故作癫狂吧，

偷窃吧，

祈祷吧！

单独生活，

孑然一身！……

……像公牛一样——

挨鞭子，

像诸神的永恒的

十字架。

1958 年

18. 关于费佳·多布罗沃利斯基的短歌

满洲里的黄色的风
高声谈论着
埋入土丘的
俄罗斯人和犹太人。

噢，两层楼的房屋
昏暗的屋顶！
噢，大地还是那样；
只是天空——显得近些。

只有极微弱的光线。
只有虚弱的鸟群，
好像勘察队上空的
死气沉沉的一朵云。

二十世纪
一朵黑白两色的小花
在躲着风
放眼东方。

1960 年

19. 云彩飘过

听见了吗，你听见了小树林里的儿歌吗，
银白色树干上空那清脆的、清脆的童音，
在暮色苍茫的半空中渐渐飘散、平息，
在暮色苍茫的半空中正在消失的蓝天。

闪亮的雨丝在树木间彼此交织，
簌簌作响，也在灰白的草地上发出轻微的声响。
你听见了歌声，看见了插着红梳子的头发
和伸向潮湿的树叶的一双小手吗？

“云彩飘过，云彩飘过又渐渐消失……”——
这是孩子们在唱了又唱，黑色的树枝沙沙作响，
歌声在树叶间，在朦胧的树干间飞扬，
在暮色苍茫中，这歌声不可捉摸，一去不返。

只见潮湿的树叶在风中飞舞，匆匆地离小树林而去，
飞走了，仿佛听到了远方秋风的呼唤。
“云彩飘过……”——这是孩子们在夜间歌唱，夜间
从草地到树梢一切都在——颤动，一切都是——歌喉的震颤。

云彩飘过，这是生命在飘过、在消逝，
要适应，要适应，这是我们体内带有的死亡，
在黑色的树枝间，云彩带着歌声，带着爱……
“云彩飘过……”——这是孩子们在用歌声讲述一切。

听见了，你听见了小树林里的儿歌吗，
闪亮的雨丝彼此交织，嗓音脆亮，
在新出现的暮色中细长的树枝旁，你蓦地

重又看见，重又看见了渐渐消隐的蓝天？

云彩飘过、飘过，在小树林的上空飘过，
某处流水潺潺，只是哭泣和歌唱，沿着秋天的围墙，
老是痛哭、号啕痛哭，也总是仰望，做秋夜中的一个孩子，
也总是仰望，只是哭泣和歌唱，却不了解重大的损失。

某处流水潺潺，沿着秋天的围墙，沿着隐隐约约的树木
在新出现的暮色中歌唱，只是哭泣和歌唱，收拢树叶
有个东西高于我们。有个东西在我们上方飘过，渐渐消隐，
只是哭泣和歌唱，只是哭泣和歌唱，只是活着。

1961 年

20. 致 A. A. 阿赫玛托娃

雄鸡啼叫着忙碌起来，
大街上响起了皮靴的声音，
骏马形的纯绿宝石闪着光芒，
几个同时代人将同时死去。

小巷上空传来古竖笛悦耳的声音，
运河上手枪在狂笑，
窗台上的玻璃哗啦一声掉了下来，
房间变得格外明亮。

闷热中未受伤的士兵们
策马疾驰，时而触碰着灌木丛，
沿着重新修剪过的林荫路，
士兵仿佛椭圆形战船投下的影子。

就这样在阳光普照的小径上
第 21 次，辉煌的一次，
对问题和诅咒的回应，
是潮湿闷人的热气笼罩这个世界。

可是您直到天黑
才独自来到战神战场，
身穿蓝色外衣，这已经不是第一次了，
而是永远这样，身边没有崇拜者，没有我们。

手里只有一个纸糊的喇叭，
仅有远处一辆出租车来接您，
附近闪光的水发出泼溅声，

电线松垂到柏油人行道上。

您抬起非常美的面庞——
响亮的讥笑声，仿佛悼词，
晒热的大桥上隐隐约约的声音——
刹那间惊动了无聊的人们。

我不曾见过，也永远不会看到您的泪水，
听不到车轮的沙沙声，
马车正带着您去海湾，去树林，
行驶在没有您的纪念碑的祖国。

在暖和的房间里，记得，没有书籍，
没有崇拜者，不过您也不是为了他们
而用手支着自己的鬓角，
是在斜对角写我们的事迹。

您那时说：“噢，我的上帝！
这湿润的空气——只是灵魂的
肉身，灵魂放弃了自己的使命，
而不是你的神的新创造！”

1962 年 7 月

21. 十四行诗

牢房窗外一月过去了，
我听见囚徒们的歌唱
响彻大批砖砌的囚室：
“我们的一个兄弟已获自由。”

你还听到囚徒们的歌唱
和狱监的屏息而行的脚步声，
你自己还唱呀，不出声地唱：
“别了，一月。”
把脸转向窗口，
你还一口一口地呼吸着温暖的空气，
而我又若有所思
步履艰难地从审判走向审判，沿着
通往遥远国度的走廊，那里不再有
一月、二月、三月。

1962 年

ANNO DOMINI

22

我搂着双肩，看了看
出现在我背后的情况，
看到的是，拉出来的一把椅子
与照亮的墙壁融成一片。
灯泡里的炽热度升高，
不利于磨损的家具，
因而墙角的沙发闪烁着
深棕色的皮革，似乎是黄的。
椅子无人坐，时而微微闪现着木板，
小火炉变得更暗了，满是灰尘的炉框内
画面凝固了，唯有一个餐柜，
那时我觉得是有灵性的。
不过一只螟蛾在室内盘旋，
它把我的视线从静止移开。
假使有一个幽灵曾在这里居住，
那么他已经遗弃了这个家。遗弃了。

1962 年 2 月 2 日

23. 天使之谜

致 М. Б.

被子的世界被沉睡摧毁。
不过在谁的紧张的目光里，
被窗子割开的大海
出现于夜幕下。
一个气球挂在灌木丛里。
两只小船在谈话里沉没，
以致房间里的布鞋闪着水光，
可是牡蛎觉得布鞋没有推挤门扇。

搂住枕头，一只手
顺着垂直的床柱往下滑，
以其含义不明的手势
闯入这些云彩。
被石头刮破的袜子
在黑暗中弯曲成弧形，像天鹅一样，
用喇叭口朝着天花板，
仿佛一张发黑的网。

两个大海借助于墙壁，
在隐约的念头的推动下，
在这里不知怎么就这样隔开了，
以致黑暗中的网
都空荡荡挂在这样的深处，
但毕竟想浮出水面，
穿过窗口的十字架
起点是松开的连接着两者的一条线。

星星在波浪上闪着金色的光辉，
远处停泊着几艘一动不动的小舟。
只有十字架在窗口旋转，
很像一只单纯的小天鹅。
两张网从两个空处
垂直地浮向水面，
但愿：十字架能把它们转移一下，
放到下面的另一个地方。

太静了，鸦雀无声，
无聊的窗户觉得：
大量捕鱼的希望
比凝然不动的房子更坚不可摧。
于是就在这黑夜里
窗户及其闪烁的月光
觉得两行苗畦好像波浪，
而阶前的灌木丛则好像浅滩激浪。

房子凝然不动，围墙
像浮漂一样潜入夜色，
而砍进台阶的斧子
独自照料沉底的木材。
时钟滴答作响。远处
一艘汽艇的轰鸣压倒别的声音，
仿佛无形的观察者
脚踩沙滩里的牡蛎。

双眼流露心声。
只有眼皮发出轻微的声音，
亲自在黑暗中保护
它们，像屏风那样。

多久摩托艇的言语
才能淹没、压倒这种痛处，
以便痛处在温暖白皙
的前臂上渗出天花？

多久？直至早晨？未必。
风儿吹着蛛网，
面纱在树枝间微微拂动，
汽艇的通气口就隐没在那里。
网选定了；灌木丛里鸡冠鸟
的叫声警告要预防盗窃。
于是在昏暗的海滩上
徘徊的那个人悄然消失。

1962 年

24. 蜜月片段

致 M. Б.

你要永远不忘，
水怎样拍打着码头，
空气富于弹性
（好像救生圈）。

而附近，海鸥唧唧喳喳地在
几艘巡逻艇翘首望着天空，
云朵也飞快地向上浮动，
像一群野鸭。

但愿在你的心里，
像鱼儿一样跳动着生命，
并呈现出我们
两人生活的细节。

就让牡蛎响起碎裂声，
让灌木张开枝叶。
但愿到达双唇
的激情能帮助你，

要理解——无需言语——
大海的浪花在到达
陆地的时候，怎样
掀起远处的浪峰。

1964 年 5 月

25

致 M. Б.

你，红胸鸲，从三株灌木丛中
轻盈地飞出，令人不禁想起，
毛茸茸的羽扇豆田
怎样在暮色中干涉豌豆。
通过柳枝密集的卷须——前往
一个地方，那里无数的露珠
发愣片刻，便由于冲撞
而沿着豆荚纷纷滴落。

马林丛猛地一抖，却
显然留下了一种猜测，可能
是某个在安置套索的猎人，
不小心踩得枯枝吱吱作响。
其实——只是一条小径
在黑暗中蜿蜒，显出白色。
听不见流水声和射击声，
看不见宝瓶座和射手座。
只有夜在夜幕下
沿着茅屋奔走，——
坚持不懈，仿佛往事的回忆，
默然无语，却活力依旧。

1964 年 5 月 24 日

26. 幸福的冬季之歌

幸福的冬季之歌，
你就留作纪念，
要在旋律的进展中
回忆其中的冷漠：
你像小家鼠那样
急奔而去的地方，
不论如何称呼，
它都存在于旋律的韵脚里。

因而你噘着嘴，
就这样望着前面，
好像天真的孩子看着
灰尘眯眼的天花板。
而外面——雪落入
塌陷的地方，用白色掩蔽着
那些人，把我们弄到这里来，
却未能拯救冬天。

就是说，这是春天。
是呀，静脉里的血
太满了：刚一切开
鲜血便潮涌而出。
可见——看透了
永生之门是有歧义的，
令人忧伤，
但更要：牢记于心。

幸福的冬季之歌，

你就留作纪念，
其中隐藏的含义
在别处无从寻觅。
这里由于白雪而纯净，
空气抽打着灌木丛，
你的快乐生活
在那里的枝条间战栗。

1963 年

27. 发扬克雷洛夫精神

一只乌鸦（有成群的乌鸦，
不过傍晚它们都躲进了赤杨树林）
选中了电线杆的顶端，
另一只选中的是——雪白的绝缘子。
这么说吧，彼此是相反的
（正如勿忘草指令所要求的那样），
对电话的监督设立在
不想造反的荒野，
它们安置在大门前的台阶上方
高悬于灰白色栅栏之上，
针对被流放的歌手，
针对他的长发伴侣。

而他们俩各自想着自己的事情，
互相紧紧地搂抱着取暖，
站在下面。她——讲起了俏皮话，
而他——看绝缘子看得出神
两个人在黑暗中看到同样的情景，
不过（忘记了烟子和煤炱）
她——老是想着打针、缝纫……
而他——想的也许是剥夺自由。
（某种费解的弹拨琴弦的声音，
某种类似于紧急出动的杂沓声：
若是要使瓷料绝缘，
那乌鸦怎么能落在它上面呢?）

这就是要来的一切，他熟悉伐锯的锉刀
（曾是闻名的精于此道的行家），

腾出胳膊肘，就猛击
乌鸦的脚蹼。
那第一只乌鸦略一耽搁，
就眯起眼睛，伸开了两翅，
第二只——腾空而起，
放开它那乌鸦的嗓门大叫了一声，
从远处命令，今后
小瓷球（在我们的头顶上）
要保持沉默，要与误入沼泽地的漂石
争先恐后地闪着白光。

1964 年 5 月 17 日

28. 学龄儿童读物

致 M. Б.

你知道，随着黑暗的到来
我试图用眼睛来衡量，
计算着来自里程的痛苦，
把我们分开的空间。

而数字不知怎么交织成语句，
从而向你渐渐走近的
是惊慌，来自 A，
是希望，来自 Б。

两个过路人各自拿着一个灯笼，
同时在黑暗中行走，
曙光初露，他们的距离拉大了，
尽管心里也并不想会面。

1964 年 5 月 31 日

29. 预言

致 М. Б.

我和你将在海边生活，
高高的堤坝把我们与大陆
隔开，生活在一盏自造的灯
所营造的不大的圈子里。
我要和你打扑克，
听着惊涛拍岸，
在海风强劲袭来的时候
咳嗽几声，轻轻地长吁一口气。

我会衰老，而你——正当妙龄，
不过正如少先队员所教导的那样，
我们的新世纪——指日可待，——
无需漫长的岁月。
在我们的荷兰相反，
我要和你种植菜园，
还要在门外烤牡蛎，
品尝太阳般的章鱼。

让大雨在黄瓜上喧闹吧，
我和你晒得像爱斯基摩人一样黝黑，
你的手指温柔地抚摸着
纯净的、原封不动的条纹印花布。
我望了望锁骨旁的镜子
就发现背后的海浪
和旧盖格在锡制的镜框里
浮在褪色的、被汗水湿透的纤绳上。

冬天来了，无情地旋卷着
我们木板屋顶上的苔草。
要是我们生了孩子，
就叫安德烈或安娜，
但愿有皱纹的小脸蛋养成习惯，
不致忘记俄文字母表，
它的第一个语音由于吐气而延长，
因而在未来得以确立。

我们会在一起打扑克，
蜿蜒的退潮就会把我们
和王牌一起带离岸边。
我们的孩子默默地
看着，却什么也不明白，
像螟蛾扑灯，
在他到时候重回旧地
越过堤坝的当儿。

1965 年 5 月 1 日

30

拒绝悲伤的清单——吝啬鬼
夸张的手势！——
把空间压缩到圣像的位置，
我曾在那里痛苦地祈求慈悲，
很像变成酒鬼的裁缝临死前的梦呓，
我从你视线的反面把老爷的衣衫打上补丁，
以此推动我的这个誓言！

小巷、郊区、村后——你的任何
地址——空地、围着栅栏的小花园，——
你看中的栖身之地，
作为悲剧的背景，我早已
习以为常，以致不论你在哪里
筑起自己的爱巢
都不会美于血泊上的教堂，
而一般的贫瘠总是如此相似。

你就接受我的利率吧，以
别离的纯利润换取结婚的爱侣！
我为美好的时日而举杯，
就像残疾人为残肢而痛饮。
从拐杖转向生活的差异，
对这种差异要彻底包容：
在流言上为自己铺床吧，
并不比我在日历的新页上铺床轻松。

我作为死者对你而言，
比丘陵和湖泊更重要：

大地隐藏的实情
并不多于它所揭露的东西！
在你的后面每一棵被践踏的野草
都会奋起，像软弱无力的公鸡一样。
而圈子会扩大，像眼神——
追随着远去的你。

仿佛被震昏的鱼从水底浮起，
像幽灵一样——游览圣礼，
像一具在粗麻布之前腐烂的尸体，
我的影子就这样开始与天命
争先恐后地到处向你宣告
我的存在，像真正的弥赛亚，
并且在每一堵墙上浑身痉挛，
而那栋房子的屋顶是——俄罗斯。

1967 年 6 月

31. ANNO DOMINI

罗马总督管辖的地区在庆祝圣诞节。
总督府悬挂着槲寄生小枝，
火炬在大门前的台阶旁冒着烟。
小巷里是——拥挤和胡闹的人群。
快乐、无所事事、污秽、失去理性
的民众聚集在总督府的后面。

总督病了。躺在卧室里，
身上盖着在凯比尔堡掠夺的披巾，
他曾在那里服役。此刻他想的是
妻子和自己的秘书，他们
正在楼下的客厅里迎接宾客。
他未必会嫉妒。对他来说

现在要紧的是把自己封闭于
疾病、沉睡、延期
赴京履新的硬壳里。因为
他知道，为欢度节日民众
的自由完全不受约束；
由于这同一个原因，他也

允许妻子出轨。他会
怎么想呢，要不是忧虑和疾病发作
在折磨着他？要是他对妻子有爱？
他怕冷似的扭动肩膀，
仿佛在赶走恼人的思绪。
……大厅里的娱乐抑制着狂热，

不过一切都在持续。酩酊大醉后，
部落的首领们呆滞无神的眼睛
观察着敌人已消失的远方。
他们那表示自己的愤怒的牙齿，
好像被制动的车轮一样，
卡在了满面笑容之中，一名仆人

正在给他们添菜。一个商人在
睡梦中叫喊。空中飘扬着歌曲的片段。
总督的妻子和秘书
悄悄溜进了花园。而在墙上
帝国的鹰徽在啄食
总督的心肝，看上去像一只大蝙蝠……

而我，见过世面，曾跨着
毛驴横穿赤道的作家，
望着窗外沉睡的丘陵，
心里在想，我们的命运何其相似：
君主不愿见他，而我——
我的儿子和肯提亚不愿见我。于是我们，

我们就在这里销声匿迹。傲气
不愿把痛苦的命运提升为罪证，
这是来自圣像的启示。
所有的人在棺材里都一样。
那就让我们在生前有不同的面貌！
何必冲出总督府奔向别处——

我们不是祖国的审判官。审判之剑
将陷入我们自己的耻辱之中：
继承者和权力都掌握在别人的手里……

好啊，船舶停航！
好啊，大海结冰！
好啊，云端的飞鸟

那么臃肿累赘的身体却显得娇弱斯文！
对此你不可能有责备的意思。
不过，也许我们的分量按比例
恰好与它们的鸣声相适应。
但愿它们因此而飞回故土。
但愿它们因此而为我们呐喊。

故土……陌生的人士
在肯提亚那里做客，在摇篮上
弯下腰，好像新来的魔法师。
婴儿躺着。星星发出微光，
仿佛冷却的洗礼盆下的木炭。
于是来宾们不触动头脑，

以谎言的光环代替神像上的光轮，
而以谣言代替纯洁的妊娠，
绝口不提父亲……
总督府空了。各楼层的灯火渐渐熄灭。
一层。又一层。终于是最后的一层。
整个总督府只有两个窗口

亮着灯：一个是我的，我背朝火炬
看着，一轮明月怎样沿着疏林
浮动，于是我见到了——肯提亚、白雪；
总督的窗口，他在墙后
通宵与疾病进行着无声的战斗，
还在点灯，想看清敌人。

敌人退却了。淡淡的霞光
出现在世界的东方,
它爬进窗户,很想看看
里面发生了什么情况,
却碰上了宴会的残余,
不禁犹豫起来。不过行程依旧。

1968 年 1 月

帕兰加

32. 前往斯基罗斯岛的路上

我离开城市，像忒修斯——
离开自己的迷宫，让米诺陶诺斯留下
发臭，而让阿里阿德涅——留在
巴克科斯的怀里细语缠绵。
　　　　　　　　　　　所谓胜利，就是这样！
对忘我精神的颂扬。上帝
恰好在暗中安排会见，
那时我们在市中心办好了事情，
已经带上战利品在荒野缓步而行，
永久地离开这些地方，
再也不会回来。

归根结底，杀人就是杀人。
人的义务是要对抗恶魔。
可是谁说怪物是不死的呢？
倘若我们不能有别于失败者，
上帝会剥夺一切奖赏，
避开欢腾的民众的视线，
也命令我们保持沉默。我们只好离开。

现在已是真的——一去不复返。
须知，要是一个人能回到
犯罪现场，那么他
不可能来到曾受到凌辱的地方。
在这一点上，神的意图
和我们对凌辱的感受
是如此绝对地吻合，
以致留在背后的是：黑夜、

发臭的野兽、兴高采烈的民众、
房屋、灯火。而巴克科斯在荒野
与阿里阿德涅在夜色中相亲相爱。

总有一天不得不回来。
重返故地。回家。回归故乡。
而我的路要穿过这座城市。
但愿那时我没有随身
带着双刃剑，因为城市
对它的居民而言，
通常是从中央广场和塔楼
开始。
　　而对漂泊者是——从市郊开始。

1967 年

33. 哀诗

亲爱的女友，小酒馆还是那样。
还是那些破烂点缀着四壁，
还是那样的价格。酒好些吗？
不见得；不好些也不坏些。
没有进步，没有进步也好。

邮政航线上的飞行员，一个
像堕落的天使一样酗酒的人。小提琴
还依旧激动着
我的想象力。窗外
是处女般洁白的屋顶，
教堂的钟声在响。天色已暗。

为什么你要撒谎？为什么我的听觉
已不辨真伪，
却想要某些你所不知道
的新鲜话语——低沉的，陌生人的，
但一定要发音依旧强有力的话语，
只是要出自你的口。

1968 年
帕兰加

34. 诗节

Ⅰ

分手时——默然无语。
隔壁有留声机的声音。
在这个世界别离——
只是生活的另一种原型。
因为分开而非在身边时
才觉得阖上眼皮是不够的，
至死如此。而此后
我们注定不能躺在一起。

Ⅱ

不管是谁的过错，
然而在走向杖责的刑场时，
你不会像无罪的人
一样等候奖赏。
我们一定会分手，
尤其是因为我们考虑到，
我们不会在天堂相逢，
不会在地狱碰头。

Ⅲ

正如木犁用垄沟
隔开灰化土，
正义比罪恶更无情地
进行划分。
不是过错，而是疏忽
碰碎了玻璃瓶。

玻璃瓶碎了，何必
为流失了酒而悲伤？

Ⅳ

团结越紧密，
破裂越难以忍受。
无论涂脂抹粉还是冠盖云集
都挽救不了淡出的后果。
在我们的坚定里
不再有合理的解释。在声望中
残存的天赋引导着
血脉的流向。

Ⅴ

你倒满酒吧，
一口干了。
我们只分享容量，
而不是酒的烈度。
我可没有醉死，
即使后来除了
沉醉相似之外，
看不到共同之处。

Ⅵ

绝不会和陌生人同甘共苦。
羞耻的界线表现在
听到“不行”这个字眼
时的感受的不同。
心里悲痛，还是要安葬死者；
我们转而投入工作，
为的是对半平分

死亡这个同义词。

Ⅶ

……………………………

……………………………

……………………………

……………………………

……………………………

……………………………

……………………………

……………………………

Ⅷ

不许探监
使国家变成
宇宙的变体，
不过这个国家的广袤
令人羡慕其荣耀，
毫不逊色于任何
衰亡的强国；
贫穷是其特色。

Ⅸ

……………………………

……………………………

……………………………

……………………………

……………………………

……………………………

……………………………

……………………………

Ⅹ

你何必徒劳无益地
逼迫我消灭行踪？
这些诗行就是
灾难的衬腔。
流言蜚语
导致同样的结果：
分手比心心相印
更引人注目。

Ⅺ

为了不让人向那些猎犬
——追逐我和你的猎犬们——
泄露我的行踪——譬如那个木头人儿。
或泄露你的行踪——譬如基路伯，
我们分手时——默然无语；
只有缪斯的合唱。
这样，死后的折磨
在生前就让人五内俱焚。

1968 年

35. POSTSCRIPTUM

多么遗憾，你的存在
对我之所是，而我的存在
对你却并非如此。
……多少回在荒芜的空地上
我把自己的一枚加冕国徽的铜币
塞进有电线的宇宙，
绝望地试图把接头的时间
延长一会儿……唉，
谁不善于以个人代替
全世界，通常就只能
转动有洞的电话拨号盘，
好像招魂会上的桌子，
在幽灵对夜里蜂音器的最后哀号
不报以回声的时候。

1967 年

36. 蒂朵和埃涅阿斯

一位伟人望着窗外，
而对她来说，世界的边际就是
他那希腊式的宽大的长衬衣，
布满皱褶的长衬衣
像一片静止的大海。
　　　　　　　　　他呀
望着窗外，而他的眼神此刻
离开这些地方是那么遥远，以致双唇
简直像贝壳一样凝固了，那里
隐藏着隆隆的轰鸣，高脚杯里的水平线
也凝然不动。
　　　　　　　而她的爱
只是鱼——也许它会
冲向大海追随船舶，
以柔韧的身躯斩波劈浪，
或许能赶上他——可他，
他已经在想象中踏上了陆地。
于是大海变成了泪之海。
不过，众所周知，正是在
绝望的时候刮起了
顺风。于是伟人
离弃了迦太基。
　　　　　　　　她站在
篝火前，篝火是她的战士们
在城墙脚下升起的，
她看见它的幻影
在火与烟之间颤抖，

迦太基在幻影中无声地坍塌，

这是在卡托的预言之前很久。

1969 年

37. 六年后

我们在一起生活了这么久，
一月二日又恰逢星期二，
何必惊讶地抬起眉毛，
要像汽车前窗上的——雨刷，
　　从脸上赶走莫名的哀伤，
　　让远方不再模糊。

我们在一起生活了这么久，
要是下雪，就不禁觉得——会下个不停，
也好，为了不让她眯起眼睛
我用手掌遮住它们，眼皮
　　不信会有人来解救它们，
　　就躁动不安，仿佛掌心里的蝴蝶。

一切新鲜事物与我们是如此格格不入，
以致睡梦中的紧紧相拥
　　会败坏任何精神分析学的声誉；
以致紧贴在肩膀上的双唇
和我吹灭蜡烛的双唇不顾
　　一切地融为一体。

我们在一起生活了这么久，
在破旧的印花壁纸上，蔷薇科
换成了满满的小白桦林，
两个人也都有了钱，
　　整整三十天，大海上舌状
　　的晚霞以大火吓唬土耳其。

我们在一起生活了这么久，没有书，
没有家具，没有器皿，陈旧
的小沙发在出现之前就是这样，
一个三角铁竖着放在小沙发上，
　　当初一位熟人把它竖在
　　相连的两点之上修复了它。

我和她在一起生活了这么久，
我们用自己的身影
　　做各自的门——工作也好，睡觉也好，
却始终敞开门扇，
显然，我们就是穿过这些门扇，
　　走出暗道，奔向未来。

＜1968 年＞

喷水池

38

穿着棉袄的园丁像一只鸫鸟
沿着小梯子向树枝上爬去，
从而从两足动物这里
架起了接触羽族的桥。

不过，没有鸟的啁啾，突然，
肩胛骨里掠过一阵战栗，
响起了一种奇怪的响声：
刀刃和刀刃摩擦的声音。

这就是鸣禽和两足
动物的完全决裂
（不亚于人与人的决裂），
剪子像鸟喙一样张开了，

在严冬的树上，我们
唧唧喳喳，而不是及时歌唱。
我们是不是太落后了，
落后于“如今落后于我们”的生灵？

生存的短暂再加上

家庭和忘情于
歌声，我以为，
我们就能认清自己的处境。

1964 年 1 月 18 日

39. 大车队

一队大车的吱吱嘎嘎声，四周
的阴影越多，就越刺耳。
大车越远离扎人的留茬地，
声音就越刺耳。
从车辙到车辙，
大车都扯起自己的嗓门，
离草地越远、四周的树叶
越浓密，声音就越响亮。

光秃的赤杨树巅
和金色的桦树梢
忍住寒颤就能看见
一捆庄稼怎样望着
纯净的苍穹。
又是一个树墩，于是
树木听到的就不是鸟啼，
而是大车辐条的吱嘎作响
和赶大车的人的高声谩骂。

1964 年 1 月

40. 忧伤和柔情

致 A. 戈尔布诺夫

晚餐又是面条，于是你，
密茨凯维奇，推开餐碟
说，你不吃也行。
因此我也就大着胆子
在男护士面前显得桀骜不驯，
稍后就跟着你走进
厕所，在那里呆到敲钟的时候。
“二月永远跟在一月后面。
然后就是——三月”。这是谈话的片段。
瓷砖、瓷器闪着光泽；
水像玻璃器皿一样发出清脆的响声。

密茨凯维奇躺下，把自己的一只
失明的眼珠放进橙黄色的陀螺。
(也许在那里他能看清自己的命运。)
巴巴诺夫把男护士叫进了走廊。
我在昏暗的窗边发呆，
背后是电视的乱哄哄的响声。
“你看一下，戈尔布诺夫，那里有什么样的尾巴”。
“那眼睛呢”。“你看得见漂木上的那个
木瘤吗?”“像一个脓包”。

我们在二月就那么大张着嘴，
睁大眼睛望着窗外的双鱼星座，
秃顶的后脑勺挨在一起，

在这地板上有痰的地方。
那里有时会把鱼端上桌子，
却不提供进食的刀叉。

1964 年 6 月

41. 在道路泥泞的时期

道路太泥泞，
像河。
我把桨扔进
大车，
给卵形的救生圈
抹油
以防不测。这是
有备无患。

路，像一条河，
会泛滥。
榆树的影子——
是渔网。
不到马的耳朵，
低于鼻子。
不仅如此，嘻嘻，还
低于车轮。

并不是春天，
却相似。
分散，歪斜。
那些四散分离
的乡村——全都
跛脚。
只有满怀忧郁的目光是——
直的。

榛树刮蹭着

船舷。
给马套上了护体的
马轭。
在我的苹果树上方，
耳垢上方，
八只仙鹤往北
飞去。

你往这儿看，噢，后辈
朋友：
看这全副武装的马轭、
挽索，
在二十五岁
的时候
我在投身大自然的半路上
歌唱。

1964 年春

42. 北方的边疆

北方的边疆，把我隐藏起来。
隐藏得更深些吧。在丛林里。
好像把树脂藏在树皮下面，
让泪水含在眼皮下面。
只留下一个瞳孔，
仿佛一簇针叶，
朝向未来的岁月。
要掩护国家。

不，激动也是枉然：
我要变成松鸡，
一页一页日历会像羽毛一样
落在我的翅膀上。
或者像狐狸一样躲起来，
避开人的脸，
避开群犬狂吠，
避开双筒眼眶。

你把我藏起来并捂住我的嘴吧！
但愿向前看的时候
我不会遇到任何东西，
除了黄色的沼泽地。
在那水汪汪的圣水盘里
你可以掩盖足迹避开心怀不轨者
的视线，要是我留下足迹
你就把足迹埋进沼泽。

不是我不作声的时候。

不过现在只能呼唤
那些人，他们不会
责怪云彩
太红、太拥挤。
此刻在黑暗中举步维艰，
要用无词的歌曲响应
木桩围墙。

你就在自己命定
的遭遇中大声抱怨吧，
在我的头顶上抱怨，
这颗头是判给你的，
不过只要用一条手臂（肱部）
给我打水（溪水），
让我明白，
只有生命——任人摆布。

别抬杠，别指摘。
别预测新的风暴。
回头看看吧，要是你能的话——
人们正纷纷离去：
他们穿过人群，
然后——沿着江河和田野，
然后穿过森林和山岳。
越来越快，越来越快。

1964 年 5 月

43

上帝在乡村不是生活在角落里，
像嘲讽者所想象的那样，而是无处不在。
他照亮屋顶和碗橱，
公正地将门扇分为两半。
在乡村他一切都绰绰有余。每逢周末
他在铁锅里煮兵豆，
睡眼惺忪地在火光上跳舞，
向我这个目击者使着眼色。
他竖起篱笆，把少女嫁给
管林员，还闹着玩儿，
使打野鸭的护林巡查员
永远打不中目标。

能观察到这一切，
倾听着秋风的呼啸，
大体上是无神论者在乡村
唯一能得到的天惠。

1964 年

44

岁月在我的上空飞逝，
仿佛在树林上飞逝的乌云，
在森林的背后
挤成灰白色的畜群。
唉，在溪水上方冷凝后，
没有哞哞的叫声和铃声，
用肩部垂落在
牲畜圈的栅栏上。

地平线在山冈上，
关于逃亡它没有漏出一句口风。
有时在晨曦中也没有
往事的一点痕迹。
出示过境证明的时候
昨晚的暮色只是
从椋鸟窝上，从耕地上
匆匆溜过。

1964 年 7 月

45

致 М. Б.

我窗外，木窗窗外，有几棵树，
雨后借助于一片片水洼
加强了死农奴在
村子周围的警戒。

他们脚下没有泥土，然而——空中的叶子
及其在你眼里的倒影
暗中准备利益均分，
我，新来的乞乞科夫，能够发现。

我的完全变样的树林给予我
应有的敬意，在林外的谷底摸索。
小船在旱地上行，在波浪上驶近。
木窗外的树木多了一倍。

1964年12月26日
诺林斯卡亚村

46

生了炉子。火焰在黑暗中闪动。
木炭闪着点点微光。
可是关于冬天，关于整个冬季
的想法却以一种奇特的方式纷至沓来。
要有怎样的悲痛，
才能不再想起三个街区后的公园，
而久久地回忆隐隐约约的景色，
明知这个景点没有了；不再有了。
也明白，几乎在两个世纪之前
一切就已终结，
——然而思绪萦绕于夜色中的树林，
依然没有听到樵夫的砍柴声。
树干、灌木站在夜色里。
远处丘陵阴沉地躺在黑暗中。
月亮在燃烧，像炉子里的全部火苗一样，
还在焚烧着树干。只是月色中没有噼啪声。

1962 年 11 月

47. 俄耳甫斯和阿尔忒弥斯

冬天到了。圣诗歌手
没有发疯，没有沉寂，
看见林边有狼的踪迹
便像细木工啄木鸟一样
偷偷爬上松树，
以便扩大自己的视野，
在白雪的烘托下
看清纹路。

雪地上狼迹的星散
弄得丘陵上满是斑斑点点，仿佛
晨曦在美女的被褥里
洒满了珍珠。
在小树林和道路之间
线索乱成一团。
要把它们收集成堆，
阿尔忒弥斯又不能胜任。

冬天把生活放在
括号里。树枝的流苏
吸引了视线。
新的俄耳甫斯
由隐藏的荡妇们付费，
撕掉大本的日历，
缩减词典，
充实自己的动物寓言。

1964 年 10 月

48. 1965 年 1 月 1 日

星相家们会忘记你的地址。
头顶上不再有星光。
你像往昔那样，只能听见
风的嘶哑的呼啸。
疲乏的双肩投下影子，
你在躺下之前吹熄了蜡烛，
因为日历预示着，我们
拥有的日子多于蜡烛。

这是什么？忧伤？也许是吧，忧伤。
非常熟悉的曲调。
曲调在重复。随它吧。
但愿以后还会重复。
但愿这曲调也在午睡时响起，
作为唇舌和眼睛的谢意，
感谢有时迫使我们
向远处张望的那个人。

默默地看着天花板，
因为一条长袜显然是空的，
你就明白，吝啬——只是
年纪老迈的保障。
你就明白，相信奇迹为时已晚。
于是抬头仰望天空，
蓦地觉得，自己——
是心地纯洁的天才。

1965 年 1 月

49. 黄昏

雪从棚顶下的缝隙
落在干草上。
我摊开干草
看到了一只螟蛾。
螟蛾啊螟蛾，
你钻进干草棚
躲过了死亡，
总算能活下来过冬。

螟蛾爬出来一看，
只见“蝙蝠”在冒烟，
原木的墙壁
被照得通亮。
我把螟蛾移到面前，
看到它身上的薄粉层
比火焰，比自己
的手掌更清晰。

在黄昏的雾霭里
只有我们两个。
我的手指很暖和，
宛如七月的天气。

1965 年

50. 烛台

萨梯里丢下青铜犁槽，
紧握着六支蜡烛的枝形烛台，
仿佛这是属于他的物品。
不过，清单明确规定，
他本身就属于别人。嗨，
一切形式的占有莫不如此。
萨梯里并非例外。由于这个缘故
他的小钱袋里有斑斑绿锈。

臆想使现实显得更明显。
情况是这样：他游过
激流，而大树的六根树枝早已在
激流的镜子里喧闹。
他拥抱着树干。不过树干属于
大地。而背后的激流消灭了
痕迹。河底透亮。
而菲罗墨拉在某处清脆地啼叫。

这一切再次持续片刻，
萨梯里就会尝到孤独的滋味，
山间小溪会了解自己无益于大地；
然而在这个瞬间思索使他感到虚弱。
天黑了。可是那些镜子
从每个角落反复说“他没死”。

烛台在桌子上就位，
以其完美使歌舞团折服。

等候我们的不是死亡，而是新的环境。
古铜色的照片对萨梯里
无害。跨过鲁比肯河，
他就由于长鬓发而硬到生殖的程度。
无疑，艺术的感染力就
在于真实，而不是吹嘘，
因为艺术的基本规律
是细节的独立性，这一点无可争辩。

让我们点起蜡烛。不要说什么
要为某人照明。
我们谁都不是别人的主宰，
不过逢迎也是不祥的预兆。
美人啊，不是我该拥抱你。
也不是你该含泪埋怨我，
因为能浸满硬脂的
不是关于事物的思想，而是事物本身。

1968 年

51—57. 选自《校园诗集》[170]

1. 拉里奥诺娃

拉里奥诺娃。黑发女子。上校
和女打字员之女。眼神
好像在看刻度盘。
她渴望帮助每一个人。
一天我俩并排躺在
浴场上，掰着巧克力。
她看了看前面说——
那里的帆艇没有改变抢风方向，——
我们去吧，如果我愿意，我就能帮他们。
她喜欢亲吻。嘴
使我想起卡尔斯岩穴。
不过我没有吃惊。
　　　　　　　　　　我珍惜
这个回忆，作为一个见证，
就是在一个古怪的战线上
被不明真相的敌人所击退。
胖女人的爱好者，炉灶上的一只懒猫，
季玛·库利科夫出现在视野，
库利科夫娶了她为妻。
她到女声合唱团去工作，
而他在保密工厂吹号。
他——那么一个瘦骨嶙峋的工程师……
而我还是忘不了长长的走廊
和我俩在抽屉橱上醉倒的往事。
而且季玛是——一名不体面的工兵。

一切都到哪里去了？目标在哪里？
她的眼里隐藏着一个奇怪的世界，
她自己并不了解它。其实，
作为妻子，她也不了解。
活着呢库利科夫。我活着。她也——活着。
而这个世界——它到哪里去了？
也许，它夜夜都在唤醒他们？……
而我老是喃喃自语。
墙外飘来华尔兹舞曲的片段。
雨在碎砖上哗哗作响。

2. 奥列格·波多布雷

奥列格·波多布雷。他有一位
当击剑教练的父亲。他熟知
那一套：剑步、冲刺。
他不是拈花惹草之辈。
不过，像体育界常有的那样，
他越位破门。
越位是在深夜。母亲有病，
小弟在摇篮里号叫。
奥列格顺手拿起一把斧子。
父亲进来了，于是战争爆发。
不过邻居们及时赶到，
以四人之力制服了那个儿子。

我至今记得他的手和面容
和后来的木柄花剑。
我们有时在厨房比剑。
他弄到一枚假戒指，

---

⑰⓪ 这一组组诗写于1966年至1969年，并且还没有完成（作者注）。

时常在我们的公用浴室拍水嬉戏。
我们放弃了学业，他就
进了厨师培训班，
而我——在“兵工厂”当铣工。
他在塔夫利达花园烤发面煎饼。
我们以搬运木柴作为消遣，
还在车站上卖新年
枞树。后来他倒霉，
和一个无赖合伙强占
一家商店，获刑三年。
他在火堆上烤着自己的一份配给品。
获释。熬过了酗酒症。
在工厂的建筑工地上干活。
好像是娶了一个护士。
他开始画画。似乎想
学成一名画家。有些地方
他的风景画很像——
很像静物画。然后他带着
病假证远走高飞。
这不——音信杳然。
我和他多年不见了。我
坐过牢，可是在那里不曾遇见他。
现在我自由了。可还是
哪里也见不到他。
　　　　　　　　他正在
某处的树林里徘徊，喝西北风。
厨房、监狱、学校
都不要他。于是他——失踪了。
像装扮成圣诞老人一样。
我希望他安然无恙。
可他激起了人们的兴趣，

像儿时的其他玩伴一样。
然而与他们不同，他是一去不复返了。

3. 济明娜

济明娜，非常可爱的女孩。
母亲是工程师，父亲是统计员。
不过，我从未见过他们。
她不太敏感。不过，
与她结为夫妻的是保卫国境的飞行员。
不过这是后话。而不幸的事情
来得更早些。她
有一个亲戚，在区委工作。
有汽车。而父母却分居了。
看来他们是各有所好。
汽车——这可是新奇的玩意儿。
嘿，一切也就由此而生发开来。
她有闹心的事。不过后来
情况似乎有所好转。
远处出现了一个愁眉不展的格鲁吉亚人。
但他突然身陷公房。
她嘛——进了一家很大的
服饰用品商店站柜台。
内衣、香水、各色布匹
——她喜欢这整个氛围
以及女友们的秘密和爱慕者。
路人都睁大眼睛向窗子里张望。
远处是军官之家。四周的军官们
像小鸟一样，有许多装饰性的纽扣。

那个飞行员从天空返回，
因为她容貌姣好而向她致意。

用香槟酒表示礼敬。
出嫁了。不过，空军
非常重视贞洁，
把它抬高到绝对的程度。
而这种经院哲学却
归罪于此，使她几乎要投水自尽。
她已经找到了一座桥，可是冬天到了。
运河结了一层冰。
于是她又急匆匆地去站柜台。
睫毛上挂着穗子。
枝形霓虹灯把光线投射在
浅灰色的头发上。
春天——在敞开的门边也有
顾客的汹涌、喧哗的人流。
她站在那里，从内衣后面
像罗蕾莱那样看着阴暗的河床。

4. 桑杜尔

桑杜尔。艾鼬的好心肠。
小脸蛋上有一个尖瘦的鼻子。
他悄声诽谤。总是竖着高硬领。
因为有帽舌而欣喜若狂。
在厕所里大谈要不要
把徽章别在上衣上的问题。
他别上了。看到任何象征
和符号都感到异常高兴。
敬重爵位和封号，甚至潸然泪下。
喜欢自称“体育干事”。
然而显得苍老，像雅各，
认为疖病是对自己的惩罚。
容易着凉感冒，

天气恶劣就躲在家里。
他爱惜布拉迪斯表。郁闷。
懂化学，迫不及待地想进高校。
可是中学毕业后，却嚷嚷着参加了步兵，
加入秘密的地下部队。

目前是在什么东西上钻孔。据说
是在“柴油机厂”，也可能不是。
不过是或不是大概也没什么关系。
当然，毕竟是一门专业和技能。
不过主要的是他在以函授的方式学习。
而这时可以稍微抬起流苏了。
他在暮色中浏览《材料力学》
并吸收马克思主义。顺便说一句，
这样的书在晚上恰好
会散发出特别的香气。
他不愿承认自己是工人。
总之，很想升入二年级。

他在暮色中渴望达到另一种
境界。金属的阻抗
在理论上更令人愉快。噢，是呀！
他急切地想当上工程师，接触图纸。
他一定要成为工程师，无论如何。
嘿，说什么……劳动量，
剩余价值……进程……
以及这关于市场的全部抽象空洞的议论……
他爬着穿过茂密的森林。
该结婚了，可是时间不够啊。
于是他宁可要年轻人的晚会、
偶然的相识、交换地址。

“我们未来的——微微一笑——工程师”。
他回忆着那忧郁的人群，
从姑娘们旁边望着窗外。
他以自己的方式过着单身生活。
他背叛自己的阶级。
也许我的话有失分寸。然而
利用阶级谋利
比男人的背信弃义更危险。
——年轻人的过失。他说，急性子。
我甚至还记得寻求偶遇
的一则真挚的启事。
可是没有什么防治所、医生
能使这些丧失本阶级属性的人
预防发炎，
倘若时代不是我们的妻子，
那就不要让由此而来的这种
细菌传给下一代。
不需要这样的继承。

5. **切戈达耶夫**

切戈达耶夫，一个矮子、撒谎者。
舌头挂在眼镜下面。一脸
怀疑的怪相。思想家。酷爱
触动教师们最柔软
的心弦——在课余时间。
这博得了青睐。他寻找并揭露
我们的恶习，借助于含有，
弗洛伊德学派性冲动内容的墙报（不区分
自己的和一般的性冲动）。
白发苍苍的父辈
在挤著名的周期表的奶。

创立者的女婿和他的岳父
在客厅里，他们在墙上时而显摆
容器，时而显摆蓬松的大胡子，
并争先恐后地回忆童年时代。
岁月流逝，小男孩充分领略了
壮丽的极地，它的相邻
终于带来了果实。

然而是一些奇怪的果实。不过，
大胡子占了上风（为女大学生治愈
心灵创伤的面色苍白的人隐入了黑暗之中）：
报刊的浪漫情调就
彻底控制了他。
他申请去研究历史，可是
运气不佳。他摆脱兵役局
分布各处的网，
躲到角落里。他的脑子里
偶尔闪现许多知识
领域：仿生学和原子、
天体物理学问题。在自己
全是机灵鬼的朋友圈里，
他寻思着每一种方案：
他们谁的外貌更能给人以深刻的印象。
他申请去采矿。可是最后
一头钻进了公路工程，而在童高音中
突然响起嘶哑的嗓音：
“道路是基础……这就是
道路在文明中的作用……不是神，
而是人在筑路……我们应该乐于……”
空话多于实际，而且对什么
都能找到话说。对道路也是。

于是他急于把话全都说出来。
单身一人，身高 1 米 60，
没有私生活，在成双结对的人流中，
凭什么能吸引他人的注意?
他发誓，世代相传的传说也宣称
不结婚——以防万一。
不过男女相遇的保护神
维纳斯等在拐角，
以自己精致的身份出现——
一颗不分黑夜
和正午的星星。娶妻和毕业证书。
毕业分配。在售票处前依次
拥抱新的亲属：女儿!

无边无际的塔吉克丘陵地带。
机器在翻耕土地。切戈达耶夫
用手从稚气未脱的脸上
擦去有氯化汞气味的汗水，
痛骂几个肤色黝黑的坏蛋。
话音消失。彻底识破
他们的本质——并站到他们的
对立面——他办不到。只能滞留在这一边。
公路的两端都隐没于
深棕色的雾幕。他浑身是汗，
深夜光着身子在水泥地上徘徊，
不是在自己的住宅，而是在
大地的一个角落，地球是——圆的，
隐约地思忖着绿色的树叶。
妻子在打鼾……噢，天哪，简直想痛哭一场……
他走向桌子，从一角垂下，
心里觉得勉强还在信里夸下海口，

说他会编结蛛网。一个孤独的结网者。

6. 安齐费罗娃

安齐费罗娃。然娜。身材
令人惊艳。是鲁本斯风格。
这个姓名向来
隐藏着军官太太。
军校潜艇学员是荷兰
写生画派的风格。
但愿
上帝宽恕我，可毕竟少先队
的声音多么有远见！
而我们是这样表达自己的欣喜：
“你把这一切都抓到手里，会使东西疲惫不堪！”
还有“把腿都放到我的肩上吧！”
……现在围在她四周的是——符拉迪沃斯托克，

潮湿的山丘，海湾，云彩。
在卧室里照镜子的胖女人
和代替云杉的冷杉。
六分之一真的很大。
躺进被窝就像圆规躺进制图仪器，
她看着海军的军大衣，
以及一排闪亮的纽扣，
令人想起街区的路灯
和童年，片刻后又想起
巨大的、黑乎乎的、潮湿的列宁格勒，
在那里她直接从毕业舞会上
轻松地跨上战船。

她是幸运儿？是的。剪裁和缝衣。

在俱乐部工作。在秋季着火的山丘上
突击检查。洗衣服洗到天黑。
她的回忆也越来
越与现在融为一体：
她在自己的二十八岁中
已有十二年在丈夫身边，
远离记忆的所有对象。
潜艇正在浮出漩涡。
小镇在沉睡。很远的地方
有一扇门在砰然作响。这就是
因果距离所造成的。

轰炸机在云端轰鸣。
水渠里青蛙的众赞歌断断续续。
一堆玻璃器皿每当托在手上的
时候，便发出轻微的丁零声。
乐曲声从冲绳飘来，
拂动着期刊作品的磁光盘。

7. **弗罗洛夫**

阿尔贝特·弗罗洛夫喜欢安静。
母亲在邮局往信封上盖
邮戳。至于父亲，
他为楚赫纳人的独立而阵亡，
总算有了阿尔贝特延续香火，
却不曾见到过阿尔贝特。

儿子在寂静中培育着自己的才能。
我记得他头顶上的那个包：
他靠动物学爬到桌子底下，
却不知道那里有一只

被扯裂的死青蛙。
这在后来保证了他思想的

自由飞翔，他醉心于
思考直至进入高校，
在那里他开始与天使长摔跤。
看哪，身为犯戒的基路伯，
他从云端跌倒了地上。就在这时
露出了他手边的小号。

声音是——寂静继续存在的形式，
类似展开中的胶片。
他一边独奏，一边朝喇叭口
看，那里闪烁着智者派点燃的
萤火虫的微光，——在那里
还没有响起掌声的时候。

不过那是在晚上，而白天——
白天是看不到星光的。从井里也看不到。
妻子走了，短袜也没洗。
年老的母亲在照顾他。
他开始酗酒，后来——鬼知道
又用什么折磨自己。大概是由于忧郁，

由于绝望——不过魔鬼才搞得清。
很遗憾，我在这方面也不明就里。
也许还有别的刻度：
演奏时你能预先看见
八个拍子——而安瓿剂就像蜡烛，
能照亮16个……文化宫，

他的全体人员在那里
游玩，那些镜子暗淡而谦恭地
吸收着被湿疹损坏的面庞。
不过，后来改变章程，
他因为集体腐化的罪名而被
开除。而且挤出一声：“臭狗屎！”

他，仿佛渐渐衰减的哼曲子的声音，
没有从以后的行进路线中
造就一双有价值的眼睛，
像爬到页边的一行字，
确切地说——把开除的观念
绝对化，因而消失得无影无踪。

———

一月二日，深夜，
我的内燃机船系泊索契。
想喝酒。我出发，在离开
港口通往中心区的小巷里
瞎碰，在夜市极盛的时候
终于碰上了“瀑布”餐厅。

新年来了。棕榈树上吊着
仿制的针叶枝。一群格鲁吉亚人
顺着小桌子转圈，唱着“梯比利斯”。
生活无处不在，这里也有自己的生活。
听了独唱部分，我留神起来，
从酒瓶上抬起了头。

“瀑布”里挤满了人。奇迹般地

找到了通往露天舞台的过道，在混乱的
气味和嘈杂声中我对驼背
说："阿尔贝特"，还碰了碰袖子，
于是一张可怕的、丑陋的脸
缓缓地转向了我。

遍及全身的疮痂，干燥的和
膨胀的。只有未被疮痂
波及的一绺粘住的头发
和眼神像那个中学生，他瞟着
我的练习簿，我也瞟着他的，
这一晃已是十二年前的事。

"这种季节你怎么会出现在这里?"
干燥的皮肤布满皱纹，就像
树皮。眼珠像——树窟窿里的松鼠。
"那你呢?""你要明白，我是亚宗。
滞留在科尔希达过冬的亚宗。
我的湿疹需要暖和的天气……"

后来我们走了出去。空中
稀疏的灯火在防止与林荫道
融为一体。分局局长是奥塞梯人。
即使在这里，我的向导，一个
穿外套的人，也躲在阴影里。
"你在这里是一个人?""是的，我想是吧。"

是亚宗？未必。是约伯，他对
天命从不抱怨什么，只是
生死都与黑夜融为
一片……岸边地带，

以及来自东方的海藻的刺鼻气味、
看不见的棕榈的簌簌声——只见

一切都蓦地摇晃了一下。这时黑暗中
刹那间有什么在缆绳上闪了闪。
于是响声飘起，冲破寂静，
追赶着渐行渐远的船尾。

于是我听见了满怀悲伤的
《高高的月亮》。

58

学会与人群隔绝以后，
我想与自己隔绝。
不是用削成的木板做栅栏，
而是镜子在这里更有用。
我打量着阴沉的面容、
短髭、下巴上的那些小包。
三扇镜因为旁边有成对的两扇，
也许是分隔的最佳形式。
暮色从窗口爬进三扇镜，
有一大群椋鸟的已耕地边上
和湖泊——仿佛墙上的一个缺口，
而墙头上是冠冕似的起伏的云杉。
眼看
　　　　从湖泊的窟窿里，
而且一般地说——可以通过任何水洼
爬来一个外人的世界。
或者这个世界爬到外面去。

1966 年

59. 1939 年 9 月 1 日

这个日子是“9 月 1 日”。
孩子们去上学，因为已是秋季。
而德国人打开波兰人
的条纹拦木。轰鸣的坦克
像用手指甲压平巧克力薄片一样，
荡平了枪骑兵。
　　　　　　　拿杯子来
为枪骑兵干杯，他们
在死亡名册中居于首位，
就像在班级名册中一样。
　　　　　　　　　　　白桦树又在
风中呼啸，树叶飘落，
像落在掉下的方帽一样，
落在屋顶上，那里不会有孩子。
云彩在隆隆声中浮动，
绕开滚在一边的窗户。

1967 年

60. 寄语诗歌

你们寂寞啊，我的诗歌，抽屉……
康捷米尔

你们不愿睡在桌子里。于是
激烈抗议："健康而在
土里抽搐是受刑"。
我就放你们出去。好吧？反对
自由权是罪孽。我已经
有够多的了——在这里，我想到的
不是诗歌，而是：罪孽。我写诗
越来越少了。瞧，我甚至
忘了对下述问题露出
不愉快的神色："音节诗怎么样？
您能增光溢彩吗？"
能，我说。你们
是要离开我的。也好！但愿上帝
赐予你们我所等不到的东西。
我说的是幸福。我亲自
创造你们也是枉然。我们
要分开了：你们走向人间，
我走向人人都要去的地方。

再见了，诗歌。祝你们一切顺利。
我不为你们担心：你们有办法
经受漫长的路程：
亲爱的诗歌啊，我已把
自己的心放到你们里面。要是它
被岁月淹没，首先感到悲痛的是我。

不过在这两种情况下——我勇敢地
认为，忘川比杰作更好。
你们更动人也更友善。你们
比我的躯体更硬朗。你们
比我痛苦的思绪更简单易懂，这也
赋予你们很多力量、威力。
我相信，人们会因为这一切而爱
你们，胜于爱现在的
你们的创造者。所有的大门将
永久地为你们敞开。不过，
我并不因为贫穷而那么忧伤：
我独自走进家门。你们将走进千家万户。

1967 年 5 月 22 日

61. 喷水池

从狮子的嘴里
没有溪流潺潺也听不到狮吼。
风信子开花。没有鸟鸣，没有喊声，
也没有话语声。叶子凝然不动。
而且说起来，这样的环境对如此威严的容貌而言，岂非既陌生
又新奇。
嘴唇干裂，
喉咙也已生锈：金属并不是永恒的啊。
只不过是某个人在无意中拧紧了水龙头而已，那个
水龙头隐藏在绿叶里，就在狮子的尾端，
而荨麻也把阀门裹得严严实实。夜幕渐渐降临；
大群影子
从灌木丛纷纷
奔向喷水池，像狮子奔出丛林。
围绕着在水池中心沉睡的自己的同类，
越过障碍之后，便开始在丛林中飞驰，
舔着自己的狮王的脸和爪子。咦，舔得越快，
威严的容貌
就越发黑暗。结果
它终于和它们互相舔着，蓦地
又活力四射地跳了下来，于是全都冷静地
隐入黑暗。天穹
把星星藏在乌云后面，清醒的好事者
称之为
偷窃狮王——
因为最初的水滴在长椅上闪烁——
称之为盗窃狮王是由于近似于盗窃雨水。
雨把斜斜的雨丝洒落地面，

是在空中为狮子的家族编织着一张网或一个笼子，
不用打结和钉子
温暖的
雨
迷迷蒙蒙。
像狮子，它们的喉咙也
不会冷却。
你是不会得到爱的，却也不会被遗忘。
在未来的某个时候一伙怪物会使你从
土中复活，如果你也是个怪物的话。
雨和雪
泄露了
你逃跑的踪迹
唉，你怕受寒感冒，
反正要回到这个世界找个过夜的地方。
因为怎样的孤独都莫过于对奇迹的记忆。
在牢房待过的人们就是这样重又回到牢房，
而鸽子回到诺亚方舟。

1967 年

62. 洗衣桥

致 F. W.

在洗衣桥上，我和你曾
模仿刻度盘的指针，
指针在十二点相逢，此后
不是分别一昼夜，而是永别，
——今天在这里，在洗衣桥上，
钓鱼者苦于纳尔喀索斯情结，
忘了浮子，睁大眼睛望着
自己的起伏荡漾的倒影。

河水使他时而年轻，时而显老。
时而出现青春的容颜，
时而额上爬满皱纹。
他占据了我们的位置。好吧，他是对的！
从不久前开始，凡是孤单的一切都
象征着不同的时间；
而这就是——获得空间的凭证。
就让他
安静地看着自己在我们的水中的倒影吧，
甚至还能认出自己。现在
这条河合法地属于他，
仿佛一栋屋子，有一面带进去的镜子，
然而他们的生活未能开始。

1968 年

63. 近于哀诗

往日我也曾在交易所
的柱廊下等候冷雨过去。
认为这是——上帝的恩赐。
也许这样想并没有错。毕竟
我也幸福过。醉心于
天使们。时常诅咒吸血鬼。
曾在正门像雅各那样
守护着从楼梯上跑下来的
美人。
　　　这一切都永久地消失到
哪里去了。躲起来了。不过，
我望着窗外，写下“哪里”后
也没有加上问号。
现在是九月。在我面前的是花园。
远处的雷声堵塞着耳朵。
在浓密的树叶里，充满汁液的梨子
一个个像男性的特征一样吊着。
只有倾盆大雨刺激着我昏昏欲睡的神智，
仿佛守财奴走进远房亲戚的厨房，
这时通过我耳鼓的：
还不是音乐，却也不是噪音。

1968 年秋

64. 雅尔塔的冬日黄昏

一张干瘦的黎凡特人的脸，
脸上的麻子隐藏在连鬓胡子里，
他在烟盒里找烟卷时，
无名指上没有光泽的指环
突然折射出 200 瓦的光度，
而我的水晶体受不了炽烈的闪光；
我眯起眼睛——于是他
吞着烟，一边说“对不起”。

克里米亚的一月。冬季来到
黑海岸边好像是为了游玩：
白雪不能保留在
龙舌兰的叶片和尖刺上。
餐厅里空荡荡的。污秽
的鱼龙在锚地冒着烟，
却能闻到腐烂的月桂的香气。
“给您斟上这劳什子?”“斟吧”

总之——微笑、黄昏、长颈酒瓶。
小吃部的服务员紧攥着手，
在远处转着圈子，仿佛小海豚
围着满载欧洲鳀的帆船转。
一扇方形窗。花盆里栽着桂竹香。
雪花纷纷扬扬地飘过。
停下，这个瞬间！与其说
你美好，不如说你不可重复。

1969 年 1 月

65. 四月的诗

这个冬天我还是
没有发疯。而冬季
眼看就要过去。我可以分辨
流冰的轰鸣和绿色
的植被。可见我没病。
我向自己祝贺
新季节的来临，
把瞳孔凑近小喷水池
把我自己撕成上百的身影。
我用巴掌在脸上
抚摩。脑子里就像在林子里那样，
是一片下陷的白雪。
勉强挨到白头，
看着拖轮挤过冰块
吃力地驶向出海口。
　　　　　　　　　　不下于
对恶的回忆
把一纸公文变为
欺凌的替罪羊。
　　　　　　　　谅解
崇高的文体吧：
恐慌不安的时期无止境，
但冬季即将过去
这是——转变的实质，
卡梅娜埃在谟涅摩叙涅
的酒宴上吵闹不休。

1969 年 4 月

66. 艾略特之死

I

他死于一月，一年之始。
灯光下是入口处的严寒。
大自然还未能向他展示自己
引人入胜的芭蕾舞群舞。
由于下雪玻璃上已经结冰。
灯光下是寒冬的喉舌。
十字街头的水洼冻成了冰。
他则用岁月的链锁把门锁上。

岁月流转不会指责缪斯家族
的崩溃。尽管如此孤单，
诗歌却基于渐行渐远、
单调乏味的日子的相似。
它在瞳孔里戏水，沉湎于萎靡，
只和艾欧里亚女神沾亲，
像朋友纳尔喀索斯一样。不过她在日历
的韵脚中想必会更引人注目。

没有恶意的怪相，没有恶意的念头，
从包罗万象的大目录中

死神选择的不是优美的辞藻，
而必定是歌者本人。
她不需要田野、疏林、
灿烂壮丽的海洋。
她慷慨大度，只允许自己
积蓄一片心。

云杉已在空地上熊熊燃烧，
碎片纷纷飞向门口，
天使们也在隔板上安置下来。
他是天主教徒，活到了圣诞节。
不过，仿佛涨潮时喧嚣的大海，
在泼击防波堤之后，便合理地
吸收海浪——他离开
自己的胜利匆匆而去。

已不是上帝，而是时间，时间在
召唤他。于是巨浪的
年轻一代轻松地肩负着
他的活动的重担奔向麦穗
盛开的尽头，道别后他便冲撞
大地的边缘。他精力充沛地笑了。
一月他的海湾伸入那片
寿终的陆地，我们就在那里。

II

夸张地朗诵的魔法师，你们在哪里？
来呀！你们赞美神像头上的光环吧：
两个悲伤的人看着地板。
她们在唱。她们的曲调多么相似！
两个少女，也不能说是少女：

不是激情，而是痛苦在决定着性别。
一个半侧着身很像
亚当。不过是——夏娃的发式……

他出生的国度美国，唉，
和他死去的国度英国，
低下无精打采的的面庞，神情沮丧，
站在他的坟墓两旁。
而天空飘浮着乌云之舟。

不过每一座坟墓都是——大地的边缘。

Ⅲ

阿波罗，摘下桂冠。
把它放在艾略特
脚下作为人间
肉身不朽的极限。

环绕四周的树林会记住
杂沓的脚步声和竖琴声。
有活力的东西
才能为记忆效力。

树林和峡谷会记住。
艾欧罗斯自己会记住。
每一棵牧草会记住，像
贺拉斯·弗拉库斯所希望的那样。

托马斯·斯特尔纳斯，别担心山羊！
割草没有危险。
蒲公英——如果不是花岗岩——

会保存记忆。

而爱情离去。
一去不复返。投入别的女人的夜晚。
终止了往日的心声、诺言。
隐而不见，尽管还在。

你去找别人。而我们
把这个潜在的领域
叫作黑暗王国。
这是嫉妒使然。

树林和草地会记住。
周围的一切都会记住。
仿佛身体——世界并非空无所有！——
记住手与唇的温柔。

1965 年 1 月 12 日

67. 致一位女诗人

我感染了正常的古典主义。
而您，我的朋友，感染了冷嘲热讽。
当然，只是变得任性乖张，
效命于征税机关。
您还把这个世纪叫作铁的世纪。
不过在闲聊的时候，我并不认为
自己感染的是清醒的古典主义，
我自己也是在刀刃上溜达。

现在我和您的友谊结束了。
却是多年争吵的开始。
现在妨碍您升迁的也是
巴克科斯，而非别人。
我离开这个领域和当初进入
这个领域是由于同样的原因。可我
硬化了，就像浮岩下的赫库兰尼姆一样。
因而我不会为了您而动一动手指。

抛开往日的恩怨吧。我早已身陷囹圄。
吃的是土豆，睡的是干草铺。
再说，现在头上
已没有帽子——秃顶闪着亮光。
我，一个追随者和应声虫。您不是
向自己隐瞒着应声虫的生活吗。
在依法给我送来“大叉子”的时候，
您的预言使我感到体贴。

缪斯的服务容不得那种现象。

可是却往往操之过急，
以致手臂上掠过虔诚的战栗，
无疑上帝已经降临。
一个歌手在准备汇报。
另一个在低声地嘟哝。
而第三个知道自己只是个传声筒，
于是他扯下了所有同源的花卉。

而死神会说，由于生命的活力，
冷嘲热讽也来不及。要是通过中介，
冷嘲热讽只能多流血。
唉，他是看不清实质的。
瞧，我在缪斯身边这么久，
终于选中了古典主义。
尽管我也能像叙拉古的那位
老者，从水桶底看世界。

放下往日的恩怨吧。也许只是一种弱点。
我预感到您的冷言冷语和喜悦之情，
在自己边远的地方祝福差异性：
惊人的胡蜂的嗡嗡声
在憨厚的母菊花中引起的是胆怯。
我意识到，在自己面前的是深渊。
而意识在转动，好像叶片
围着自己永不弯曲的车轴转。

鞋匠制靴。面包师
烤面包。巫师
翻着厚厚的书本。而罪人
没有一天不在加重罪孽。
海豚拖着海浪上的三脚供桌，

而阿波罗在观察别人——
归根结底都是一些外人。
森林喧嚣，而天空装聋作哑。

秋天快到了。一叠学生作业本
放在公文包里。巫师们也和
你们一样，每天清晨将发绺
挽成大大的发髻防寒。
我在回忆在塔夫里德的一件小事，
我们双方对大自然的一样的兴趣。
它总是那野生的模样。
我是又惊讶，又悲伤啊，太太。

1965年8—9月间
诺林斯卡亚村

68. 致罗马的老建筑师

I

上四轮马车——假如影子
真的能坐上四轮马车
（尤其是在这样的雨天），
又假如幽灵能忍受颠簸，
又假如马不会扯破挽具——
上四轮马车吧，撑起伞，没有车篷，
我们默默地爬上去，沿着
柯尼斯堡的街区向前驶去。

II

雨打着石头、树叶、浪边。
小河摇唇鼓舌，喃喃地嘟囔，
那些小鱼，总是被惊得发呆，
从桥栏杆上看着下面，好像
被激浪抛到了那里
（不过汹涌的潮水没有留下痕迹）。
银灰色的雅罗鱼闪动着圆鳍。
树木用德语低声说着什么。

III

把你的超视距的蔡司交给马车夫。
让他从有轨电车的钢轨上拐向一旁。
难道他在后面也听不见铃声？
有轨电车行驶了百万趟，
铃声响声大作，超车的瞬间
铃声盖过响亮的马蹄嘚嘚声。

唉，丘陵上的废墟弯着腰——
像照镜子一样向车厢的窗子里张望。

Ⅳ

青草上的花瓣胆怯地颤抖。
阿特拉斯、自然女神、鸽子、鸽子
老鼠簕、光环、美少年、狮子
惶恐不安地躲在砍伐者的背后。
纳尔喀索斯自己也不愿要
流动的镜框后边的镜面，
乘客们在那里聚成了一堵墙，
冒着暂时变成混合物的风险。

Ⅴ

清早。天色昏暗。河上飘着薄雾。
垃圾箱周围烟蒂在风中飞舞。
而年轻的考古学家把陶瓷碎片
倒进污渍斑斑的短外衣的风帽。
细雨蒙蒙。嘴唇紧闭，
在铺着碎石的平原，
在大片废墟中，你望着苏沃洛夫
朴素的半身雕像心怀愧疚。

Ⅵ

肆虐……轰炸机的肆虐平息。
三月洗去正门上的絮状煤炱。
时而这里时而那里礼花炮撅起尾光。
永久变硬的军帽羽饰兀自立着。
要是在这里挖一阵（我看，
被摧毁的房屋就像针叶丛里的干草棚），
那就完全可以在

弹片的密幕下找到幸福。

Ⅶ

槭树吐出第一片黏性的新叶。
大教堂里响起电锯的啸声。
乌鸦在荒凉的公园里聒噪。
长椅受潮。山羊大睁着眼睛
从栅栏后望着远方,
那里的小庄园里草木茂盛。

Ⅷ

春天通过窗口看自己,
当然,马上就认出了自己。
这时命运赋予视觉
眼睛所看不到的一切。
于是墙的两边生活沸腾,
没有了花岗岩的面庞和容貌,
向前看吧,因为没有背面。
尽管灌木丛里挤满了阴影。

Ⅸ

不过如果你不是幽灵,如果你
是血肉之躯,那就向大自然学习,
在本子里描绘那样的风景后,
要为自己的心灵探索另一种结构!
要抛开砖头,抛开水泥、花岗石,
它已被摧毁——被谁?——飞行员
首先要赋予心灵一种形态,
就是此刻你所记得的学校里讲的原子。

Ⅹ

即使现在你的情感中开始露出

深坑。即使在难熬的忧伤之后
是莫名的恐怖以及，比方说，凶险的巨浪。
在原子时代，岩石也会像枝条一样颤抖，
要挽救心灵和壁垒
只有使出死神进行威胁
的那种力量和连贯性才有可能。
你会陡然一震，因为听到了欢呼声：“亲爱的！”

Ⅺ

拿自己比较一下或用眼睛估量
一下爱和激情以及——令人痛苦的——倦怠。
宇航员在飞往火星时，
就是那么渴望出现在离家近些的地方。
可是在你因为相隔遥远而伤神的时候，
那远得让手够不着的温柔却萦回脑际，
比双唇更灵敏：须知离别的苍穹
比防空洞的天花板更难于摧毁！

Ⅻ

唧唧，唧唧喳喳，唧唧—唧唧，你抬头看了看，
由于忧郁，更准确地说，是由于习惯，
你在细细的树枝中看到了柯尼斯堡。
为什么小鸟不叫
高加索、罗马呢，柯尼斯堡，啊？
当周围只有砖头和石子的时候，
没有别的东西，有的只是言语。
可是没有嘴唇。只能唧唧喳喳地叫。

XIII

你会原谅我的话不匀称。
现在这些话只是有损于一只椋鸟。

不过它赶上来了：唧唧，我爱你！
也许还要超越：我要死了！
便条本和蔡司牌照相机藏在手提包里。
把你干燥的背转向风向标
并收起伞，仿佛白嘴鸦收起双翼。
只有小伞柄会泄露阉母鸡的尾巴。

XIV

挽索丢进了草丛……马在哪里？听不见
马蹄的得得声……套索在那里，在废墟中。
四轮马车行驶在荒凉的丘陵地带……
从丘陵驶向下面的什么地方……后面有
两个长长的后鞦……瞧——沙地上
有很大的辙迹。埋伏地的灌木丛簌簌作响……
大海的浪峰带着
后面景色的特征奔腾向前，
而海水又迎面而来。仿佛巨浪吸引着
一个消息，好消息，奔向这里，奔向
大地的边界。而这消灭了其中的
相似之处，爱抚着马车的轮辐。

1964 年 11—12 月

69. 玻璃瓶里的信

（为玛丽消遣而作）

有时，鼻子和嘴伸向哪里，
身子的其余正面也转向哪里，
这想必就是“向前”，
而其余的一切就是“向后”了。
不过，因为船头朝着诺尔德，
而乘客却把视线投向韦斯特
（换句话说，看着船舷外），
情况随着地位的改变而复杂化。
又因为船时常全速地
劈波斩浪，急于赶路，
物理学家发明了“矢量”。
某种像魂灵一样无形体的东西。

利维坦高兴得屁股朝上，
使劲地在波浪上甩动着尾巴，
因为这时矢量像
模糊的鱼叉一样直指着它。
塞壬们不隐藏美丽的容貌，
在礁石上齐声高唱，
这时快乐的大尉尤利西斯
在甲板上清洗武器商标。
另一方面，要让探索善恶
之间的界限的人们明白：
在某种程度上，缓步前行
的人往往是沉湎于往事的人。
而按摄氏寒暑表睡在暖和的地方，
在幔帐下挺直身子的那个人

脚后跟里有艳（不如说在喷口里），
用脚尖踢着星幕。
而那位歌手，徒劳地
向海浪上倾泻着歌声、明矾和碘酒，
匆忙地赶往古代世界去寻求隐喻，
也许他在唱着别的什么歌。

两副面孔的雅努斯，你的面孔——
一副朝向生，一副朝向死——
使世界几乎变成一个圆圈，
即使沉底也是如此。
要是在直角下浮动，
好像是去瑞典，却遇上了可怕的障碍。
要是旋转于善恶之间，
利维坦就会张开大嘴。
而我作为勇士，以保留骏马、
牺牲生命而自豪，
我真诚地出发，去坚守诺尔德-诺尔德。
何去何从——要您自己决定。
我只是请您注意，即使一心要
往上冲，风帆也代替不了双翼，
即使这两者的向往相似
莎士比亚在牛顿之前就已发现。

我真诚地前去，却触礁了，
礁石戳穿了我的肋骨。
我把手指弄湿了，而芬兰湾
却突然显得很深。
我手搭凉棚，隐忍内心的愁苦，
纵览海景。
可是尽管有望远镜，我

却看不清少先队的海滨浴场。
这时下起鹅毛大雪，我耽搁了很久，
把自己的船的左舷翘向苍穹，
就像当年的“海军元帅阿普拉克辛号”
那样。不过涂上了别的什么颜色。

冰山静悄悄地向南方浮动。
舰首旗在风中猎猎作响。
耗子悄无声息地跑上后甲板，
海水咕嘟咕嘟地流进窟窿。
心跳加剧，雪花飞舞，
使“鸟巢”从视野消失，
在春天来临之前吹响邮政的号角；
传来的声音不是“啦”而是“哆”。
船尾渐渐消隐，而雪堆在长大。
枝形吊灯悬在我头顶上。
视野开阔，这时的视角
大于三百六十度。
闪烁的繁星，亮晶晶的冰层。
我的船发出轻轻的欢笑声。
美人鱼在艏斜桁下流泪，
一双眼睛阅尽万顷波涛。

我用自己的牙齿发出的摩尔斯电码
向您呼吁，波波夫教授，
也向您，马可尼先生，加入 KOM[17] 吧，
我要让鸽子带去我的敬意。
空间像啤酒一样，顺着胡子奔流。
让飞艇和林德伯格本人

---

[17] KOM——马可尼联合公司。

别离开大飞机库。
有发出“咔咔声”的翅膀也就够用了。
我失去了对云彩和日子的测算。
水晶玻璃现在不信任火焰。
理智好像忠诚的卫士，在我看到
火焰的时候会耳语：海市蜃楼。
再见了，毁了黑夜的爱迪生。
再见了，法拉第、阿基米德等等。
我用烛光挤走黑暗，
正如三桅船让海水流动。
（也许今天是最后一次
我们和饲马员在一起打牌，
你又用笔写下“пуля”，
我曾用这支笔歌唱爱情。）

肋部扎破了，海湾又很深。
谁也没有错：我们的引航员是——上帝。
唯有他才是我们应当听从的。
获得拯救的意愿乃是——温顺之母。
于是心情抑郁的我便
上诉于你，圣弗朗西斯：
看到窟窿后，我像自动机一样
当即断定，сие 就是——圣斑。
不过可以说，涨潮开始了，
这时就揭开了一个简单的秘密：
适合于油橄榄地区的现象
在遥远的北方却是有害的。
说实话，不需要超视距的蔡司。
我看出，我输掉了诉讼，
输得远快于另一个
异教徒，他宁愿跟老婆睡觉。

眼看水已齐胸，
而我正游向末路。
因为没有人会来送我，
真想握握几个人的手。

弗洛伊德医师，我要离开您，
此人能（在我们以外的某个地方）当面
在心灵的小河上架起桥梁，
连接鼠蹊和大脑。
有人曾强调“是呀，是呀，没有什么
可失去的，除了自己的锁链”。
羞愧吧，要是这样说的话。
你有理，沙尔洛老爷子。
还有一位留着浓密的大胡子的人。
托尔斯泰伯爵阁下，
喜欢赤脚踏着青草，
我要离开您了，而您是对的。
再见了，阿尔伯特·爱因斯坦，一位智者。
来不及参观您的宫殿，
我在您的国家砌单人居室：
时间——是波浪，而空间——是鲸鱼。

大自然及其慷慨富饶
的探索者：牛顿、波义耳-马里奥特
以及抬头望月的开普勒，
我觉得我曾梦见你们。
试管里的孟德尔和有猕猴四肢
的达尔文，我和人们的关系，
他们的反驳，冬，春，
八月和五月都是——梦中的角色。
我梦见过冷也梦见过热，

我梦见过正方形也梦见过球体、
山雀的啁啾和青草的簌簌声。
我也时常梦见我是不对的。
我梦见过黑暗和水波上的反光。
我时常梦见自己的面容。
我还梦见过马嘶。
不过死是——一面镜子，不会说谎。
当我死后，不如说：
当我在那边醒来，而且初期
更觉寂寞的时候，
也许我会向你们提供幻景。
不过，甚至这样的话语
也是一种迹象，说明我想保护
幽灵；保护我还爱着的一切。
说明我睡梦正酣。

这样一来，把舌头和视线
还给七十行之前的那些小绵羊，
以便把它们和牧人联系起来，
回到甲板上，可以说，
我看到的其实只是船头
和雪，雪封住了美人鱼的嘴，
也把温情的胸像变成了雪堆。
此刻我们即将消失，漂浮的棺材。
而在永久地沉入海底之前，
我但愿明白无误地知道一件事，
因为我不是回家：
你在指向何方啊，我的矢量？

但愿祈祷没有白费。
但愿我曾呼唤的“朝霞”

以后也像昔日一样升起，
推动日渐瘦下去的日历。
但愿我在想，不如说是——幻想，
有人会滚动星球，
而某人——在用拼图方块建造房子。
但愿我相信（唉，难哪），
生活会派一个潜水员跟着我，
预先指出方向：“另一个世界”。

可耻的懦弱！时机哦，朋友们，
至少，我希望，仁慈的上帝会保佑，
这是我不可能亲眼目睹的。
美洲、阿尔卑斯山脉、高加索和克里米亚，
幼发拉底河谷和永恒的罗马，
托尔若克，在那里可以擦亮靴子——礼仪，
以及一系列的某些美德，
在这里我不敢冒险说出都是一些什么美德，
以便同时指望着
节俭、义务和名誉
（不过我不信你们真的存在）。
我也希望某个瑞典人
能挽救世界免于原子弹的伤害，
希望黄老虎会降低调门，
希望另一个牛顿把夏娃的苹果
嚼碎吃掉，把果核扔进树林，
碟子点缀着天上的餐桌。

再见！让风儿呼啸吧，呼啸。
已不再称之为恶风。
让未来在这里发愁吧：
不管怎样，你也成不了过去。

让站岗的康德吹响哨子。
就让费尔巴哈在魏玛叫嚣：
“美好神视的湍流不是开关的
咔嚓声所能中断的！”
也许是这样。也许不是。
在任何情况下（风息了）
只要老太婆熄了灯，
我确知：这样的目光就不复存。
让生活继续吧，在树洞里看到
蜗牛就吹响猎角，
当我在自己的小船上的时候，
像拉伯雷临终时所说的那样，
我要向“伟大的可能性”出发……

（字迹模糊）

夫人，您原谅语无伦次、行为乖张吧。
您是知道的啊，知道我曾漂泊何方，
也知道我为什么蔑视指南针
而靠目测检查航向。

我看见街心花园，到处是狗。
有一条长椅，野生烟草开花。
我看见绳圈里有一小捆堇菜，
而您，夫人，我看见您披着一绺绺卷发。

垂下悲哀的视线，
我看见平针织的浅蓝色海角，
两只单薄的小艇，它们的皮沿条。
每一只上有一个蝴蝶结，好像小小的艏三角帆。

而上面（哦，天上悦耳的竖琴声!）
是像水手服上衣一样有条纹的围巾
和波浪，永远不会合拢的波浪，
我宁愿在那波浪里溺死。

而两条眉毛，像美丽小鸟的双翼，
在目光的上方，目光在辽阔的世界
没有界限，不论向前还是向后，
让神都能看得到。

夫人，如果真的存在心
和目光（发亮、分散
和折射）的联系，我乐意相告：
您的这种联系没有障碍。

夫人，这比天光更大。
因为在极地哪怕一百年
没有星星也能忙这忙那。
因为生命就是吸收光。

不过您的心，不如说——您的目光
（仿佛灵巧的手指——一种物体，目光）
产生情感，而心的光
赋予情感以形式。

（字迹模糊）

而在您脚边的这个玻璃瓶里
有证据足以说明，我已溺死，
就像宇航员沉没于行星之间，
您能找到的一切都已不复存在。

在瓶颈里迎接您的想必是悲伤。
见到邮票——并熟记
于心——您才会完全平静下来。
而在海底等着您的是与我的相逢！

夫人！为了排解偶尔袭来的愁闷，
Bottoms up！——弗林会这样说。
尤其是世界在这绿色的玻璃里
就像在《海盗》里一样纤毫毕现。

（字迹模糊）

您就想起我吧，夫人，
在看到向您汹涌而来的海浪的时候，
在看到诗行的激流和诗句的声音
波涛般向您汹涌而至的时候……

大海，夫人，这是某人的言语……
我不能保养听觉和胃：
我醉了，言语充满了……

（字迹模糊）

您看见海浪就想起我吧！

（字迹模糊）

成双的韵脚所给予我们的，我们
便还之以日子的形式。
比方说，给予的是积雪的日子……
只有死神，夫人，才不欠债。

（字迹模糊）

猫坐在台阶上，
红腹灰雀对它说了什么呀，
还直勾勾地看着它？
“我以为你不会来。Alas!”

1964年11月
诺林斯卡亚村

70. 献给奥古斯塔的新四行诗

Ⅰ

星期二，九月的开始。
雨下了一整夜。
所有的鸟儿都飞走了。
只有我这样孤单而勇敢，
甚至不看它们离去的方向。
寒冷的苍穹销声匿迹。
雨透出微弱的光线。
我不需要南方。

Ⅱ

这时，被活活埋葬
的我在暮色中徘徊于庄稼地。
我的靴子踩碎泥土
（星期四我心情急躁），
而割下的秸秆往上钻，
几乎不觉得疼。
而柳树的枝条
把浅粉色的角扎进
解除警戒的沼泽地，
发出沙沙声，掀翻了
红尾伯劳的窝。

Ⅲ

你啪嗒、咕唧，冒水泡、簌簌作响吧。
我不会加快自己的脚步。
把只有你才知道的火星

熄灭、消除吧。
冻僵的手捂着臀部，
我步履艰难地从土堆走向土堆，
没有记忆，只有脚板
踏在石头上的什么声音。
俯向黑暗的溪水，
我惊恐地看着。

Ⅳ

也好，就让我的眼睛里有了
茫然若失的阴影，就让湿气渗入
我的大胡子，而鸭舌帽——歪戴着的——
为这黑暗加冕，得到反映，
好像灵魂不可逾越的
那条线——
我已经不追求
遮阳帽檐、小纽扣、立领，
不追求自己独特的靴子、独特的衣袖。
只是心跳突然加剧，发现
我在哪里被戳成重伤。一股寒气
袭上我的胸口，使我心跳加快。

Ⅴ

水在我的面前呜咽，
严寒透入口腔。
不然就说不出话：面孔有哪点
不好，而要走偏有悬崖峭壁
的地方？
我的嘲笑不公正，
惊扰了沼泽地的昏暗小径。
阵雨撕碎了黑夜。

而我的第二个形象，作为人
逃离微红的眼皮，
跳上海浪，
行驶在松树下，然后在柳条下，
和其他相同的人混在一起，
这是我从未有过的境遇。

Ⅵ

你发出啪嗒声和咕唧声吧。咀嚼腐朽的桥。
让激流围绕乡村教堂，
吮吸十字架的油彩。
但即使这样，也不能给沼泽地
的草尖增添一点绿色……
践踏烘干房，
在还算茂盛的树叶间大发脾气吧。
沿着树根闯入深处，
在那儿的土里，就像在我的心头这里，
唤醒所有的幽灵和死者吧。
就让他们冲出角落，
沿着庄稼地奔向空寂无人的乡村
向飞来的日子发出信号，
像稻草人的帽子一样。

Ⅶ

这里在丘陵，在空荡荡的天空，
在只通往树林的途中，
生命离开自己，
惊讶地望着四周
喧哗的形体。而树根
钩住靴子发出唦唦声，
而村子里的灯火都已熄灭。

于是我在无主的土地上徘徊，
向无生界请求租房。
于是风刮走我手里的温暖，
而树洞在我的上方发出拍溅的水声，
而小径的污泥在编着绦带。

Ⅷ

是的，这里好像真的没有我。
我在旁边的什么地方，在船舷之外。
茬子竖起来往上长
像死尸上的毛发，
而在草丛里突出的鸟窝上
蚂蚁纷乱地忙碌着。
照例，大自然以往年的风姿
舒展开来。不过这时它的容貌——
即使沐浴于落日余晖——
还是无意中变得凶恶。
我所有的五觉都在
排斥树林：
不，天哪，眼里有帷幕，
我不能成为审判员。
要是——该我倒霉——
我还是不能与自己商妥，
你，上帝，砍了我的手吧，
就像芬兰人因为偷窃而被砍手。

Ⅸ

朋友波吕杜克斯！这里一切都融为一个斑点。
我的嘴里不会冒出呻吟的声音。
我穿着敞开的大衣
世界穿过筛子落入我的眼睑，

穿过筛子迷惘的筛子。
我有点聋，我，上帝啊，有点瞎。
听不见话语，还有整整 20 瓦
的月光。就这样了。我不在
天上开辟星际和雨滴间的航线。
让回声在树林里传播
的不是歌声，而是咳嗽声。

Ⅹ

9 月。夜。整个社会是——一支蜡烛。
不过阴影还是从肩后看着
我的叶子并在破烂的根里
乱刨。而你的幽灵在穿堂里窸窣作响，
弄出阵阵水声，
在猛然敞开的门口
露出星光般的微笑。

Ⅺ

我上方的灯光渐暗。
水流淹没了足迹。
是呀，心越发急切地向你奔去，
因而它——越来越远。
而我的声音里有了更多的矫揉造作。
不过你把这视为对命运的义务吧，
而命运不需要鲜血
和伤人的秃针。
要是你在等待微笑——等一下！
我会微笑。对经久耐用胜似
坟墓的家自嘲的微笑，
对炉子的烟囱轻于炊烟的自嘲。

XII

欧忒耳佩，是你？我闯到那里来了，啊？
这里凡是在我脚下的东西：水，草，
石楠竖琴一侧的突出部，
而突出部弯成那样的马蹄铁形，
使人好像有了幸福感，
那样的形状，也许
像从奔跑改为溜蹄步
太快，以致气息吁吁，这些
不论你还是卡利俄珀都不知道。

1964 年

71. 容器里的两个小时

我寂寞，没有……
　　　　普希金。

I

我是反法西斯主义者和反浮士德者。
撇开他们的生活，我崇拜混沌之神。
想要他们的生物研究所，
贴近地了解浮士德。

II

不屈从波兰的宣传，
他在克拉科夫思念法特兰德，
梦想哲学钻石
又怀疑自己的才能。
他从地上捡起妇女的手帕。
他醉心于性问题。
在高校球队里打马球。

他研究打牌手册，
也尝过笛卡尔主义的甜头。
后来钻进自我中心主义
的自流井。克劳塞维茨
所擅长的战斗计谋，
也许他并不了解，
因为他的师傅是细木工。

疫情横行，猛烈发作的有

青光眼、鼠疫、霍乱和结核病。
他以烟熏自救。
吉卜赛人或摩尔人吸引了他。
后来他行贿当上了学士，
后来获得教习的桂冠，
向大学生们大谈："寒武纪……恐龙……"

德国的人，德国的智慧。
尤其是我思故我在。
日耳曼民族，乐音绕耳。
（耳边响起熟悉的维也纳华尔兹舞曲。）
他平静地告别克拉科夫，
乘上敞篷马车匆匆赶往
讲台，再要清白的杯子盛的啤酒。

Ⅲ

乌云中闪着一弯新月。
一本厚重的书。它旁边有一名男子。
浓眉间有一条黑色的皱纹。
眼里是——裹着阿拉伯花边的妖邪。
手里是颤悠悠的黑色石笔。
在角落里端详他的侧影的是
阿拉伯的代表破坏者-伊本-说谎者斯特。

烛光辉煌。耗子在壁橱下折腾。
"博士，夜深了。""来了，就好，就好……"
两张黑色的大嘴在叫："喵呜。"
女犹太人从厨房里悄然走了进来，
煎乳蛋饼夹咸肥猪肉在她手上嘶嘶作响。
博士在信封上写着地址：
"上帝惩罚英国吧，伦敦，弗朗西斯·培根"。

思想、恶魔来了又走了。
宾客、岁月来了又走了……
后来想不起那衣衫、话语、天气。
岁月就这样不露声色地来。
他会阿拉伯语，却不会梵语。
嗨，他很迟才发现了
那样的一个玛格丽特。

于是他往开罗打报告，
在报告中他拒绝把灵魂交给恶魔。
破坏者来了，还换了衣裳。
他照了照镜子，确信
如今是永远再世为人了。
他捧起花束向少女的小客厅
出发。温文有礼。

Ⅳ

知道他们的底细。我。他们的真相。
要请求他们不要在这里看到罪恶。
你暗示，他爱着那些卖花女？
你了解他们通信的日期。
不过这种勾当无可厚非。
你很清楚，这很正常：
灵魂和心会自然流露。

期待人类的称赞是徒劳。
“停下吧，瞬间，你多么美好”。
魔鬼时刻在我们之间徘徊，
就等着这句话。
然而人类有顾虑，
对强烈的感情缺乏自信，

于是经常撒谎，像灰色的骟马，
却又像歌德一样，不会有破绽。

歌德的作品有笔误，
把全部情节归结为加纳人的冒险。
于是托马斯曼放弃自己的预订。
而古诺先生诱惑自己的女演员。
艺术就是艺术就是艺术……
不过在天堂唱歌好于在音乐会上跑调。
艺术有情感真实的要求。
终究他会怕死。
他确知，鬼会从哪里突然出现。
他在伊本-西那和盖伦方面吃了一只狗。
他能抽干膝部的积液。
能指出圆木的树龄。
他知道星星的轨迹消失在何方。

可是浮士德博士不知有上帝。

V

有神秘主义。有信仰。有上帝。
他们之间有差异。也有统一性。
对一些人有害，拯救另一些人的肉体。
没有信仰——有目如盲。更多的是——卑鄙下流。

上帝往下看。而人往上看。
不过，兴趣各不相同。
上帝有局限性。是的。而人呢？
而人，应该说，有局限性。

人有自己的天花板，

一般都不太牢靠。
不过献媚者在心里会找到一席之地，
而生命眼看就过不了鬼门关。

浮士德博士就是这样。这样的有
马洛和歌德，托马斯·曼和大批
歌唱家、知识分子等等，唉，
读者处于另一个阶层的氛围。

一股激流冲走他们的足迹，
他们的玻璃管——他们的思绪、桎梏……
但愿上帝让他们来得及发问："去哪里呀?!"
并且听见缪斯在后面大声说了什么。

诚实的德国人自己知趣，
不等别人向他提出要求。
他从暖和的裤子里掏出手纸
永久地走进了厕所——自杀的地方。

Ⅵ

弗洛因利埃涅，您说，这是您的"尹库布斯"?
尹库布斯是个小地球仪。
约翰·歌德提出了一个谜！
这都是尹库布斯的那些凶恶的鹤，
轻盈地飞出魏玛的浓雾，
直接从口袋里夺去钥匙。
即使是爱克曼的机敏也救不了我们。
我们现在已陷入绝境。

真正的精神使命是有的。
而神秘主义在完成使命的尝试中

是失败的象征。否则
就不值得这样讨论使命问题了。
你知道，天花板紧挨着屋顶。
更多的是史诗，是人——尼采。
我在回忆壁龛里的圣母，
端上床的丰盛的早餐。

又是泽普坚贝尔。乏味。月圆之夜。
靠脚的一头平庸的女巫在唧唧咕咕。
而在枕头下我放了一把劈柴的大斧子……
此刻要是来点儿烧酒……这……奢望！
亚沃尔。泽普坚贝尔。性格变坏了。
发出轰隆声的拖拉机在田野空转。
这就是生活和《人民观察家》。
冷眼旁观，这是我的态度。我，冷眼旁观。

1965年9月
诺林斯卡亚村

72. 在旷野扎营

现在列宁格勒的希腊人那么少，
所以我们拆了希腊教堂，
要在空地上建造
音乐厅。这样的建筑
少点儿美好的前景。不过，
有一千多个座位的音乐厅
也并不那么令人失望：这是一座殿堂，
而且是艺术殿堂。怪谁呢，
声乐技巧竟然比信仰的旗帜
吸引着更多的观众？只可惜
现在我们从远处
看到的不是正常的穹顶，
而是不成体统的平面线条。
不过说到建筑物结构不成体统，
那么人并不着眼于此，
而往往着眼于不成体统的结构。

我清楚地记得，教堂是怎样拆除的。
是在春天，而那时我恰巧在
走访住在附近的一个
鞑靼人的家庭。一看
窗外就是希腊人的教堂。
一切都从鞑靼人的谈话开始；
后来谈话就受到一种声浪的干扰，
起先与话语声交融在一起，
不过很快就——淹没了话语声。
一辆挖土机驶入教堂的小花园。
吊杆上挂着铁锤。

墙壁开始慢慢地屈服。
不屈服才怪呢，假使你
是一堵墙，而在你面前的是——破坏者。
何况挖土机可能认为
墙是无生物，
在某种程度上类似于
它自己。而在无生物世界
照例不会彼此还击。
再说了——那里还聚集了自卸卡车、
推土机……有一次很晚的时候
我坐在教堂壁龛的废墟上。
在教堂塌陷的地方露出了夜色。
于是我——通过教堂的这些窟窿——
看着驶走的有轨电车、
一行昏暗的路灯。
一般在教堂里看不到的东西，
现在我却能通过教堂的棱镜看到。

等我们不在了，准确地说——
在我们身后的某个时候，我们的地方
又出现这样的一些事，
凡是认识我们的人都会大吃一惊。
而认识我们的不会太多。
正是这样，狗总是按原有的记忆，
在老地方跷起一条腿。
围墙早已拆除，
可他们想必还在想念围墙。
他们的幻想把现实一笔勾销。
也许土地还保留着一种气味：
柏油路克制不了狗尿的气味。
而对他们来说，这不成体统的宫殿算什么！

他们要的是这里的小花园，对你们说吧——小花园。
人们觉得这是显而易见的，
狗却漠不关心。
这就叫作：“狗的忠诚。”
如果我有机会严肃地
谈起世代相传的柏油路，
那么我只相信这条柏油路。
不如说只相信那些能感觉到气味的人。

现在列宁格勒的希腊人那么少，
一般地说，在希腊境外都很少。
至少为了保护
信仰设施就觉得人不够，
谁也不要求他们信仰
我们的设施。应该说，
给民族画十字是一回事，
而戴十字架就完全是另一回事。
他们有一个天职。
却未能履行。
未耕的田地杂草丛生。
“你，播种者，要保管好自己的木犁，
而我们决定，我们何时收割”。
他们没有保管好自己的木犁。
今夜我望着窗外
在想，我们来到了哪里？
我们离什么更远：
是离东正教还是希腊化时代？
我们亲近的是什么？那里，在前面的是什么？
现在有另一个时代在等待我们吗？
若是，我们共同的责任又是什么？
而我们应该为这个时代作出怎样的牺牲？

1966 年

73. 再见，韦罗妮卡小姐

I

要是我在母鸽的羽翼下死去，
这是完全可能的，既然绞肉机
成了小国的奢侈品——
经过很多策划后
玛尔斯迁移到离棕榈更近的地方，
而我本人不会用手指头触动苍蝇，
哪怕是离它很远的某一点，七月——
简言之，要是我不死于枪弹，
要是我死于被窝，死在睡衣里，
就因为我属于一个伟大的强国，

II

那么过二十年，当我的子孙
不能依靠桂冠的余荫时，
就可以自己挣钱谋生，我就敢于
抛弃自己的家庭——二十年
后，由于行为乖张
而处于监护之中，我将徒步
前往药房，要是走得动的话，
为的是那里会使我回忆起
在俄罗斯的你。尽管回来拿
别人留下的东西是违规的。

III

在风气方面，人们认为这是一种进步。
二十年后我来拿安乐椅，

你曾坐在我面前的这把安乐椅上，
那一天正是基督的肉身
在十字架上蒙受磨难的日子——
复活节的第五天你双臂
交叉地坐着，像厄尔巴岛上的波拿巴。
柳枝在所有的十字路口闪着白光。
你的双手交叠在绿色的连衣裙上，
不愿冒伸出双手投入拥抱的风险。

Ⅳ

这个姿态，在极友好的情况下，
对我们的生活而言，是最美的宝石雕刻。
而且这个雕刻绝非凝然不动。这是——
我们意中人的封神仪式。
以质朴的安静代替温顺。
即基督教的新形式，其
责任是珍惜和捍卫
那些人，他们想必甚至
在加百列带小号来的时候
也能继续以自己作为死的话题！

Ⅴ

先知们通常是不健康的。
预言家大多有残疾。总之，
我不比纳左诺夫·卡尔哈斯更有眼力。
因而——预言等于把仙人掌
或狮子嘴送到护脸铠甲跟前。
等于按布拉伊利的方法学字母。
毫无希望。学习的对象至少，
好像在你身上触摸，世间称
这种事少之又少。

你的祭品是怎样的，神谕也就怎样。

Ⅵ

你，毫无疑问，会原谅我这种
小丑的腔调。这是最好的方法，
拯救强者的感觉免于弱势群体
介入。希腊的假面原则
重新流行。因为在我们的时代
强者正在灭亡。而弱者之辈在分散地
或整批地繁殖。
今天你就接受我对达尔文学说
理论附言那样，
接受这一新的弱肉强食的真理吧。

Ⅶ

经过二十年——因为回忆
不复存在的东西较易，而从外面
以某种别的东西补充这个空白较难。
因为缺乏法制更糟，
比起你——新的果戈理的缺席，
我能看个够，公然地看，尽情地看，
没有后顾之忧，没有以前的顾忌，——
像复活节的幻灯那样
在龙头的流水声中使空荡荡的安乐椅靠背
更有生气，像屏幕上的油画一样。

Ⅷ

我们的过去伟大，将来——平淡无奇。
因为对空荡荡的安乐椅的需求不多于
对你的需求，她曾坐在安乐椅上，静于加尔达湖，
双手交叠，正如我在上面所写的那样。

不过，总计我们拥抱的日子
远少于把张开的双手钉在十字架上的日子。
以致瘸腿歌手现在的这个
发现，在 1967 年的受难周
在我面前似乎显现为对本世纪
90 年代的飞跃的否决。

Ⅸ

要是那只鸟儿不救我，
就是说，要是它不下蛋，
在这没有阿里阿德涅的迷宫里
（因为死有不同的死法，
敢于预料这些形式——也是一种气魄）
我依旧孑然一身，唉，我有幸像
霍乱、告密、发配到集中营去——
那么只要拉撒路复活
不是谎言，我就自己复活。
你知道吗，这样我就能更快地接近安乐椅。

Ⅹ

不过，操之过急是愚蠢和罪过。*Vale！*
即不必这么匆忙。未必
以毁灭来威胁坚固的安乐椅。
因为在我们东方，家具
要连续为三代人服务。
我还排除火灾和盗窃。
更可怕的是在收拾屋子的时候可能
混淆家具和一堆杂物。在这种情况下
我甚至想砍出记号，
预先描绘一群母鸽和雏鸽。

XI

听凭现在像蜂房的蜂群一样盘旋，
沿着桌子和椅子的共同轨迹，
让你的安乐椅盘旋于夜间的饭厅。
烙印不是耻辱，而是新的天文学的
基础，这——让我们转为耳语吧——
证实了军队监狱的经验：
凡上打上烙印的——都是对生者和死者
的世界的坚定观点的来源。
所以我决不像观望相似的面庞那样，
怀着尤利西斯的乡愁观望这样的安乐椅。

XII

我——不是圣物的收集者。想一想吧，要是
这篇言语长了点，关于安乐椅的谈话
只是向其他领域渗透的幌子。
因为任何伟大的信仰
留下的照例只是实力。
你就这样评判爱的力量吧，假如你今天
触及某些事物，
我就使之变成——在你生前——圣物。
你看：证明这些风尚的
不是歌手的伟大，而是他的国家强大。

XIII

俄罗斯之鹰失去了皇冠，
现在与乌鸦相似。
不久前高傲的鹰鸣
现在变成了发音不清的隆隆声。
这是雄鹰的暮年，或恐惧的嗓音，

恐惧转变为结果、成为权力的回声。
于是爱情之歌——稍微沉寂。
爱情——帝国的感情。你就是
这样，俄罗斯，幸而，
与你交谈，不可能有别的方式。

XIV

安乐椅站在那里，吸收前厅的
温暖空气。龙头流出的水
一滴又一滴落在立管里。灯下的
闹钟在持重地嘀嗒作响。光线
均匀地落在空空的墙上
和窗口的鲜花上，鲜花的影子奔向
窗框外，延长房间。
于是一切在一起构成一幅画
眨眼间在远处，也在近旁，
都像我们之前一样。也像以后一样。

XV

祝你晚安，也让我——不要失眠。
祝我的国家晚安，以便国家如愿地
从那里清理与我的旧账，
在那里借助于俄里或简单的奇迹
你就会变为邮址。
树在窗外喧嚣，而屋顶的轮廓
形成昼夜的分界线……
在静止的遗骸中，有时理智
会像打开炉门一样打开手上的闸门。
于是手中的笔跟在你的后面跑着追赶。

XIV

赶不上！……因为你像云彩。

就是说，少女的容貌，对男人来说，
当然是灵魂中的偶像。不是吗，缪斯？
在这里是原因和死的结盟。
因为灵魂——是没有肉体的。那又怎样。你
离我更远了。赶不上！……临别
伸出你的手吧。为此也要感谢你。
我们的分手何等庄严，因为
我们要永久地中断联系了。齐特拉琴的琴音渐渐消失。
永久地消失，不是话语，而的确是数字，
某些人的数字“0”，在我们长满青草时，
就会绰绰有余地超过时代和世纪。

1967 年

注释

“对作品……的解释，
解释其中比较难以理解的地方，
专有名词，
隐喻和双关语，
而它们的真正涵义唯有作者才知道；
还有对附属的图片的说明
以及写作期间所发生的趣闻轶事”[①]。

Con orrore
La poesia rifiuta
Le glosse degli scoliasti.

Montale

我在自己的生活、行为中的出发点向来是——会有什么结果，那就来什么结果吧。后来——既然语法上总是有将来时——的一切，总而言之，都会或多或少地各得其所。至少是在我出版自己的小册子方面。不过我对此怕得要命，因为我能想象，甚至最杰出的人们会在那时干出什么事来，甚至是出于最美好的动机。于是将会出现多么混乱的局面啊。因为最可怕的莫过于死后的注释，无法想象。

布罗茨基

注释者肯定地说，对现象的正确理解和不正确的理解是互不排斥的……作品本身是不变的，因而对它的注解乃是绝望的表现。

卡夫卡

---

⑰ 杰尔查文在其文集之前所写。

本书的构成[173]

和近代的大多数俄罗斯诗人不同，布罗茨基在很大程度上是“离散的”创作者，不大倾向于系列化，但诗集的结构是他的艺术实践的一个重要的因素。作品的偶然组合和排序是他拒绝承认诗集《抒情诗和叙事诗》（Washington D. C.；New York：Inter-Language Literary Associates，1965）的原因之一，它是在未经他同意的情况下出版的。布罗茨基本人或在他的监督和积极参与下选编的六部诗集以俄语在美国出版：

《在旷野扎营》（Нью-Йорк：издательство имени Чехова，1970）；

《美好时代的终结》（Ann Arbor，Michigan：Ardis，1077）；

《言语的一部分》（Ann Arbor，Michigan：Ardis，1988）；

《献给奥古斯塔的新四行诗》（Ann Arbor，Michigan：Ardis，1983）；

《乌拉尼亚》（Ann Arbor，Michigan：Ardis，1987）；

《洪水泛滥的景观》（Dana Point，California：Ardis，1996）。

在美国境外出版的俄语作品中只有四部新诗集也是在作者的

---

[173] 列夫·洛谢夫要在“诗人文库”出版布罗茨基诗歌的多年工作未能完成。他的工作的中断发生在与约瑟夫·布罗茨基遗产管理基金会（下称Фонд）协商的阶段，涉及的问题是诗集最后一部分（《未收入诗集的诗》及其注释的最终文本）。

遗憾的事，尽管洛谢夫原则上同意基金会所要求的修改，却没有表示完全赞同对注释的更正：他的猝死恰巧发生在协商的过程中。因此我们写入的细小的更正便缺少补充说明，而在基金会认为有必要作详细补充的地方，这些补充说明便放在脚注里并标明：“Фонд 注”。——编者注。

参与下选编的：

《蕨的注释》（Bromma，Sweden：Hylaea，1990）；

《山岗上远眺》（Stockholm：Hylaea，1993；印数 25 册）；

《卡帕多季娅》（丛刊《彼得罗波尔》附录，《彼得堡独奏曲》丛书，第 10 辑，СПб.，1993）；

《在亚特兰大郊区。新诗选》（СПб.：Пушкинский фонд，1994）。

不过，布罗茨基以这四部诗集和增补的新作为基础选编了他的最后一个集子《洪水泛滥的景观》，以最后的形式呈现了他在 1987—1995 年的创作。因此在美国出版的六部诗集为这个版本奠定了基础。

在专门的一章《未收入诗集的诗》中加进了几篇文章，了解这些文章对了解布罗茨基创作的演变和世界观的发展是至关重要的。这些文章经作者同意已在文集中发表（《约瑟夫·布罗茨基文集》，初版 1—4 卷，СПб.：Пушкинский фонд，1992—1995；再版 1—7 卷，СПб.：Пушкинский фонд，1997—2002）。文集经诗人继承人允许还发表了作者未预定要发表的几篇文章。将它们编入本书相应的注释是有充分理由的。

没有入选本书的布罗茨基的绝大部分诗作（主要是内容广泛的 juvenilia，即少年时代习作以及译作、儿童诗和“应景”诗、用英语写的诗和本人诗作的英译）都发表于《约瑟夫·布罗茨基文集》。

正文载入了作者在文集筹备期间对作品所作的修正和改动，校正了不曾发现的印刷错误以及几处外语姓名和称谓的音译转写错误。除了标点符号和印刷错误的纠正之外，作者和编者所作的一切修正均在注释中附带说明[174]。

注释的结构

在涉及单独的诗集的六个部分中，每个部分的开头都提供该诗集的出版简史及其组合和批评界主要反应的简介。

每首诗的注释在标题后提供初次发表的信息（如果作品在同一年发表了两个以上的版本，则一一加以说明），要是有改变的话，概述该作品此后的变化，然后，若有草稿和手稿本，则提供其所在地的信息。在某些情况下，涉及短诗或叙事诗的创作过程，作品的典型特点和批评界的反应对理解作品具有极重要的意义，则提供引导性的简短报导。

简短报导之后是按诗行的注释。有献辞时，则提供有关献辞对象的信息。献辞中某些姓名的首字母未作解释。注释基本上分为两类。（1）切合实际的注解——解释不合规范的词语和说法，姓名和称谓，概念和事实，这些东西未必会纳入有教养的读者的积极的知识储备，并辩别直接引语和隐蔽的引语的同一性，说明它们在该作品中的作用。（2）跨越，布罗茨基——一位罕见的自我跨越的作家，就是说，他习惯于变异、对立，有时又甚至在相隔多年的不同作品中直接重复同样的形象、主题、箴言、双关语

[174] 着重搜集的诗作原文取自上述“Ardis”出版社出版的诗集，布罗茨基曾积极参与这些诗集的出版工作。1996年列夫·洛谢夫与亚历山大·苏梅尔金共同校订了这些诗集，采用了作者的最后的修正，改正了所发现的印刷错误。经过校订的文本首先被普希金基金会和“Слово/Word”出版社于2000年再版的Ardis版诗集所采用。与这些文本相比，如前所述，编者对现在这个版本作了注释中所指出的一些无足轻重的补充修改（Фонд注）。

等；跨越的使命是帮助读者把诗人所写的一切看作完整统一的作品。在指明思考的来源或争论和讽刺的对象的同时，跨越就勾画了布罗茨基诗歌世界的一种示意图，它必然会把编年史的成分也包含在内。这样就有可能跟踪诗人从初期到晚年在精神上的奥德修斯历险记。

我们根据自己和其他读者的经验得知，时而会在布罗茨基的作品中碰到"模糊不清的地方"、费解的暗示、隐喻等。只是在这种情况下，注释者才提供自己的解释或引用其他评论家所发表的著作。

如果我们拥有布罗茨基本人的注释，就在这里引用。如果引用布罗茨基的话而不注明出处，那么引文就是基于同布罗茨基相知三十余年的本书注释者的回忆。外语引文若不注明译者，则是本书注释者所译。

作品的史料

本书不是科学院的版本；我们在个别作品创作史领域的研究是很有局限性的。不过我们会指出现存的手稿及其所在地，如果我们知道的话。在特殊的情况下，要是这在实质上有助于对最后文本的理解，我们会援引档案馆的文献资料。

大卫·麦克菲登（MacFadyen）教授用音标转写了圣彼得堡俄罗斯国家图书馆（РНБ）手稿部的数据，并亲切地提供给我们，还有按 РНБ 目录查找的引文出处。本书注释者研究了布罗茨基在纽约的家庭档案室的数据，布罗茨基的继承人准许注释者使用未经整理和编目的档案。工作结束后不久，布罗茨基在美国的档案资料便移交耶鲁大学贝尼克图书馆（Beinecke Library）

永久收藏[175]。

参考资料和图书索引

图书索引的基础是《约瑟夫·亚历山德罗维奇·布罗茨基/Joseph Brodsky：A Descriptive Bibliography 1962—1996》，作者托马斯·比奇洛（Thomas Bigelow；承蒙作者以手稿相赠）和《约瑟夫·布罗茨基。1962—1996 年俄语资料索引》，修正增补第 2 版［但并非没有错误——洛谢夫］。编者 А. Я. 拉皮杜斯，СПб.：俄罗斯国家图书馆，1999。

《约瑟夫·布罗茨基诗歌作品索引》对注释者非常有益，编制者是塔季扬娜·帕捷拉，她很早就以手稿相赠（现已出版：A Concordance to the Poetry of Joseph Brodsky. Books 1 - 6. Lewiston，N. Y.：The Edward Mellen Press，2003）。

致　谢

仅仅说这些注释在很多方面要归功于 В. Р. 马拉姆津，是不够的。没有 В. Р. 马拉姆津在 1971 年至 1974 年忘我而高度专业化的工作——搜寻和收集布罗茨基的手稿，确定最后的定本和写作日期，并注释作品——那么不仅这些注释不可能有，而且布罗茨基的很多作品就会永远失传。私自出版的五卷本布罗茨基文

[175] РНБ 中的布罗茨基全部档案的编目工作完成于 2006 年。贝尼克图书馆的布罗茨基档案目录的编制也已结束；大部分手稿的登录是在 2008 年夏完成的。本书编者利用布罗茨基档案，不是根据档案所在的 РНБ 和贝尼克图书馆，因而只笼统地提及引文的某个档案，而不注明后来编制的目录（Фонд 注）。

集，众所周知，这是马拉姆津汇编的，编者为此而付出了被捕、坐牢和被逐出国境的代价，这个版本过去是、现在仍是以后所有版本的基础。它得到了作者的认可。1972年马拉姆津经常就创作史和作品写作年代问题，以及有争议的问题走访诗人。1980年笔者应纽约Rrussica出版社之约编辑三卷本布罗茨基文集（未果）。在编辑过程中与布罗茨基一起重新审阅了所有收入“马拉姆津汇编本”的诗，并再次得到他的认可。B. P. 马拉姆津是本书注释的细心的读者和批评者。

参与准备马拉姆津的汇编的人之中有布罗茨基的两个朋友，语文学家Я. A. 戈尔金和M. Б. 梅拉赫。他们的宝贵建议我在编写本书时也采纳了。诗人的朋友们慷慨地与我分享了文献、资料和回忆，他们是：M. B. 阿尔多夫，M. H. 巴雷什尼科夫，M. C. 别洛姆林斯基，П. Л. 魏尔，托马斯·文茨洛瓦（Venclova），凯斯·韦尔海尔（Verheul），Г. И. 金兹堡-沃斯科夫，H. E. 戈尔巴涅夫斯卡娅，席尔瓦那·达维多维奇（Da'Vidovici），И. M. 叶菲莫夫，拉姆纳斯·卡季留斯（Katilius），乔治·克莱因（Kline），H. П. 洛谢娃，季阿娜·迈尔斯（Myers），罗伯特·摩根（Morgan），玛尔戈·皮肯（Picken），杰伊姆斯·赖斯（Rice），E. Б. 赖恩，B. И. 乌弗良德，韦罗妮卡·希尔茨（Schiltz），边格特·扬格菲尔德（Jangfeldt）。注释的读者，会一再地看到B. П. 波卢欣娜、A. E. 苏梅尔金和亚德维加·希马克-赖费洛娃（Szymak-Reiferowa）的著作的引文；这些布罗茨基著作的杰出鉴赏家们的信件、电话、电报为注释者带来了无价的资料。B. Э. 库勒和大卫·麦克菲登（MacFadyen）大度地让我了解他们的资料以及已发表和未发表的研究成果。A. Ю. 阿里耶夫、A. A. 格尼斯、约翰·

科佩尔（Kopper）、Г. М. 克鲁日科夫、М. О. 丘达科夫、巴里·舍尔（Scherr）等人都一再提供文学史或传记数据，帮助我们摆脱困境，我们在注释的正文中是怀着感激的心情提到他们的姓名。

没有A. C. 库什涅尔作为"新诗人文库"系列的主编在1966年建议我从事此项工作（当时他和我都没有想到，这个项目要到下一个千年才终于完成），这件事就根本不会开始。我得到了我工作的学校（Dartmouth Senior Faculty Grant，1997）以及银鳕基金会（Whiting Travel Grant，1997）和古根海姆纪念基金会（Guggenheim Fellowship，2000）的大力支持。没有布罗茨基的遗孀玛丽亚·布罗茨卡娅和接受布罗茨基的委托管理他的文学遗产的恩·舍尔贝格的经常的友好合作，要把这个项目执行到底是不可能的。

我要用布罗茨基喜爱的作家之一帕斯卡利的话对所有人说：

> "在谈到自己的劳动成果时，有些作者爱说：'我的书，我的注释，我的经历。'他们很像那些暴发户，购置了自己的房子，便不停地说：'我的别墅。'最好还是说：'我们的书，我们的注释，我们的经历'，——因为那里面别人的东西往往多于他们自己的东西。"

（但错误和缺点全是我的）。

列夫·洛谢夫

2008年3月26日

文献和采用的缩写

引自尽人皆知的经典文学作品的引文均注明作者名、书名和日期，而不注明版本，例如：托尔斯泰，《伊万·伊里奇之死》(1886)。

文集的手稿和自费出版物

MC — 马拉姆津汇编，B. P. 马拉姆津自费出版的布罗茨基文集，1972—1974。

РНБ — И. А. 布罗茨基档案，保存在圣彼得堡俄罗斯国家图书馆手稿部（Фонд. 1333）。

Beinecke — 美国耶鲁大学贝尼克图书馆。

索 引

Указатель 1999 — 约瑟夫·布罗茨基。1962—1995 年俄语文献索引，修正增补第 2 版/编者 A. X. 拉皮杜斯。СПб.：俄罗斯国家图书馆，1999。

Bigelow — *Thomas Bigelow*. 约瑟夫·亚历山德罗维奇·布罗茨基。Joseph Brodsky. A Descriptive Bibliography，1962－1996（手稿）。

Patera 2003 — *Tatiana Patera*. A Concordance to the Poetry of Joseph Brodsky. Books 1－6. Lewiston，Queenston，Lampeter：The Edwin Mellen Preess，2003.

约瑟夫·布罗茨基的俄语作品

Бродский 1999 — *Иосиф Бродский*. География зла//Литературное обозрение. 1999. №1. [写于1977年]。

БСВ — *Иосиф Бродский*. Бог сохраняет все. М.: Миф, 1992.

ВОА — *Иосиф Бродский*. В окрестностях Атлантиды. Новыв стихотворения, СПб.: Пушкинский фонд, 1995.

ВП-4 — Воздушные пути [альманах]. 1965. №4.

ВП-5 — Воздушные пути [альманах]. 1967. №5.

Волков 1998 — *Соломон Волков*. Диалоги с Иосифом Бродсйим. Издание 2-е, дополненное. М.: Независимая газета, 1998[176].

Интервью 2000 — *Иосиф Бродский*. Большая книга интервью/Сост. Валентины Полухиной. М.: Захаров, 2000.

К — *Иосиф Бродский*. Каппадокия. Стихи. СПб.: Приложение к альманаху «Петрополь», 1993.

КПЭ — *Иосиф Бродский*. Конец прекрасной эпохи. Ann Arbor, Michigan Ardis, 1977.

Крайнева, Сажин 1989 — *Н. И. Крайнева, В. Н. Сажин*.

Из поэтической перёписки А. А. Ахматовой//Проблемы источинико-ведческого изучения истории русской и советской литературы. Л.: Публичная библиотека им. Салтыкова-Щедрина, 1989. (Письма Бродского к А. А. Ахматовой.)

НСКА — *Иосиф Бродский*。Новые стансы к Августе. Ann Arbor, Michigan: Ardis, 1983.

---

[176] 应该指出，这本书是在布罗茨基去世后出版的，虽然基金会要求提出证据，说明修改过的文字是经过布罗茨基审阅的，并提供录音，以证明其真实性，这一请求未能得到满足（Фонд 注）。

ОВП — Иосиф Бродский. Остановка в пустыне. Нью-Иорк: Издательство имени Чехова, 1970.

Пересечённая местность — Иосиф Бродсий. Пересечённая местность/Составитель и автор послесловия Петр Вайль. М.: Незавимая газета, 1995.

Подборка 1964 — Иосиф Бродский. Стихи: «Коньвороной» («Был черный небосвод светлейтех ног...»), «Этюд» («Я обнял эти плечи и взглянул ...»), «Рождественский романс», «Памятник Пушкину», «Рыбы зимой»//Грани [Франкфурт-на-Майне]. 1964. № 56.

ПП — Иосиф Бродский. Примечания папоротника. Bromma: Hylaea, 1990.

РС — Рождественские стихи. (Оба издания, см. ниже).

РС - 1 — Иосиф Бродский. Рождественские стихи. М.: Независимая газета, 1992.

РС - 2 — Иосиф Бродский. Рождественские стихи. 2-е издание, дополненное. М.: Независимая газета, 1996.

СИБ - 1 — Сочинения Иосифа Бродского: В 4-х т. яСПб.: Пушкиоский фонд, 1992 - 1995.

СИБ - 2 — Сочинения Иосифа Бродского: В 7-и т. СПб.: Пушкинский фонд, 1997 - 2001.

СИП — Иосиф Бродский. Стихотворения и поэмы.. Washington, D. C.; New York: Inter-Language Literary Associates, 1965.

СНВВС — Стихотворения, не включенные Авто ром в сборники.

У — Иосиф Бродский. Урания. Ann Arbor, Michigan: Ardis, 1987.

Холмы — Иосиф Бродский. Холмы. Большие стихотворения и поэмы. СПб,: ЛП ВПТО «Киноцентр», 1991.

ЧР — иосиф Бродский. Часть речи. Ann Arbor, Michigan: Ardis, 1977.

Чр - 1 — Часть речи [альманах]. 1980. № 1. Нью Иорк: Серебряный век.

ЧР - 2/3 — Часть речи [альманах]. №. 1981 - 1982 № 2/3. Нью йорк: Серебряный век.

Russica 81 — Russica 81. Литературный сборник. New York: Russica Publishers, 1982.

约瑟夫·布罗茨基的英语作品

An Age Ago — An Age Ago: A selection of Nineteenth-Century Russian Poetry/Selected and translated by Alan Myers. With a foreword and biographical notes by Joseph Brodsky. New York: Farrar, Straus, Giroux, 1988.

APOS — Joseph Brodsky. A Part of Speech. New York: Farrar, Straus, Giroux, 1980.

Brodsky 1972——Says Poet Brodsky, Ex of the Soviet Union: «A Writer is a Lonely Traveler, and No One is His Helper»//The New York times Magazine. 1972. October 1.

Brodsky and Kline 1973 — George Kline. A Poet's Map of His Poem//Vogue. 1973. Vol. 162. № 3, Seбptember.

Brodsky 1980 — Joseph Brodsky. Playing Games//The

Atlantic Monthly. 1980, June. Vol. 245. № 6.

Brodsky 1981 — *Joseph Brodsky*. Virgil: older than Christianity, a poet for the new age//Vogue. 1981. Vol. 171, October.

Brodsky 1985 — *Joseph Brodsky*. Why Milan Kundera Is Wrong About Dostoyevsky//The New York Times Review of Books. 1985. February 17.

Brodsky 1986 — History of 20th Century (a Roadshow) // Partisan Review. 1986. Vol. LⅢ. №3.

Brodsky 1992 — Interview with Rebekah Presson//New Letters. 1992. Vol. 59. № 1.

Brodsky 1995 — *Joseph Brodsky*. Remember Her//The Times Literary Supplement [London]. 1995. September 22.

CP — *Joseph Brodsky*. Collected Poems in English. New York: Farrar, Straus, Giroux, 2000.

LTO — *Joseph Brodsky*. Less than One. New York: Farrar, Straus, Giroux, 1986.

OGAR — *Joseph Brodsky*. On Grief and Reason. New York: Farrar, Straus, Giroux, 1995.

SF — *Joseph Brodsky*. So Forth. New York: Farrar, Straus, Giroux, 1988.

TU — *Joseph Brodsky*. To Urania. New York: Farrar, Straus, Giroux, 1988.

Watermark — *Joseph Brodsky*. Watermak. Ner York: Farrar, Straus, Giroux, 1992. [В русском переводе под заглавием «набережняя неисцелимых»].

关于布罗茨基的俄语评论、回忆、报导

Аист 2000 — *Татьяна Аист*. Иосиф Бродский — переводчик с китайского//Побережье [Ph iladelphia]. 2000. № 9.

Аллева 2001 — *Аннелиза Аллева*. Улица Пестеля,

27, кв. 28//Старое литенратурное обзрение. 2001. № 2.

Ардов 1997 — Михаил Ардос и др. Легедарная Ордыка. СПб.: ИНАПРЕсс, 1997.

Ахматова 1996 — Записные книжки. Анны Ахматовой (1958－1966). М.; Torino: Giulio Einaudi editore, 1996.

Бар-Селла 1982 — *Зеев Бар-Селла*. Толкования на... //22 [Рамат-ган, Израиль]. 1982. № 23.

Бар-Селла 1984 — *Зеев Бар-Селла*. Все цветы родства. (Из книги «Иосиф Бродский. Опыты чтения») 22 [Рамат-Ган, Израиль]. 1984, № 37.

Бар-Селла 1985 — Зеев Бар-Селла. Стих и трепет. (Из книги «Иосиф Бродский. Опыты чтениля») //22 [Рамат-Ган, Израиль]. 1985. № 41.

Баткин 1997 — Леонид Баткин. Тридцать третья буква. Заметки читателя на полях стихов Иосифа Бродского. М.: Российский государственный гуманитарный университет, 1997.

Баткин 1997А — Л. Баткин. Парапародия как способ выжить//Новое литературное обозрение. 1996. № 19.

Безносов 1998 — *Э. Безносов*. О смысле некоторых реминисценций в стихотворениях Иосифа Бродского//*Творчество, личность. судьба*.

Безродный 1997 — *М. Безродный*. Соловьев поединок//Новое литературное обозрение. 1997. № 27.

Битов 1996 — «Бродский на расстоянии памяти». С писателем Андреем Битовым беседует Виталий Амурский//Русская мысль. 1996, 23－29 мая. № 4127.

Битов 1997 — *Андрей Битов*. Азарт, или неизбежность ненаписанного//Звезда. 1997. № 7.

Бондаренко 2003 — *ладимир Бондаренко*. Взбундовавшийся пасынок русской культуры//Литературная Россия on-line. 2004, 31 октября. № 44. (http://www.litrossia.ru/litrossia/viewitem?item_id=19057).

Вайль 1995 — *Петр Вайль*. Пространство как метафора времени: стихи Иосифа Бродского в жанре путешествия//*жанровая клавиатура*.

Вайль 1998 — *Петр Вайль*. Последнее стихотворение Иосифа Бродского//*творчество, личность, судьба*.

Вайль, Генис 1986 — *Петр Вайль, Александр Генис*. От мира — к Риму//*Поэтика Бродскогое*.

Вайль, Генис 1990 — *Петр Вайль, Александр Генис*. В окрестностях Бродского//литературное обозрение. 1990. № 8.

Венцлова 1984 — *Tomas Venclova*. «Литовский дивертисмент» Иосифа Бродского//The Third Wave: Russian Literature in Emigration/Edited by Olga Matich and Michael Heim. Ann Arbor, Michigan: Ardis, 1984.

Венцлова 1986 — Томас Венцлова. Неустойчивое равновесие: восемь русских поэтических текстов. Hew haven: Yale Center for

International and Area studies, 1986 (Глава «И. А. Бродский, 〈Литовский дивертисмент〉»).

Венцлова 1998 — Томас Венцлова. О стихотворении Иосифа Бродского «Литовский ноктюрн: Томасу Венцлова»//Новое литературное обозрение. 1998. № 33.

Венцлова 2002 — *Томас Венцлова*. «Кенигсбергский текст» русской литературы и кенигсбергские стихи Иосифа Бродского//*Как работает стихотворение Бродского*.

Верхейл 1986 — *кейс Верхейл*. «Эней и Дидона» Иосифа Бродского//*Поэтика Бродского*.

Верхейл 1992 — *Кейс Верхейл*. Тишина у Ахматовой//Царственное саово. Ахматовские чтения. Выпуск 1. М.: Наследие, 1992.

Верхейл 1998 — *Кейс Верхейл*. «Спуститься ниже мира живых»//*Творчество, личность, судьба*.

Верхейл 1998А — Кейс Верхейл. Кальвинизм, поэзия и живопись//*Творчество, личность, судьба. 2*.

Верхейл 2000 — *Кейс Верхейл*. Пляска вокруг вселенной. : Фрагменты из книги об Иосифе Бродском//Звезда. 2000. № 5.

Виницкий 1992 — *И. Виницкий*. Отщепенец пишет оду маршалу//Учительская газета. 1992, 6 мая. № 5.

Горбаневская 1996 — *Наталья Горбаневская*. По улице Бродского//Русская мысль. 1996, 1–7 февраля. № 4111.

Гордин 1989 — *Яков Гордин*. Дело Бродского: история однй расправы//Нева: 1989. № 2.

Гордин 1995 — *Яков Гордин*. Странник//*Жаровая клавиатура*.

Гордин 2000 — *Яков Гордин*. Перекличка во мраке. СПб,: Издательство «Пушкинский фонд», 2000.

Грушко 1990 — *Павел Грушко*. «Отбросим пальмы...»// Латинская Америка. 1990. № 5.

Грушко 1990 — *Павел Грушко*. «Отбросим пальмы...»// Латинская Америка. 1990. № 5.

Егоров 1996 — *В. Егоров*. «Деревья что-то шепчут понемецки»//Страж Балтики [Калининград]. 1996, 10 февраля.

Ефимов 2000 — *ИгорьЕфимов*. Солженицын читает Бродского// Новый мир. 2000. № 5.

Ефимов 2003 — *Игорь Ефимов*. Шаг вправо шаг влево// колокол. 2000. № 3/4.

Жанровая клавиатура — Russian Literature. Special Issue: Joseph Brodsky. Жанровая клавиатура Бродского. XXXVII-II/III, 15 February/1 April 1995. Guest Editor: Valentina Polukhina. у.

Жигачева 1992 — *М. В. Жигачева*. Баллада в раннем творчестве Иосифа Бродского//Вестник Московского университета. 1992. Серия 9, филология. № 4.

Жолковский 1986 — *Александр Жолковский*. «Я вас любил...» Бродского: интертексты, тематика И структура// *Поэтика Бродского*.

Жолковский 2004 — *А. К. Жолковский*. Инфинитивное письмо и анализ текста: «Леиклос» Бродского//Поэтика исканий или поиск поэтики. Материалы международной конференции-фестиваля «Поэтический язык рубежа XX-XXI веков и современные литературные стратегии». М.: Азбуковник, 2004. С. 132-150.

Забалуев 1990 — *А. Забалуев*. коношский период поэта»//*ИБРП*.

Зимняя почта 1988 — «"Зимняя почта" — к двадцатилетию неиздания книги Иосифа Бродского//Русская мысль. 1988, 11 ноября. № 3750. Литературное приложение № 7.

ИБРП — Иосиф Бродский размером подлинника/Составитель Г. Ф. Комаров. Таллинн: [издательство не указано], 1990.

Иванов 1988 — Вячеслав Вс. Иванов. О Джоне Донне и Иосифе Бродском//Иностранная литература. 1988. № 6.

Иванов 1977 — Вячеслав Вс. Иванов. Бродский и метафизическая поэзия//Звезда. 1997. № 1.

Иванов Б. 2003 — *Б. И. Ивнов*. Литераурные поколения в лениыградской неофициальноЙ литературе: 1950-е — 1980-е годы//В. Э. Долинин И др. Самиздат Ленинграда 1950-е — 1980-е. Литературнаю энциклопедия. М.: Новое литературное обозрение, 2003.

Иванова 1994 — *Н. Иванова*. Дым отечеств//Знамя. 1994. № 7.

Игнатьев 1996 — *В. Полухина*. Интервью с Майклом Игнатьвым (Лондон, 13 июня 1996 г.) //Знамя. 1996. № 11.

Иосиф Бродский и мир — Иосиф Бродский и мир: метафизика, античность, современность. СПб.: Изд. журнала «Знамя», 2000.

Ичин 1996 — *Корнелия Ичин*. Бродский и Овидий//Новое литературное обозрение. 1996. № 19.

Йованович 1994 — *Миливое Йованович*. Читая «Вертумна»//

Око. Courrier de l'Institut Russe de Paris. 1944. № 1.

Как работает стихотворение Бродского — Как работает стихотворение Бродского. Из исследование славистов на Западе/ Ред. Л. В. лосев и В. П. Полухина, М.: Новое литературное обозрение, 2002.

Карабчиевский 1985 — Ю. Карабчиевский. Воскресение Маяковского. Мюнхен: Страна и мир, 1985.

Кастеллано 1998 — Шарлин Кастеллано. Бабочки у Бродского//*Творчество, личность, сутьба*.

Катилюс 1997 — Рамунас Катилюс. Иосиф Бродский и Литва//Звезда. 1997. № 1.

Кац 1998 — Борис Кац. К генезису поэтического образа рояля у Иосифа Бродкого//*творчество, личность, судьба*.

Келебай 2000 — Евгений Келебай. Поэт в доме ребенка. Пролегомены к философии творчества Иосифа Бродского. М.: Книжный дом «Университет», 2000.

Клайн 1998 — Дж. Л. Клайн. История двух книг//*Труды и дни*.

Клепикова 2001 — Елена Клепикова. «Трижды начинающий писатель»//http: //www. proza. ru/texts/2001/03/26 - 37. html.

Ковалева 2000 — Ирина Ковалева. «Греки» у Бродского: от Смонида до Кавафиса//*Иосиф Бродский и мир*.

Кравец 2001 — Виктор Кравец. Двойное завещание Иосифа Бродского//Зеркало недели. 2001, 23 августа — 1 сентября. № 32, (http: //www. zerkalo-nedeli. com/nn/show/356/31993).

Крепс 1984 — *Михаил Крепос*. О поэзии Иосифа Бродского. Ann Arbor, Michigan: Ardis, 1984.

Кублановский 1987 — *Ю. Кублановский*. Поэзия нового измерения//Вестник Русского христианского движения. 1987. № 151.

Кузьминский 1998 — Григорий Рыскин. Искусство вопреки, или интервью с Кузьминским//Панорама (Лос-Анджелес). 1998, 21 - 27 января. № 876.

Куллэ 1998 — *Виктор Куллэ*. Поэтический дневник И. Бродского 1961 года//*Творчество, личность, судьба*.

Куллэ 1999 — *Витор Куллэ*. «Демон» Набокова и «Небожитель» Бродсково//Литературное обозрение. 1999. № 2.

Куллэ 2003 — Иосиф Бродский. Хронология жизни и творчества (1940 - 1972) //Мир Иосифа Бродского.

Кушнер 1991 — *Александр Кушнер*. Аполлон в снегу. Л.: Советский писатель, 1991.

Кушнер 1996 — *Александр Кушнер*. «Здесь, на земле...»// Знамя. 1997. № 7.

Кэмпбелл 1995 — *Томас Кэмпбелл*. Трудности перевода стихотворения Иосифа Бродского «Представление» с русского на английский//Митин журнал. 1995. № 53.

Кюст 2000 — *Йон Кюст*. Плохой поэт Иосиф Бродский: к истории вопроса//Новое литературное обозрение. 2000. № 45.

Лазарчук 1995 — *Р. М. Лазарчук*. «На смерть Жукова» И. Бродского и «Снигирь» Г. Державина: Проблема традиции// Русская литература. 1995. № 2.

Лакербай 2000 — Д. Л. Лакербай. Раннии Бродский: поэтика и мудьба. Иваново: Издательство Ивановского государственного университета, 2000.

Левинтон 1982 — Г. А. Левинтон [рецензия] //Russian Linguistics. 1982. Vol. 6. № 3, June.

Левинтон 1998 — Георгий Левинтон. Смерть поэта: Иосиф Бродский//*Творчество, личность, судьба.*

Лейдерман, Липовецкий 1993 — Н. Лейдерман, М. Липовецкий. Жизнь после смерти... //Новый мир. 1993. № 7.

Лемхин 1997 — Михаил Лемхин. Иосиф Бродский. Неизданное в России//Русская мысль 1997, 3 – 9 июля. № 4181.

Лимонов 1984 — Эдуард Лимонов. Поэт-бухгалтер. (Несколько ядовитых наблюдений. по поводу феномена И. А. Бродского) //Мулета А. 1984.

Лимонов 2000 — Эдуард Лимонов. Книга мертвых. СПб.: Лимбус Пресс, 2000.

Ломинадзе 1997 — С. Ломинадзе. Пустыня и оазис// Вопросы литературы. 1997. № 2.

Лонсбери 2002 — Энн Лонсбери. Иосиф Бродский как американский поэт-Лауреат//Новое литературное обозрение. 2002. № 56.

Лосев 1977 — Лев Лосев «Ниоткуда с любовью»// Континент. 1997. № 14.

Лосев 1978 — Лев Лосев. Посвящается логике//Вестник Русского христианского движения. 1978. № 127.

Лосев 1980 — Лев Лосев. Английский Бродский//Часть речи

[Нью-Йорк.] 1980. № 1.

Лосев 1980А — Лев Лосев. Иосиф Бродский. Предисловие// Эхо [Париж]. 1982. № 1 [9].

Лосев 1982 — Лев Лосев. Первый лирический цикл Иосифа Бродского//Часть речи [Нью-Йорк]. 1982. № 2/3.

Лосев 1986 — Лев Лосев. Чеховский лиризм у Бродского// *Поэтика Бродского*.

Лосев 1985 — Лев Лосев. Иосеф Бродский: Эротика// *Жанровая клавиатура*.

Лосев 1996 — Лев ЛОсев. Реальность зазеркалья: Венеция Иосифа Бродского//Иностранная литература. 1996. № 5.

Лосев 1997 — Лев Лосев. Новое представление о поэзии// *Полухина 1997*.

Лосев 1998 — Лев Лосев. Поэт на кафедре//*Труды и дни*.

Лосев 2000 — Лев Лосев. Солженицын и Бродский как соседи//Звезда. 2000. № 5.

Лосев 2002 — Лев Лосев. О любви Ахматовой к «Народу»// Звезда. 2002. № 1.

Лосев 2006 — Лев Лосев. Бродский: опыт литературной биографии. М.: Молодая гвардия, 2006.

Лотман 1995 — Михаил Лотман. Гиперстрофика Бродского// *Жанровая клавиатура*.

Лотман 1998 — Михаил Лотман. Поэт и смерть (из заметок о поэтике Бродского) //Блоковский сборник. XIV. Tartu: Kirjastus, 1998.

Лотманы 1990 — Ю. М. и М. Ю. Лотмаыы. Между

вещью и пустотой. (Из наблюдений над поэтикой сборника Иосифа Бродского « Урания ») (1990) //Ю. М. Лотман. Избранные статьи. Т. Ⅲ. Таллинн: Александра, 1993.

Лурье 1990 — *Самуил Лурье*. Свобода последнего слзва// Звезда. 1990. № 8.

Майерс 1997 — Интервью, взятое мной для данного комментария у Дианы Майерс в Лондоне в июне 1997 года.

Максимова 1986 — *О. Максимова*. Я тебя люблю, но ты мне не нравишься. О стихах Иосифа Бродского//Страна и мир [München]. 1986 № 7.

Максудов 2000 — *Сергей Максудов* (А. Бабеньшев). Командировка в Норинскую [sic!] //Новое литературное обозрение. 2000. № 45.

Максудов, Покровская 2001 — *С. Максудов, Н. Покровская*. К представлению « Представления »//Russian literature. 2001. Т. XLIX.

Макфадиен 1998 — *Дэвид Макфадиен*. Бродский и «Стансы к Августе» Байрона//*Творчество, личность, Судьба*.

Медведева 1995 — *Н. Медведева*. Автор и герой в стихотворении Бродского « На смерть Жукова »//Кормановские чтения. Материалы межвёзовской научной конференции (апрель 1994 г.). Ижевск: Удмуртский государственный университет. 1995.

Мейлах 1991 — *Михаил Мейлах*. Разговор с Иосифом Бродским летом 1991 года//*Стратегии чтения*.

Мейлах 1997 — *Михаил Мейлах*. Освобождение от

эмоциональности//*полухина 1997*.

Мир Иосифа Бродского. Путеводитель/Составитель Я. А. Гордин. СПб.: Издательство журнала «Звезда», 2003.

Найман 1989 — *Анатолий Найман*. Рассказы об Анне Ахматовой. М.: Художественная литература, 1989.

Найман 1997 — *Анатолий Найман*. Великая душа// Октябрь. 1997. № 8.

Найман-Славянский 1997 — *Анатолий Найман*. Заметки для памятника. *Николай Славянский*. Твердая вещь//Новый мир. 1997. № 9.

Ниеро 2000 — *Alessandro Niero*. Бродткий и Монтале. Об эссе «В тени Данте» и о другом//Russian literature. 2000. Т. XLVII.

Охотин 2000 — Освобождение/Публикация Н. Г. Охотина// Звезда. 2000. № 5.

Панн 2001 — *Лиля Панн*. Побег из тела в пейзаже без рамы (« Испанская танцовщица » Рильке и Бродского) //Новая юность. 2001. № 3.

Павлов 1998 — *Максим Павлов*. Поэтика потерь и исчесновений. Заметки о поздних стихах Бродского//*Творчество, личность, судьба*.

Парамонов 1993 — *Борис Панамонов*. Согласно Юнгу// Октябрь. 1993. № 5. --ец Бродскии//Звезда. 1995. № 5.

Петрушанская 1997 — *Елена Петрушанская*. «Слово из звука и слово из духа». Приближение к музыкальному словарю Иосифа Бродского//Звезда. 1997. № 1.

Петрушанская 1998 — *Елена Петрушанская*. «Remenber

Her». («Дидона и эней» Перселла в памяти и творстве поэта) // *Творчество, личность, судьба.*

Петрушанская 2004 — Елена Петрушанская. Музыкальный мир Иосифа Бродского. СПб.: Изд. журнала «Звезда», 2004.

Плеханова 2001 — И. И. Плеханова. Метафизическая мистерия Иосифа Бродского. Под знаком бесконечности: эстетика метафизической свободы против трагической реальности. Иркутск: Издательство Иркутского государственного университета, 2001.

Полухина 1997 — Валентина Полухина. Бродский глазами современников. СПб.: Изд. журнала «Звезда», 1997.

Полухина 1998 — Валентина Полухина. Поэтический автопортрет Бродского//*Творчество, личность, судьба.*

Полухина 1998A — В. Полухина. Мичиганский университет: 1980//*Труды и дни.*

Полухина 2003 — Валентина Полухина. Бродский о своих современниках//*Мир Иосифа Бродского.*

Полухина, Пярли 1995 — Валентина Полухина, Юлле Пярли. Словарь тропов Бродского (на материале сборник («Часть речи»). Тарту: [издательство не указано], 1995.

Поэтика Бродского — Поэтика Бродского//Ред. Л. В. Лосев. Tenafly, New Jersey: Эрмитаж, 1986.

Проффер 1986 — Карл Проффер. Остановка в сумасшедшем доме: поэма Бродского «Горбунов и Горчаков»//*Поэтика Бродского.*

Проффер Э. 1996 — Эллендея Проффер. Мы назовем Издательство «Ардис»//Бостонское время. 1996, 19 июня.

Прохорова 2000 — Элида Прохорова. «Политический текст»

Иосифа Бродского. Метафизика политики//*Иосиф Бродский и мир*.

Радышевский 1997 — Дмитрий Радышевский. дзэн поэзии Бродского//Новое литературное обозрение. 1997. № 27.

Ранчин 1993 — А. Ранчин. Философская традиция Иосифа Бродского//Литературное обозрение. 1993. № 3/4.

Ранчин 2001 — А. М. Ранчиы. Иосиф Бродский и русская поэзия XVIII–XX веков. М.: МАКС Пресс. 2001.

Ранчин 2001А — Андрей Ранчин. На пиру Мнемозины. Интертексты Иосифа Бродского. М.: Новое литературное обозрение, 2001.

Рейн 1997 — Евгений Рейн. Мой экземпляр «Урании»// Евгений Рейн. Мне скучно без Довлатова. СПб.: Лимбус Пресс, 1997.

Рыбаков 1997 — Анатолий Рыбаков. Роман-воспоминаие, М.: Вагриус, 1997.

«Свою меж вас...» — «Свою меж вас еще оставив тень...» Ахматовские чтения. Выпуск 3. М.: Наследие, 1992.

Сегаль 1988 — Михаил Сегаль. По поводу статьи З. Бар-Селлы «Поэзия и правда»//22 [Рамат-Ган, Израиль]. 1988. № 61.

Сергеев 1997 — Андрей Сергеев. Omnibus. М.: Новое литературное обозрение, 1997.

Славянский 1993 — Николай Славянский. Из страны рабства — в пустыню. О поэзии Иосифа Бродского//Новый мир. 1993. № 12.

Смирнов 1997 — *И. П. Смирнов*. Урна для табачного пепла//Звезда. 1997. № 1.

Смит 1986 — *Джеральд Смит*. Версификация в стихотворении И. Бродского «Келломяки»//*Поэтика Бродского*.

Смит 1996 — *В. Полухина*. Интервью с Джеральдом смидом (Оксфорд, 27 Июня 1996 г.) //Знамя. 1996. № 11.

Смит 2002 — Джеральд Смит. «Колыбельная Трескового Мыса»//Как работает стихотворение Бродского.

Солженицын 1999 — *Александр Солженицын*. Иосиф Бродского — избранные стихи//Новый мир. 1999. № 12.

Сонькиы 1999 — *Виктор Сонькин*. О Бродском, вóрóнах и ворóнах//Русский журнал. 1999, 27 авг. (http://www. old. ruww. ru/krug/razbor. /19990827 _ sonkin. html).

Стратегии чтения — Иосиф Бродский: стратегии чтения, Материалы международнои научной конференции 2 – 4 сентября 2004 года в Москве. М.: Издательство Ипполитова, 2005.

Стрижевская 1997 — *Наталья Стрижевская*. Письмена перспективы. О поэзии Иосифа Бродского. М.: Грааль, 1997.

Творчествоэ личностьэ судьба — Иосиф Бродский: творчество, личность, судьба. Итоги трех конференции. М.: СПб: Изд. Журнала «Звезда», 1998.

Тименчик 2002 — *Роман Тименчик*. «1867»//*Как работает стихотворение Бродского*.

Томашевская 2000 — Петербург Ахматовой: семейные хроники. Зоя Борисовна Томашевская рассказывает. СПб.: Невский диалект. 2000.

Труды и дни 1998 — Иосиф Бродский: труды и дни// Составители Лев Лосев и Петр Вайль, М.: Изд. «Независимая газета», 1998.

Тудоровская 1984 — *Е. Тудоровская*. На манер снегиря// Стрелец [Париж]. 1984. № 11.

Турома 2004 — *Сана Турома*. Поэт как одинокий турист// Новое литературное обозрение. 2004. № 67.

Филдс 2002 — *Кеннет Филдс*. «Памяти Клиффорда Брауна» (1994) («Полный запредел»: Бродский джаз и еще кое-что) // *Как работает стихотворение Бродского*.

Хайров 2004 — *Шамиль Хайров*. «Если бог для меня и существует, то это именно язык»: языковая рефлексия и лингвистическое мифотворчество Иосифа Бродского//новое литераурное обозрение. 2004. № 67.

Herthl 2000 — *Jens Herthl*. Поэт и сплетни (об одном мотиве в последнем стихотворении Бродского) //Brodski w analizach i interpretacjach/red. Piotr Fast i Joanna Madloch. Katowice: Slask, 2000.

Чайковская 2001 — *Ольга Чайковская*. Неточные, неверные зеркала//Литературная газета. 2001, 7 - 13 февраля. № 6.

Чуковская 1997 — *Лидия Чуковская*. Записки об Анне Ахматовой. Т. 3, 1963 - 1966. М.: Согласие, 1997.

Шаргородскии 1985 — *Сергей Шаргородский*. Игры в саду// 22 [Рамат-Ган, зраиль]. 1985. № 40.

Шахматов 1997 — О. Шахматов. «Грехи молодости» сквозь призму лет и мнений//Понедельник (Вильнюс). 1997, 7 - 13 ноября. № 45.

Шерр 1986 — *Барри Шерр*. Строфика Бродского//*Поэтика Вродского*.

Шерр 2002 — *Барр Шерр*. Строфика Бродского: Новый взгляд//*Как работает стихотворение Бродского*.

Шнейдерман 1998 — *Эдуард Шнейдерман*. Круги на воде. (Свидетели защиты на суде над Иосифом Бродским перед судом ЛО Союза писателей РСФСР) //Звезда. 1998. № 5.

Штерн 2001 — *Людмила Штерн*. Бродский: Ося, Иосиф, Joseph. М.: Изд. «Независимая газета», 2001.

Штерн 2003 — *Людмила Штерн*. Гигант против титана, или «Изжажданное окунанье в хляби языка»//*Мир Иосифа Бродского*.

Шульц 2000 — *С. С. Шульц. мл*. Иосиф Бродский в 1961–1964 годах//Звезда, 2000. № 5.

Эткинд 1977 — *Ефим Эткинд*. Записки незаговорщика. London: Overseas Interchange Publication, 1977.

Юпп 2001 — *Михаил Юпп*. Ося Бродский — Легенда и факты//Литературная Россия on-line. 2001, 27 июля. № 30. (http: //www. litpossia. ru/litrossia/viewitem? item_id=19057).

Якимчук 1990 — *Николай Якимчук*. Как судили поэта (дело И. Бродского). Л.: Аквилон, 1990.

Якович 1993 — *Елена Якович*. «Дело» Бродского на Старой площади//Литераурная газета. 1993, 5 мая.

Янгфельдт 1998 — *Бенгт Янгфельдт*. Шведские комнаты//*Труды и дни*.

Янечек 1986 — *Джерालд Янечек*. Бродский читает «Стихи на

смерть Т. С. Элиота»//*Поэтика Бродского*.

关于布罗茨基的外语评论

Bayley 1986 — John Bayley. Mastering Speech//New York Review of Books. 1986. Vol. 33, June 12.

Bethea 1986 — David Bethea. Conjurer in Exile//The New York Times Book Review. 1986, July 13.

Bethea 1994 — David Bethea. Joseph Brodsky and the Creation of Exile. Princeton, New Jersey: University Press, 1994.

Birkerts 1982 — Sven Birkerts. The art of Poetry XXVIII. Joseph Brodsky//The Paris Review. № 83, Spring 1982.

Brown 1980 — Clarence Brown. The Best Russian Poetry Written Today//The New York Times Book Review. 1980, September 7.

Burnett 1990 — Leon Burnett. The Complicity of the Real: Affinities in the Poetics of Brodsky and Mandelstam//*Poetics and Aesthetics*.

Burnnet 2000 — Leon Burnnet. Galatea Encore//*The Art of a Poet*.

Dish 1980 — Thomas Disch. [Review of A Part of Speech] //Washington Post World. 1980, August 24.

Eder 1980 — Richard Eder. Joseph Rrodsky in U. S.: Poet and Language in Exile//The New York Times. 1980, March 25.

France 1990 — Peter France. Notes on the Sonnets to Mary Queen of Scots//*Poetics and Aesthetics*.

Gifford 1980 — Henry Gifford. Idioms in Inter*fusion*//

Times literary Supplement. 1980, October 17. № 4046.

Heaney 1987 — Seamus Heaney. Brodsky's Nobel: What the Applause was about//the New York Times Book Review. 1997, November 8.

Hofman 2000 — Michael Hofman. Raine, Raine, Go away//The Observer. 2000, December 3.

Katz 1983 — Jane Katz. Artists in Exile. New York: Stern and Day, 1983.

Kirsch 2000 — Adam Kirsch. The Art of the Contemporary//The New Republic. 2000, October 9.

Kline 1973 — George L. Kline. Introduction and notes//Joseph Brodsky: Selected poems. New York et al.: Harper and Row Publishers, 1973.

Kline 1990 — George L. Kline. Variations on the Theme of Exile//*Poetics and Aesthetics*.

Knox 1978 — Jane Elizabeth Knox. Josif Brodskii's Affinity with Osip Mandelstam: Cultural Links with the past. Ph. D. dissertation. The University of Texas at Austin, 1978.

Kuznetsov 1999 — Sergey Kuznetsov. «Darling, Tonight I Went Out Late...»//*The Art of a Poem*.

Loseff 1989 — Lev Loseff. Joseph Brodsky's Poetics of Faith//Aspects of Modern Russian and Czech Literature: Selected Papers of the Third World Congress for Soviet and East-European Studies/Ed. Arnold McMillin. Columbus: Slavica, 1989.

Loseff 1990 — Lev Loseff. Politics/Poetics//*Poetics and Aesthetics*.

Loseff 1992 — *Lev Loseff*. Home and Abroad in the Works of Brodsky//Under Eastern Eyes: the West as Reflected in Recent Russian Émigré Writing/Ed. Arnold MacMillin. London: Macmillan, 1992.

Loseff 1999 — *Lev Loseff*. On the Centenary of Anna Akhmatova//*The Art of a Poem*.

Loseff 2003 — *Lev Loseff*. Brodsky in Florence//Firenze e San Pietroburgo: Due culture si confrontano e dialogano tra loro/ Edited by Stefania Pavan. Florence [no Publisher], 2003.

Loseff 2004 — *Lev Loseff*. On Hostile Ground: Madness and Madhouse//Joseph Brodsky's «Gorbunov and Gorchakov», в печати.

Lotman 1999 — *Mikhail Yu. Lotman*. «On the Death of Zhukov»//*The Art of a Poem*.

MacFadyen 1995 — *David MacFadyen*. Joseph Brodsky and the Baroque. Ph. D. dissertation. University of California, Los Angeles, 1995.

MacFadyen 1998 — *David MacFadyen*. Joseph Brodsky and the Baroque. Montreal et al.: McGill-Queen's University Press, 1998.

MacFadyen 2000 — *David MacFadyen*. Joseph Brodsky and the Soviet Muse. Montreal et al.: McGill-Queen's University Press, 2000.

Myers 1996 — *Alan Myers*. A Note on Joseph Brodsky// Northern Review. 1996, Summer. Vol. 3.

Navrozov 1981 — *Lev Navrozov*. Russian Literature in Exile and the New York Times//The Rockford Papers. 1981, January. Vol. 6. № 1.

Nivat 1990 — George Nivat. The Ironic Journey into Antiquty//*Poetics and Aesthetics*.

Pilshchikov 1995 — Igor Pilshchikov. Coitus as a Cross Genre motif in Brodsky's Poetry//*Жанровая клавиатура*.

Poetics and Aesthetics — Brodsky's Poetics and Aesthetics// Edited by Lev Loseff and Valentina Polukhina. Basingstoke, GB: Macmillan Press, 1990.

Polukhina 1989 — Valentina Polukhina. Joseph Brodsky: A Poet for Our Time. Cambridge: Cambridge University Press, 1989.

Polukhina 1992 — Valentina Pulukhina. Brodaky Through the Eyes of His Contemporarics. London; New York: Macmillan Press and St. Martin's Press, 1992.

Polukhina 1997 — Valentina Polukhina. The Prose of Joseph Brodsky: A Continuation of Poetry by other Means//Russian Literature. 1997. V. 41. № 2.

Raine 1996 — Craig Raine. A Reputation Subject to Inflation//Financial Times. 1996, November 16 – 17.

Reid 1988 — Christopher Reid. Great American Disaster// London Review of Books. 1988, December 8.

Rigsbee 1999 — David Rigsbee. Styles of Ruin: Joseph Brodsky and the Postmodernist Elegy. Westport, Connecticut, and London: Greenwood Press, 1999.

Scherr 1995 — Barry Scherr. Two Versions of Pastoral:

Brodsky's Eclogues//*Жанровая клавиатура*.

Scherr 1999 — *Barry Scherr*. To Urania//*The Art of a Poem*.

Schiltz 2002 — *Veronique Schiltz*. Joseph Brodsky: le poete, la ville et le temps//DOSSIER Ecrivains de Saint-Petersbourg. Magazine litteraire. N. 420, Paris.

Shakcross 2002 — Bozena Shallcross. Through the Poet's Eye: The Travels of Zagajewski, Herbert, and Brodsky. Evanston, Illinois: Northwestern University Press, 2002.

Smith 1990 — Gerald S. Smith. «Polden'v komnate»//Poetics and Aesthetics.

Smith 1999 — G. S. Smith. «Long Growing Dark»: Joseph Brodsky's « August »//Rereading Russian Poettry/Edited by Stephanie Sandler. New Haven and London: Yale University Press, 1999.

Smith et al. 2002 — Joseph Brodsky, «On the Tslks in Kabu»: a Forum on Politics on Poetry (participants: David Bethea, Catherine Ciepiela, Sarah Pratt, Stephanie Sandler, J. S. Smith, Katherine Tiernan O'Connor, Michael Wachtel) // Russian Review, 2002, April. Volume 61. № 2.

Steckler 1982 — *I. M. Steckler*. The Poetic World and the Sacred World: Biblical Motifs in the Poetry of Joseph Brodsky. Ph. D. dissertation. Bryn Mawr College, 1982.

Szymak-Reiferowa 1993 — *Jadwiga Szymak-Reiferowa*. Anno Domini Josifa Brodskiego. I Tekst i podteksty//Zeszyty naukowe Uniwersytetu Jagiellonskiego. 1993. V. MLXIX, Prace historycznoliterackie. Z. 82.

Szymak-Reiferowa 1998 — *Jadwiga Szymak-Reiferowa*. Czitajac Brodkiego. Kraqkow: Wydawnictwo Uniwersytetu Jagiellonskiego, 1998.

The Art of a poem — Joseph Brodsky: The Art of a Poem/ Edited by Lev Loseff and Valentina Polukhina. Houndmills, Basingstoke, GB/New York: Macmillan Press/St. Martin Press, 1999.

Un crocevia — Iosif Brodskij: un crocevia fra culture/A cura di Alessandro Niero e Sergio Pescatori. Milano: MG Print on Demand, 2002.

Updike 1992 — *John Updike*. Mandarins//The New Yorker. 1992, July 13.

Van Baak 1997 — *Joost van Baak*. Brodsky and the North// The Neo-Formalist Circle Papers. Rodopi, 1996 – 1997.

Vishniak 1994 — *Vladimir Vishniak*. Joseph Brodsky and Mary Stuart//Working Paper. № 4. Manchester, GB: Alexander Herzen Centre for Soviet, Slavic and East European Studies. April 1994.

Walcott 1988 — *Derek Walcott*. Magic Industry//The New York Review of Books. 1988, November 24.

Weissbort 2002 — *Daniel Weissbort*. «Something Like His Own Language»: Brodsky in English//Un crocevia.

Weissbort 2004 — *Daniel Weissbort*. From Russian with Love: Joseph Brodsky in English. London: Anvil Press, 2004.

Weststejin 1999 — *Willem G. Weststejin*. The Thought of You is Going Away... //*The Art of a Poem*.

在旷野扎营

纽约契诃夫出版社 1970 年初版。主编 Max Hayward [即出版社的编辑麦克斯·海沃德]。未署名的简历，5—6 页。前言作者 Н. Н. [А. 奈曼],《备忘录》，8—15 页。印数 1 800 册（1980 年前售完）。复印 Ann Arbor，Michigan：Ardis，1988（改正了一些印刷错误）。初版印数 1 072 册；二版印数 1 039 册（1989 年）。

布罗茨基的第一部诗集《短诗和叙事诗》（*СИП*）是 Г. П. 斯特鲁韦教授和 Б. А. 菲利波夫在美国出版的（由于他们的努力，此前已出版了古米廖夫、阿赫玛托娃、曼德尔施塔姆、克柳耶夫等人的文集）。他们是通过非法出版的渠道获得布罗茨基的诗歌的。列宁格勒的诗人 К. К. 库兹明斯基和非法出版物的收集者 Г. Л. 科瓦廖夫早在 1964 年就在没有作者参与的情况下基本上编成了这个集子，而在布罗茨基被捕后的 1964 年 2 月将它寄往国外的则是著名的司法辩护人 А. И. 金斯堡（*Кузьминский 1998*. С. 63）。与注释者谈话时，布罗茨基一再拒绝承认“库兹明斯基的集子”*СИП*。约翰·克莱因曾讲过 *ОВП* 的出版经过（Клайн 1998. С. 219）。

从三年流放中回来，布罗茨基便毅然决然地走了这一步：下定决心在西方出版诗集，尽管此时作家 А. 西尼亚夫斯基和 Ю. 达尼埃尔由于这样的活动正在监狱里受煎熬，显然，不只是希望出一本比 *СИП* 更正确地反映其创作的集子，还由于在苏维埃作家出版社列宁格勒分社出版诗集的计划受挫（参见 *Лосёв 2006*，глава Ⅵ）。

Эпиграф："人要像忍受出世一样忍受离世。全部问题在于成熟（李尔王。第Ⅴ幕第2场；逐字逐句的翻译）。""全部问题在于成熟"（"Ripeness is all"），奥登在《大海和镜子》(«The sea and the mirror，1944»）的前言末尾引用了这句话，这首诗对诗歌艺术作了独出心裁的解释。А. Г. 奈曼讲过，他访问流放中的布罗茨基的时候，曾在一起收听英国广播，"听说某个社团，要不就是某个俱乐部曾设宴欢迎普里斯特利（J. B. Priestley，1894—1984，英国散文家和剧作家。——洛谢夫注），他的答词的犀利的结语使我们非常激动，在这里他引用了《李尔王》中爱德伽的话，讲到人无法选择出世和离世的时刻，而以著名的话 Ripeness is all!（成熟就是一切!）结尾"（*Найман 1989*. С. 210）。

丘　陵

1. Рождественский романс（《圣诞节浪漫曲》）。*Подборка 1964*. 在 *РНБ* 中有作者打印的两个版本。其中第一个版本的第一行用的是 *невыразимой*，而不是 *необъяснимой*，第二个版本注明的日期是"1962 年 12 月 29 日"。*ОВП* 中有几个曲解之处，其中最重要的几处是第四行第二节用的不是 *плывец*，而是 *плывет*，第六节第二行用的不是 *шума*，而是 *моря*，而且注明的日期 *1962* 也是错的。*PC* 的两个版本都是根据 *ОВП* 转载的，只改正了其中的第一个错误。不仅 *ОВП* 以圣诞节为题的诗作为开卷之作，而且以后的四部诗集——*КПЭ*、*ЧР*、*ПП* 和 *ПСН* 也是如此。在 *МС* 中有献辞：*Жене Рейну*，*с любовью*（向热尼亚·赖恩致以爱慕之意）。

虽然布罗茨基直接以圣诞节为题的第一首诗是《1963 年圣诞节》(№ 467)，不过他还是以《圣诞节浪漫曲》作为 *PC* 的开卷之作。特点是注明的日期是12月28日，即按西方教堂的历法是在圣诞节的三天之后和东正教圣诞节的前十天。又过了三年，布罗茨基写圣诞的诗，作为标题的日期却不是圣诞节，而是新年《1965年1月1日》（“星相家们会忘记你的地址……”）（№ 48）。既然在苏联的实际生活中，圣诞节的某些典型特征——枞树、礼品以及量力而为的圣诞节传统菜单（“圣诞节的鹅”）——被移用于新年夜，那么在60年代下半叶之前，布罗茨基便在其相应的抒情题材中保留了苏联庆祝新年的特征，而冠之以圣诞节的标题，并或多或少地表现了它的宗教内涵：“首先，这是按时间顺序出现的节日，与一定的现实、时代的进展有关。归根结底，圣诞节是什么？是神人的诞辰。于是人们就相当自然地像庆祝自己的生日一样来庆祝这个节日”（*PC*-*2*. C. 58）不同于后来与圣诞有关的诗，这首诗是——模仿“浪漫曲”的风格。除了标题之外，指明这一点的还在于第6节第2行（“在城市的喧嚣中”）不完全地引用了驰名的浪漫曲《囚徒之歌》（Ф. Н. 格林卡的诗，1826）的第1行：“听不到城市的喧嚣”。

Пcвящение（献辞）叶甫盖尼·鲍里索维奇·赖恩（生于1935年）是诗人，从60年代初便是布罗茨基的密友。布罗茨基一再地说，他在诗学方面得到赖恩的很多教益，给赖恩写了大量献诗。12月29日是赖恩的生日。“布罗茨基曾承诺，每逢他的生日都要写新诗相赠”（*МС*. Т. 3. С. 272）。

из Алексадровский сад.（出亚历山大花园。）虽然从第2节起就在描绘夜色中的莫斯科，不过第1节提到亚历山大花园是有歧义的：带这个名称的花园在莫斯科克里姆林宫墙边有，在彼得堡的海军部大厦旁也有，大厦的旗杆上有金色（“好像一朵黄玫瑰”）的小船。Т. 文茨洛瓦在给注释者的一封信里推荐了另一

种解读："小船也许是月亮（我始终这样认为）"。

на Ордынка.（往奥尔登卡。）阿尔多夫一家住在奥尔登卡，阿赫玛托娃来莫斯科常在他们家落脚，从 1962 年起，布罗茨基也时常去那里（参见 *Ардов*，*1997*）。

блуждает выговор еврейский/на жёлтой лестнице печальной.（犹太人的口音漫游在/忧郁的黄色楼梯上。）1964 年之前布罗茨基的创作具有犹太人自我认同的主题。简·诺克斯认为，在《圣诞节浪漫曲》中诗人赞扬乐观的基督教节日，描绘了"充满犹太人的声音（'犹太人的口音'）、气息（'籽仁酥糖香气袭人'）和色彩（'黄的'；早期的布罗茨基追随曼德尔施塔姆，把黄的和黑的看作'犹太的颜色'）的生活"（*Knox 1978*. С. 280）。

под Новый год，*под воскресенье*.（临近新年，临近周日。）——1961 年 12 月 31 日是星期天。

2. Большая элегея Джону Донну（《献给约翰·多恩的大哀歌》）*СИП*. 早期用打字机打印的文本，转载于 *МС*，注明的日期是 1963 年 3 月 7 日。在 *СИП* 和 *ОВП* 中标题是《大哀歌》，而把"献给约翰·多恩"写在下面作为献辞。

下面援引布罗茨基关于《大哀歌》写作情况的陈述（与 И. 波梅兰采夫的谈话，1981 年曾在"自由之音"电台广播，纪念多恩逝世 350 周年）。记者问："您在写作《约翰·多恩的大哀歌》[原文如此!] 时，什么对您的影响更大：是他的形象还是他的诗歌本身?"布罗茨基说：

"我写这首诗大概是在 1962 年，对多恩的了解非常少，说得确切些，其实是毫无所知。只看过他的布道词的某些片断和发表于诗歌选集的诗。

“促使我写这首诗的主要情况是这时我觉得，〈……〉诗歌的离心运动存在可能……就像石头掉进池塘，于是出现了渐渐扩散的现象……更确切地说，是电影的一种摄影手法——是的，在镜头渐渐离开中心的时候。因而在回答您的问题时，我想说：诗人的形象与其说仅仅是他的形象，毋宁说是人身在空间的形象。多恩是英国人，生活在孤岛上。于是从他的卧室开始，景色逐渐展开。先是房间，然后是街区，然后是伦敦，然后是整个孤岛、大海，然后是在世界上的位置……〈……〉这首哀歌写到一半的时候，我呆若木鸡，因为再也无处可去了。我后来甚至落到这样的地步，觉得这已经不只是世界，而是从外部对世界的观察……已经是天使般的境界、苍穹。他是布道者，可见天堂乃至天堂的全部等级都是他所关注的苍穹。正是在这时我停了下来，不知道接下来该怎么办。问题在于，第一部分完全是由问题构成的。诗中的主人公问：‘这是谁在找我？——你是城市？是空间？是孤岛？你是上天？你们是天使？哪位天使？是你吗，加夫里尔？我不知道答案，我明白，夜间，在卧室里，人会在梦里或在睡意蒙眬中听见向他提出的这些问题。是谁提出的呢？我不清楚。蓦地，有了，而且很适合五音步的抑扬格诗行：‘Нет，это я，твоя душа，Джон Донн（不，这是我，是你的灵魂，约翰·多恩）。’——诗的后一半便是由此而来（*Интервью 2000*．С. 154－155）。”

尽管布罗茨基后来说，重读《献给约翰·多恩的大哀歌》觉得不好意思（同上，С. 419），竟然把它看作自己创作成熟期的原则性的开端了。因此诗人打破时间顺序，把它列为*ОВП*之首、献诗《圣诞节浪漫曲》之后。《献给约翰·多恩的大哀歌》也是布罗茨基给阿赫玛托娃留下深刻印象的第一首诗：“您简直想象不到，您写了什么”（同上，С. 174），而年轻的诗人却把它看作自己的某种“开端”。参见B. B. 伊万诺夫关于《献给约翰·多恩的大哀歌》对同时代人的影响的陈述（*Иванов 1997*. C. 195）。

关于《献给约翰·多恩的大哀歌》的玄学主题，Я. A. 戈尔金是这样讲的：“约翰·多恩的灵魂——鸟飞上了难以想象的高度：‘你从上帝身旁飞过，又飞快地折回’。但它的自由也可悲地有限。宇宙是漫无边际的。关于比上帝的居所更高更远的某种东西的遐想，在布罗茨基早期的诗中就曾胆怯地出现过。然而在哲学最有胆识的文学作品之一《献给约翰·多恩的大哀歌》中是以异教徒的放肆谈到这一点的……”（*Гордин 1995*. C. 233）在同一篇文章的前面还说：“在俄罗斯诗歌中，布罗茨基只有一位先驱怀有这种危险的追求，要从高处看世界——全球。相应地，只有通过巨人般的努力才能理解它——全球。并且从那里，从这个高度——评论。这位先驱就是莱蒙托夫……”（同上，C. 232）

约翰·多恩（John Donne，1572—1631）——英国的诗人和传教士。在援引的布罗茨基对“自由之音”电台记者和Д. M. 托马斯的访谈录中，布罗茨基说到他和大多数俄罗斯读者一样，是根据海明威《丧钟为谁而鸣》的题词，然后又根据诗歌选集而认识多恩的，而认真阅读他的作品是在写了《献给约翰·多恩的大哀歌》之后，那时他在流放中收到Л. K. 丘科夫斯卡娅赠予的生日礼物，多恩的一卷薄薄的诗集。在另一处他回忆起流放前一名外国大学生曾给他带来多恩的一本小书，他因为被捕而来不及认真地阅读（*Волков 1998*. C. 161）。这样一来，贝西亚（*Bethea 1994*. C. 74－109）所指出的布罗茨基早期诗作与多恩作品的某种相似之处，就可以归结为诗学思维的同构现象，而非直接的影响。不过海明威题词的最初语境是“谁也不是孤岛……因此不必派人去打听，丧钟是为谁而鸣，因为它是为你而鸣”，布罗茨基这时也许已经明白：贝西亚指的是《献给约翰·多恩的大哀歌》和《为新出现的情况祈祷》（1624）中灵魂脱离肉体的情节与被遗弃的屋子的情节是吻合的（同上，C. 97–98）。

诗的标题的含义不仅在于这是一首长篇哀歌（208 行），而且还在于广泛地展开了浪漫派哀歌体裁所特有的夜的主题（参见《立陶宛夜曲……》的注释；№ 283）：在第一部分的 92 行诗中就写到了 150 个睡眠中的物体和隐喻具体化的形象。这个时期在布罗茨基直接阅读的范围内可以发现两个诗意的夜景，也是建立在历数睡眠的物体之上，即鲁德维尔·克恩（Ludwik Jerzy Kern）发表于布罗茨基经常阅读的波兰期刊（Przekpoj. 1959，2 月 22 日，№ 724）的诗和扎博洛茨基的诗《黄道带迹象黯淡》（1929）。后者还有诗人对自己理智的呼吁，而在布罗茨基笔下是约翰·多恩与自己灵魂的对话。

灵魂与肉体（易朽之躯）交谈的情节在欧洲文学中是有可敬的历史的。11 世纪希腊作家菲利普·普斯滕尼克的《瞄准器》（灵魂与肉体的广泛对话）的斯拉夫语译本“从 14 世纪中叶起就有了，很快就在罗斯广为人知，在这里风行了几个世纪……直至 19 世纪人们还争相传抄”（普罗霍罗夫 Г. М. Памятники переводной и русской литературы XIV–XV веков. Л.: Наука, 1987. С. 61）。布罗茨基为回答“自由之音”记者的访问，凭记忆援引了格里戈里·斯科沃罗达的同样情节的诗行。关于布罗茨基的灵魂主题可参阅 *Лосев 2006*, глава VII.

В подвалах кошки спят, торчат их уши.（猫睡在地窖里，竖着它们的耳朵。）鲁德维尔·克恩的短诗（见前），它历数睡在家里的东西，结尾的一行是：“只有狗的耳朵没睡”。

под сводом церви Павла.（在保罗教堂的拱顶下。）约翰·多

恩从1621年到去世前是伦敦圣保罗大教堂首席神父。他也就安葬于这座大教堂，墓前立着这位神父诗人的一座富于表现力的雕像，这座雕像是按照他死前不久身穿白色敛衣摆好姿势的一幅素描雕刻的。

Так тонок голос! Тонок, впрямь игла. /А нитки нет... 〈...〉. Сшивая ночь с рассветом... （嗓音那么尖！尖哪，简直就是针。/却没有线…………〈……〉缝合着夜和黎明……）。“针〈……〉。布罗茨基的诗在1960年代至晚年的不变的形象。这个词语的含义：生命、时间、死亡、命运女神帕西的线、联系宇宙零散现象的元素、缝合离别的灵魂”（*Ранчин 2001*. С. 28）。这种形象性构成《献给约翰·多恩的大哀歌》末尾两个诗节的主导主题。

Не ты ли Павел?（是你吗，保罗?）指使徒保罗（见前面的注释）。

она как остров твой.（它像你的孤岛）暗指约翰·多恩《冥思XVII》（1624）中的名言：“人不是孤岛，谁也不能独自生活，每个人都是大陆的一部分，是整体的部分。如果大海冲走一块泥土，欧洲就小了一点，如果大海冲掉一个海角，或冲掉朋友们或你自己的帐篷，结果也一样。我随着每个人的死亡而变小，因为我是人类的一部分。所以你不必派人去打听，丧钟在为谁而鸣，它是——为你而鸣”。

Господь оттуда — только свет в окне/туманной ночью в самом дальнем доме.（来自那里的上帝——只是多雾之夜/最远一家窗口的光。）有人指出，这两行诗很像里尔克的诗《看书》的结尾：“而天边的星在村子的尽头/仿佛教区尽头一栋小屋里的光”（俄语译者Б. 帕斯捷尔纳克；*Иванов 1988*. С. 181）。试比

较《临别颂歌》："上帝在天上看着，仿佛一栋孤单的木屋……"不知布罗茨基在写《献给约翰·多恩的大哀歌》和《临别颂歌》(1964）时是否知道里尔克的这首诗。帕斯捷尔纳克的译文初次发表于1966年出版的《星空。鲍里斯·帕斯捷尔纳克外国诗歌译作集》一书（M.：Прогресс，1966. C. 77–78)，我们不知道是否有更早的译文。

3. «Воротишься на родину. Ну что ж ...»（《你要回归故土。那又怎样……》）*ВП–4. РНБ* 的目录注明的日期"1959"有误。最初这首诗是组诗《七月的间奏曲》十首中的第四首（除№ 3《敲门声》之外，均见 *СИБ–2*. T. 1. C. 68–78)。作者为 *ОВП* 挑选的只有这首诗和《漂浮的云》(№ 19)，置于该书第一部分的不同地方（早先 *СИП* 的编者也是这样处理的)。出版者在 *ОВП* 中加了标题：《你要回归故土……》。B. P. 卡拉姆津编排的自费出版物的现存抄本第五行有异读："甜酒"和"淡酒"。作者"说，两者均可"(*МС*. T. 1 C. 368)。这首诗的选题涉及布罗茨基于1961年7月与地质勘察队前往雅库特的短期旅行后回来的见闻。

据A. 涅斯捷罗夫的观察，布罗茨基也许会排斥的作品是A. 韦尔京斯基的通俗浪漫诗《没有女人》，它像《你要回归故土。那又怎样……》一样，见到孤独的预兆会连声说"多好啊"(未完成的作品，是作者好意寄来的)。另一种风格的诗《你要回归故土。那又怎样……》与霍达谢维奇的威尼斯诗《没有更美好、更自由的生活了……》(1925—1926）遥相呼应，后者除了主要的、离奇的题材的共性（诗人因失恋和孤独而快乐）之外，还有火车站，从这里就开始了独身生活，以及晚餐桌上一瓶酒的慰藉。

4. От окраны к центру.（《从市郊到市中心》）*ОВП*. 手稿，见 *РНБ*. 在早期用打字机打印的目录中没有标题；作者在一份手稿中补写了标题 «Тысяча арок（一千个拱门）»（*МС*. Т. 1. С. 379）。

Вот я вновь посетил...（我又重访……）借用普希金一段哀诗的首行"……我重访……"（1835）。另参见《1972 年》（№ 126）、«Fin de siècle»和«Август»的注释（№ 372，461）。

сквозь тысячу арок.（穿过一千个拱门。）这个形象在当年的另一首诗《致 А. Д. 的信》里也有："……生活敞开了，仿佛一千个拱门……"（*СИБ*-*2*. Т. 1. С. 145）。"一千个拱门"是我们所注释的这首诗的最初的标题，据此可以断定，城市的这种景观对布罗茨基特别有吸引力；纽约版 *ОВП*（1970）的一个印刷错误"сквозь тысячу аров"使他非常恼火。另见《威耳廷努斯》（№ 386）一个诗行"在……小镇里，有谁想起拱门，便无法停留……"的注释。参见«На виа Джулиа»（№ 345）这首诗的注释讲到的布罗茨基由于这个缘故而产生的记忆错误。

от того, что мы все потеряем.（将丧失一切。）作者提示，这里是 все，而不是 всё（*МС*. Т. 1. С. 379）。

брюк твоих вечноширроких.（你的肥大裤子。）穿瘦裤子是 50 年代中期的时尚，尽管这个来自西方的时尚受到当局的谴责，不穿瘦裤子在青年中却是社会底层的特征：作者恰恰是在诗中回忆自己"贫穷的青年时代"，显然，在某种程度上也是在回忆与维堡工业区有关的时期，他曾在那里的工厂工作。对美国古典爵士乐的迷恋也是当时青年文化的典型特点。

5. «В тот вечер возле нашего огня ...»（《那天晚上我们看见……》）*Грани 1964*，标题（编者拟的?）是《黑马》。手稿，见 *РНБ*。*ОВП* 有一系列偏离定稿的地方：题词印成了正文的最初两行：不是“为什么它要在黑暗中弄得树枝簌簌作响?”，而是“是拥挤的枝叶在簌簌作响?”随后是分隔两行，而不是分隔一行的空白，因而降低了突然出现的结尾的艺术效果。那里注明的年份 1961 也错了。用作题词的两行逻辑上应该是正文的第五和第六行（在“马的四条腿像黑炭一样”之后），显然，作者力求诗节的统一性，起首的二行诗之后是四段八行诗（*ааббввгг*）。

《那天晚上我们看见……》的风格和形象体系是与 1962 年的其他两首诗有联系的：《傍晚他冻僵在门口，只见……》（№ 14）和《你将在黑暗中疾驰，沿着一望无际的寒冷的丘陵地带……》（№ 10；试比较第二首的开头和《我们篝火边的那个晚上……》的最后一行：“它是在我们当中为自己物色一位骑者”）；理解布罗茨基早期诗歌中马和骑手题材的总的关键是神秘剧叙事诗《游行》第 31 章的如下几行：

然而残酷的时代正向我们走来，
一个疯马的时代。
（哦，马的那种典型的疾驰、
闪亮的马镫上的白沫、
启示录的骑手正朝着我们而来！）

（*СИБ* -2. Т. С. 117）

骑着黑马奔驰的是启示录中的第三个骑手，“骑在马上的手里拿着天平”（启示录第 6 章第 5 节）。

6. «Теперь все чаще чувствую усталость ...»（《现在我越来越感到疲惫……》）*ВП-4*. 据 MC 印刷。在 ОВП 中有两处改动了标点符号，也没有注明日期。

在布罗茨基的这首诗里第一次出现灵魂——飞鸟和白雪的形象，作为联系存在和虚无的实体，这些形象的出现早于《献给约翰·多恩的大哀歌》（№ 2）。布罗茨基 1988 年的下述谈话想必指的就是《现在我越来越感到疲惫……》："如果我在俄罗斯诗歌中有什么（成就）可以自豪的话，那就是在 1961 年或 1962 年，在自己最初的几首……在自己最初的几首自以为还不错的诗的一首里，我在（俄罗斯诗歌史间隔）四十年或以上之后，使用了 *душа*（灵魂）这个词……而且还在继续使用……既然这样做了，就没有退路了（*Интервью 2000*. С. 313；译文是经过修改的）。"这里所说的年份有误，这首诗注明的日期是 60 年代末，而且玄学意义上的"灵魂"这个词，俄罗斯老一辈诗人在苏联时期也用过，不过在自己那一代，无疑是布罗茨基使这个宗教题材回归诗歌。而且灵魂这个词也的确是布罗茨基诗歌词汇中最常用的之一：它出现了 196 次。作为比较：在布罗茨基的词汇中，像 *вещь*（东西、事物、作品等等）这样独特的词，他用了 188 次（*Patera 2003*）。《现在我越来越感到疲惫……》可以与 С. 马尔沙克翻译的莎士比亚十四行诗第 146 首（《我的灵魂，罪恶土地的核心……》）比肩。参见 *Лосев 2006*，главы Ⅶ и Ⅹ。

7. Из «Старых английских песен»（《选自〈英国老歌〉》）Зимняя свадьба.（《冬天的婚礼》）*ОВП*. 据 *MC* 印刷。在 *ОВП* 中与原稿不同，每一行都以大写字母开头，所注的年份 1961 也不对。这首诗是第四首，小型组诗《选自〈英国老歌〉》的最后一首，作者又把它列入组诗《幸福的冬季之歌》（参见注释 26）。它还与组诗的第一首《夜里母亲和父亲争吵起来……》一起被收入 НСКА（№ 195）。全部《选自〈英国老歌》见于 *СИБ* - *2*. Т. 1. С. 240 - 243。《英国老歌》不是译作，而是模仿其风格。“我在 60 年代醉心于马尔沙克所译的罗伯特·贝恩斯的诗，醉心于他那悦耳的抒情音调、那优雅的俏皮话（*Интервью 2000*. С. 285）。”以下是组诗的第二首和第三首。

2. 温暖的篱笆

白雪掩盖着一排石头。
瞧，大地比天空更苍白。
只有篱笆是黑的，
篱笆上没有雪。
雪幕遮住寒冷的树林。
雪幕本身发亮，是白色的。
只有篱笆在雪地上
赤裸裸地站着。
这时一个骑手顺着丘陵疾驰。
马蹄蹭掉了狼的足印。
雪地上显得更黑的篱笆
听得见军队的铿锵声。
军大衣的颜色比乌鸦更黑。
篱笆是瞎子。乌鸦却有视觉，
不过它也又聋又哑，
而且像篱笆一样，是热的。

1963 年

3

结冰的缰绳灼痛手掌。
马儿不听吆喝和使唤。
水洼里的薄冰噼噼啪啪地响，
仿佛炉膛里的火。
马儿嗅不出我的惊慌。
话又说回来，我在用靴尖
刺着马腹，
这未必能传递我的心情。
我们熟悉去森林峡谷的路。
正因为我们熟悉自己的路，
我就能设法
给路程不必要地增加些步数。
我们给路程增加步数，就像那棵
松树的树干在往上长。
而在林边等着我们的是一根管子，
一支枪管在等着我们。
小路随意缩小自己逃跑的步幅。
上帝亲自准许灌木丛浑身颤抖。
而我们应该走自己的路，
走自己的路，走自己的路。

1963 年

8. «Все чуждо в доме новому жильцу...»（《新住户觉得家里的一切都格格不入……》）The New Russian Poets（俄罗斯的新诗人），1953—1966：An Anthology（选集）［双语］/George

Reavey 选编并翻译。纽约：October House，Inc.，1966. 据 *MC* 印刷，在其中№ 5 项下被收入组诗《幸福的冬季之歌》（参见注释 26）。

9. Холмы（《丘陵》）*ВП* – *4*. 手稿，*РНБ*. 据 *MC* 印刷。*ОВП* 中有一些无关紧要的异文，不同于收入 *СИБ* 的文本，后者是作者于 1992 年所认可的。

《丘陵》是最风行的诗之一，也是作者在 60 年代中期最常朗诵的诗之一（参见 *Лосев 1980A*. С. 26）。情节的展开完全在这首巴拉达诗体作品前半部（3 段 104 行），后半部（4 段 90 行）是主题的一系列变奏，主题分别以三个再三重复的关键词来表示："死神"、"红色的" 和 "丘陵"。犯罪现场、小城及其郊区的全景，甚至其地理位置（参见下面对 163—168 行的注释），发生在丘陵上和城内的事情——一切都写得非常具体、详细，这种现实主义的描写与突然沉默的手法形成了鲜明的对比：关于凶手和被杀者，关于行凶的情节都一字不提。显然，这是有意识的文学手法，因为《丘陵》的主题不是贪财、复仇或嫉妒，而是不可赎的罪孽，就其本身而言是该隐的罪行。正是这一点使《丘陵》成为布罗茨基别出心裁的作品，尽管有无可置疑的文学上的来源。这首先是安东尼奥·马查多（Machado；1875 — 1939）的叙事诗《阿尔瓦尔·贡萨莱斯的土地》（*La tierra de Alvargonzales*；1912），1994 年布罗茨基将它列入 20 世纪 15 首最杰出诗作目录（最先指出《丘陵》与马查多叙事诗的联系，见于 *Кренс 1984*）。与马查多叙事诗逐字逐句的呼应是：两个杀人凶手，凶器是斧子（见 73 行的注释），弃尸于"污黑的池塘"（Laguna Negra）。想必布罗茨基也了解马查多的短诗《银白色的丘陵……》（«Colinas plateadas...»)，它载于诗集《卡斯蒂利亚的田野》(«Campos de Castilla»；1907—1917) 中的《阿尔瓦尔·贡萨莱斯的土地》之前。还有无可置疑的圈内作品是马查多同时代较年轻的费德里戈·加西亚·洛尔卡 (Lorca；1898—1936) 的创作，尤其是他用诗体和散文写的剧本《血腥的婚礼》(«Bodas de sangre»；1933)，它贯穿着流血的主题，包括“被舔尽的血”在内。马查多和洛尔卡的作品的译本在苏俄广为人知，洛尔卡的译者中还有布罗茨基的朋友 Г. 什马科夫和 Н. 戈尔巴涅夫斯卡娅。布罗茨基的《诗学的定义》(*СИБ-1*. Т. 1. С. 30-31) 是为纪念洛尔卡而写的。在《丘陵》中西班牙诗歌的格律—节奏的回声，其重要性不亚于形象—题材的回声。就在 1962 年，布罗茨基首次作为西班牙语诗歌的译者而写了《丘陵》，用的是三音节诗格的变体，即西班牙民间情歌诗格的俄罗斯等价物。这种刚健的“硬性”节奏也被他稍加改变——以诗行的完全阳性的结尾代替阴性和阳性的交替——用于另一首以死亡为主题的深沉的冥思《静物画》(№ 108)。另见《墨西哥的幕间歌舞》(№ 155-161)。叙事诗《小溪》也是同样的诗格，预先注明的日期是 1962 年，从一系列迹象来看，早于《丘陵》(《小溪》保存于诗人的档案)。在《小溪》和另一首未发表的早期诗歌《平原上的十四栋小房子》中都有一些段落与《丘陵》的某些地方很相似。

М. Б. 日加切夫斯卡娅有一篇文章专门分析《丘陵》这首巴拉达诗体作品。

Вместе они любили/сидеть на склоне холма. (他们喜欢一起/坐在丘陵的斜坡上。) 试比较《对话》的相似的开头：“他躺在那里的斜坡上……”《对话》和《丘陵》第一行中的人称代词都没有得到解释。

Одиы топором был встречен.（一个被斧子劈了。）作为凶器的斧子一再出现于布罗茨基的诗作：比较《容器里的两个小时》（№ 71），《献给玛丽亚·斯图尔特的十四行诗二十首》（№ 135－154），《教训》（№ 354）。

Будет от отныне красным/млеко этих коров.（从今而后这些母牛的奶/将变成红色。）这两行和此后四行颜色的象征意义——由白变红——也见于 C. 克拉索维茨基的短诗《雪白的花园》（The Blue Lagoon Anthology of Modern Russian Literature/Ed. K. Kuzminsky，G. Kovalev. Newtonville，Massachusetts：Oriental Research Partners，1980. T. 1. C. 95）；这位诗人的创作在布罗茨基的圈子里获得了很高的评价；至少有一次两位作者曾在同一个晚会上朗诵《丘陵》和《雪白的花园》（*Лосев*. *1980А*）。

В красном，красном вагоне，/с красных，красных путей，/в крсном，красном，бидоне красных поить детей（在红色的、红色的车厢里，/来自红色的、红色的轨道，/在红色的、红色的牛奶桶里——/要给红色的孩子们喂奶。）——这些诗句"那么回响着民间儿歌那'惊人'幼稚的声音，及其单一的修饰语那像钟摆一样令人昏昏欲睡的单调乏味的压抑感：'В черном，черном дворце ... в черном，черном гробу... лежит черный，черный мертвец ...'"（在黢黑、黢黑的宫殿……在黢黑、黢黑的棺材里……躺着黢黑、黢黑的死尸）（*Петрушанская 2004*. C. 69）。

Смерть — не скелет кошмарный/с длиной косой...（死神——不是露水中/带着镰刀的/可怕的骷髅……）一直到：*Смерть — это наши силы，/наша душа и плоть*.（死神——这是我们的力量，/我们的灵魂和肉体。）参见巴拉滕斯基的诗《死神》（1828），布罗茨基欣赏其中的"死神，我不称之为黑暗中受

苦的女儿/怀着卑微的幻想/赠以棺木，/也不以镰刀武装她”。另参见K. 瓦吉诺夫（Вагинов）：“死神不是在他之前以版画的形象、骷髅和镰刀的形象出现的，他是在自己的心里感到了死神”（K. Вагинов. Козлиная песнь. Романы. 莫斯科：Современник，1991. C. 361）。布罗茨基说，他“崇拜”瓦吉诺夫，称之为达到完美境界的非凡作家（*Волков 1998*. C. 289－290）。试比较：“这是谬论、胡说：/颅骨、骷髅、镰刀”（《静物画》，№ 108）。

в реку，/*она понесет* 〈…〉 *к мертвым полесским топям*，/*в даль — к балтийским холмам*.（河里，/河流……去死气沉沉的低地沼泽林，/乃至更远——波罗的海边的丘陵。）这样的河流只能是夏拉河，其上游穿过波列西耶沼泽地（位于白俄罗斯布雷斯特州），然后注入流进波罗的海的涅曼河。在手稿（*РНБ*）中有这样的一行：“那是白俄罗斯的城市。”这就使人猜想，布罗茨基是了解促使他写《丘陵》的真实事件的。我们没有布罗茨基到过那些地方的资料，不过他至少还有一次在诗里提到过那些地方。在未完成的长篇叙事诗《冬天到了，一切会飞的……》（1965；*СИБ*－*2*. T. 2. C. 102）抒情主人公幻觉中的对话者的回忆把他们带到了奥尔沙和戈梅利，还有：“……波列西耶地区，堆着干草垛的林边，/河湾；不过这里的铁钎/此刻比谢伊姆河湾闪着更强烈的光芒。”（C. 109）

10. «Ты поскачешь во мраке, по бескрайним холодным холмам ...»（《你将在黑暗中疾驰，沿着一望无际的寒冷的丘陵地带……》）*ВП*－*4*. 据 MC 印刷（省略了第一行当中一个不必要的逗号）。在 *ОВП* 中有几处略微偏离了作者认可的文本。缺少几个预料会有的问号，这是因为布罗茨基在早期拒绝使用惊叹号和问号，力求更确切地规定自己朗诵的音调。

《你将在黑暗中疾驰，沿着一望无际的寒冷的丘陵地带……》在风格上与1961—1962年的一些诗作有密切的关系，如：《云彩飘过》（№ 19），在某种程度上也包括《丘陵》（№ 9）以及被作者放弃的叙事诗《小溪》和《百年战争》（未写完），但要特别指出的是《傍晚他冻僵在门口，看见……》（№ 14）和《那天晚上我们看见……》（№ 5），与它们构成了围绕同一主题的三首诗。所有这些作品都是按音乐原则构建的，其基础不是情节，而是同一些语言形象的一系列变异，在这里，驰骋的骑手是诗意想象的经典隐喻，诗意的想象按自然界的相似现象创造自己的世界（马与希腊神话中的飞马珀伽索斯联想在一起）。

Кто там скачет, кто мчится под хладною мглой, говорю, /одиноким лицом обернувшись к лесному царю…（是谁在那里疾驰，是谁在夜幕下飞奔，我，/个人转向森林之王……）歌德巴拉达诗体《林中之王》（1782）的茹科夫斯基译本（1818）的被歪曲的第一行："Кто скачет, кто мчится под хладною мглой?"（谁在策马奔驰，谁在寒雾中纵马飞奔？）布罗茨基加上"там"，就将茹科夫斯基的抑扬抑扬格改成了抑抑扬格。

Между низких ветвей лошадиный сверкнет изумруд.（在低矮的树枝间马形的绿宝石一闪。）"Из лошадиного источника, иначе — Гиппокрены, поэт черпает вдохновение…"（马泉就不同了，——诗人从希波克里尼泉汲取灵感）（*Жигачева 1992*，C，191）。按照希腊神话，飞马珀伽索斯在缪斯的住处赫利孔山上用马蹄踏出希波克里尼泉，被称为"马泉"。希波克里尼泉象征着诗人的灵感泉。另参见《冬季邮政》的注释（№ 205）。

11—12. Два сонета（《十四行诗二首》）*СИП*. 据 *МС* 印刷。以《十四行诗二首》为题将这两首诗结合在一起，看来早在准备 *ОВП* 之前就获得了作者的认可——它们也就以这种串联的形式出现于 *СИП*。

早于组诗《献给玛丽亚·斯图尔特的十四行诗二十首》（№ 135－154）。布罗茨基在 1959 年和 1970 年之间写了十四首诗，他称之为十四行诗（在另一处称之为"小十四行诗"）。其中的大多数只是近似地符合十四行诗形式的严格要求。"首先，布罗茨基在一系列十四行诗中放弃押韵……这样偏离既定规则，似乎是一种极端，不过，俄罗斯的诗人们总是倾向于尝试十四行诗押韵的新模式。既然十四行诗的非传统的押韵是可以接受的，那么为什么就不容许全然不押韵的十四行诗呢。布罗茨基押韵的十四行诗也是很出色的，尽管押韵的方式有所不同。在二十五个中找不到两个绝对相同的押韵方式。……这种多样性绝非偶然，它见证了对充分利用形式变异的可能性的自觉追求。"（*Шерр 1986*. С. 195）总之，至少在 1970 年之前，布罗茨基所谓的"十四行诗"，其中也有传统十四行诗形式的一个或两个成分：五音步的抑扬格以及近似于十四行诗（意大利的、法国的和莎士比亚的）所采取的押韵模式之一。按照这样的标准，可以归入十四行诗的还有五首：《来自 K 城的明信片》（1967；№ 81）、«Amicum-philosophum de melancholia manis et plica polonica»（1971；№ 104）、《未完成的片段》（"晚餐时他从桌旁站了起来……"；1972；*СИБ－2*. Т. 3. С. 37）、《在大陆旅馆》（1974；№ 158）和《升起的金色太阳洒下斜斜的光线……》（1980；№ 269）。1980 年后布罗茨基只有一首长度为十四行的诗，那也是用自由体写的，《小丑毁掉了马戏团，大象逃离了印度……》（1995；№

446)；此外，由七个长度为十四行的诗节（在某种程度上近似于奥涅金的诗节）组成的《献给椅子》（1987；№ 267）；用自由体写的《在索邦神学院的演讲》（1989；№ 449）由四个长度为十四行的诗节组成："我对布罗茨基说，这都是十四行诗啊，他立刻就同意了。"（T. 文茨洛瓦致注释者的信）当然，布罗茨基并不是第一个试图革新十四行诗的诗人。"Дж. M. 戈普金斯是用走样的所谓'轻重音节'（抑扬格的基本形式）写诗"，而苏联的乌克兰诗人德米特罗·帕夫雷奇科写的是无韵的十四行诗"（Б. 罗曼诺夫。俄罗斯十四行诗//俄罗斯十四行诗。18 世纪至 20 世纪初俄罗斯诗人的十四行诗。M.：Советская Россия，1983. C. 5）——上面提及的十四行诗形式的两位革新者，至少前一位的创作是布罗茨基很了解的。不过，从布罗茨基的作品中取出十四行诗就可以看出，形式特征相似的十四行诗在内容上也是有联系的。(1) 具有典型形式的《献给玛丽亚·斯图尔特的十四行诗二十首》构成完整统一的作品。(2) 一组用五音步抑扬格（照例有一两个较短的诗行）写的六首不押韵的十四行诗，是以统一的抒情题材相联系的；其中有五首写于 1961—1962 年（《我们又住在海湾之滨……》，№ 12；《留在家中边缘……》，*МС*. T. 1. C. 144；《伟大的赫克托尔死于箭下……》，№ 11；《我又一次听到你忧郁的声音……》，*СИБ*-*2*. T. 1. C. 208；《牢房窗外一月过去了……》，№ 21)；还有 1967 年的最后一首，意味深长地以«Postscriptum»（№ 35）为题（也许可以归入这个组诗的还有 1970 年的形式上近似十四行诗的«Сначала вырастут грибы. Потом ...»，*СИБ*-*2*. T. 2. C. 392）。(3) 1964 年八月和十二月之间所写的三首"正规"的十四行诗是寄语，两首（《倾听威严的声音》，№ 487，和《你，缪斯，不相信爱情》，*СИБ*-

2. T. 22. C. 88）是写给 M. 巴斯马诺娃的，一首（《把辞典扔到岸上》，№ 475）是写给阿赫玛托娃的；这三首诗结合在一起还由于在修辞上运用了古风的词汇，以及圣经和古典主义的形象。（4）最后，不难发觉，两首莎士比亚式的十四行诗，«Amicum-philosophum de melancholia mania et plica polonica»（№ 104）和《在大陆旅馆》（№ 158）被放在两首“余兴节目”（立陶宛的和墨西哥的）之间，含有对恋情的怀疑主义的抑制。在这四类之外还有 1959—1960 年的三篇作品（未发表的《献给镜子的十四行诗》，1959；*МС*. T. 1. C. 52；《献给格列布·戈尔博夫斯基的十四行诗》，1960；*СИП*. C. 40；《你要活过所有的人……》1960；*СИП*. C. 39）和《来自 K 城的明信片》（№ 81）。作者并不认为是十四行诗，从标题就看得出来，《小十四行诗》（即并非真正的十四行诗，而是模拟十四行诗形式的作品；*СИП - 2*. T. 2. C. 46）和《未完成的片段》（《吃晚饭的时候，他从桌边站了起来……》1972；*СИБ - 2*. т. 3 с. 37）无论在格律、节奏上，还是在风格特征上都近似于组诗《言语的一部分》的十二行诗，尽管韵脚 АБАБВГВГДДЕЖЖЕЖ 接近于十四行诗的模式。

1. «Великий Гектор стрелами убит ...»（《伟大的赫克托尔死于箭下……》），手稿。*РНБ*，无标题。

布罗茨基抒情诗中最早的古希腊罗马题材；在此之前只有起源于古希腊罗马的一些“老生常谈”：普罗米修斯，奥德修斯，流放中的奥维德（1958—1959 年未发表的草稿，保存于 *РНБ*），斗士（《斗士》，1958；*СИП*. C. 31），谚语“朱庇特可以，公牛就不可以”（《有题词的诗》，1959；№ 17），自比于抒情主人公乌利斯和加尼梅德（“我好像加尼梅德”，1961；*СИБ - 2*. T. 1. C. 136）以及俄耳甫斯和欧律狄克的抒情境界（《索菲娅》，

1961；*СИБ*–2 Т. 1. С. 149–167）。

这首十四行诗是荷马《奥德修纪》第11章的反映，主人公在第11章讲了他在地狱的经历，他在鬼魂之间还见到了特洛伊战争中的英雄。就在这个时期，苏联上演的意大利电影《奥德修斯旅行记》（导演马里奥·卡梅里尼；1955）令人想起《奥德修纪》的题材及其地狱情景；试比较А. Г. 比托夫根据这部电影的印象而写的通俗小说《珀涅罗珀》（1962）；比托夫回忆，1962年十一月布罗茨基和海曼夫妇是他刚写好的这篇小说的第一批听众："我给他们朗读了《珀涅罗珀》"。后来布罗茨基说："俄语听起来似乎有些不妥……"（*Битов 1996*. С. 13）。像稍后以古希腊罗马为题材的诗一样（参见《蒂朵和埃涅阿斯》，№ 35，和《奥德修斯对特勒马科斯说》，№ 125的注释），这首十四行诗也是在译写作者所体验到的某种具体的情景。足以说明这一点的是作者将它排在较早的一首十四行诗之前，后者中既有抒情的"我"，也有抒情的对象。显然，与这首十四行诗直接呼应的还有写作时间相近的十四行诗《牢房的窗外已过了一月……》（№ 21）。

Великий Гектор стрелами убит.（伟大的赫克托尔死于箭下。）赫克托尔，特洛伊王普里阿摩尔斯之子，保卫特洛伊的阵营中最伟大的英雄。他死于同希腊主将阿喀琉斯的决斗，但不是死于箭下，而是死于长矛之下；相反，阿喀琉斯禁止自己的军人用弓箭射他："这时快足的阿喀琉斯向自己的部队摇头示意，/禁止他们用毒箭对付赫克托尔，/担心射中的人夺走荣誉，而他会沦为次要人物。"（荷马《伊利亚特》，第22章，326页，俄译者Н. И. 格涅季奇）

невнятный плач Адромаха.（安德洛玛刻在远处饮泣吞声。）

安德洛玛刻，赫克托尔的妻子。安德洛玛刻哭亡夫赫克托尔（《伊利亚特》第22章，447—515页）是世界文艺广泛采用的题材。

Аякс（埃阿科斯），《伊利亚特》中两个主要的阿凯亚人英雄之一。阿喀琉斯死后，决定将阿喀琉斯的全部兵器装备交给最勇敢的人作为奖赏，因此埃阿科斯和奥德修斯起了争执。结果奥德修斯被选中。负气的埃阿科斯暗自决定，要在夜里袭击自己的军队，可是阿西娜使他陷于疯狂，使他已经举起的剑挥向畜群。他失去理智地开始屠杀牲畜和牧人，把他们看作阿凯亚人。后来他恢复了理智，于是自杀而死（Аполлодор. мифологическая библиотека. л.：наука，1972. С. 87）。

2. «Мы снова проживаем у залива ...»（《我们又住在海湾之滨……》）

古希腊罗马的主题（广泛的隐喻，将列宁格勒郊区的一座工厂比喻为维苏威火山）将这首十四行诗和上一首联系在一起。一对情侣在海湾边远离人烟的生活情景与巨变的预感相结合所构成的情节，在两年半以后的《预言》（№ 29）这首诗中得以充分地展开。

Везувий.（维苏威。）由于公元79年维苏威火山喷发，罗马的城市庞贝和赫库兰尼姆遭到毁灭。通俗书刊和旅行指南说明，在火山灰下死者的遗骸中曾找到相拥而死的情侣的尸体。

13. Исаак и Абраам（《以撒和亚伯拉罕》）*СИП*. 据 *МС* 印刷。打字稿见于 *РНБ*。草稿的文本缺少关于“山”的两段（一段从93行的“Ещё я помню：есть одна гора...”到112行的“в безумный счет ввергает быстро рощу”，另一段从361行的“Ещё я помню: есть одна гора...”到376行的“и пар в ночи растет по форме русла”），已增补在该文本之后。

涉及《以撒和亚伯拉罕》的有M. 克列普斯的书中的一章（*Кrепс 1984*），塞耶夫·巴尔-谢拉（*Бар-Селла 1985*）的论文，大卫·麦克菲登的书第二章中的一节（*MacFadyen 1998*），艾林·斯特克勒（*Steckler 1982*）和简·诺克斯（*Knox 1978*）的学位论文的某些结论，以及瓦莲京娜·波卢欣娜的专著（*Polukhina 1989*）。另参见本书的序和*Лосев 2006*，глава Ⅵ。

作品的时空界限表现于它的结构：划分为大小不等的部分，首先是要表明三个“时段”，在这三个时段中，同时进行着亚伯拉罕的燔祭。在叙事诗的下列概要中，不同的部分是编了号的；符号～表示圣经中的言外之意——耶利米在流泪。

1. 1—4页	“现在时”：以撒和亚伯拉罕在树林里走着。叠句对话：“我们走，以撒……”（～耶利米在流泪）。
2. 5—16行	作者插叙：Исаак- Исак。
3. 17—28行	作者插叙：Авраам- Аврам。
4. 29—36行	“圣经时”：以撒和亚伯拉罕；叠句对话：“我们走吧，以撒……”
5. 37—92行	“圣经时”：在旷野；《创世记》（22章第6节）的迂回说法。
6. 93—112行	“时间之外”：对未来的回忆（参见361—376行）。
7. 113—132行	“圣经时”：亚伯拉罕与一株灌木，人间事件在天上的反映。

8. 133—220 行　“圣经时 ”：叠句：“我们走，以撒……”。（145—148 行：以撒猜到了，等待他的是什么；参见 489—492 行。）灌木的隐喻，关于“куст（灌木）”字体的叙述。

9. 221—284 行　“圣经时”：灌木枝变为火堆。《创世记》（22 章第 7—8 节）的迂回说法。

10. 285—344 行　“圣经时”：以撒梦见灌木变为十字架；《创世记》（22 章第 9—10 节）的迂回说法。

11. 345—360 行　“圣经时”：天使对亚伯拉罕所说的话：《创世记》（22 章第 11—12、17 节）的迂回说法。

12. 361—376 行　“时间之外”：对未来的回忆（参见 93—112 行）

13. 377—408 行　“圣经时”：天使继续对亚伯拉罕说：“我们走吧，亚伯拉罕，到你的国度去……”

14. 409—480 行　“圣经时”（但已是以撒的时间——《创世记》24 章）；古风的生活；关于一块木板的叙述；叠句“我们走吧，以撒……”利百加说。

15. 481—488 行　“现在时”：在潮湿的树林里（～耶利米在流泪）；叠句“我们走，以撒……”几个自称“我们”的人说。

16. 489—492 行　“现在时”；叠句“我们走，以撒……”（几乎逐字逐句照抄 145—148 行）。

17. 493—518 行　作者插叙：Исаак- Исак。- Куст（参见 5—16 行）。

18. 519—520 行　作者插叙：ИСААК = И СновА жертвА

Кричит。

19. 521—523 行 “现在时”：在潮湿的树林里（～耶利米在流泪）。

20. 524—527 行 “现在时”：在潮湿的树林里；叠句“我们走，以撒……”（～耶利米在流泪）。

21. 528—591 行 “现在时”：雨 — 树林 — 火车 — 房子 — 蜡烛（～耶利米在流泪）。

22. 592—607 行 狐狸从“圣经时”来到“现在时”（～耶利米在流泪；参见下面的注释）。

Идем, Исак.（我们走，以撒。）第一句，它成了叙事诗的叠句，呼应着“还要往前走，还要往前走……”；尾声“恐惧与战栗”（索伦·克尔恺郭尔，《恐惧与战栗》/俄译者 Н. В. 以撒耶娃、С. А. 以撒耶夫。М.：Республика，1993. С. 112）。

По-русски Исаак теряет звук.（俄语的以撒 Исаак 少了一个音。）“Исаак”这个名字的意义——“但愿主会笑（会高兴）”——在俄罗斯化的 Исак 中丧失了。于是又发生了违反神与亚伯拉罕立约的现象，族长的名字中出现了两个元音：“Абрам”（崇高的父）被主改名为“Абраам”（多国的父；《创世记》17 章第 4—5 节）。叙事诗这样确定了大屠杀的题材，作为庄严承诺（“剿灭”）的结尾：20 世纪没有派天使来拯救以撒们和亚伯拉罕们。В. 斯卢茨基也在他的短诗«У Абрама, Исака и Якова»中玩了“少一个音”——Исаак-Исак——的把戏（参见*Лосев 2006*，глава Ⅲ）。

Холмы, Кусты...（丘陵、灌木丛……）读者应该注意到《以撒和亚伯拉罕》中词形的广泛的象征意义。丘陵在这里不只

是圣经中的一部分景色（它是假想的，因为犹太地区的旷野不能称之为丘陵起伏的旷野，叙事诗所描绘的旷野更像是中亚的景色），而且在布罗茨基的诗歌词汇中，丘陵也是处于时间中的生活的象征（参见《丘陵》，№ 9）。灌木的象征意义下面有说明。

Здесь не свеча — здесь целый куст сгорел.（在这里不是蜡烛——这里是一株灌木焚毁了。）蜡烛和灌木是《以撒和亚伯拉罕》中的两个主题的象征，而作为象征它们按定义是多义的：试比较 129 行“就问题本质而言灌木像一切……”。在《圣经》中最有现实意义的含义就是，神在燃烧的灌木中（在荆棘的火光中）向摩西显现，吩咐他将以色列人领出被奴役的地方（《出埃及记》第 3 章）。第 140 行“春天在他心里处处是蜡烛、蜡烛”，把灌木和蜡烛的象征结合在一起，灌木在具体情境中就是柳枝：俄罗斯的风俗在复活节前的星期日信徒们拿着蜡烛和柳枝进教堂，以代替棕榈枝，信徒们曾手持棕榈枝迎接耶稣进入耶路撒冷，至于蜡烛可参阅勃洛克：“蜡烛、柳枝都在迎接朝霞……”（《复活节前的星期六》，1903）、“男童和女童/把小蜡烛和小柳枝/带回家……”（《小柳枝》，1906）和“柳枝……/意味着某处有烛光……”（《柳树，是春天在解冻……》，1914）。总之，《以撒和亚伯拉罕》涉及复活节，正教历的主要节日，献给救赎的最高牺牲。在这方面布罗茨基遵循基督教的传统，肯定旧约和新约是并行的。参见灌木变形为十字架（411—416 行）。

“*Сынок, дрова с тобою?*”（“我儿，你有柴吗？”）—“*Вот он, хворост.*”（“这就是，干树枝。”）——《创世记》（22 章第 6 节）的迂回说法。

число когда/твоих детей с числом песка сравнится.（那时/你子孙的人数可比沙数。）“论福，我必赐大福给你；论子孙，我

必叫你的子孙多起来，如同天上的星，海边的沙……”（《创世记》22章第17节）。参见《坐在阴影里》一诗的“繁衍，就像沙一样”（№ 329）。

Еще я помню: есть одна гора...（我还记得：有一座山……）（及其下的93—112行，以及361—376行；另参见前面关于《以撒和亚伯拉罕》草稿的说明）。美国女读者问，这座山是不是象征着各各他，布罗茨基答道：“当然，山就是各各他，不过首先这真是山（*Beinecke*；译自英文）。”以第一人称写的两段抒情插叙，显然是对正文进行加工之后添加的，给人的印象是作者对具体的景色了解得很详细。青年时代的布罗茨基曾多次到过山区。他的密友Г. И. 金斯堡-沃斯科夫年轻时在某种程度上也是热衷于东方学的导师，曾陪同他去天山旅行。有一些丘陵地带，在地理上也并不那么遥远，年轻人喜欢为了冥思而到那里去，例如卡累利阿地峡上的奥列霍沃镇附近的林中丘陵。个人的经验也不能排除文学的影响：《神曲》中的炼狱就被描写成从海洋中露出的山。诗人的遗孀说，布罗茨基特别喜爱但丁这部叙事诗中的《炼狱》。亚伯拉罕经常促使以撒继续往上走，不要怕，就像维吉尔对但丁那样。自然界的具体形象——林鼠、渐渐消失的树影、两片在一起像数字8的树叶——也承载着神秘的含义：在布罗茨基那里，老鼠往往是思维、人类理性探索的隐喻（参见《美好时代的终结》的注释，№ 87），影子使人想起炼狱里的鬼魂，数字8令人想起无限（见下面的注释）。巴尔-谢拉还指出一个可能的来源——“以西结书的异象”。先知看到恢复后的耶路撒冷：他“在神的异象中带我到以色列地，安置在至高的山上……”（《以西结书》40章第2节）。布罗茨基还以362行和375行的“小溪”对应以西结书：“这水从槛下，由殿的右边往下流……”以

及下面的“河”（《以西结书》47章第1和第3—7节），还有对花园的描写：“在河这边与那边的岸上，必生长各类的树木。其果可作食物，叶子不枯干，果子不断绝。每月必结新果子，因为这水是从圣所流出来的。树上的果子，必作食物，叶子乃为治病”（《以西结书》47章第12节）。（参见*Бар-Селла 1985*）。

Largo（意大利语）——音乐术语，表示演奏要“缓慢庄严”。

тень листьев двух, как цифра 8.（两片叶子的阴影仿佛数字8。）按喀巴拉神秘教义，各有含义的十个数“表现神的‘异在’本质，或*客观的*放射（神直接放射的光芒）”（В. Соловьев. Каббала//Энциклопедический словарь. Т. Ⅷ а. СПб.: Ф. А. Брокгауз и И. А. Ефрон，1894. С. 783），数字8的称呼是“光荣或伟大”。“倒卧的8”（∞）是数学符号，表示无限。这个象征最初使布罗茨基大为惊讶，是在他八岁的时候（见*Лосев 2006*，глава Ⅰ）。关于布罗茨基经常而多样地使用这个符号作为隐喻的情况，见*Polukhina 1989*. P. 167。按塔罗牌的分类，第八个神秘含义中有：路、许诺和威胁。

ствол грызут лесные мыши.（林鼠啃着刷白的树干。）在布罗茨基固定的象征意义的框架内老鼠是思索；这里老鼠是在炼狱的山脚下，山顶是但丁所谓的人间天堂。对同样的垂直的地形，布罗茨基在普拉托诺夫长篇小说《基坑》的序中是以不同的语言来表达的：“天堂的观念是人类思维的逻辑终点……天堂是绝境；这是空间的最后的幻象、作品的终结，是**山顶**，是无路可走的顶峰，只能走进时间——由此而引入永生的概念”（*СИБ-2*. Т. 7. С. 72）。另参见《我总是说，人生如戏……》的注释（№ 107）。

Куст похож 〈...〉 на грозный взрыв.（灌木像……猛烈的爆炸。）将植物比作爆炸的不同变体曾一再出现于布罗茨基以后的作品，例如:《窗外的海景》（№ 86），《暴雨的喧嚣又响遍各个角落……》（№ 202），《库普里斯隐蔽处的战争》（№ 275），《新生活》（№ 350）。

С народом сходен — весь его рассей.（与平民相似——他们散居各地。）"散居"——犹太民族散居国外。

твой мозг сейчас, как туча, застит мрак.（你的脑子现在像一团乌云，黑暗遮住光线。）试比较这个比喻在以下诗作中的相反的变化:《我被电话惊醒，在刮胡子……》（1968；*СИБ-2*. Т. С. 243），以及《素描》（№ 113）："高空的乌云，/好像孤单的人脑"和"月光闪烁，刺痛眼睛。/月下，仿佛有一个孤单的人脑，那是乌云……"这个比喻可能源自波兰画家达尼埃尔·姆鲁兹的超现实主义的版画，他不止一次地描绘有一大团状似人脑的乌云的夜景（关于这一点，见 *Лосев 2006*, главлаⅡ）。

Холмы. Холмы. Не видно им конца.（丘陵，丘陵。一望无际。）参见《丘陵》的结尾（№ 9）："死神——这不过是平原，生活——是丘陵、丘陵"。

"А где же агнец?"... "... Господь, он Сам усмотрит..."（"羔羊在哪里呀?"……"……天父，他必自己预备……"）——《创世记》（22 章第 7—8 节）的迂回说法。

Исаака он на это ложе/сложил（他把以撒安顿在这张/床铺上）——《创世记》（22 章第 9 节）的迂回说法。

В одной кинжал, в другой — родная плоть.（一只手里——是匕首，另一只手里——是亲骨肉。）——《创世记》（22 章第 10 节）的迂回说法。

“Довольно, Авраам”... “... Небу то отрадно, /что ты рискнул — хоть жертве ты отец...”（“够了，亚伯拉罕”……“上天也很高兴，/因为你甘愿牺牲——尽管你是祭品的父亲。”）——《创世记》(22章第11—12节）的迂回说法。“参见克尔恺郭尔的评语：‘不豁出去就是没有信仰’”（*MacFadyen 1995*. P. 105)。

число〈...〉/твоих детей с числом песка сравнится（你子孙的人数可比沙数）——《创世记》(22章第17节）的迂回说法。

Никто не знает трещин, как доска（谁也不了解裂缝，不知道木板会怎样）(及以下的429—460行)。对这一段的解释的多样性是值得注意的。艾林·斯特克勒认为，指的是棺材板，不过“木板”也有“圣像”的意思（*Steckler 1982*. P. 36）M. 克列普斯：“‘刀子和木板’的寓意还继承了‘灌木 — 人民’的隐喻主题。”人民（木板）带有自己的历史发展、谱系树、灌木以及反映于裂缝里的木板的遗传记忆。这些裂缝处于经常的、辩证的斗争 — 发展之中，这是由父子间经常性的冲突—继承所决定的：

> 所有的缝隙与灌木都有内在的共性，
> 它们纠结，叙述，陷入争吵而不能自拔，
> 缝隙之一老是说：“我在长。”
> 而树脂的遗骸在黑暗的气孔里蒙上灰尘。

Рост народа определяет его целостность, однородность его материала（人民的成长决定民族的完整性，决定民族质料的同类性）—— 这栋有“隔墙”的房子的“门”是金属铸成的，因

此“侵犯性的因素”（刀子）会遇到坚决的抵抗。从而有了叙事诗的第三个主题，渗入寓意之中——要完全消灭一个民族是不可能的，不论屠杀还是火焚（*Кренс 1984*. С. 173）。巴尔-谢拉指出，伊夫里特语中的词“лyax”意思既是“木板”也是“圣经要旨”。木板来自车厢的板壁，《以撒和亚伯拉罕》没有提及这一点，不过评论家认为，它就是该叙事诗末尾的火车的一节车厢。火车——是运送犹太人去死亡营的火车之一。因此劈碎木板就标志着丧失父辈信仰的悲剧，而在巴尔-谢拉的诠释中，焚烧木板也是如此（*Бар-Селла 1985*. С. 210－213）。在麦克法迪恩的理解中，“доска（木板）”几乎就是“куст（灌木）”的字母换位（浊辅音“д”＝清辅音“т”）。灌木在叙事诗复杂的回归线中已经与祭品联接起来了。由此可以得出结论，刀子劈碎木板之举正是神要求于亚伯拉罕的“信仰的飞跃”（“credo quia absurdum”），“提高神圣祭品的宗教地位，在这里反映于一个词的变更”。因而评论家作出结论，这神圣的行动中的刀——乃是诗人的笔（*MacFadyen 1998*. P. 40－41）。除非在这个议论中没有考虑到黑话中的“笔”是“刀”。

在这种情况下，我们要在显微的水平上注意到，木板构造的描写、树脂风干过程中裂缝的形成所具有的十足的物质性，以及细节的直观性——有结疤的木板在刀下波浪形地迸裂，风干的树脂上有一层灰白色的尘埃。同时关于木板的这一段是出现在一章的中间，而这一章是直观地描写犹太人的宿营地。运用电影术语可以说，这是从广阔的全景摄影（409—413 行“立着一座座帐篷，到处是无数的绵羊……”）逐渐地依次过渡到中景和特写镜头（414—424 行“篝火冒着烟……/狗在咬架……/脸膛上汗水淋漓……”），最后是一个大特写：426 行“透过门的缝隙可以看到一个土块……”，随后就是关于木板的那一段。这样就在所描绘的场景中创造力动感存在的效果。这在时间顺序上要了一个花招：因为整个一章是在天使的独白之后，那么按阅读的逻辑来说，场景表现的是亚伯拉罕和年轻的儿子要返回的营地。其实这是一个比较复杂的时间段，在这个时间段里，地方及其守旧生活方式的画面始终不变，然而已过了很长的一段“圣经时间”——以撒已娶了利百加为妻（即不早于《创世记》24 章第 64 节所描写的时间）。

Торчит могильный дом.（耸立着一个坟丘。）“‘могильный дом’，直译是‘бейт кварот’——即墓地〈иврит（伊夫利特语）〉”（*Бар-Селла 1985*. С. 211）。

По существу же，— это страшный крик，/младенческий，прискорбный，вой смертельный.（其实，——这是可怕的喊叫，/婴儿的、悲惨的喊叫，是临死的哀号。）这两行诗句之后是：“是使它成双，安排成 AAA……”——阿赫玛托娃在草稿本里把这两行诗句（形式上有些改变，想必是凭记忆写的）用作自己的诗《名字》的题词（*Ахматова 1996*. С. 390）；稍早在同一个笔记本里有她的附记：“约瑟夫——与圣经有关。”（1963 年 6 月下半月；同上 С. 372）

И СновА жертвА на огне Кричит：/вот то，что “ИСААК” по-русски значит.（而祭品又在火上喊叫：/这就是俄语“ИСААК”的含义。）这种缩略语或许是仿效犹太人姓氏作为复合缩略语的构成规则；例如：Кац 来自“КАген Цедек（虔诚的神甫）”，СЕГАл 来自“СЕгАн Левиях（教堂职工）”，Шуб 来自“Шохет УБодек（宗教仪式上的屠夫）”，如此等等。

Дождь барабанит по ветвям，стучит，/как будто за оградой

Кто-то плачет.（雨打树枝，噼啪作响，/好像有人在篱笆外哭泣。）巴尔-谢拉把《以撒和亚伯拉罕》一些结尾部分的大雨滂沱、河水涌流的题材与耶利米哀歌联系起来："我因这些事哭泣，我眼泪汪汪……"（《耶利米哀歌》1 章第 16 节），"……愿你泪流如河，昼夜不息；愿你眼中的瞳人，泪流不止。夜间，每逢交更的时候，要起来呼喊，在主面前倾心如水……"（《耶利米哀歌》2 章第 18—19 节），"众水流过我头，我说：'我命断绝了！'"（《耶利米哀歌》3 章第 54 节），等等。

его ведет рука，/и сноп лучей скользит в холмах окрестных./Такой же сноп запрятан в нём самом.（一只手牵引着它，/光束在附近的丘陵上轻快地移动。/同样的光束隐藏在列车内部。）"'光束'不是别的，正是引领犹太人前往神赐之地的'火柱'（《出埃及记》13 章第 21 节）；'手'就是迫使埃及王放走犹太人的'大能的手'（《出埃及记》3 章第 19 节）……"（*Бар-Селла 1985*. С. 206）。

Горит свеча всего в одном окне…　（只有一个窗口燃着蜡烛……）（以及叙事诗的结尾部分 594—607 行对烛台和点燃的蜡烛的描写）。点燃的蜡烛是个人生活的传统象征，而插着蜡烛的烛台则象征着宗教之光、得救之光；例如犹太人插七支蜡烛的烛台，蜡烛的数目就暗示着七重天。布罗茨基在《以撒和亚伯拉罕》的末尾写了两个传统象征的戏剧性冲突，同时使之复杂化，把烛台详细地描写成一种假象，在这种假象的艺术形成中细致地反映了早先在叙事诗（409—427 行和 462—478 行）中所形容的神赐之地的情景。于是在尾声中交织着《以撒和亚伯拉罕》的三大主题：得救之路、个人作为祭品的孤独和创造。

Пришла лиса.（一只狐狸来了。）参见："锡安山荒凉，狐

狸行在其上”（《耶利米哀歌》5 章第 18 节）。巴尔-谢拉还举出一系列出自先知和福音书的例子，那里狐狸的出现是荒凉、绝望的征兆。还应该指出，在 60 年代的诗中，布罗茨基曾两次把自己比作被追逐的狐狸：见他的诗：《我变成了狐狸，而国家变成了猎犬……》（1963 ［?］；*РНБ*）和《去北方的边疆》（1966；№ 42）。

14. «Под вечер он видит, застывши в дверях...»（《傍晚他冻僵在门口，只见……》）СИП. 据 МС 印刷。手稿——РНБ. 参见“那天晚上我们看见……”（№ 5）和“你将在黑暗中疾驰，沿着一望无际的寒冷的丘陵地带……”（№ 10）的注释。

Под вечер он видит. 在另一份手稿中是“傍晚我看见……”（*РНБ*）。

играет любимый состав.（可爱的团队在响亮地演奏。）“团队”在该语境中是组成爵士乐队的音乐家们。看来指的是组建于 1945 年的五重奏演出组，参与其中的有两位天才的音乐家——迪齐·吉莱斯皮（小号）和查理·帕克（中音萨克斯）。

Гиллеспи. 迪齐·吉莱斯皮（Gillespie；1917—1993），美国爵士音乐家和作曲家，与查理·帕克并列，是“比波普”风格爵士乐的宗师之一。另见注释№ 57（“A. 弗罗洛夫”，《选自“校园诗集”》）。

брюнет иль блондин, /появится дух мой, в двух лицах одиы.（黑发男子或金发男子，/我的灵魂将以两个面孔出现。）“有趣的是，在心理鉴定（根据法庭判决）后归还的一份手稿上，只见这行诗已被心理医生大笔一挥完全删除。显然，这意思是作

者患有二重人格”（В. Р. Марамзиы：*МС* Т. 1. С. 372）。

15. «Огонь，ты слышишь，начал угасать ...»（《你感觉到，火苗在摇曳着渐渐熄灭……》）*ОВП*. 手稿——*РНБ*. 据 *МС* 印刷。收入组诗《幸福的冬季之歌》（见注释 26）。详细的解析见 *Polukhina 1989*. С. 15－19）。

16. Глаголью（《动词》）*СИП*. 据 *МС* 印刷，在这里恢复了原来的标题“文学”，不过在作者生前最后认可的版本中都改用了“动词”。*СИП* 和 *ОВП* 中的最后两行都有严重歪曲原意的印刷错误。

В. 波卢欣娜认为，布罗茨基的创作正是从这首诗开始发展他的重大主题之一——将民族等同于语言，将人等同于言语（*Polukhina 1989*. С. 112－113）。

Земля гибербол лежит под ними，/как небо метафор плывет над ними.（夸张的大地躺在他们的脚下，天好像一个隐喻，浮动在我们上空！）试比较曼德尔施塔姆：“在比较中战栗……大地仿佛隐喻在轰鸣……（《找到了蹄铁的人》，1923；提示者 В. 波卢欣娜）

17. Стихи под эпиграфом.（《有题词的诗》）*Грани 1964*. 草稿梗概——*РНБ*. 据 *МС* 印刷。是最早（1959）收入 *ОВП* 的诗。

这首诗与布罗茨基在列宁格勒青年和文学界的第一次声名狼藉有关。“1959 年末（是 1960 年 2 月 17 日。——洛谢夫注）在列宁格勒高尔基文化宫举行赛诗会，由共青团州委与俄罗斯联邦作家协会列宁格勒分会联合举办。布罗茨基也在赛诗会上朗诵了自己的诗《犹太人的墓地……》。这首诗引起了官方人士十分强烈的否定性反应。于是布罗茨基朗读了《有题词的诗》，预先抑扬顿挫地读了题词。此后娜塔莉亚·约瑟福夫娜·格鲁季宁娜（后来在审判和流放时，她是布罗茨基的积极的辩护人）在州委代表的压力下，被迫代表评委与布罗茨基划清界限，并宣布他的发言似乎不曾有过”（В. Р. 马拉姆津：*МС*. Т. 1. С. 337–336）。В. П. 波卢欣娜指出，《有题词的诗》在形式上近似于马雅可夫斯基的诗《我们的进行曲》（诗行“Дней бык пег...”，“Наш бог — бег...”；1971）。

Эпиграф（题词）拉丁文俗语“Quod licet Jove，non licet bovi”。

В каждой музыке/Бах，//В каждом из нас/бог.（每一种音乐里都有/巴赫，在我们每个人的心里都有/神。）约翰·塞巴斯蒂安·巴赫（1685—1750）是布罗茨基喜爱的作曲家之一。“巴赫”在布罗茨基一代列宁格勒诗人未受检查的作品中是公认的精神象征。“每三个诗人……就有一个为巴赫祈祷：‘而在他之后是戴假发的老巴赫，/那是管风琴—银铃—小号’（莫列夫）‘上帝是巴赫，而在他之下的王者是莫扎特……’（博贝舍夫），‘在每一种音乐里都有——巴赫，/在我们每一个人的心里都有——神……’（布罗茨基），‘我紧盯着大厅/是巴赫的托卡塔曲，/便按下了低音区……’（安恰洛夫），就这样不胜列举”（康斯坦丁·库兹明斯基和亚历山大·格里格里·科瓦廖夫。Антология новейшей русской поэзии у Голубой лагуны. Т. 5А. С. 478）。私自出版作品的诗人亚历山大·莫列夫（1934—1979）在50年代末至60年代初很顺利地在青年听众面前朗诵诗歌，包括在前述的赛诗会上，在那里他的诗遭到不下于布罗茨基的差评，在纲领

性的诗《弥撒》(1957,1960)中使用的一套词语形象,几乎与布罗茨基的《有题词的诗》一模一样:“我希望上帝脱了衣服,重又裸体……让上帝、君王、领袖都害怕/巴赫、农夫、渔民!”(引自 *Иванов 2003*. С. 549)。同样的形似词错综格 Бах/Бог,稍后 А. А. 加利奇应用于巴拉达诗体的叠句,“依样画葫芦”(亚历山大·加利奇。《等我回来的时候》。诗歌全集。Frankfurt am Main: Посев,1981. С. 238-240)。

сумерками богов.(诸神的黄昏。)这个语句是重复瓦格纳歌剧的标题“诸神的黄昏”(1974),这是组成《尼伯龙根的指环》的四部歌剧中的最后一部。至于这首诗的音乐主题要以巴赫的名字和瓦格纳编剧来介绍,是有逻辑关系的:前者的创作是欧洲音乐史古典时期的一种序曲,而后者的创作则是这个时期的结束。布罗茨基不喜欢瓦格纳的音乐(见 *Watermark*. P. 104)。

18. Песенка о Феде Добровольском.(《关于费佳·多布罗沃利斯基的短歌》) *СИП*. 根据 *МС 印刷*。

诗中的主人公是布罗茨基的校友,爵士乐录音的收藏家,击剑运动员,他因为找外国人倒卖东西而入狱(资料来自 Г. И. 金斯堡·沃斯科夫);曾在远东地质勘察队工作,死于 1960 年夏(*МС*. Т. 1. С. 345;那里指出,收藏的一份用打字机打的文本所注明的日期“1959”是不对的)。至于在布罗茨基的人生经验中,最初经历的一个亲近的人的死亡对他产生了多么深刻的影响,见 *Шульц 2000*. С. 76。除了这首诗,布罗茨基还写了较长的诗篇《纪念费佳·多布罗沃利斯基》(*СИП*. С. 37-38)。《白色的天空》这首诗也谈到已故的多布罗沃利斯基(*РНБ*)。作者从 *СИБ* 中删去了这首诗,也许是因为那里有了一首《短歌》（“沿着云端起伏的丘陵……”），它在风格上很接近《关于费佳·多布罗沃利斯基的短歌》。这首诗之所以叫作“短歌”，看来是因为它的开端所用的词汇呼应着通俗歌曲（圆舞曲）《在满洲里的山岗上》。

19. Проплывают облака（《云彩飘过》）*СИП*. 据 *МС* 印刷。

按最初的构思，这首诗处于组诗《七月的间奏曲》末尾（参见《你要回归故土。那又怎样……》的注释№ 3）。1990 年接受瑞典电视台采访时，布罗茨基说，他毕生对云彩感兴趣，70 年代中叶有一个时期只想观察云彩，像因云彩分类学著作而入选法兰西科学院的拉马克那样。“云彩”及其衍生物在布罗茨基诗歌词汇的频率中占有显著地位——112。比较起来，“太阳”及其衍生物的频率是 67（*Patera 2003*）。参见他的诗《云彩》（1989；№ 378）。

20. А. А. Ахмадовой（《致 А. А. 阿赫玛托娃》）*ОВП*. 手稿 — *РНБ*.

寄给阿赫玛托娃的最初文本（*РНБ*）与定稿有一系列歧异。最重要的是，代替倒数第二诗节的有两个：

行将就木、死亡和生存
的参与者，从来不是评判员，
您手掌托着鬓角，
在斜对角写我们的事迹——
在温暖的房间里，记得，没有书籍，
没有崇拜者，但也不是为他们而写，

没有读者，没有评论家，也没有
任何人——诗为上天而作。

(*Крайнева*，*Сажин 1989*. С. 194)

布罗茨基于 1961 年 8 月 7 日结识阿赫玛托娃（见“*Свою меж вас...*” С. 194）。1962 年 6 月 24 日在前往科马罗沃的电气列车上，他写完了两首诗，《致阿赫玛托娃》和《在教堂、花园、剧院后面……》，都是写给阿赫玛托娃的。几年后他把这两首诗都称之为“不可救药的”（*Волков 1998*. С. 250）。在附笔中说：“亲爱的安娜·安德烈耶夫娜！请您务必原谅，我的这些诗写得太仓促。我一定会给您写出更优秀的诗篇。当时我只想赶上您的生日”（*Крайнева*，*Сажин 1989*. С. 193）。我们在阿赫玛托娃的笔记簿里看到：“24 号——生日。……晚上，孩子们。约瑟夫的诗——不适合纪念册”（*Ахматова 1996*. С. 234），半个月后布罗茨基的确给阿赫玛托娃写了视角不同的两首诗——《当他走到床头的时候……》和《不期望过早地出现……》（《诗的出现》）（№ 471）。翌年，即 1963 年生日的时候，他给阿赫玛托娃寄了一首诗，《海湾闪着波光，风儿带着……》（№ 473）。1964 年 2 月 15 日，入狱第二天恰逢东正教的奉献节和阿赫玛托娃的命名日，他给她写了短诗《在远非春天的二月……》（№ 479；在 *СИБ*-*2* 中献辞被取消，但初版是有的：Эхо. 1978. № 1. С. 10；见注释 479）。1964 年 9 月 21 日在流放中写了献给她的诗《消失在树林里的乡村……》（№ 474），1965 年 1 月 1—2 日写了十四行诗《把词典抛到岸上……》（№ 475），同年 9 月 20 日写了献给她的诗《在窗帘下》（№ 476），还有一首未完成的纪念阿赫玛托娃的诗大概写于 1966 年之前，《一天结束了，要是她……》(№ 477)。不过他在 *ОВП* 中只收入了《致 A. A. 阿赫玛托娃》(以及别的献给阿赫玛托娃的诗，除了《在教堂、花园、剧院后面……》(见 № 471 - 477)。也许布罗茨基决定在自己的审定本中保留“不可救药的”诗之一，是因为阿赫玛托娃引用了其中的一个诗行“(您)在斜对角写我们……”，作为《最后的玫瑰》的题词。三十年后，为回答彼得堡阿赫玛托娃博物馆的女工作人员 O. E. 鲁宾奇克的问题，布罗茨基写道：“其中‘有’阿赫玛托娃的诗是：«Сретение(奉献节)»(原文如此!)和《在意大利》。想必还有，但此刻我什么也想不起来了(这自然是虚晃一枪)。您列举中的 *Anno Domini* 与阿赫玛托娃无关，而且《弗洛伦萨》其实也没有什么关系。在早期为她的生日而写的诗中有很多是直接献给她的，不过我不可能马上就想起这些诗的首行。至于‘西卜拉’(是‘冬季’和‘夏季’的牧歌吧？——洛谢夫)和‘瓶子里的手稿’(玻璃瓶里的信？——洛谢夫)，与安娜·安德烈耶夫娜是毫无关系的，不过这仅限于我目前所意识到的”。(*Beinecke*) 1989 年写了《安娜·阿赫玛托娃诞辰一百周年纪念》(№ 369)。关于布罗茨基和阿赫玛托娃的关系，详见 *Волков1998*. С. 223 - 278；*Крайнева*，*Сажин 1989*. *Loseff 1999*；*Лосев 2002*。

《致 A. A. 阿赫玛托娃》以象征阿赫玛托娃的不朽为主题，是对阿赫玛托娃本人对自己未来的看法，尤其是其《安魂曲》的“尾声”的看法的回应。关于布罗茨基对《安魂曲》的崇高的评价见 *Волков 1998*. С. 243 - 245；*LTO*. P. 51 (*СИБ* - 2. Т. 5. С. 41)。

Згрохочут по проспекту сапоги... станет в комнате особенно светло.(大街上响起了皮靴的声音，……房间里变得格外亮堂。)

出自阿赫玛托娃《安魂曲》的追忆。试比较《安魂曲》中的“在血腥的皮靴下面”（“前奏”）和“明亮的白天和空荡荡的房子”（Ⅶ）。

засверкает лошадиный изумруд.（骏马形的纯绿宝石闪着光芒。）参见“你将在黑暗中疾驰，沿着一望无际的寒冷的丘陵地带……”的注释（№ 10）。

невредимые солдаты духоты.（闷热中未受伤的士兵们。）*ОВП* 初版误植为“невидимые（看不见的）”（这里为了不破坏格律，应将重音后移一个音节；纳博科夫是不是因此而认为，布罗茨基的重音不对呢？——参见：Vladimir Nabokov. Selected Letters. 1940 – 1977/Edited by Dmitry Nabokov and Matthew Bruccoli. San Diego；New York：Harcourt Brace Jovanovich，1989. P. 461）。闷热、缺少空气在阿赫玛托娃的诗中往往与悲剧选题有联系（参见 Лев Лосев. “Страшный пейзаж‘可怕的风景描写’”：对阿赫玛托娃/布罗茨基选题的旁注//Звезда. 1992. № 8. С. 150）。参见献给阿赫玛托娃的十四行诗《把辞典扔到岸上……》（№ 475）和《我常说，命运如戏……》（№ 107）。

словно тени яйцевидых кораблей.（仿佛椭圆形战船投下的影子。）来自未来学幻境的形象，也许与战场的再认识有关：战场的名称不是来自战神，而是来自火星。在献给阿赫玛托娃的诗中写到星际联系的情节绝非偶然：“加加林的航天使阿赫玛托娃大为震惊。关于从太空所看到的我们的星球的报道，使爱地球的她非常激动。”（Эмма Герштейн. Мемуары. СПб.：ИНА-Пресс，1998. С. 459）

в синем платье，как бывало уж не раз.（身穿蓝色外衣，这

已经不是第一次了。）H. 阿尔特曼在著名的肖像画上描绘了身穿蓝色连衣裙的阿赫玛托娃，这幅画作于阿赫玛托娃在访问火星广场上有歌舞表演的卡巴莱酒吧“演员之家”的时期（1941 年）。

лишь такси за Вами едет.（仅有一辆出租来接您。）与布罗茨基相识的年代阿赫玛托娃通常只坐出租马车在市内走动或出城（例如可参见：*Найман 1989*. С. 186 和 *passim*）。

по отечеству без памятника Вам.（在没有您的纪念碑的祖国。）试比较阿赫玛托娃的话：“要是有一天在这个国家/有人想起要为我立碑……”（《安魂曲》，“尾声”）。2000 年阿赫玛托娃纪念碑建立在莫斯科的奥尔登卡，在一栋房子的院子里，她曾多次下榻于住在那里的阿尔多夫家，布罗茨基也常去那里。

этот воздух загустевший — только плоть /душ.（这湿润的空气——只是灵魂的肉身。）请比较“我的波波，你什么/也不是了——不如说，你成了浓缩的空空如也”；参见《波波的葬礼》的注释（№ 112）。

21. Сонет《十四行诗》 （**«Прошел январь за окнами тюрьмы...»**）（《牢房窗外一月过去了……》）。*ОВП*. 手稿——*РНБ*。手稿是布罗茨基写于阿赫玛托娃的笔记本№ 17，有标题“十四行诗第四首”（见《十四行诗二首》的注释，№ 11－12）和日期：“1962 年 2 月”（*Ахматова 1996*. С. 399）。

ANNO DOMINI

分界线的拉丁文名称（可译为：“主的年龄”，即“基督圣诞的年份……”中文译为公元）——古老的编年史公式。布罗茨基以其中一首诗的标题作为全篇的标题，无疑也顾及了与阿赫玛托娃诗集的名称«Anno Domini MCMXXI»（1922）的相似性。大卫·贝西亚的看法是，这一篇所挑选的诗类似阿赫玛托娃的诗，其中的“爱情、激情、名字基本上是在家庭生活和个人回忆的架构内加以表现，而杂之以简略的素描”；这一篇的结构反映了一段爱情故事——从幸福的日子（1962—1965）到关系破裂的时期，这个时期有时是通过古代的中介来描写的（*Anno Domini*，№ 31；《前往斯基罗斯岛的路上》，№ 32；《蒂朵和埃涅阿斯》，№ 36）（*Bethea 1994*. P113）。*РНБ* 所保存的诗歌名单基本上符合这一章的结构，标题是“Love 1”。

22. «Я обнял эти плечи и взглянул»（《我搂着双肩，看了看……》）*Подборка* 1964，以“Этюд（素材）”为标题。手稿见 *РНБ*。最终的形式是组诗《幸福的冬季之歌》的第二首，（*ЧР*-2/3. С. 47-48，详见注释 26）。收入了 *НСКА*。侨居国外之前，在国内发表的为数不多的诗中有一首是：Молодой Ленинград（альманах）. Л.：Советский писатель，1966. С. 120；有献辞：“М. Б.”（参见序言）。像组诗中的多数作品一样，也写于科马罗沃（参见 *Лосев 1982*）。草稿中写的日期是“1962 年 2 月 2 日”。

诗是以“奥维德的客观风格”写成的：“不写在这里等候，而是描写房间……诗人总是从一旁观察事态的发生……”（М. Л. Гаспаров. Три подступа к поэзии Овидия//Овидий，Элегии и малые поэмы. М.：Художественная митература，1973. С. 17）。

抒情情境在很多方面类似于契诃夫短篇小说《带小狗的太太》的结尾；“他走到它跟前，抓住它的肩部，想亲热一番，闹着玩儿，就在这时他看见了镜子里的自己”。试比较：“……看了看/出现在我背后的情况……”——这样说指的是出现在自己的背后，而不是别人的背后（参见 *Лосев 1986*. С. 190；看了这篇文章，布罗茨基说，可能是下意识地在仿效契诃夫）。Д. 德米特里耶夫在其著作«поЭТИКА»中对这种诠释是有争议的（СПб.: изд. «Юность»，1993；глава «чехов вместо этики»，С. 99－112）。第一行也近似于奥登极其著名的诗《阿喀琉斯之盾》的第一行（W. H. Auden，«The Shield of Achilles»，1952；参见《我窗外，木窗窗外有几棵树……》的注释，№ 45）：“她从他的肩后看了看……”（«She looked oven his shoulder...»）。奥登这篇杰作的回声在布罗茨基的其他作品中也能听到：《美好时代的终结》（№ 87）、《坐在阴影下》（№ 329）和《卡帕多基亚》（№ 407）。

23. Загадка ангелу（《天使之谜》）*СИП*. 手稿——*РНБ*. 在组诗《幸福的冬季之歌》的定稿中（参见注释 26）是第 11 节（*ЧР*－2/3. С. 53－56；在这个版本中诗节是编号的）。收入 *НСКА*。*ОВП* 中的文本是后来经过作者修正的：第 5 诗节的第 1 行——“так тихо，что не слышно слов”；最后一节的 3—5 行[17]——“И ветер паутину гонит，/из веток шевеля вуаль，/где глаз аэростата тонет”。

Посвящение. 布罗茨基首次在这首诗上题写了献辞“М. Б.”（参见 вступ. статья）。

《天使之谜》的诗体（矫揉造作的文体——室内室外彼此反映的两个海的广泛隐喻：布鞋 — 小船、布幅 — 波浪、枕头 —

[17] 实际应为 2—4 行，此处疑似编者笔误。

云朵、丝袜 — 网，如此等等）和选题（天使对睡梦中的世界的玄学观点）使这首诗接近于《献给约翰·多恩的大哀歌》(№ 2)。贯穿始终的网和渔夫的形象源自圣经："我必使你们渔夫成为人"（约翰福音第五章19节；参见《静物画》的注释，№ 108)。

24. Ломтик медового месяца（《蜜月片段》）*ОВП*. 在*ОВП*和*НСКА*中注明的日期是1963年。В. Р. 卡拉姆津根据草稿本中相邻的作品确认了这个日期。草稿本还保存了《家庭相册》这首诗（*МС*. Т. 2. С. 467－468)，就其内容而言，很像《蜜月片断》。它分为9个诗节，其中的第1个诗节与《蜜月片段》的第1个诗节是吻合的。代替献辞的是题词（引自书信?)："'回忆吧，回忆' М. Б."，从而确定了这首诗的格律。其实同一篇作品的第三个版本是用四行诗的形式写的（参见《诗节》的注释，№ 34)，这首诗的标题也是《家庭相册》(«Не мы ли здезь，о посмотри...»，*СИП*－*2*. Т. 1. С. 221)。

25. «Ты выпорхнешь，малиновка，из трех ...»（《你，红胸鸲，从三株灌木丛中……》）*ОВП*. *СИП*中在篇名《红胸鸲》之下有两处改动是那个时期的布罗茨基所特有的，一处是标点符号的改动（在诗行之首用了破折号)，一处是正字法的错误［以"по-прежнему"代替" попрежнему（依旧）"］。*СИБ*所用的篇名是В. Р. 卡拉姆津根据作者编写的诗歌名单提供的(*МС*. Т. 2. С. 464)。被收入*НСКА*。手稿——*РНБ*。

这首诗写于诺林斯卡亚村，是布罗茨基在自己的生日所写的三首诗中的第一首；另外两首是《夜。囚室。监视孔……》(№ 482)和《我代替野兽走进笼子……》(1980；№ 337)。三首诗的比较分析及其与奥维德（变形记，第3卷、第8卷，）和普希金（《无益的才华，偶然的才华……》）在自己生日所写的诗的对比研究，参见*Полухина 1998*。在这首诗里读者可以感知外部的田园风光以及对北方植物群的细致描写，而且可以试着猜破相当复杂的讽喻成分（参见下面的注释）。

Не слышно ни журчанья, ни стрельбы, /не видно ни Стрельца, ни Водолея.（听不见流水声和射击声，/看不见宝瓶座和射手座。）射手座和宝瓶座作为黄道的两宫具有多方面的象征意义。射手座描绘的是肯陶洛斯拉紧的弓，也象征着兽性的本能和精神元素在人的身上的统一；参见诗作 *Epitaph for a Centaur*（SF. P. 31）。宝瓶座描绘的是从瓦罐里倒水的人，象征着现象世界的无穷变化，自由地摆脱固定的形式（水作为自由的隐喻一再地出现于布罗茨基的作品）。可见两个星座的缺位使得所描述的情境笼罩着不自由的阴影，不过其中有“一条小径”闪着白色的光辉。在《悲伤的哀歌》中运用星座的象征使人联想到奥维德，作者在这个时期的其他诗作中还更直接地拿自己的命运与奥维德做比较（详见*Ичин 1996*）。

26. Песни счастливой зимы（《幸福的冬季之歌》）*ОВП*（注明的年份1963不确）。被收入*НСКА*。据*ЧР*-2/3印刷。

这是同名组诗的倒数第二首，其实是组诗的结束，因为最后一首八行诗《风儿离开了林子……》（№ 193）是尾声，一种别出心裁的补充说明，——也像组诗《致罗马友人的书信》（№ 122）的最后一首那样，描写了抒情主人公所离弃的地方。写于1964年，那时布罗茨基离开了“冰天雪地的乌斯季-纳尔瓦”，此前他在那里躲避列宁格勒警方的迫害（*Лосев 1982*）。

组诗《幸福的冬季之歌》创作于1962年秋冬（详见*Лосев 1982*）。它由20首诗组成，下面引述诗的名单，在括号中指明这些诗后来被收入的集子，以及该作品在本书中的编号。未收入本书的五首诗以星号标明。组诗第一次也是唯一的一次完整地发表于*ЧР*-2/3。

«В твоих часах не только ход, но тишь ...»（*НСКА*；№ 188）

«Я обнхял эти плечи и взглянул ...»（*ОВП*, *НСКА*；№ 22, 185）

«Все чуждо в доме новому жильцу...»（*ОВП*；№ 8）

Из«Старых английских песен»（1. «Заспорят ночью мать с отцом...»）（*НСКА*；№ 195）

Из «Старых английских песен»（4. Зимняя свадьба）（*ОВП*, *НСКА*；№ 7, 196）

«Огонь, ты слышишь, начал угасать ...»（*ОВП*；№ 15）

«Что ветру говорхят кусты...»（*НСКА*；№ 190）

«Топилась печь. Огонь дрожал во тьме ...»（*ОВП*；№ 46）

Притча★

К садовой ограде★

Среди зимы（参见：№ 536 及注释）

Загадка ангелу（*ОВП*, *НСКА*；№ 23, 192）

«Шум ливня воскрешает по углам ...»（*НСКА*；№ 202）

В семейный альбом★

В горчичном лесу★

«Садовник в ватнике, как дрозд ...»（*ОВП*；№ 38）

Рождество 1963 года（«Спаситель родился ...»；№ 467）

Рождество 1963（« Волхвы пришли. Младенец крепко

спал…»）★

Песни счастливои зимы（*ОВП*，*НСКА*；№ 26，197）

«Ветер остал лес …»（*НСКА*；№ 193）

То-то крови тесна/вена: только что взрежь，/море ринется в брешь.（是呀，静脉里的血/太满了：刚一切开，/鲜血便潮涌而出。）茨维塔耶娃的追忆“切开血管：诗句便不可遏止地喷涌而出”是有她的潜台词的：1964 年 1 月 11 日阿赫玛托娃告诉 Л. К. 丘科夫斯卡娅：“约瑟夫曾想割断自己的静脉”（*Чуковская 1997*. Т. 3. С. 141）。

27. Развивая Крылова.　（《发扬克雷洛夫精神》）*ОВП*. *ОВП* 中是没有标题的，在 *НСКА* 和以后的版本中才有了标题。据 *СИБ*-*2* 印刷。В. Р. 卡拉姆津指出（*МС*. Т. 2 注释，С. 4），这首诗在草稿本中有附记如下：

> “这是伊万·安德烈耶维奇·克雷洛夫在双耳机里的一种纪念碑。双耳机是献给你的，miss Mary（英语，玛丽小姐）。我觉得双耳机非常有趣。印刷时要三个诗节一组，每组融为一体。可以收入家庭相册。括号中所写的一切，对我而言意思就是‘no political speaking’〈‘英语，莫谈政治’；不过，当时布罗茨基的英语口语还很差，就语境而言可以设想，他的意思是：‘不涉及政治’。— *洛谢夫*〉。可以邀请警探担任文学评论家。不过主要的是——可以不邀请！
>
> dinner 17 Ⅴ 1964。”

Ворона（乌鸦）——布罗茨基的飞禽意象中最常见的鸟（用了39次，比较："鸽子"12次，"麻雀"9次；依据 *Patera 2003*）。他有时按外部特征把乌鸦和自己联系起来：含糊的卷舌音和"鸟的"侧影（例如《乌鸦的叫声》）。有几首诗和《发扬克雷洛夫精神》一样，提及的乌鸦正是克雷洛夫的寓言《乌鸦与狐狸》中的乌鸦，例如《一篇寓言的后记》（№ 399）（布罗茨基对克雷洛夫的评价很高）。除了这首诗之外，两只乌鸦作为抒情作品的两个主人公的拟人化还出现于随笔《一个半房间》（*LTO*. P. 468，494；*СИБ-2*. Т. 5. С. 331，349）。布罗茨基关于这个形象的评论见 *Сонькин 1999*。参见《一篇寓言的后记》的注释（№ 399）。

как требуют инструкций незабудки.（正如勿忘草指令所要求的那样。）双关语，基于严格规定诗人流放生活的各种指令，其中之一是"勿忘……"。

контроль над телефоном учинив，/*в глуши*，*не помышляющей о бунте*.（对电话的监督设立在/不想造反的荒野。）基于1917年十月革命的故事和电影的论调的笑话，十月革命的领导者力求首先建立对电报、电话和其他联系工具的监督。*ОВП* 中是"对电报"，作者的勘误表并未把"对电报"列为误植（*МС*. Т. 3. С. 307），也保留于 *НСКА*。在作者参与准备的最后一版中是："对电话"。

а он — об изоляции。（而他——看绝缘子看得出神。）双关语："изоляция"是电工学术语（绝缘）和法学术语（剥夺自由）。

каркнула во все воронье горло（放开它那乌鸦的嗓门大叫了一声）——引自克雷洛夫的寓言《乌鸦与狐狸》。

28. Для школьного возроста（《学龄儿童读物》）*ОВП*（有

一个重大的印刷错误：第 10 行的“во тьме［在黑暗中］”误为“в уме［在心里］”，而且漏掉了献辞“致 М. Б.”）。*НСКА* 中的最后一行是：“心里指望着重逢”。据 *МС* 印刷。标题是出版社的套话；这个惯用语或其变体印在儿童读物的扉页或封面上。

В. Р. 卡拉姆津：“草稿本里有附记：‘我觉得，这是我最富于才华的一首短诗。写于 1964 年 5 月 31 日晚 10 时至 11 时之间的烛光（粉红色的蛋）下。标题是《五年级读物》’。另一个草稿本里的标题是《四年级读物》”（*МС*. Т. 2. С. 469）。

大卫·贝西亚（*Bethea 1994*. P. 112 – 114）分析，在布罗茨基的创作中，这首诗是“多恩的广泛隐喻的第一个变异”，指的是数学的（几何学的）形象性“A Valediction：Forbidding Mourning”（布罗茨基的译文是《不许忧伤地分手》，№ 79），后来又被布罗茨基用于《没有伴奏的歌声》（№ 94）。另参见《拜占庭》（№ 440）。

29. Пророчество（《预言》）*ВП* – 5. 收入 *НСКА*。手稿——*РНБ*。*ОВП* 和 *НСКА* 中有一处的标点符号使意义不明：“相反”这个词被两个逗号隔开，正如 В. Р. 卡拉姆津所说，“这显然是错误的”，因为作者所描述的恰恰是“荷兰相反”，即“堤坝不是把荷兰和海隔开，而是和大陆隔开”（*МС*. Т. 2. С. 492）。

В. П. 波卢欣娜与注释者分享了她的见解：“堤坝后面的生活是源于歌德《浮士德》第二卷菲勒蒙和包喀斯的形象。这首短诗中‘他们俩望着邻家的花园……’〈1962；*СИБ* – *2*. Т. 1. С. 200〉提到了菲勒蒙和包喀斯。这两个人物在两首短诗中都出现，这是布罗茨基个人的神话因素，具体地说是其生活的一部分的神话因素，这一部分涉及的是青年时代，是对幸福的爱情、婚姻的梦想；然后我们接触到的是英雄（忒修斯）的神话因素、被放逐的国王（《立陶宛的余兴节目》）的神话因素、漂流中的英雄（奥德修斯）的神话因素”。菲勒蒙和包喀斯——夫妻忠贞的典范，是来自希腊神话的形象。必须指出，歌德笔下幸福的老人们在向大海夺取的土地上生活，——这显然是暗指彼得堡（参见И. П. 艾克曼《歌德谈话录》，1829年4月12日的笔记）。海边地带一再成为布罗茨基后来改写的几首哀歌中的固定地点：参见《我们又住在海湾之滨……》（№ 12）和《长满松柏的沙土丘陵……》（№ 233）。参见*ОВП*中令人联想起《浮士德》的其他作品——《雅尔塔的冬日黄昏》（№ 64）、《艾略特之死》（№ 66）和《容器里的两个小时》（№ 71）。

как учат пионеры, /что счет пойдет на дни — не на года, — /оставшиеся нам до новой эры.（正如少先队员所教导的那样，/我们的新世纪——/指日可待，——/无需漫长的岁月。）暗指经常演奏的少先队之歌的副歌《扬起篝火》（1922；词作者А. 扎罗夫，作曲者С. 杰什金——以法国作曲家固诺的歌剧《浮士德》的进行曲）“新纪元即将来临/光明的年代……”为基础。

Гейгер（盖格）——指盖格辐射计数器，是布罗茨基在地质勘探中很熟悉的仪表。

крутя/осоку нашей кровли.（旋卷着/我们木板屋顶上的苔草。）普希金的诗《冬季的傍晚》（1825）有类似的表达，其中有诗行“暴风雪旋卷着”和“年久失修的屋顶上/突然响起麦秸的沙沙声”。和普希金的这首诗一样，《预言》的主题——是人类暂时栖身的破败的居所，在海洋上生死攸关的混乱中暂时栖身的密封舱。在未收入定稿的诗节中发展了短命的“麦秸”房（如民间

故事）的主题：

麦秸编的墙壁。海洋
在正方形的麦秸墙中闪着蓝光。
麦秸屋顶。一个茶杯
透明地放在麦秸床上。
环绕我们的是一片寂静。
而寂静中的灯光环绕着
呼吸、麦秸编的洗礼盆、
麦秸做的深深的摇篮。

（*МС*. Т. 2，примечания. С. 23－24；
标点是马拉姆津加上的）。

关于普希金《冬季的傍晚》的另一个类似的表达，参见《你，蒙着蛛网的吉他状的东西……》的注释（№ 259）。

назовем Андреем или Анной.（就叫安德烈或安娜。）为纪念安娜·安德烈耶夫娜·阿赫玛托娃（参见本章注释的引言）。布罗茨基的儿子（生于 1967 年）名叫安德烈，女儿（生于 1993 年）名叫安娜。

русский алфавит，/*чей первый звук от выдоха продлится*/*и*，*стало быть*，*в грядущем утвердится*.（俄文字母表，/它的第一个语音由于吐气而延长，/因而在未来得以确立。）古斯拉夫语的研究者都知道，隐修士赫拉布尔在《关于文字的传说》中说，字母 а（азъ）是“上帝赐予斯洛文尼亚氏族，让他们张开双唇，学习这个字母的人要大张着嘴发音”（引自注释者的译文，依据是：П. А. Лавров. Материалы по истории возникновения древнейшей славянской письменности//Slavistic Prnting and Reprinting. LXVII. The Hague-Paris：Mouton，1966. C. 162)。布罗茨基对俄文字母除了职业性的依恋，还有他“个人”的依恋：他的生日是5月24日，恰逢东正教教会隆重纪念圣徒基里尔和梅福季，他们被认为是斯拉夫字母的创建者（“基里尔字母”这个词在布罗茨基的诗中出现过10次；*Patera 2003*）。参见《与天人的谈话》“插叙”的隐喻（№ 88）。

30. «Отказом от скорбного перечня — жест ...»（《拒绝悲伤的清单——吝啬鬼……》）*ОВП*（有两个印刷错误，其中之一歪曲了原意：最后一节的第4行将“так”误植为“как”）。收入于*НСКА*。据*МС*印刷。

从诗学观点对隐喻和比拟的详细分析，见 *Polukhind 1989*. P. 119－123。

отказом от скорбного перечня.（悲伤的清单。）在В. П. 波卢欣娜看来，“悲伤的清单”是马雅可夫斯基下述语句的类似表达：“彼此的悲痛、灾难和委屈的清单”（《你想必是第二个倒下的了……》；1929；也引自马雅可夫斯基临终前的笔记）。这种关联尤其可信，因为这首诗还有其他一些与马雅可夫斯基自杀有关的类似表达（见下）。

кравец（据达利词典：*кравéц*；布罗茨基也许是用了这个词的波兰语发音——重音在第一个音节上）——裁缝。

любви... на крови.（爱……血泊上。）极端庸俗而被“禁止”的韵脚，描绘的是庸俗的爱情场景（*Polukhina 1989*. P. 121）。

храм на крови（血泊上的教堂）——俗称基督复活大教堂（建筑师是И. В. 马卡罗夫和А. А. 帕兰；1887—1907)，建造

在彼得堡叶卡捷琳娜运河（格里博耶多夫运河）上沙皇亚历山大二世遇刺的地方。很多人觉得，模仿“俄罗斯古风”的建筑“血泊上的教堂”在艺术上是失败的。

на сплетне себе постели.（在流言上为自己铺床吧。）这是帕斯捷尔纳克为马雅可夫斯基自杀而作的《诗人之死》（1930）的下述诗句的类似表达：“你睡下了，在流言上铺了床……”（最先注意到这一点的见 *Kline 1973*）。不可忽视的是，最后一个诗节之首的比拟“仿佛被震昏的鱼从水底浮起……”也出自同一来源。帕斯捷尔纳克这样比拟诗人自杀的枪声：“仿佛水雷的爆炸/把鳊鱼和狗鱼压扁了冲出水面……”Г. А. 列温通注意到，布罗茨基笔下的死与流言的结合不仅来自马雅可夫斯基（via 帕斯捷尔纳克），也来自茨维塔耶娃的《新年》：“我早把生死放进了引号，/明知都是空洞的流言！”（*Левинтон1998*. С. 213，注释 114；布罗茨基曾为《新年》写了长篇随笔）。参见《幸福的冬季之歌》的注释（№ 26）。另见《奥古斯特》的注释（№ 461）。

петел（这是教会斯拉夫语词）——петух（公鸡，与 петь［歌唱］有词源上的关系）。

по требам.（游览圣礼。）圣礼——由信徒请求举行的宗教仪式。

31. Anno Domini. *ОВП*. 收入于 *НСКА*. 草稿片段见 *РНБ*. 大约 1968 年 1 月写于帕兰加。

布罗茨基的一系列作品以假托的“罗马帝国”的形象来反映当代的现实和个人的处境。*Anno Domini* 是其中的第一篇。此后的作品是叙事诗 *Post aetatem nostram*（№ 96）、组诗《致罗马友人的书信》（№ 114－122）和戏剧《大理石》（发表于 1984 年）。

这种途径的选择是由于这个时期布罗茨基对古希腊罗马文化，尤其是罗马抒情诗人的创作日益增强的迷恋。也不能不指出，文学界前一年的重大事件是 M. 布尔加科夫的长篇小说《大师和玛格丽特》的出版。布罗茨基对这部长篇小说是持批评态度的，然而他后来承认，总的说来 60 年代俄罗斯文学作品是以布尔加科夫的复出和 Б. 帕斯捷尔纳克的长篇小说《日瓦戈医生》的出版为标志的（*LTO*. P. 269；*СИБ*-*2*. T. 5. C. 188）。*Anno Domini* 对苦于失眠的多病的总督的描写令人想起《大师和玛格丽特》献给本丢·彼拉多的篇页。此外，写于帕兰加的 *Anno Domini*“使立陶宛的现实（包括朋友圈的生活故事）变形为古希腊罗马时代的——或不如说中世纪的形象”（*Венцлова 2002*. C. 109）。布罗茨基的波兰研究者认为，“*Anno Domini* 中的神秘作家在某种程度上也可能受到了《大师和玛格丽特》中的情节的提示，即彼拉特建议马特维去为他工作，当藏书的保管员。整个作品就是一部对假定的作家与当局合作的反思，对艺术家的责任感的反思，就是诗人在以后的作品中所坚决抛弃和谴责的作家的那种行为方式”（*Szymak-Reiferowa 1993*. S. 154）。尽管诗的标题部分地重复阿赫玛托娃的书名 *Anno Domini MCMXXI*，但作者强调，他的 *Anno Domini* 和阿赫玛托娃没有关系（参见《奉献节》的注释，№ 124）。

Провинция справляет Рождество.（罗马总督管辖的地区在庆祝圣诞节。）如果这里假托的帝国是罗马帝国，那么这就是晚期的罗马，康斯坦丁大帝时代使基督教成为罗马的官方宗教（公元 4 世纪初）。讽刺在于圣诞节是庆祝的，而帝国臣民的行为却缺少基督徒的善良和宽容。

в Альказаре.（在凯比尔堡。）凯比尔堡（Эль-Ксар-Эль-

Кибир）——今摩洛哥大西洋沿岸的一座古城，就在罗马人居住地带的边缘。Т. 文茨洛瓦认为，“（至少可以作为一个补充）‘Алькaзар’的另一个词义可能是西班牙-毛里塔尼亚诸城市——例如塞尔维亚——的克里姆林宫类型的宫殿”（致注释者的信）。

Цинтия（肯提亚）——普罗佩提乌斯爱情诗的抒情对象。这个名字也被布罗茨基用于《罗马哀歌》（№ 308 - 219）、某些草稿和一首不打算付印的诗“肯提亚，你的辽阔无边的臀部……”（1968；№ 554）。

Как хорошо, что не плывут суда! /Как хорошо, что замерзает море!（好啊，船舶停航！好啊，大海结冰！）《停滞、萧条的国家》主题的最早的宣示之一（多年后更名为《萧条时代》）——参见《玻璃瓶里的信》（№ 69），«Post aetatem nostram»，Ч. Ⅹ（№ 96；参见 *Loseff 1990*）。

свет зари, /вползает в окна, норовя взглянуть/и, натыкаясь на остатки пира, /колеблется（它爬进窗户，很想看看/里面发生了什么情况，/却碰上了宴会的残余，/不禁犹豫起来。）«Anno Domini»的最后一节，人格化的霞光看着宴会的残余，这在Ф. 伊斯坎德尔的长篇小说《契格木的桑德罗》（1979）的一章《伯沙撒宴会》中有类似的现象：“……八月柔和的粉红色朝霞看了看宴会厅，它看到很多区委书记睡在桌边——有的仰靠在椅子上，有的就直接把脸贴在桌子上。”（试比较布罗茨基：“大醉后，民族的领袖们……”）“……斯大林从桌上扒拉着糖果、饼干、肉块、烤鸡和其他食品”。（试比较布罗茨基的“宴会的残余”）

32. По дороге на Скирос（《前往斯基罗斯岛的路上》）*ОВП*. 收入于 *НСКА*. 手稿——*РНБ*. 在 *ОВП* 和 *НСКА* 中的标

题是《去找吕科墨德斯，前往斯基罗斯岛》。

“我们……在这里要进行概括性的议论，这一次的议题是反常的道德规范，要为英雄业绩而贬低‘英雄’，而不是奖赏（附注：在与我交谈时诗人讲到这首诗中的形象与基督教神话中的圣格奥尔基的对比，为奖赏格奥尔基的英雄行为，让他娶了一位公主为妻），不过这些议论是以半叙事的、戏剧性的形式来表现的。忒修斯的神话……对抒情主人公‘我’的实际情况而言，只是叙事的‘面具’。独白的戏剧性具有很复杂的性质：在最初几行叙述者向我们介绍自己说，他的命运与忒修斯的命运很相似，但以后在诗中哪里也没有强调这样的比拟，而且叙述者以古典神话的术语那么有条理地描绘自己的境遇，以致读者很容易就忘记了他自己的独立存在”（*Верхейл 1986*）。忒修斯和阿里阿德涅的爱情悲剧情节多次被用于文学和艺术，其中就有茨维塔耶娃的悲剧作品《阿里阿德涅》（1926）。

Заглавие（标题）有讽刺意味。根据忒修斯的神话，这个英雄在年轻时战胜了米诺陶诺斯，只是晚年才来到斯基罗斯岛，国王吕科墨德斯就是在那里杀了他。因而标题可以解读为“一路上从最初的英雄壮举以失去情人而告终，直至最后”。

как Тезей — /свой Лабиринт, оставив Минотавра/смердеть, а Ариадну — ворковать/в объятьях Вакха.（像忒修斯——/离开自己的迷宫，让米诺陶诺斯留下/发臭，而让阿里阿德涅——留在/巴克科斯的怀里细语缠绵。）神话内容的简述。抒情主人公与忒修斯的比较另见诗作《1972 年》（№ 126）。

33. Элегия（“Подруга милая, кабак все тот же ...”）《哀诗（亲爱的女友，小酒馆还是那样……）》*ОВП*. 收入于

НСКА. 手稿——*РНБ*.

“立陶宛印象渗透于很多诗歌作品，例如《哀诗》（‘亲爱的女友，小酒馆还是那样……’）：‘邮政航线上的飞行员’——就是布罗茨基在帕兰加的‘Pajuri’”旅馆餐厅里遇见的俄国飞行员（*Венлова 2002*. С. 109－110)。需要补充一点，布罗茨基对年轻时读过的圣埃克苏佩里描写邮政航线上的飞行员的《夜行》（1931 年，俄文初版于 1957 年）毕生保持着满怀深情的态度。

34. Строфы（«на прощание ни звука...»）（《诗节“分手时——默然无语……”》）*ОВП*（11 个诗节的版本）。据作者最后认可的文本印刷（*СИБ－2*)，基本上与 *МС* 的版本相符（9 个诗节）。在 *НСКА* 中布罗茨基收入了 10 个诗节的版本：有第七诗节（“房屋纷纷坍塌……”），但没有第九诗节（“令人担忧的只是……”）。“Ардис”出版社 2000 年版（参见注释组成部分的底注）恢复了诗节 Ⅶ 和 Ⅸ。手稿——*РНБ*（用的是 *НСКА* 的版本）。

布罗茨基还有以“诗节”为标题写于 1978 年的诗（№ 236，*НСКА*；№ 276，*У*)。布罗茨基往往在诗的标题中表明诗的体裁——十四行诗、哀歌、牧歌、颂歌。四行诗的体裁（诗节）早在文艺复兴时期就出现于欧洲诗歌，并在 18 和 19 世纪广泛地运用于俄罗斯诗歌，之所以称之为四行诗，是因为单个的诗节较之通常划分为诗节的诗（往往以诗节编号来强调这一点）具有更大的独立性。这通常是四音步抑扬格的四行诗（例如普希金的四行诗——“В надежде славы и добра ...”）。在已发表的这种体裁的作品中，布罗茨基只在《致奥古斯塔的新四行诗》中用了抑扬格，№ 70，（音步不同；诗节的行数不同）。在《致城市的四行诗》（“但愿不要……”；1962，№ 365）、《四行诗》（“无论地方还是墓地……”；1962，№ 466）和《诗节》（1968，№ 34）中，他用了同样的形式——抑抑扬格的八行诗：第一首诗是 Ан2/3：*хахБх*（*х*）*ахБ*（其实诗的符号也可以是 Ан5：аБаБ，如果布罗茨基不是把长诗行划分为较短的诗行，而形成 8—9 行诗的话），而第二首和第三首是 Ан2：АбАбВгВг。《诗节》（1978，№ 236）也是八行诗，不过只有诗节 XVIII－XXII 和 XXIV 才是纯粹的 Ан2，这样的诗行在 206 行中总共占 125 行，其余的都是三音节诗格的变体。这些诗的统一话题是与亲爱的（女人、城市）离别和未来的死亡。关于和 М. Б. “第二次分手”的《诗节》（1978）可参见 *Kuznetsov 1999*。“诗节”也是最后定名为《静物画》的那首诗的最初的标题（№ 108）。

所注释的《诗节》（1968）的形式想必是布罗茨基受到了帕斯捷尔纳克所译的雪莱（Shelley）《诗节》的提示（“神灯破碎了……”；星空。见鲍里斯·帕斯捷尔纳克外国诗歌译作。М.：Прогресс, 1966. С. 36－37）。Г. 克鲁日科夫的这个推测（Григорий Кружков. Ностальгия обелисков. М.：Новое литературное обозрение, 2001. С. 654）得以确立，除了形式相似之外，还由于“团结-瓦解”这个基本主题的相似，而且毋庸置疑，也基于潜在地引证帕斯捷尔纳克稍晚的同样标题的诗——《诗节》（参见注释 236）。

не уступит любой/залетейской державе.（毫不逊色于任何/衰亡的大国。）修饰语“залетейский”意即死后的、在忘川那边的，来自阿赫玛托娃：“几乎是出自死后的幽灵”（“书页上的题词”，1940；В. 波卢欣娜的指点）。

чтобы гончим не выдал/〈...〉адрес мой — храпоидол/или твой — херувим.（为了不让人向那些猎犬/……泄露我的行

踪——譬如那个木头人儿。/或泄露你的行踪——譬如基路伯。）比较《诗节》（“好像玻璃杯……”；№ 236）ⅩⅥ中的萨梯里和有翼的生物. Храпоидол（俗语词）——没有感情的人。布罗茨基给这个词加上了偶然的含义：“其本性与天上世界的天使相反的下等世界的生物”；同音重复和元音重复更加强了鲜明对照的平行现象：*храпоидол — херувим*。

35. Postscriptum（《附言》）（**«Как жаль, что тем, чем стало для меня ...»**）（《多么遗憾，你的存在对我之所是……》）*ОВП*（标题是《十四行诗》）。收入于 *НСКА*。手稿——*РНБ*（有不同解读的版本；其中的一页上有《前往斯基罗斯岛的路上》，№ 32）。*МС* 中的标题是《附言》，看来这与 1961—1962 年的五首十四行诗有联系；关于这首诗可参见 *лосев 2006*，глава Ⅸ；以及《十四行诗二首》的注释（№ 11－12）。据 *МС* 印刷。

Как жаль, что тем, чем стало для меня/твое существование, не стало/мое существование для тебя.（多么遗憾，你的存在对我之所是，而我的存在/对你却并非如此。）参见 *Лосев 2006*，главаⅨ。波卢欣娜向我们指出，这与巴拉丁斯基的诗是相似的：“……我向命运祈求，/但愿你哪怕从此刻起/像我久已对你那样对我”（《致杰利维格》，1821）。

Я запускаю в проволочный космос/свой медный грош, увенчанный гербом.（我把自己的一枚加冕国徽的铜币/塞进有电线的宇宙。）两戈比的硬币是打自动收费公用电话所必需的，它像苏联所有的硬币一样，背面有苏联的国徽——戴着麦穗编成的冠冕的（“加冕的”）地球；试比较《观海景》中的“20 戈比银币上的鹰徽”，№ 85。试比较《你会认出我的笔迹。在我们嫉贤

妒能的帝国……》一诗中对打电话用的小硬币的相似的描写（№ 339）。

36. Дидона и Эней（《蒂朵和埃涅阿斯》）*ОВП*，标题是《埃涅阿斯和蒂朵》（在 *МС* 之后首先用《蒂朵和埃涅阿斯》做标题的是 *НСКА*）。*ОВП* 的第 23 行用的是“костра（篝火）”而不是“его（它）”，第 24 行用的是“дрожащем（俄语词颤动的现在时）”，不是这个词的过去时“дрожавшем”。手稿——*РНБ*。“1972 年作者看了这篇作品，并肯定了我们的版本。有一本是献给耶夫根尼·赖恩的，下面注明的日期是 1969 年 12 月 29 日。这一天是赖恩的生日。不过他（布罗茨基）认为，诗不一定是在这一天写的，也许只是赶在这个日期之前写的，因为约瑟夫曾答应他要在每年（生日）以新诗相赠（*МС*. Т. 3. С. 272）。*МС* 对倒数第二行的词“распадался”有一个注释：“书里是 распадался。可是在作者的印刷错误列表上更正为 рассыпался。在我们的本子里是 рассыпался，同时在页边还有一个来自其他本子的异文 осыпался。作者予以删除，并亲笔更正为‘распадался’。因此我们以这个版本作为基本的版本。”（同上，С. 273）我们选定的异文是经作者最后认可的“рассыпался”。

布罗茨基在 1973 年的访谈录中说，《蒂朵和埃涅阿斯》——“不是爱情诗”，“毋宁说是以历史为题材”的诗（*Интервью 2000*. С. 27）。

《蒂朵和埃涅阿斯》的题材是从维吉尔的《埃涅阿斯纪》第 4 卷借用的，这位诗人经常存在于布罗茨基的艺术世界；另参见《牧歌》（Ⅳ和Ⅴ，№ 320，321）和《苍蝇》（№ 334）的注释。维吉尔的这个题材多次被世界艺术所运用，包括布罗茨基所喜爱的帕塞尔的歌剧《蒂朵和埃涅阿斯》(1689)。由于这部歌剧布罗茨基写了生平唯一的音乐评论(*Бродский 1995*)。参见 *Петрушанская 1997*. C. 225。

尽管在前面援引的信件里，布罗茨基在其与阿赫玛托娃有关的诗作中没有提到《蒂朵和埃涅阿斯》(参见《致 A. A. 阿赫玛托娃》的注释，№ 20)，却应当指出，在阿赫玛托娃的由 13 首诗构成的组诗《蔷薇开花(取自被焚毁的笔记本)》(1946—1964)中，贯穿始终的主题就是“蒂朵和埃涅阿斯”，作为对悲剧性的“无缘相逢”、对海外游子的毁灭性爱情的讽喻。组诗第 11 首(《你别怕，我更像……》)有引自《埃涅阿斯纪》的题词和直接自比于蒂朵的内容，这首诗 1962 年写于科马罗沃，也就是在布罗茨基和阿赫玛托娃的交往特别频繁的时期。正是这首诗中的一行，“你不知道，人们宽恕你了……”，布罗茨基喜欢加以援引，作为阿赫玛托娃的主要的道德遗训(例如可参见 *Волков 1998*. C. 256)。在时间相近(1962 年 8 月 9 日)的诗《最后的玫瑰》中，阿赫玛托娃的题词引自布罗茨基的作品(参见《致 A. A. 阿赫玛托娃》的注释，№ 20)，这首诗有一行是“随着蒂朵的篝火的烟飞去”，而 1965 年 7 月 12 日(“圣彼得节”)她写信给流放中的年轻朋友：“我在听按您的建议给我带来的帕塞尔(‘蒂朵和埃涅阿斯’)。这是某种如此强大的作品，简直无法谈论它”(*Гордин 1989*)。(关于布罗茨基的诗对组诗《蔷薇花开》的反响参见《没有伴奏的歌声》的注释，№ 94 和《安娜·阿赫玛托娃一百周年诞辰纪念》的注释，№ 369；另见《奉献节》的注释，№ 124)。

在为《蒂朵和埃涅阿斯》而写的分析文章中，凯斯·韦尔海尔指出了这首诗与《在旷野扎营》，№ 72，(1966)和《前往斯基罗斯岛的路上》，№ 32，（1967）的风格的统一和主题的联系，并指出作者个人的感受是《蒂朵和埃涅阿斯》的潜台词（*Верхейл 1986*）。

в минуту/отчаянья и начинает дуть/попутный ветер（正是在/绝望的时候刮起了/顺风。）。比较“你怎能对周边的危险视而不见呢？/吹着和顺的微风……”——《埃涅阿斯纪》，卷Ⅳ，561—562 行（俄语译者 С. 奥舍罗娃）。

в мареве его，/дрожавшем между пламенем и дымом，/беззвучно распадался Карфаген.（它的幻影/在火与烟之间颤抖，/迦太基在幻影中无声地坍塌。）比较“看来，整个迦太基……在敌人的打击下化为灰烬，笼罩在猛烈的火焰之中……”——《埃涅阿斯纪》，卷Ⅳ，669—671 行。

до пророчества Катона.（在卡托的预言之前。）老卡托（公元前 234—前 149 年），罗马政治活动家；传说老卡托认为，迦太基是罗马的如此危险的竞争对手，以致他在元老院无论说什么，结尾的话总是：“此外我认为迦太基必须消灭”。

37. Шесть лет спустя（《六年后》）*ОВП*（标题是“七年后”；关于标题的变更参见下面的注释）。收入于 *НСКА*. 手稿——*РНБ*。

вновь/второе января пришлось на вторник（一月二日又恰逢星期二）。В. Р. 马拉姆津：“对我们的问题作者说，这首诗的日期很容易确定，只要看一看日历，什么时候一月二日是星期二。这样的年份是 1962 年和 1968 年。因而这首诗是写于 1968 年，……严格地说，是六年后，不过，与 М. Б. 结识……未必是在一月二日：要早些。诗也可能不是写于一月，而是晚些”

（*МС*. Т. 3 С. 263）。在 *НСКА* 中布罗茨基还是把“七”改为“六”。“ардисовский”出版社 2000 年版恢复为“七”。

был треугольник перпендикуляром，/восставленным знакомыми стоймя/над слившимися точками двумя（一个三角铁竖着放在小沙发上，/当初一位熟人把它竖在/相连的两点之上修复了它）。关于布罗茨基的此类隐喻可参见 *Лосев 2006*，глава Ⅴ。比较《没有伴奏的歌声》中形式相似而广泛展开的隐喻（№ 94）；另见《学龄儿童读物》的注释（№ 28）。

喷水池

本节第一首诗选自组诗《幸福的冬季之歌》（参见注释 26），此后是 1964—1965 年写于诺林斯卡亚村的 11 首诗。将这 12 首诗联系在一起的是大自然和乡村的“田园诗”题材。1966—1968 年的 9 首诗和未完成的组诗《校园诗选》片段收在这里，看来是因为它们的题材不属于上一节，体裁又不属于下一节，同时也为了使本节的篇幅接近于其余各节。本节以“喷水池”作标题，因为作者认为其中的一首同名诗是自己创作中的阶段性作品。

38. «Садовник в ватнике，как дрозд ...»（《穿着棉袄的园丁像一只鸫鸟……》）*СИП*. 手稿——*РНБ*（撕下的一页）。手稿是作者在阿赫玛托娃的记事簿上写的，注明的日期是“18. Ⅰ. 64/20. Ⅰ. 64 М（莫斯科）”（*Ахматова 1996*. С. 428）。参见我们所记录的关于布罗茨基写作这些诗句时的故事：“他在写作，利用那难得的寂静的夜晚——父母都出去了。突然涌进几个民警，为首的是公民证登记科科长马卡罗夫斯基少校。他们吼叫、恫吓，倘若三天内不找到工作，后果自负。‘我回答了几句，可是心里一直在想，一定要把这首诗写完’”（*Лосев 1982. С.* 68）。作者1964年11月从诺伦斯基寄给Я. 戈尔金的一份手稿上注明的日期仍然是“18 I 64”。还有附言：“赠亚沙，我的这些诗句多半要归功于你。His Servant Joseph（他的仆人约瑟夫）满怀柔情和爱”。戈尔金因此而写信给注释者说：“这些话的意思是：我们在战神广场的房间窗子朝向椴树林荫道，春秋二季园丁把小梯子靠在椴树上修剪树枝。我和奥夏就看着这幅画面。鸫鸟也不是偶尔出现。那时在邻近的米哈伊洛夫斯基花园里栖息着很多鸫鸟，它们也在战神广场上空飞来飞去，发出独特的喋喋不休的啼声。约瑟夫会沿着这条椴树林荫道，有时穿过米哈伊洛夫斯基花园来见我。我和他时常在花园里坐坐，鸫鸟经常出现于我们的视野。”

39. Обоз（《大车队》）*СИП*；号召（报纸，阿尔汉格尔斯克州，科诺施镇）。1965年9月4日，以“秋”为标题。手稿——*РНБ*。

曾在地区报社临时担任编辑的A. 扎巴卢耶夫讲了布罗茨基在苏联出版物上发表其独创性诗作的罕有的经历：“一天编辑部里来了一个红褐色头发、身穿城市牛仔裤的青年，显然不是本地人：

——你们能出版寄生虫的诗吗？——他简单地问，没有嘲讽的意味。

——能，只要符合报纸的要求。

《黎明的拖拉机》（他带来的就是这首诗）符合报纸的要求，看来是写生产题材的短诗（号召，1965年8月14日）。

布罗茨基在来访的一周后又来到编辑部，带来了第二首诗

《秋》。我看了，由于幼稚（那时我对诗的理解还很肤浅）作了这样的评论：

——这篇作品逊色于前一篇，那里生动的情节更多，形象更丰满……

——可别这么说，——他打断了我的话。——现在是吃午饭的时候了。你在哪里用餐？在家里？走吧，你请我喝杯茶。在路上我要顺便扭转你的想法。

在我们向运动街的一栋小屋走去的时候，约瑟夫畅谈诗的使命和规范，诗歌语言的丰富内涵，尤其是诗歌语言的联想方面。在比较投给报纸的两篇作品时他说，形象性，即使最成功的形象性也不是目的本身，形象性应当易于编入诗的结构，而且仿佛出自深层的思考。诗人不一定要说别人所说的话，总之，文学不该屈服于事实的压力。而在他的前一篇作品《黎明的拖拉机》中，这种压力明显地大于后一篇作品。《秋》表现了作者在审美取向中的更多的个性，更鲜明地表达了作者的个人感受”（*ИБРП 1990*. С. 154）。

果然，布罗茨基再也没有重版他的《黎明的拖拉机》。

40. С грустью и нежностью（《忧伤和柔情》）*СИП*. 手稿——*РНБ*（其中的一份手稿注明的日期是：“16. Ⅱ. 64”）。

1963年末和1964年冬布罗茨基两次在精神病诊所接受诊察。这首诗与此有关，它是接近叙事诗《戈尔布诺夫和戈尔恰科夫》（№ 74）的开端，因而其中作者的“我”和叙事诗中未来的戈尔恰科夫的认同就很值得玩味了。

41. В распутицу（《在道路泥泞的时期》）*ОВП*. 草稿——

МС. Т. 2. С. 465。*ОВП* 中注明的日期是“1964”，不过很可能是翌年春，因为作者在最后的诗节中说自己“二十五岁”。

42. *Мережей рыбака/тень вяза*.（榆树的影子——/是渔网。）参见《静物画》（№ 108）中的“树。阴影。……人在阴影里。/就像鱼在网里”。

42. К северному краю（《北方的边疆》）*ОВП*. 手稿——*РНБ*.

三十年后接受瑞典电视台的采访（未发表），布罗茨基发挥了这首诗的主题——感觉自己的体质与北方的大自然相似、投缘。

43. «В деревне Бог живет не по углам ...»（《上帝在乡村不是生活在角落里……》）诗歌日（丛刊）Л.：Советский писатель，1967. С. 135。手稿——*РНБ*。

44. «Дни бегут надо мной ...»（《岁月在我的上空飞逝……》）*ВП*-5. 据 *МС* 印刷。

45. «Деревья в моем окне，деревянном окне ...»（《我窗外，木窗窗外，有几棵树……》）*ОВП*. 手稿——*РНБ*。收入于 *НСКА*。

“在诺林斯卡亚村他制订了天才的自我教育体系。拿起一首英语诗，这是他由于某种原因而在诗选或诗集里看中的。借助于词典按音节翻译第一行，再这样翻译最后一行。显然，他也许会出错。然后统计行数并按自己的理解翻译中间部分。想不出更好的学诗方法了。‘我窗外，木窗窗外，有几棵树’——对弗罗斯特的‘窗外的树’的改写大致就是这样”（*Сергеев 1997*. С. 142）。关于弗罗斯特对布罗茨基创作的发展的影响，参见：*Лосев 2006*，глава Ⅴ。现在我们引用«Tree at My wendow（窗外的树）»（1927）的逐字翻译（原文是不同音步的抑扬格，押韵的公式是——abba cddc effe GHHG；阅读时要注意，英语的“tree”只是树，没有木头的意思）。

“Дерево в моем окне，оконное дерево，/Штора у меня опущена，когда наступает ночь；/Но пусть никогда не разддлит занавес/тебя и меня. //Смутная сонная голова，вознесенная над землей，/То，что непосредственно рядом，растворяется в облаке，/Глубокомысленно. //Но，дерево，я видел，как тебя подхватывало и швыряло，/И，если ты видело меня спащим，/Ты видело，как меня подхватывало и уносило，/И губило почти. //В тот день，кагда она свела наши головы вместе，/У судьбы хватало воображения，/Твою голову，так озабоченную внешней，/Мою — внутренней погодой.”

把“оконного дерева（窗口的树，英语是 window tree）”译为“деревянного окна（木窗）”显然是不对的，不过，布罗茨基曾在其早期的诗《白色的天空》（*РНБ*）中用“деревянный（木制的、木头的”表示“поросший деревьями（长满树木的）”（请比较其他诗作中对形容语“бесчеловечный［残忍的］”、“оцепеневший［发愣的］”的重新解读——参见 *С февраля по апрель* 的注释，№ 89－93，*Пятая годовщина* 的注释，№ 289，*Литовский ноктюрн: Томасу Венцлова* 的注释，№ 283，*Брайтон-рок* 的注释，№ 290）。与这首美国诗的逐字逐句的相似仅限于第 1 行和“листвы в небесах”（和弗罗斯特一样，是第四行）。此外，提及果戈理长篇小说的中心思想和主人公（《死农奴》，乞乞科夫），以及在被流放的诗人笔下绝非偶然的“加强警戒”的隐喻使俄语诗具有原作所没有的讽刺意味。但布罗茨基准确地抓住了弗罗斯特的抒情底蕴——窗外的树是作者感情世界的投影。由此而在布罗茨基的诗中有了一系列拟人化的树——跑到篱笆外的树、环绕着池塘的树、披着蓬松头发的树、拍手的树、陷入色情诱惑的树、窃窃私语的树。

46. Топилась печь. Огонь дрожал во тьме... （《生了炉子。火焰在黑暗中闪动……》）*СИП*. 据 *МС* 印刷。收入组诗《幸福的冬季之歌》（参见注释 26）。

47. Орфей и Артемида （《俄耳甫斯和阿尔忒弥斯》）*ОВП*. 手稿——*РНБ*。

圣诗歌手俄耳甫斯和保护狩猎的童贞女神阿尔忒弥斯在希腊神话中不曾相遇。在一封似乎是写给 M. 巴斯马诺娃的未完成的信上所保存的手稿中，作者说明了他为什么要将这两个神话人物放在一起。信里还谈到这首诗的较早的版本，那里的第一节、第二节上半节和最后一节与定稿是相同的，而在“洒满了珍珠”之后是：

她一只手懒洋洋地

在野外搅和它们
又远在大河彼岸
在枕头下摸索。

雪地不计算时日，
仿佛从天空看得更清晰，
那晨曦和轻微的劳动：
珍珠、纯绿宝石
被一只手收集成小山冈。
搅和的不只是忧伤。
摸索着地吹雪，但愿
严寒日子的期限

像大河般奔腾而去，
更能看清你的踪迹。
阿尔忒弥斯不熟悉劳动：
纯绿宝石、珍珠——
小山冈四散撒落。忧伤的
思绪紧紧地纠结。
让兽群自由地奔跑。
暴风雪高声歌唱。
(*MC*. T. 2. C. 41A)。

布罗茨基写道:（保留了作者的标点）

“这些诗句比其他任何诗句都更该寄给你。先看诗，然后再看这一页……

应该说，我着手做这件事并非由于生活美满。不过言归正传。我要恰如其分地说明一切。标题既是也不是讽刺。但在可能是讽刺的部分（俄耳甫斯和欧律狄刻）就已经很富于吸引力，两个版本都因此而更强有力地得以确立。看，第一诗节（对偶的）明白易懂。第二、第三和第四诗节其实就是一个诗节，而从我家的视角来看，全都混在一起，毫无例外，这是很有趣味的。单独看来也都明白晓畅，不过我希望某些细微之处能引起您的猫似的注意。但愿您已发觉语句从一个诗节转入另一个诗节的现象。在我看来，趣味在于从第三诗节转入第四诗节，从而赋予这个手法以新的含义，第四诗节的结尾也是这样：最后的两个诗行。'暴风雪高声歌唱'（以前是：让暴风雪怒号）使这种手法具有我很想要的某种荒诞意味，并为读者解除了括号（注明手法的括号）。'让兽群自由地奔跑'像上面的'阿尔忒弥斯不熟悉劳动'一样，有点像古希腊诗行，我非常喜欢，在作品中是那么稳妥。最后一个音节也是明白易懂的。总之，如果你拿给 P. 看，就叫他按照 1、2、5 的次序从上往下看，至于下面三个诗节的含义（未写完）"（*МС*. Т. 2. 注释 92）。

Наступила зима. Песнопевец, /не сошедший с ума.（冬天到了。/圣诗歌手/没有发疯。）比较"这个冬季我又……"（《从二月到四月》，4，№ 92）。

В скобки берет зима/жизнь.（冬天把生活放在/括号里。）比较《海景》中的"移出括号的一年"（№ 86）。

48. 1 января 1965 года（《1965 年 1 月 1 日》）Новый журнал（纽约）。1969，№ 95。据 *МС* 印刷。

关于把圣诞节题材正好安排在新年元旦的问题，参见《圣诞节浪漫曲》的注释，№ 1。

49. Вечером（《黄昏》）*ОВП*. 据 *МС* 印刷。*МС* 中的标题是《干草棚上的冬季黄昏》（看来是因为近似于《雅尔塔的冬日黄昏》而在 *ОВП* 中改了标题，№ 64）。

关于螟蛾/蝴蝶的情节参见《一只蝴蝶》的注释（№ 130）。贝西亚指出题材与纳博科夫的短篇小说《圣诞节》吻合，并提示，布罗茨基不可能知道这篇小说（已得到诗人的确认）（*Bethea 1994*. P. 217）。

50. Подсвечник（《烛台》）俄语作品栏，№ 2。1969 年 12 月 26 日«Tartu Riiklik Ulikool»报增刊。手稿——*РНБ*。

关于《烛台》参见：*Баткин 1997*. С. 208－210。这位评论家还写道："……这里混合了达芙涅和裘林克丝的两个相似的神话题材"。达芙涅和裘林克丝是童贞仙子。阿波罗爱上前者，为了躲避他的骚扰，她变成了一棵树，伤心的阿波罗拥抱着那棵树，比较"他拥抱着树干"。裘林克丝在相似的情况下逃避着牧神潘（他长着山羊腿，就像他的那些侍从萨梯里）。与变形情节相关的还有变为夜莺的菲罗墨拉。

И не тебе в слезах меня пенять.（也不是你该含泪埋怨我。）据马拉姆津的记载，作者拒绝修改这一诗行，不过按规则动词"пенять"要求的是第三格，不是第四格。

не мысли о вещах, а сами вещи.（不是关于事物的思想，而是事物本身。）正如 В. Р. 克鲁日科夫与注释者谈话时所指出的，《烛台》结尾的一行与华莱士·斯蒂文斯（Wallace Stevens）

诗题的俄语译名几乎是逐词吻合的："Не мысли о вещи，а сама вешь"（"Not Ideas About the Thing But the Thing Itself"）；这首诗引自史蒂文斯的书《石头》(«The Rock»；1954)；关于来自这本书的另一处借用，参见«Einem alten Architekten in Rom»的注释（№ 68）。

51—57. Из«Школьной антологии»（《选自〈校园诗集〉》）*ОВП*. 本版将未收入 *ОВП* 的№ 5 和 6（初次付印——*СИБ*-1）置于组诗中应有的位置。布罗茨基不曾将№ 5 和 6 收入 *ОВП* 的任何一版；也没有收入 2000 年的"Ardis"版。手稿——*РНБ*（包括未完篇的«Чужою жизнью，в краденой земле...»的一个片段)。草稿本中的标题都是作者中学学友的真实姓名，后来是为发表而改变的。"在早期的文本中组诗有不同的标题：校园版诗选。或：《中学生诗集》选。后者有作者的附笔如下：

两段碑铭：

'安静的杰利维格在这里成长，

悄悄地向普希金倾诉自己的……'

А. Я. 谢尔盖耶夫。学校的厕所。

'……他跌倒了，他的盔甲沾满了尘土……'

荷马"

（*МС*. Т. 3. С. 273）。

关于布罗茨基与校友们的关系的性质，校友之一埃列奥诺拉·拉里奥诺娃曾在 1958 年 8 月 7 日的信里写道："更像是皮特。……看看你们吧。你们哪。没有一个能干一番真正无负于人生的事业。除了你”（信的复印件保存于胡佛档案馆）。

布罗茨基在《校园诗集》中为自己开启了俄罗斯诗歌未曾提炼过的新的抒情体裁，别出心裁的哀歌，其中关于人生际遇的故事充满了现实主义的真实细节，与刻画人生“短暂”的意向结合在一起。这种抒**他人**之情的抒情曾在20世纪前四分之一的美国诗歌中得到广泛的锤炼，如布罗茨基细心读过的埃德温·阿林顿·罗宾逊、罗伯特·弗罗斯特等人的作品。将抒情群像的组诗命名为“诗选”的想法本身显然是从埃德加·李·马斯特斯那里借用的，他的《二十世纪的美国诗人》诗选（莫斯科，1939）中的一首在布罗茨基的圈子里享有很高的声誉。在诗人的草稿之中保留着几首风格相近的未完篇的诗作（参见《老妇人独自站在窗边……》，№ 538）。《校园诗选》以及在体裁和风格上与之相近的60年代末至70年代初的作品构成布罗茨基成熟期诗歌形成中的一个重要阶段，如 «Здесь жил Швейгольц, зарезавший свою...», «А здесь жил Мельц, Душа, как говорят...», «А здесь жила Петрова. Не могу...»（№ 528－530），«Зимним вечером в Ялте»（№ 64），«Посвящается Ялте», «Чаепитие», «Дебют»（№ 85, 97, 98）：在这些作品中辞藻华丽的特点让位于心理描写以及对抒情主人公的内心状态和动机的分析，时而是揭露。这种非伤感主义的观点随着时间的推移越来越经常地转向自身，不过别人的心理画像也始终出现在布罗茨基的笔下，例如《献给契诃夫》（1993；№ 416）。

1. Э. Ларионова（《拉里奥诺娃》）——作者中学女友的真名。2001年2月拉里奥诺娃把布罗茨基从地质勘查队写给她的两封信（写于1958年8月7日和1959年6月10日）寄给胡佛档案馆（加利福尼亚州斯坦福大学），用于布罗茨基生平展览。

Рот/напоминал мне о пещерах Карса（嘴/使我想起卡尔斯岩穴）。不准确；作者指的是地理概念“喀斯特岩穴”，这个称呼来自地名喀斯特，是斯洛文尼亚境内的高原（阿尔卑斯山支脉）；土耳其城市卡尔斯及其周围不以岩穴闻名。不过“卡尔斯”在这里是偶然出现的一个近似的概念，代替发音几乎相同的 кариес（龋齿）”（*Ранчин 2001*. С. 24）。

Она пошла работать в женский хор（她到女声合唱团去工作）。布罗茨基在 1958 年 8 月 7 日写给拉里奥诺娃的信里说：“有空的时候我们喜欢单独在一起唱唱歌。我不知道，说真的，把这作为目的本身，更确切地说，作为一生的事业是否有意义。不过我想，这方面的问题还是留到以后再说吧。你毕竟争取过，现在如愿以偿了。因此我向你表示祝贺。”

2. О. Поддобрый.（《波多布雷》）

Мы фехтовали.（我们……比剑。）布罗茨基年轻时学过击剑；在他列宁格勒房间的墙上挂着花剑和拳击手套。

я фрезеровал на «Арсенале».（而我——在“兵工厂”当铣工。）关于布罗茨基在兵工厂工作的情况参见：LTO. P. 14 - 16（*СИБ-2*. Т. 5. С. 14 - 15）。

3. Т. Зимина（《济明娜》）

казенный дом（公房）——在用纸牌算命的行话中指监狱。

Вдали — Дом офицеров.（远处是军官之家。）军官之家的大楼（建于 1998 年）在铸工大街和谢德林街的拐角，隔一个街区就是布罗茨基的家。

Офицеры, /как птицы.（军官们/像小鸟一样。）比较“有谁存在过吗？/也许小鸟或诗人……”，引自布罗茨基所喜爱的

А. 韦坚斯基的诗《记述四篇》(指出这一点的是 М. Б. 迈拉赫)。

Лорелей(罗蕾莱)。俄语更常用的词是 Лорелея。莱茵河上的女妖，以其歌声诱使船只触礁沉没；创造这个形象的是德国浪漫主义作家克莱门斯·布伦塔诺，受到海涅的赞扬，由于极具通俗性而颇有民间创作的特色。

4. Ю. Сандул(《桑杜尔》)

«физорг»——缩略语："体育干事"；中学生，其社会责任是组织早操和体育竞赛。

таблицы Брадиса.(布拉迪斯表。)学生们以编制者的名字称呼对数表。

5. А. Чегодаев(《切戈达耶夫》)

с помощью стенной(借助于……的墙报)—— 即借助于"墙报"(学生自编的)。

Муж дочери создателя и тесть.(创立者的女婿和他的岳父。)娶了门捷列夫女儿的亚历山大·勃洛克和周期表创立者本人门捷列夫。

борода/верх одержала(*бледный исцелитель/курсисток русских отступил во тьму*).(大胡子占了上风［为女大学生治愈/心灵创伤的面色苍白的人隐入了黑暗之中］。)即主人公决定献身于科学，像门捷列夫那样，而不是像勃洛克那样献身于诗歌。

6. Ж. Анциферова(《安齐费罗娃》)

В рубенсовском вкусе.〈...〉*Курсант-подводник оказался в курсе/голландской школе живописи*.(是鲁本斯风格……军校潜艇学员是荷兰/写生画派的风格。)不准确，描绘丰满妇人的鲁本斯属于弗拉芒写生画派。

с выпускного бала / перешагнула на корабль шутя.（从毕业舞会上/轻松地跨上战船。）来自普希金的两处迂回法："从皇村中学的门坎上/你轻松地跨上海船……"（《十月十九日》；1825），以及"下了海船就奔向舞会"（《叶甫盖尼·奥涅金》，第 8 章，第 XIII 节；"反向迂回法"）。

музыка струится с Окинава.（乐曲声从冲绳飘来。）冲绳是美国在日本的海军基地；诗的女主人公在苏联海军基地收听冲绳的无线电台。早在青年时代布罗茨基就对叶甫盖尼·赖恩的诗《日本海》的抒情情境有了强烈的印象，那里描写了响彻苏联潜艇基地上空的异国"广播音乐"［参见布罗茨基在赖恩选集中的前言。莫斯科；巴黎；纽约：Третья волна（第三浪潮），1993. C. 9］。

7. А. Фролов（弗罗洛夫）

он пал за независимость чухны.（他为楚赫纳人的独立而阵亡。）主人公的父亲在苏芬战争（1939—1940）中牺牲；他无疑是在苏联一边战斗，因而说他是为芬兰人（俗称"楚赫纳人"）的独立而牺牲是具有讽刺意味的，这里的"为"是用于"因为"的意思。

гений свой воспитывал в тиши.（在寂静中培育着自己的才能。）引自普希金的诗《十月十九日》(1825)。

вступил с архангелом в борьбу.（与天使长摔跤。）诗中主人公的精神追求比拟为雅各和神摔跤（《创世记》，32 章：24—25 节）

когда играешь, видишь наперед / на восемь тактов — ампулы ж, как светоч, / шестнадцать озаряли...（演奏时你能预先看见/八个拍子——而安瓿剂就像蜡烛，/能照亮 16 个……）爵士音乐家之间有一个流行的观念，认为在麻醉剂的作用下能"看

见”所演奏的作品的结构。

«Тбилисо»（梯比利斯）——1960 年代格鲁吉亚风行一时的舞台歌曲。

Квартальный — осетин.（分局局长是奥塞梯人。）传统上有很多奥塞梯人在外高加索的民警局工作（据 B. Э. 瓦楚罗的报道）。

Иов.（约伯。）《圣经》中约伯所经受的考验之一是使他变得丑陋的病："于是撒旦从耶和华面前退去，击打约伯，使他从脚掌到头顶长毒疮（《约伯记》2：7）。"

«Высокую-высокую луну».（《高高的月亮》。）在马拉姆津使用的版本中有布罗茨基的亲笔附注：« High-high the moon »（*MC*. T. 3. C. 276）。"……摩根和刘易斯曾多次即兴演奏著名的流行爵士乐'How high the Moon'。我只想提一提布罗茨基喜爱的那些爵士乐音乐家们出色的即兴演出，他们是：Э. 菲茨杰拉德、Л. 阿姆斯特朗、Ч. 帕克、Ч. 贝克、Д. 吉莱斯皮。"（*Петрушанская 1997*. C. 228）

58. «Сумев отгородится от людей ...»（《学会与人群隔绝以后……》）*ОВП*. 据 *MC* 印刷。

关于镜子主题对布罗茨基的重要性，参见：*Лосев 1996*（另见《小镇里的秋日黄昏……》，№ 128；《威尼斯诗节》，№ 304－305；*Watermark*）。

59. 1 сентября 1939 года（《1939 年 9 月 1 日》）*ОВП*. 据 *MC* 印刷。

这首诗献给 1939 年 9 月 1 日，德国人入侵波兰和第二次世界大战开始的日子。У. Х. 奥登和 Дж. 贝里曼都有以《1939 年 9 月 1 日》为题的诗。

А немцы открывали/полосатый шлагбаум поляков.（德国人打开波兰人/的条纹拦木。）德国新闻纪录片的一个场景，成为第二次世界大战开始的象征。一再被编入文献纪录影片。

И с гуденьем танки，/как ногтем — шоколадную фольгу，/разгладили улан.（轰鸣的坦克/像指甲压扁巧克力薄片一样，/荡平了枪骑兵。）按浪漫主义的传说，首批入侵波兰领土的德军坦克遭到了一支波兰骑兵（枪骑兵）的袭击，他们投入了必死的战斗。波兰士兵被坦克轧成薄片的怪诞形象令人想起马拉帕特（Malaparte）作品《皮》（«La pelle»，1949）中的类似形象（指出这一点的是 Г. И. 金兹堡-沃斯科夫）。布罗茨基高度评价马拉帕特的这篇小说，他是从德军在俄罗斯和东欧的意大利随军记者的视角描写第二次世界大战。

конфедератку（方帽）——波兰军人的帽子（有四角形帽顶的大檐帽）。

60. Послание к стихам（《寄语诗歌》）*ОВП*. 据 *МС* 印刷。手稿中也有标题«К стихам»。

布罗茨基喜爱 А. Д. 康捷米尔（1708—1744）的诗。1993 年 1 月 21 日在巴塞罗那大学演说时，他以俄罗斯诗歌述评的不小篇幅献给康捷米尔，援引了（凭记忆，不太准确）《讽刺诗 Ⅱ. 恶劣贵族的嫉妒和傲慢》：

> 怎能将海船托付给你？你没有驶过小船，
> 即使在你的池塘里一离开岸边，

便急于靠岸：平静的水面使你
大吃一惊。谁最先迷上浩渺的大海，
谁就有一颗勇敢的心；在那里死亡
从上、下、两旁环绕着你；*仅有一层*
木板隔开它，木板只有四指厚，——
你的心灵要求与它有更宽些的界限……

他说，他区分出来的语调（用的是斜体）以及诗的具体细节可以证明，18 世纪的俄罗斯诗歌从一开始就与其说属于古典主义，不如说属于巴洛克风格，他称之为极端之间对立的诗体，“辩证的诗”（据磁带录音）。1966 年 3 月他写了《仿康捷米尔的讽刺诗。客观性》（*СИБ*-*1*. Т. 2. С. 7-10）。在这长达 150 行的诗中再现了康捷米尔的音节格律，尽管是以过分变异的形态，词汇的特点是模仿古词语和现代口语的怪诞的结合；诗中谴责了唯物主义者及其具有诺斯替教色彩的道德相对主义（“空喊：‘蜡烛和黑暗——就像兄弟俩’”）。不过后来布罗茨基不满意这篇作品，拒绝编者（本注释的作者）将它收入 *КПЭ* 的建议，并在 *СИБ* 第二版中予以删除。

《寄语诗歌》的模型是康捷米尔的《书札Ⅱ。寄语自己的诗》。这里使布罗茨基着迷的想必是康捷米尔罕有的那种忧郁的抒情语调。主题——作品对作者的异化——也与布罗茨基惯用的主题相似，不过他对这个主题的理解终究是与康捷米尔相反的：如果说康捷米尔（仿贺拉斯的《书札Ⅰ。致奥古斯塔》）预测自己诗歌的命运不佳（“你们将可憎地放在那里〈……〉厄运会缠绕着你们的鱼子或猪油……”那么布罗茨基的诗作的命运将好于它们的创作者——《言语的一部分》主题的变异，这篇作品大于他的创造者。《寄语诗歌》比起《仿康捷米尔的讽刺诗》散漫的程度较小；特别是为它找到了独创的节律轮廓：康捷米尔的十三音节诗大为缩短，在停顿之后只剩下一个双音词或两个单音词。于是创造了一种现代人听起来明白易懂的三音节诗格的变体，很像俄罗斯诗歌初期的格律。

Эпиграф（题词）康捷米尔《书札Ⅱ。寄语自己的诗》第一行的开头。

61. Фонтан（《喷水池》）*ОВП*. 手稿——*РНБ*。

第三章的标题诗对作者而言是值得珍视的，因为他在其中首次完全实现了“新巴洛克风格”的各项原则（关于布罗茨基所理解的巴洛克风格参见前面的注释，详见 *MacFaduen 1998*）。В. В. 伊万诺夫将《喷水池》归入布罗茨基的如下诗作：其“特点是诗节的精心结构很像多恩，不同音步的诗行交替押韵”（*Иванов 1997*. С. 198）。前 33 行以人格化的隐喻（тени，как львы）（影子……像狮子）生动而细致地描写公园里荒废的喷水池，而小写的尾声 11 行借助于比较和对比（но，как льву，им гортань/не остудишь）（像狮子，它们的喉咙也/不会冷却。）而与基本内容相联系，从而使整首诗转化为记忆和遗忘的斗争的复杂讽喻。《喷水池》的巴洛克式书写法（中部排版），看来是受到理查德·威尔伯（Wilbur）的提示，布罗茨基曾出色地译了他的诗《薇拉公园的巴洛克壁泉》（№ 519）。诗中的喷水池是荒废的、不起作用的，只有雨水能使它“起作用”，正如想象能激活记忆。其实《纪念保卫汉科半岛英雄的喷水池》（№ 93）一诗以及第Ⅷ章 *Post aetatem nostran*（№ 96）开端中不起作用的喷水池也是同样的隐喻。这涉及布罗茨基创作中更一般的反对立场的

主题 *сухости, жажды/утоления жажды*：参见《科德角的摇篮》的注释（№ 183），另参见«Пьяцца Маттеи»中的“我饮用这个喷水池的水……”（№ 301）以及《罗马哀歌》（№ 318）第 11 首中解渴的隐喻。

Ибо нет одиночества больше, чем память о чуде.（因为怎样的孤独都莫过于对奇迹的记忆。）参见但丁：“谁在不幸中记着快乐的时光，谁就会感到莫大的痛苦。”（地狱第 4 歌；B. 波卢欣娜提示）

и голубки — в ковчег.（而鸽子回到诺亚方舟。）参见《创世记》第 8 章第 9 节。

62. Прачечный мост（《洗衣桥》）Новый журнал（纽约）1969。№ 95（无标题；在 *ОВП* 中取自起首的诗行）。手稿——*РНБ*（与定稿不同的异文）。作者依据 1972 年的 *МС* 补写了献辞（*МС*. Т. 3. С. 264）；《没有伴奏的歌声》（№ 94）、《飞机飞往韦斯特……》和«Aqua vita nuova»（*СИБ*-*2*. Т. 2. С. 396）也是献给同一个人的；另参见«Сохо»（№ 292）。

Посвящение（献辞）Faith Wigzell（费思·魏泽尔），与布罗茨基相识的英国女子，俄语文学研究者，*РНБ* 中的文件证明，1918 年布罗茨基和费思·魏泽尔曾考虑进入婚姻殿堂的可能性。

Прачечный мост——彼得堡宫廷沿岸街上跨越小喷水池的桥；建于 1769 年；通往夏花园；从桥上可以俯瞰涅瓦河全景。

то набегают на чело морщины.（时而额上爬满皱纹。）试比较：*Watermark*. P. 42。

ордер на пространство.（获得空间的凭证。）苏联时期凭证指可以无偿获得某种东西的文件，例如获得住房。

63. Почти элегия（《近于哀诗》）*ОВП*. 据 *МС* 印刷。被收入 *НСКА*。

под колоннадой Биржи（在交易所的柱廊下）——彼得堡瓦西里耶夫斯基岛狭长沙滩上的证券交易所（苏联时期的海军博物馆）大楼；博物馆是布罗茨基从童年起就很熟悉的地方，因为他的父亲在战后年代曾在那里工作过（*LTO*. P. 465 - 467；*СИБ* - *2*. T. 5. C. 328 - 329）。

как Иаков，/*подстерегал*.（像雅各那样/守护着。）《创世记》29 章第 6—11 节。

налившиеся груши，/*как мужеские признаки висят*.（充满汁液的梨子/一个个像男性的特征一样吊着。）《近于哀诗》原定和《雅尔塔的冬日黄昏》、《四月的诗》一起发表于«Новый журнал»第 97 期，可是编辑罗曼·古利决定，这个地方会亵渎读者的感情，于是从专栏中删除了《近于哀诗》（向古利转交布罗茨基的诗的乔治·克莱因是这样通知的；另参见 *Клайн 1998*）。“梨”这个词的斯拉夫语同义词“无花果”就暗含着的男性生殖器的比喻，也受到了苏联作家的嘲笑（参见 Л. Куклин. Письмо в редакцию//Нева. 1990. № 6. C. 203 - 204）。

в дремлющий мой ум（激着我昏昏欲睡的神智）——引自 Г. Р. 杰尔查文的诗《致叶甫盖尼——兹万的生活》（1807）：“那时什么不会潜入我昏昏欲睡的心里啊?”

64. Зимним вечером в Ялте（《雅尔塔的冬日黄昏》）Новый журнал（纽约）。1969. № 97. C. 33. 手稿——*РНБ*。1969 年、1970 年和 1971 年布罗茨基三次在 1 月前往雅尔塔，“真正的”作家这时去雅尔塔文学基金会创作之家是无须介绍信的。这首诗写于第一次出行期间或此后不久。

《雅尔塔的冬季黄昏》是一系列以不同地方的咖啡馆为题材的诗歌中的首篇，例如《涅林加咖啡馆》（№ 102）、《致暴君》和《梅里达》（№ 111，157），《在咖啡馆》和《蜜蜂没有飞走。骑手没有策马而去……》（№ 367，374）。咖啡馆在欧洲文化史和政治史上起了重要作用，17 世纪尤其是 18 世纪，咖啡馆在欧洲遍及各地。咖啡馆被称为“聊天大学”，因为正是在这里可以自由辩论、读报，有时还酝酿着政治阴谋。俄罗斯因其公民不自由的历史和无所不在的秘密警察，欧洲式的咖啡馆不可能得到广泛的普及，不过彼得堡（列宁格勒）的一些机构有时具有欧洲咖啡馆的类似特点，如普希金时期彼得堡的沃尔夫糕点甜食店或涅瓦大街和弗拉基米尔大街拐角处的莫斯科餐厅附属的廉价咖啡座，后者在布罗茨基青年时代以“西贡”的名称为列宁格勒文艺界人士所熟知。布罗茨基经常喝浓咖啡，因而是纽约咖啡馆的常客（如纽约意大利区的“Реджио”和“Борджиа”，他就住在该区邻近的地方）。在咖啡馆，除了《雅尔塔的冬日黄昏》之外，布罗茨基的附近还有一位风雅的客人，他通常不与人交谈，而是阅读或观察周围的情况。咖啡馆，特别是在日落的黄昏时分，往往是布罗茨基觉得时光的流逝暂停的地方。

《雅尔塔的冬季黄昏》得到了一位诗人的回应——A. 库什涅尔的诗《在咖啡馆》（1975）。

мой хрусталик вспышки не выносит.（我的水晶体受不了炽烈的闪光。）作者的言外之意想必是 A. 加缪的长篇小说《局外人》中杀死阿拉伯人之前的那个瞬间（参见《雅尔塔的冬日黄昏》中的对话者黎凡特人）：“强烈的光芒〈刀刃的反光，——洛谢夫〉，仿佛长长的利剑刺入了我的额头”（A. 加缪，Посторонний. Чума.

Падение. Рассказы и эссе. М.: Радуга, 1988. С. 67；另参见《献给雅尔塔》的注释，№ 85)。

Дымят ихтиозавры грязные на рейде.（污秽/的鱼龙在锚地冒着烟。）请比较“翼指龙对鱼龙群的攻击”（《海上的对抗》）。

Остановись, мгновение! Ты не столь/прекрасно, сколько ты неповторимо.（停下，这个瞬间！与其说/你美好，不如说你不可重复。）引自歌德的《浮士德》，然而对引文作了争辩性的改变，原文是：“停下，瞬间！你美妙……”（Часть2，Акт5；然而我们已知的《浮士德》的俄文译者没有一个这样正确地翻译了这个地方；另参见《容器里的两个小时》（№ 71）、《苍蝇》（№ 334）以及：Polukhina 1989. P. 186)。

65. Стихи в апреле（《四月的诗》）参见注释 92。

在旷野扎营

在 *ОВП* 中本章的标题是“叙事诗”，这显然不符合其中作品的体裁，只有《玻璃瓶里的信》（№ 69）是例外。作者在 ОВП 中编写的印刷错误表的末尾写道：“第 6 章的标题应该是‘长诗’或‘在旷野扎营’”（*МС*. Т. 3. С. 308)。

66. Стихи на смерть Т. С. Элиота（《艾略特之死》）День поэзии. Л.: Советский писатель, 1967. С. 134 – 135；заглавие: «Памяти Т. С. Элиота»。正如作者所述，为了在丛刊上发表，最初推荐的是《献给奥古斯塔的新四行诗》，可是编辑犹豫不决，因为其中的一个词“暗探局”令人想起苏联阵营，于是布罗茨基又推荐了《艾略特之死》：“我想让他们发表这首长诗，因为长诗的稿酬更多……”（*Волков 1998*，стр. 118 – 119）。手稿——*РНБ*。

Томас Стернс Элиот（托马斯·斯特尔纳斯·艾略特，1888—1965），大概是20世纪最有影响力的英美诗人，死于1月4日。处于流放中的布罗茨基想必是在广播中听到了他的死讯。这首诗注明的日期是“1月12日”。虽然苏联的官方出版物对艾略特的创作极少涉及和讨论，但人文主义的知识界很了解他，阿赫玛托娃给予他很高的评价；“1965年前我读过艾略特的《文化概念的定义》”，布罗茨基这样回忆道（*Волков 1998*. С. 191）。60年代布罗茨基和他的朋友A. Г. 奈曼曾尝试着翻译艾略特的《四个四重奏》。布罗茨基对自己的译作始终是不满意的（同上，С. 162）。后来布罗茨基对艾略特的诗是冷淡的，他的《五重奏》（№ 298），尤其是英文版（«Sextet»，*To Urania*. P. 53 – 56），与《四个四重奏》的宗教期望是直接的论战，然而毫无疑问，艾略特的创作实践，特别是他的文学和文化思想在布罗茨基观点的形成中发挥了实质性的作用。足以证明的是，艾略特最先指出，巴洛克诗体在现代派时代的现实意义；艾略特的“客观相关”原则（其实很接近于阿克梅派美学的基本原理）要求通过对场景和对象的描写而非直接地表达情感。这两点是布罗茨基在60年代所努力掌握的。最后，理解诗人的角色不在于浪漫地“自我表现”，而在于成为一个中介者，他能感觉到“往事的现代性”，能积累文化遗产并赋予它新的形式，——这都是艾略特的论点，被布罗茨基倾心接受而成为他的信念。不过，《艾略特之死》的悖论不在于写这首诗的主要冲动并非英美现代派经典作家之死本身，而是布罗茨基发现了另一位英语诗人，这位诗人的创作成了他的典范，被视为“20世纪最伟大的智者”（*СИБ – 2*. Т. 5. С. 256）—— 奥登（W. H. Auden；1907—1973）。参见 *Лосев 2006*，глава V。

在布罗茨基借用外来诗歌形式的所有尝试中（参见《我窗外，木窗窗外，有几棵树……》的注释，№ 45）《艾略特之死》是最彻底的。这里再现了奥登哀歌的三部分结构，并保留了每个部分的主要内容和风格特征：（Ⅰ）对诗人在冰天雪地的一月之死的富于隐喻的描写；（Ⅱ）关于诗人与人格化祖国的关系的一节；（Ⅲ）结尾是“exegi monumentum”。波卢欣娜（*Polukhina 1989*. P. 81 – 88）学术专著的若干章节和贝西亚（Bethea 1994. P. 126 – 136）对奥登和布罗茨基的哀歌作了详细的比较分析。奥登和布罗茨基的作品之间的差异也吸引了研究者们的注意，其中最明显的是，布罗茨基在前两部分用的不是奥登的自由诗，而是在第一部分用了八行诗押韵的五音步抑扬格（Я5：АААбВВВб），在第二部分用的几乎是规范的十四行诗的形式（Я5：АббААббА ввГГвв）。只是在第三部分他用了与奥登同样的阳性尾韵的四音步扬抑格：Х4：аабб。在内容方面最重要的区别是：“不同于奥登，布罗茨基不放弃对永生的宗教观的暗示。”这里应该指出，1939 年之前奥登已经相当讨厌象征主义的遗产以及叶芝那大量的“个人与灵魂的对话”。而布罗茨基 1965 年就在渴望遥远的白银时代之崇高价值的国度写作（同上，P. 131）。在写作《纪念叶芝》的时候，32 岁的奥登是远比 24 岁的布罗茨基成熟的诗人。《艾略特之死》无论哲理的深度还是诗的完美都逊色于奥登的杰作，然而它在布罗茨基通往高超写作技巧的路上是特别重要的里程碑。

亚涅切克的《布罗茨基朗读“艾略特之死”》一文（*Янечек 1986*）还包含着对诗句音调节奏的考察结果；这位研究者在作者对音调节奏的处理中发现了与东正教圣歌的类似之处。

Он умер в январе.（他死于一月。）“……一月对布罗茨基说来，这当然是寒冷、冰冻的时期，在象征性的季节循环中这是冬季的终点。但第一行就写道，这也是‘一年之始’，是美好的时期（第四行），即春天——焕然一新而持续存在的生命周期——的预兆，因而也是满怀希望的时候。布罗茨基的世界观在这里更接近于《四个四重奏》的艾略特，而非奥登”（*Янечек 1986*. С. 180）。亚涅切克引用艾略特的风行一时的诗行作为比较：“……终点——起点，/终点和起点都永远存在，/起点之前和终点之后。一切都在当下”（《火灾废墟上的诺顿》），“我的终点在我的起点之中”和“我的起点在我的终点之中”（《伊斯特·科克尔》），如此等等。评论界指出，《艾略特之死》中所有与《四个四重奏》的类似现象也反映在阿赫玛托娃的《没有英雄的叙事诗》之中（*Левинтон 1982*）。

глашатай стужи… на цепочку лет.（寒冬的喉舌……岁月的链锁。）B. 波卢欣娜指出（在我们看来是出人意料的）这是借用赫列布尼科夫的“冬之喉舌小鸟在飞翔”（《诗人》，1919）和“狗带着苦熬日子的镣铐”（《醉人的考验》，1908；*Polukhina 1989*. P. 82 以及致注释者的信）。

поэзия основана на сходстве / бегущих вдаль однообразных дней.（诗歌仿佛向远方奔流、/而去的单调乏味的日子。）请比较诗的结尾部分的“日历的功效”以及同样的思想在《米哈伊尔·阿尔多夫三十二岁颂》中的搞笑的变体：“日日年年的相似令人吃惊。颂歌以韵脚的相似而迷人”。Г. 莱温通（*Левинтон 1982*）指出：这些诗行与罗曼·雅各布逊关于诗的本性的思考“惊人地相似”：“邻接处的相似赋予诗歌通透的、多层次的和多义的实质，歌德对这种实质作了绝妙的提示：‘一切易逝的现象

只是相似而已'——引自《浮士德》最后的合唱。帕斯捷尔纳克翻译为'所有转瞬即逝的——/都是符号和隐喻'。在邻接处相似的诗歌中，任何借代都是轻微的隐喻，任何的隐喻也都有借代的意味"（引自«Linguistics and Poetics»一文，见：Roman Jakobson，Selectid Writings，Volume Ⅲ，Poetry of Grammar and Grammar of Poetry. The Hague：Paris；New York：Mouton Publishers，1981. P. 42）。

сродни лишь эолийской нимфе（只和艾欧里亚女神沾亲）——女神利里俄珀，纳耳喀索斯之母（参见下一条注释）；提及艾欧里亚群岛（古希腊的一部分，位于小亚细亚的爱琴海沿海一带）就是开始呼应贺拉斯的颂诗《献给墨尔波墨涅》，因为贺拉斯认为自己的主要功绩是最早"将意大利歌曲引入艾欧里亚的旋律"，也就是说，他是罗马诗人中开始像古希腊（艾欧里亚）抒情诗人阿尔凯奥斯和萨福那样写诗的第一人；言外之意，无疑，《艾略特之死》的作者在这种情境中找到了自己——他最先将英语诗人艾略特和奥登的抒情创作"引入俄罗斯的旋律"。

как друг Нарцисс. Но в календарной рифме/она другим наверняка видней.（像纳耳喀索斯的朋友，不过在日历/的韵脚里，它想必会更引人注目。）这里，利里俄珀女神之子纳耳喀索斯（参见上一条注释）涉及的主题是反应作为一种重复而成为诗学的基本原则（请比较"日历的韵脚"和"诗歌基于向远方流逝的日子的单调而相似"，即基于以语言资料再现宇宙周而复始的循环）。潜台词是希腊神话中的一个情节，即"重复女神"厄科爱恋着纳耳喀索斯。

Католик, он дожил до Рождества.（他是天主教徒，活到了圣诞节。）从1927年起艾略特就信奉英国国教。错误的来源可

能是《英国新诗选》的注释（Художественная литература，列宁格勒1939年版），布罗茨基在诺连斯克时有这本书。那里讲到艾略特信奉的是“агло-католическая церковь”（443页），看来布罗茨基理解为英国的天主教，其实是英国国教，新教的分支。

Америка, где он родился, и, /и Англия, где умер он.（他出生的国度美国，唉，/和他死去的国度英国。）托马斯·艾略特生于圣路易斯（密苏里州），但大半生在英国度过，终老于伦敦。

Эол（艾欧罗斯），在这里的意思是：风神（古希腊神话）、风。这个名字源于艾欧里亚（参见前面“艾欧里亚女神”的注释）。诗中语音结构的意义在于：Эол（艾欧罗斯）这个词在构成Элиот（艾略特）的五个音中就有三个。

Гораций Флакк（贺拉斯·弗拉库斯）——昆图斯·贺拉斯·弗拉库斯（公元前65—前8），古罗马大诗人；布罗茨基晚期有一篇作品是献给他的，即随笔《致贺拉斯的信》（«Letter to Horace»；*OGAR*；*СИБ-2*. T. 6）。

67. Одной поэтессе（《致一位女诗人》）*ОВП*. 手稿——*РНБ*。

这首诗以别出心裁的诗节结构见长：*Я5: АБАвГБГв*，除第6诗节（*АААбВВВб*）和第7诗节（*АБВгАБВг*）之外，只有第4诗节略微偏离基本形式（*АБАвГБДв*）。不过，传统的标记不能完全反映真实的押韵法，因为诗行的一些同样的阴性韵若进入半谐韵韵脚，就会与其他韵脚相结合而形成不谐韵。例如第一行的*классицизмом*（*古典主义*）和第三行的*капризным*（*任性乖张*）押韵，但同时与第二行的*сарказмом*（*冷嘲热讽*）就是不谐韵，如此等等。20世纪英语诗歌中相当常见的半谐韵韵脚，在俄语诗歌中却很罕见，尤其是在如此通透的用法之中。不过有两篇诗歌作品大概促使布罗茨基尝试了这种写诗方法，两篇都载于他在那个年代爱不释手的书里。一篇是 А. К. 托尔斯泰《分列式》中上校的讲话："Г. г. штаб- и обер- офицеры! /Мы проводили товарища до последней квартиры. //Отдадим же долк его добродетели: /Он умом равен Аристотелю ..." 等（请比较下面关于 А. К. 托尔斯泰另一首类似的幽默诗的注释）。另一篇是维尔弗莱德·欧文《奇遇》的 М. 津克维奇的精彩俄译，它被收入《英国新诗选》（参见上一首诗的注释），这本书是布罗茨基在流放中片刻不离的（参见 *Лосев 2006*，глава Ⅴ）："Мне снилось, что из боя, тьмой искуплен, /Спустился я в туннель, который вкраплен/И просверлён был войнами в граниты. /Там спящие валялись как гранаты..." 等。

Заглавие（标题）В. П. 波卢欣娜写道，在她未曾发表的 1980 年 4 月在安-阿伯的访谈录中布罗茨基说："这首诗是写给一位相识的女子，而不是女诗人。我同样可以叫她宇航员，而叫她女诗人几乎是侮辱性的讽刺。"（致注释者的信）

Я заражен нормальным классицизмом.（我感染了正常的古典主义。）А. К. 托尔斯泰叙事诗《波波夫的梦》（1873）第 16 诗节中的迂回手法："莫非您感染了古典主义?" 布罗茨基高度评价托尔斯泰的诗，特别是他的幽默讽刺诗，能背诵《波波夫的梦》。另参见《玻璃瓶里的信》注释，№ 69，以及《献给玛丽亚·斯图尔特的十四行诗二十首》的十四行诗ⅩⅩ的注释（№ 154）。布罗茨基的"正常的古典主义"是暗指他所继承的 18 世纪末至 19 世纪初俄罗斯诗歌的风格。例如 1991 年 1 月 23 日他在巴塞罗那大学的即兴演说中把杰尔查文的诗学体系阐释为古典主义、

巴洛克风格和自然主义的混合体，并补充道：“今天我们全都感染了这种音强音节体诗学，即协调的诗学……。”（磁带录音）

по ведомству акцизному служа.（效命于征税机关。）这个戏谑的隐喻可能有双重含义。一方面，它包含换喻地说，这个女诗人走上了为政府效力的岗位（例如成为官方作家协会的会员）。另一方面，因为征税机关主要是征收酒类营业税，换喻的意思可能是暗示女诗人酗酒（比较下面的诗句：“妨碍您升迁的是巴克科斯，而非别人”）。

Геркуланум.（好像赫库兰尼姆。）参见《十四行诗二首》（№ 11－12）。

вышли от закона «вилы»（依法给我送来“大叉子”）——判决剥夺自由并按规定期限在劳改营服刑（缩略语“大叉子”便是由此而来）；在这种情况下可以直接处以刑罚。

служенье Муз чего-то там не терпит.（缪斯的服务容不得那种现象。）普希金的诗句“缪斯的服务容不得尘世的空虚……”（《十月十九日》；1825）的讽刺迂回法。

как старец в Сиракузах，/взирать на мир из глубины ведра.（像叙拉古的那位/老者，从水桶底看世界。）大概讲的是犬儒学派哲学家第欧根尼（公元前 413—前 327），传说他住在木桶里（这里用“水桶”，意在嘲讽）。第欧根尼宣扬俭朴的回归自然的生活方式，他的伦理学说与《致一位女诗人》的基本主题是彼此呼应的。不过这里有一个错误：第欧根尼生于锡诺帕，居住在雅典，卒于科林斯。从另一个角度来看，诗人指的很可能是伟大的叙拉古人阿基米德（公元前约 287—前 212），传说他是躺在澡盆里发现流体静力学基本原理的（然后把各种东西放进盛水的容器——“水桶”里，来检验它）。

Сапожник строит сапоги. Пирожник/сооружает крендель.（鞋匠制靴。面包师/烤面包。）出自克雷洛夫寓言《狗鱼和公猫》（1813）的一句成为俗语的迂回法格言："要是靴匠去烤面包，而面包师去缝制靴子，那就糟了。"（概括诗的主题：诗人要献身于缪斯，而不是"效命于征税机关"。）

влекут дельфины по волнам треножник，/и Аполлон...（海豚拖着海浪上的三脚供桌，/而阿波罗……）三脚供桌传统上用于祭祀阿波罗。

68. Einem alten Architekten in Rom（《致罗马的老建筑师》）*ОВП*. 被收入 *НСКА*。手稿——*РНБ*。其中的两篇手稿中第3诗节后有一个片段未收入定稿：

Трамвай бежит，и горделивый лев
（обозначавший гордость，мощь и гнев），
на миг похорошев，подъемлет лапу —
как знаменитыи венецийский брат —
в стекле венецианском，где горят
огни большого перекрестка. Шляпу
снимает Кант помолодевший（хлад
ума обозначавший）. Лишь Амур
（любовь обозначавший），в сень голубок
попятившись（пристыжен или хмур），
смущенно прячет за спину обрубок.
Секрет зеркал венецианских в том，
Что выраженье «отразиться в нем»

Обозначает побывать за рамой,
Попасть на миг в несокрушимый мир.
На этот раз он просто — пассажир,
Рискнувший оказаться амальгамой.

«Einem alten Architikten in Rom» 写于1963年前往加里宁格勒（柯尼斯堡）和波罗的斯克（皮劳）的一年之后，布罗茨基是作为列宁格勒期刊«Костер»的记者去的。苏联于1945年占领的柯尼斯堡引起了他的好奇心，因为这是他唯一能造访的具有丰富文化史的欧洲城市：哲学家伊曼努尔·康德（1724—1804）在那里度过一生，作家E. T. A. 霍夫曼（1776—1822）生于斯长于斯，在这里的大学毕业，德国另一位伟大的浪漫派作家海因里希·冯·克莱斯特（1777—1811）在这里住过一个时期。不过，德国的这座古老的城市在第二次世界大战末期几乎完全毁于空袭和炮火，为纪念斯大林的一个战友而改为现名，凡是令人想起它曾是东普鲁士首都的一切都被当局有计划地销毁。战后十八年访问该市，布罗茨基看到的只是废墟，想必会使他想起童年记忆中的祖国的城市。由此而来的诗的题材是：坐在想象中的四轮马车里进行想象中的城市巡礼、住在荒废的空地上的回忆中的消瘦的人们、巨变——城市变为鸟，物体变为词语（诗节Ⅻ）。«Einem altem Architekten in Rom»反映了布罗茨基对德国文化的倾慕的内在矛盾（参见 *Сергеев 1997*. С. 433—434），因而诗的两个不变的主题——镜子和废墟——得到了发展。关于未收入定稿的片段请参见《潟湖》的注释（№ 132）。参见 *Венцлова 2002*；另参见《来自K城的明信片》的注释（№ 81）以及《汉萨同盟饭店“锚”》的注释（№ 492）和《在帕兰加》的注释。

Заглавие（标题）译自德文的《致罗马的一位老建筑师》。这个标题是一种自娱取乐的方式，因为它是华莱士·史蒂文斯（Stevens）的«To an Old Philosopher in Rom»（《致罗马的一位老哲学家》）这一诗题的迂回法。布罗茨基说，史蒂文斯的“标题非常好，很容易记住”（*Интервью 2000*. C. 552）。史蒂文斯的这首诗大概是作为“悼亡诗”而引起了布罗茨基的注意，它以开朗甚至喜悦的口吻描写了哲学家乔治·桑塔耶拿（Santayana；1866—1952）在罗马的逝世——把物质变为精神，把人变为他的创造：“仿佛他以形象和思想的外壳所说的一切都在实现”，而且这位哲学家的精神遗产与永恒之城仿佛融为一体：“罗马的风貌就是这幸福的源泉”。尽管布罗茨基大体上重复了城市的风貌即心灵的风貌这一主题（诗节Ⅸ及以下），然而这个主题在«Einem alten Architekten in Rom»中却具有悲剧性的讽刺特征，因为该城市并非永恒的，只能在想象中恢复它的原貌，于是求助于“建筑师”。与史蒂文斯这首诗的其他类似之处请参见《美好时代的终结》的注释（№ 87）。与史蒂文斯这部诗集的其他类似现象可参见《烛台》的注释（№ 50）。

сверхзоркий Цейс.（超视距的蔡司。）著名的德国光学仪器厂制造的蔡司牌望远镜。布罗茨基在回忆童年时，历数父辈从德国带回来的战利品，首先提到的珍品就是蔡司牌望远镜（*СИБ-2*. T. 6. C. 13）。

на скромный бюст/Суворова ты смотришьс о смущеньем.（你望着苏沃洛夫/朴素的半身雕像心怀愧疚。）光荣的俄军统帅 A. B. 苏沃洛夫的纪念碑，40 年代末具有象征意义地树立于加里宁格勒的底座，而从这个底座上拆除了普鲁士国王弗里德里希一世的纪念碑。

Клен выпускает перный клейкий лист.（槭树吐出第一片黏性的新叶.）这一行大约是通过字母换位构成德国作家克莱斯特的名字“Клейст”（*Бар-Селла 1982*. С. 226）。也许还有别的历史人物的名字“隐藏在”«Einem alten Architekten in Rom»的诗行之中，就像鬼魂隐藏在废墟里一样：诗节Ⅳ列举建筑物装饰中被损坏的细部——“Аканты，нимбы，голубки，голубки，/атланты，нимфы，купидоны，львы...”，其中就可以看出康德的名字“Кант”和字母换位所构成的霍夫曼的名字“Гофман”。相反，直接提及康德的片段没有收入正文（*РНБ*；见上）。

Ich liebe dich〈...〉Ich sterbe（德文）——“我爱你〈……〉我要死了”。

69. Письмо в бутылке（《玻璃瓶里的信》）*ОВП*. 被收入*НСКА*。在*МС*中有副标题“Entertainment for Mary”（“为玛丽消遣而作”）。手稿——*РНБ*。

《玻璃瓶里的信》——四篇概况作品的第二篇，这些作品涵盖了意识形态领域的一切。第一篇是叙事诗《游行》（1961；全文见*СИБ-2*. Т. 1. С. 79－133），曾在私自出版物中风行一时，不过后来作者自己斥之为“信口开河”，只因作者年轻才可以原谅（*Волков 1998*. С. 318）。抒情讽刺风格的《玻璃瓶里的信》介于抒情的《游行》与怪诞的《演剧》（1980；*392*）和«History of the Twentieth Century»（*CP*）之间。《玻璃瓶里的信》的构思无疑受到赫尔曼·梅尔维尔的象征主义哲理小说«Моби Дик，или кит»（《白鲸》，俄文版初版于1961年）的影响；另参见《新的儒勒·凡尔纳》的注释（№ 279）和《你，吉他形的东西，带着蓬乱的丝弦之网……》的注释（№ 259）。在*МС*中有副标题“Entertainment for Mary”（英文，“为玛丽消遣而作”）。布罗茨基在谈话中把自己的作品称为轻松的“消遣”体，看来他是仿效格雷厄姆·格林（Graham Green）把自己的作品划分为严肃文学和消遣文学。例如，有一次他与注释者谈话时把稍晚的马里诺诗风的作品《新的儒勒·凡尔纳》（1976；№ 279）也界定为“消遣”文学。

《玻璃瓶里的信》的主题分析，请参见 *Loseff 1990*. P. 36－38。

физики «вектор» изобрели,/Нечто бесплотное, как душа.（物理学家发明了“矢量”，/某种像魂灵一样无形体的东西。）虽然在日常传统修辞的用语中“вектор”这个词用于“方向”的意思，布罗茨基却为了同魂灵做比较而使用它更确切的数理概念的含义。

Левиафаны.（利维坦。）“……圣经故事中的海兽，被描写成鳄鱼、巨蟒或可怕的怪龙。〈……〉对利维坦的最详尽的描写见约伯记（第四十章）。〈提及利维坦通常会涉及〉弥赛亚和启示的主题”（М. Б. Мелах，Н. Ш. Левиафан//Мифологический словарь/Ред. Е. М. Мелетинский. М.: Советская энциклопедия, 1990. С. 308）。英国哲学家霍布斯在以“利维坦”（1651）为标题的论文中论证国家的绝对主权（参见《关于泼出的牛奶的讲话》的注释，№ 80）。阅读《玻璃瓶里的信》也要考虑到霍布斯的寓喻。

весельчак-капитан Улисс.（快乐的大尉尤利西斯。）这里给予尤利西斯（奥德修斯）大尉的称号，并加上修饰语“快乐的”，令人联想起 Н. С. 吉洪诺夫的诗《劳伦斯》，这首诗是献给英国的传奇军官的，其结尾是：“他是快乐敏捷的奥德修斯，/大地的浓烟在升腾，/在他的道路上高悬着，/自由之星的伟大星座”

(Н. С. Тихонов. Тень друга. Л.: ГИХЛ，1936. С. 80)。请比较引自吉洪诺夫的最后一行和布罗茨基对与尤利西斯相对照的深居简出者的讽刺性描述："他用脚尖踢着星空"。布罗茨基的好友Е. Б. 赖恩（参见 *Рейн 1997*. С. 119－128）和诗人、语文学家Л. Н. 切尔科夫都醉心于吉洪诺夫 1950—1960 年代的创作。

смит-вессон——射击武器的商标。

с цезием в пятке（*вернее в сопле*）.（脚后跟里有铯［不如说在喷口里］。）讽刺性地描述未来的宇航员（因为铯——放射衰变的产物——是从导弹的喷口出去，就是说，导弹是用核燃料工作；说"在喷口里"当然是打趣）。解释者 В. Р. 马拉姆津。

певец，что напрасно лил/на волны звуки.（而那位歌手，徒劳地/向海浪上倾泻着歌声。）很可能是指希腊的传奇诗人阿里昂，据传他受到强盗迫害，不得不投海自尽，被一只海豚所救（参见普希金的诗《阿里昂》，1826）。也可能是在暗示奥维德对可怕的暴风雨的描写（《哀歌》，第 1 卷，第 2 首哀歌），布罗茨基在流放期间自比为奥维德（参见«Ex ponto»，№ 489）。

до Нютона Шекспир открыл.（莎士比亚在牛顿之前就已发现。）不清楚作者想说的是什么。把帆比喻为翼，这是在牛顿物理学研究著作出现之前很久就流行于欧洲诗歌中的套话，而在莎士比亚的作品中却不曾有过（参见莎士比亚作品索引：http：//williams. az. us/writers/library/shakespeare/concordance. html）。

«Генерал-адмирал/Апраксин».（"海军元帅阿普拉克辛号"。）俄罗斯的铁甲舰，1990 年初在波罗的海哥特兰岛附近失事；在救援行动中首次实际使用 А. С. 波波夫（见下）发明的无线电通信设备。

гюйс——舰首旗。

ют——后甲板。

«воронье гнездо»——桅杆上的瞭望台。

Ундина——欧洲神话中的美人鱼；此处指美人鱼的雕像，是舰首的装饰。

бушприт——艏斜桁。

На азбуке Морзе своих зубов.（用自己的牙齿发出的摩尔斯电码。）美国著名画家塞缪尔·摩尔斯（1791—1892）发明的电码，以长短（音响信号、闪光、手旗信号或印刷的点和横线）的一定组合代替字母和数字；在现代电子传播工具出现之前曾广泛地应用于航海。

Попов, и 〈...〉 Маркони.（波波夫，和〈……〉马可尼。）A. C. 波波夫（1859—1906），俄罗斯科学家，1895年制造了第一部无线电收音机；波波夫发现无线电的优先权是斯大林时期爱国主义宣传的主导话题之一。西方认为，无线电的发明者是意大利物理学家马可尼（Marconi；1874—1937），他在1895年就首先成功地实现了无线电通信。

привет пошлю с голубком.（我要让鸽子带去我的敬意。）参见《喷水池》的注释（№ 61）。

Линдберг（林德伯格）（Lindbergh；1902—1974）——1972年有史以来第一个完成横越大西洋不着陆飞行的美国著名飞行员。

Эдисон, повредивший ночь（毁了黑夜的爱迪生）（Edison；1847—1931）——美国著名发明家，他的发明中有首先使用的电灯（1879）和供电系统（1881—1882）；在争取"俄罗斯优先权"期间，爱迪生的每项发明都找到了俄罗斯的先驱者。

Фарадей（法拉第）（Faraday；1791—1867）——为电学研

究作出重大贡献的英国科学家。

Я тьму вытесняю посредством свеч, /как море — трехмачтовик.（我用烛光挤走黑暗，/正如三桅船让海水流动。）隐喻（光驱离黑暗）的基础是阿基米德发现的流体静力学基本原理（参见《致一位女诗人》的注释，№ 67）。

мы, конюх, сражаемся в преферанс.（我们和饲马员在一起打牌。）这是原文括号中的文字，使人想起作者的现实环境——诺林斯卡亚村；因此牌友是饲马员。

и «пулю» чертишь пером ты.（你又用笔写下“пуля”。）«Пуля» 或 «пулька»（来自英语的 *pool*）——打牌输赢的记录。

отец франциск 〈…〉 сие-*стигмат*（圣弗朗西斯……сие 就是——圣斑。）阿西西的圣弗朗西斯（1182—1226）在死前的两年间获得了圣洁的标识圣斑，即他的身上出现了钉在十字架上的基督身上的那些伤疤。

Цейс.（蔡司。）参见«Einem alten Architekten in Rom»的注释（№ 68）。

Доктор Фрейд, покидаю вас, /сумевшего 〈…〉 над речкой души перекинуть мост, /соединяющий пах и мозг.（弗洛伊德医师，我要离开您，/此人能……在心灵的小河上架起桥梁，/连接鼠蹊和大脑。）在关于弗洛伊德的两次谈话中，布罗茨基说，年轻时曾读过波兰文的弗洛伊德著作，凭记忆摘引《梦的解析》第5章的趣闻（詹姆斯·赖斯报道）。布罗茨基承认西格蒙德·弗洛伊德（1856—1939）拓展了我们对人的观念，同时追随阿赫玛托娃，保持对弗洛伊德主义的怀疑态度（布罗茨基：“阿赫玛托娃说，弗洛伊德是头号敌人”；*Интервью 2000*. С. 567）。他特别反对弗洛伊德关于艺术活动是性本能的升华的学说，讲什么性

欲旺盛和艺术活动的积极性同为人的创造潜能的张扬（同上，C. 567－568）。另参见《戈尔布诺夫和戈尔恰科夫》的注释（№ 74）。

«терять, ей-ей, /нечего, кроме своих цепей».（“是呀，是呀，没有什么可失去的，除了自己的锁链”。）卡尔·马克思《共产党宣言》中和弗里德里希·恩格斯的名言：“无产者除了自己的锁链，什么也不会失去……”

граф Толстой, /любитель касаться ногой травы.（托尔斯泰伯爵阁下，/喜欢赤脚踏着青草。）暗示列夫·托尔斯泰对光脚的有名的描绘，或暗示“假车厢里的”节目中关于托尔斯泰的流行歌曲（“他不吃鱼，也不吃肉，光着脚在村子里走来走去”），注明的日期是 1947—1951 年，还被收入大学生的口头创作集。

Альберт Эйнштейн.（阿尔伯特·爱因斯坦。）这里提及相对论的创立者爱因斯坦（1879—1955），是因为他改变了时空观念（时间是波浪，而空间是鲸鱼）。另参见《源自阿尔伯特·爱因斯坦》（1994；№ 444）。

Бойль-Мариотт.（波义耳-马里奥特。）因为一条物理定律在英语国家被称为波义耳（Boyle；1627—1691）定律，而在法国被称为马里奥特（Mariotte；1620—1684）定律，在苏联学校里被称为波义耳-马里奥特定律，布罗茨基戏谑地把他们说成一个人。

Кеплер, поднявший свой лик к луне.（抬头望月的开普勒。）约翰尼斯·开普勒（Kepler；1571—1630），德国天文学家，发现太阳系行星运行定律并测算其运行轨道。开普勒对天文学的兴趣是在童年观察月食后产生的。他用生前最后 10 年所撰写的论文《梦》是从月球观察者的视角描绘天体现象。

Мендель в банке（试管里的孟德尔）（Mendel；1822—

1884)。孟德尔——奥地利神父，研究遗传机制的科学家；他的著作是现代遗传学的基础。在声称遗传学是资产阶级伪科学的斯大林时期，孟德尔和其他遗传学家往往在漫画中被画成曲颈甑和试管里可怜的小矮人，强调他们脱离“实际”的唯心主义。

Дарвин с костьми/макак.（有猕猴四肢/的达尔文。）——暗示达尔文主义庸俗化的定义：“人是猿变来的”。

возвращая язык и взгляд，/к барашкам.（把舌头和视线/还给……小绵羊。）—— 口语“我们回到绵羊那里去吧”的迂回说法；（这句口语译自法语“retournons *à* nos moutons”，原用于下面提到的弗朗索瓦·拉伯雷的作品《高康大和庞大固埃》）；在这里也是双关的俏皮话：“барашки（小绵羊）”——海浪泡沫飞溅的浪尖。

некий Швед/спасет от атомной бомбы свет.（某个瑞典人/能挽救世界免于原子弹的伤害。）有人推测，指的是1953年起任联合国秘书长的达格·哈马舍尔德（1905—1961），不过在布罗茨基写这首诗的时候，哈马舍尔德已去世三年。可能是指阿尔弗雷德·诺贝尔，每年就是以他的名义授予和平奖。

желтые тигры.（黄老虎。）诗写于苏中关系紧张时期；“纸老虎”（狂欢节的玩偶）在中国的政治语言中是一个通俗的象征，指外表可怕，其实虚弱的敌人。

«блюдца» украсят сервис небес.（碟子点缀着天上的餐桌。）关于从外星球来到地球的圆形宇宙飞船“飞碟”（比较《致阿赫玛托娃》这首诗中的“蛋形船”，№ 20）的传闻在60年代甚嚣尘上。布罗茨基以英语的仿造词“飞碟”（flying saucer）代替俄语的“盘子”。

Кант-постовой засвистит в свисток.（站岗的康德吹响哨

子。）这里赋予康德警察的职责，因为他详尽地论述了理性的局限性（首先是1987年《纯粹理性批判》中关于四个二律背反的学说）。

в Веймаре пусть Фейербах ревет: /«Прекрасных видений живой поток/щеачок выключателя непревет!»（就让费尔巴哈在魏玛叫嚣：/“美好神视的湍流不是开关的/咔嚓声所能中断的!”）路德维希·费尔巴哈（1804—1872），德国哲学家，认为神力将人性投射于有信仰的对象（“美好神视”）；他否定宗教的魂灵不灭论，把永生解释为别人对死者的怀念，不过他的学说包含人类永续的观念，因而永生的某种形式是存在的。不清楚，为什么布罗茨基要把费尔巴哈安排在魏玛，这位哲学家从来不曾到过那里。

как сказал перед смертью Рабле, /отправлюсь в «Великое может Быть».（像拉伯雷临终时所说的那样，/我要向“伟大的可能性”出发。）根据把法国作家弗朗索瓦·拉伯雷（1494—1553）想象为不可知论者的传说，他在死前说：“我要去探索伟大的可能性”。

две легкие шлюпки.（两只单薄的小艇。）把鞋比拟为小船，这种比拟就是直接展现语言的隐喻“туфли-лодочки（船形女鞋）”，参见《天使之谜》（№ 23）和«Сан-Пьетро»（№ 297）中相似的比拟。

Кливер. 艏三角帆。

подобный голландке, в полоску.（像水手服上衣一样有条纹）Голландка——蓝色大翻领，周边有白色条纹，是俄罗斯和其他国家海军平时穿的水手服。

брови, как крылья прелестных птиц.（眉毛，像美丽小鸟的

双翼。）比较曼德尔施塔姆的："有环形眉毛的雨燕"（《可以将赞美献给已逝的女子吗……》，1935；提示者 B. 波卢欣娜）。

Bottoms up!——"底朝天！"（英语），相当于俄罗斯的祝酒词"干杯！"（英语的意思是将酒杯倒叩，表示酒已喝干）。英语的这句话还表示船翻了个底朝天。布罗茨基在这里用的是语义双关，据说有一个反苏笑话，说的是丘吉尔当年向斯大林祝酒道："为红色舰队——底朝天！"（"To the Red Fleet — bottoms up!"）T. 文茨洛瓦证实，布罗茨基常说，这是芬兰人喜爱的祝酒词。

сказал бы Флинн. /тем паче, что мир, как в "Пиратах"...（弗林会这样说。/就像在《海盗》……）——埃罗尔·弗林（Flynn；1909—1959），好莱坞电影演员，因扮演惊险片的英雄人物而声名远播，40 年代末至 50 年代初可以在苏联的银幕上看到很多这样的惊险片，作为"在德国缴获的战利品"；在几乎完全没有国产惊险片的情况下，像《王国的海盗》（原名«The Sea Hawks»——《海鹰》）这样的电影曾在苏联的青少年中风行一时（参见布罗茨基的回忆：*СИБ-2*. T. 6. C. 15）。

что парная рифма нам даст, то ей/мы возвращаем под видом дней.（成双的韵脚所给予我们的，我们/便还之以日子的形式。）请比较《艾略特之死》这首诗中的"日历的韵脚"（№ 66）。

Alas!（英语）唉！

70. Новые стансы к Августе（献给奥古斯塔的新四行诗）*ОВП*. 被收入 *НСКА* 作为标题诗。草稿中注明的日期是 1964 年 9 月 3 日。

《献给奥古斯塔的新四行诗》与拜伦最著名的短诗《献给奥

古斯塔的四行诗》有关。拜伦对同父异母的姐姐奥古斯塔·李的爱情闹得社会沸沸扬扬，以致诗人被迫离开了英国。拜伦出走后不久，于 1816 年写了两首标题相同的诗——«Stanzas to Augusta»。其中的第二首更是风行一时，《献给奥古斯塔的新四行诗》正是与后者相呼应的。像拜伦一样，布罗茨基也将与离别有关的心情投影于自然界，不过如果说浪漫的先行者在自然界找到了支持（“荒漠里有泉水，可以饮用。/一棵小树挺立在光秃的山脊上，/孤单的鸣禽/整天向我歌唱着你”，译者帕斯捷尔纳克，1938），那么在布罗茨基的笔下，威胁诗人的是在又冷又难受的大自然中丧失自制力的危险。仅在最后的诗节中出现了希望，个性能在缪斯的庇护下得救而免于崩溃。诚如 В. П. 波卢欣娜对我们所说的那样："在 НСКА 中有的文字是与拜伦《献给奥古斯塔的四行诗》的帕斯捷尔纳克译文对应的：‘小鸟都飞走了……’——‘孤单的鸣禽……’；‘要是你在等候一个微笑……’——‘在微笑中我就能认出你来……’”。

关于这首诗中异化的主题参见：*Polukhina 1989*. P. 239－241，关于《献给奥古斯塔的新四行诗》的浪漫主义传统背景参见：*МакФадиен 1997*。

Во вторник начался сентябрь.（星期二，九月的开始。）1964 年的 9 月 1 日是星期二，因而下一个诗节提到的星期四是 9 月 1 日，这与草稿中注明的日期是一致的。

в болото, где снята охрана.（解除警戒的沼泽地。）参见《艾略特之死》的注释（№ 66）。

гоездо жулана.（红尾伯劳的窝。）—— 红尾伯劳是体型不大的鸣禽。

как та черта, каторую душе/не перейти.（好像灵魂不可逾

越的/那条线。）参见阿赫玛托娃："人与人的接近有一条神圣的界线，/那是恋情和激情所不可逾越的……"（《人与人的接近有一条神圣的界线……》，1915；提示者 B. 波卢欣娜）。

отруби ладонь мою, /как финн за кражу.（砍了我的手吧，/就像芬兰人因为偷窃而被砍手。）俄罗斯流传一种看法，一种误解，以为芬兰几乎是没有小偷的，因为那里会砍掉盗窃者的手。这里讲的是手的隐喻——"巴掌的感觉"。

Полидевк.（波吕杜克斯。）古希腊神话中勒达的儿子——孪生兄弟狄奥斯库罗之一的名字（另一个的名字叫卡斯托尔）。狄奥斯库罗兄弟是海员的庇护者，在船舶遇难时会进行救援。"朋友波吕杜克斯"——像兄弟、朋友一样非常亲近的人；请比较《立陶宛夜曲：献给托马斯·文茨洛瓦》中的"卡斯托尔身上隐约显现的波吕杜克斯"，其中的"Поллукс"是波吕杜克斯的拉丁化称呼。

в двадцать ватт/горит луна.（20 瓦/的月光。）使人联想起 B. 霍达谢维奇《抒情叙事诗》（1921）的诗句："我仰望灰蒙蒙的天空/看着有十六根烛光的太阳"。

71. Два часа в резервуаре（《容器里的两个小时》）*ОВП*. 手稿——*РНБ*.

《容器里的两个小时》是布罗茨基最风行一时的作品之一，作者在 1966—1972 年以及流亡国外的 70 年代经常当众朗诵这首诗。布罗茨基以粗俗的讽刺来诠释重大的宗教哲理问题，从而使浮士德题材回归民间创作的本源。这首诗的主题——不接受魔鬼的"德国"神秘主义，即与神或鬼一起"造人"的观念本身。在一份草稿中与"造人"直接对立的是另一种神秘主义——融化于

“存在之流、道之流”（*РНБ*），不过在定稿中作者不再推崇这样的道家学说，他在宗教信仰之外的基本要求是献身于自己的天赋——“宁可在天堂歌唱，不在音乐会上走调”，《容器里的两个小时》就是这么写的（优美的形似词错综格 *в раю/врать* 在这里形象地说明了诗的合法地位）。布罗茨基还喜欢套用奥登《纪念叶芝》（“时间会宽恕吉卜林和克洛代尔，因为他们善于写作”）的诗句：“上帝会因为某些人善于写作而宽恕他们”。

《容器里的两个小时》肯定是带有论战性的诗，因为对俄罗斯60年代精神生活有重大影响的事件无疑是托马斯·曼的长篇小说《浮士德博士》以及这位作家十卷作品集（1959—1961）的翻译出版，然后是M. 布尔加科夫的长篇小说《大师和玛格丽特》的问世（参见«Anno Domini»的注释）。“布罗茨基在流放前没看过托马斯·曼的作品。他本人曾在接受采访时谈到过这一点。《容器里的两个小时》的写作经过是这样的：1965年夏我把他所挚爱的《浮士德博士》邮寄给他。这也就成了写作的缘由。1990年我和约瑟夫在美国见面时，他也曾想起这一点，还半带疑问的口气说：‘该把这篇作品献给你啊……’”（引自Я. А. 戈尔金致注释者的信）。1991年布罗茨基曾这样谈到《大师和玛格丽特》：“我所能说的好话是，拼贴画还不错。再说了，在这些事情上，布尔加科夫与撒旦在一起寻欢作乐是对自己的异乎寻常的亵渎”（*Интервью 2000*. С. 564）。布罗茨基谴责并嘲笑被美化的恶魔性格是反潮流的，但不能说他在其不接受“迷信妖魔鬼怪”的斗争中完全孤立，А. И. 索尔仁尼琴也讲到了与布尔加科夫有关的“放荡地迷恋妖邪”（Бодался теленок с дубом. Очерки литературной жизни. Paris：YMCA-Press，1975. С. 259）。

像《以撒和亚伯拉罕》（№ 13）和后来的«Post aetatem nostram»（№ 96）以及某些其他作品一样，这里也有意把不同历史时代的特点混合在一起，像中世纪的博士应有的那样，这首诗中的浮士德是百科全书式的学者，他研究阿维森纳和盖伦的医学，与弗朗西斯·培根有书信往还，另一方面，他“在系队里打马球”，讲授近代科学——古生物学（“寒武纪，恐龙”），他穿着长裤，长裤的口袋里却有一把20世纪的手枪。

这首诗的词汇充满了蹩脚德语的措辞。他母亲从童年起就熟练地掌握了德语（参见：*LTO*. P. 464，485；*СИБ* - *2*. T. 5. C. 327，343），布罗茨基却知之甚少，他的日耳曼词语使人想起伟大卫国战争时期的滑稽短剧、讽刺歌、影片的那种腔调，它从那里流传到诗人同龄人的军事游戏中来。布罗茨基诗歌德文版的注释说，这是“俄语和蹩脚德语的混合物，就像俄军士兵在德国讲着完全走样的德语，还夹杂着依地语”（Jossif Brodskij. Einem alten Architekten in Rom. München：Wilhelm Heine Verlag，1977. S. 114）。布罗茨基不会依地语，但能听懂亲友交谈时的某些词语。这种语言风格也能由曾经风行一时并见于美国作家查尔斯·利兰（Leland；1824—1903）的美国诗歌选集《汉斯·布赖特曼的抒情叙事诗》的风格来提示。其中以幼稚的沙文主义态度嘲笑德国侨民的言语。另参见《莉莉·玛莲》的注释（№ 533）。

Заглавие（标题）。与在试管中人工培育雏人（歌德《浮士德》第二部）的方法有关。

Эпиграф（题词）。A. C. 普希金，《浮士德的一个场景》（1825）。

Не поддаваясь польской пропаганде，/*он в Кракове грустил о фатерланде*.（不屈从波兰的宣传，/他在克拉科夫思念法特兰

德。）在布罗茨基的诗歌地理上，克拉科夫是与妖法有关系的地方；在布罗茨基所译的波兰诗人加尔琴斯基（1905—1953）的诗《着魔的马车》中它就是这样的城市。中世纪在克拉科夫大学讲授的学科中就有妖法（说明者 T. 文茨洛瓦）。布罗茨基的手稿中保存着一个片段（译文?），其中提及抒情主人公在克拉科夫的所在地是黑猫协会（*РНБ*）。Я. 戈尔金在给注释者的信里说："克拉科夫在奥地利境内——18 世纪波兰分治后就是这样，而回归波兰已是 1918 年。那里有一座世界上最古老的大学，建于 1364 年。'不屈从波兰的宣传……'这句话是可以理解的，只要想一想，波兰人历来把克拉科夫说成自古以来的波兰城市，是被奥地利强占的。法特兰德—— 就是德国，因此主人公在奥地利会思念它。总之，很难说什么是奥夏所知道的，而什么只是他的猜测。"

о философском диаманте（哲学钻石）。这里指的是点金石，炼金术士认为点金石能把任何东西变为金子。

познавал картезианства сладость.（尝到了笛卡儿主义的甜头。）笛卡儿主义即笛卡儿（Descartes；1596—1650）的哲学；参见下面«когито эрго сум»的注释。

Клаузевиц（Karl von Klausewitz；1780—1831）（克劳塞维茨）——极著名的军事战略家。

когито эрго Сум. «Cogito，ergo sum»（拉丁文）——"我思故我在"，笛卡儿的名言（另参见《科德角的摇篮曲》的注释，№ 183）。

Меф-ибн-Стофель.（破坏者-伊本-撒谎者。）布罗茨基把歌德在《浮士德》中所用的恶魔的名字"阿拉伯化"，恶魔的很多名字中有一个是由希伯来语"мефиз"（"破坏者"）和"тофель"（"撒谎者"）构成的。

Неслышно с кухни входит идиш фрау. /В руках ее шипит омлет со шпеком.（女犹太人从厨房里悄然走了进来，/煎乳蛋饼夹咸肥猪肉在她手上嘶嘶作响。）“Идиш фрау”——女犹太人。请比较《一个半房间》中关于母亲的自传体随笔：“我看不见打开的门（她双手捧着钵子或两个平底锅，是怎么开门的呢？〈……〉）她又是怎么带着我们的午饭 — 晚饭 — 茶 — 甜点轻盈地走了进来。”（*LTO*. P. 456；*СИБ*-*2*. Т. 5. С. 322）

Готт штрафе Ингланд，*Лондон*，*Франсис Бэкон*.（上帝惩罚英国吧，伦敦，弗朗西斯·培根。）诗行的开头“上帝，惩罚英国吧”——第一次和第二次世界大战时期德国的宣传口号。B. P. 卡拉姆津讲了他的推测：这是一种双关语，德语的惩罚就其发音和书写法而言近似于街道。这样一来口号就成了地址——“上帝街，英国，伦敦”。

Фрэнсис Бэкон（弗朗西斯·培根；1561—1626）——伟大的英国人文主义哲学家，他所揭露的认识错误的四种基本类型（“种族假象”、“洞穴假象”、“市场假象”和“剧场假象”）是直接反对脱离经验的空洞议论和浮士德的神秘主义的。“在有了真正的物理学之后就不会有任何玄之又玄的东西，在物理学之外除了宗教就没有别的。”（Bacon. Works. London，1879. Vol. Ⅱ. P. 128）有趣的是，《容器里的两个小时》的主人公写了一封显然反对培根的信之后，晚饭吃的却是“煎乳蛋饼夹肥猪肉”这种典型的早餐食物。布罗茨基喜欢援引培根的警句：“希望——是好的早餐，却是不好的晚餐。”（参见，例如：Watermark. P. 29）这里还有语义双关的俏皮话：*司佩克-培根*（司佩克就是英语里的“培根”，熏咸肉，腊肉）。

Остановись，*мгновение*，*ты прекрасно*.（“停下吧，瞬间，你

多么美好”。）——参见《雅尔塔的冬日黄昏》和《苍蝇》的注释（№ 64，334）。请比较本诗第Ⅴ节和草稿片段（本注释的引言）关于生活急流的思考。

Томас Манн сгубил свою подписку.（托马斯·曼放弃自己的预订。）托马斯·曼的十卷作品集（1959—1961）是按预订销售的（参见上面引言中的戈尔金信件摘录）

Гуно（古诺）（Gounod；1818—1893）——法国作曲家，歌剧《浮士德》的作者。

Искусство есть искусство есть искусство（艺术就是艺术就是艺术。）这句话是肯定艺术的自身价值，借用了美国女作家格特鲁德·斯坦（Stein，1874—1946）著名诗行的荒诞派形式："玫瑰就是玫瑰就是玫瑰就是玫瑰"（«Sacred Emily»，1913）。

Ди кунст гехапт——艺术有……

дер дог（狗）。布罗茨基"翻译"俄文成语"在哪方面吃了一只狗"（意思是在哪方面成了行家），用德语冠词搭配英语词；德语的"狗"是 die Hund。

в Ибн-Сине и в Галене（伊本-西那和盖伦）。伊本-西那（阿维森纳；980—1037），阿拉伯哲学家和医生；盖伦（130—201），希腊解剖学家，生理学家和医生。

Есть мистика. Есть вера. Есть Господь. /Есть разница меж них. И есть единство.（有神秘主义。有信仰。有上帝。/他们之间有差异。也有统一性。）П. М. 比齐利在其《托尔斯泰作品中的生死问题》一文中表述了必须区分神秘主义和信仰的想法："只是要避免混淆'神秘主义'和'基督教'的概念。有基督教的神秘主义，也有著名的大神秘主义者又曾是伟大的基督徒；然而，要是把基督教理解为基督教神学的话，'纯粹的神秘

主义’和‘纯粹的基督教’是互相排斥的。神秘主义世界观是内在论的，基督教的世界观是超验的；前者力求克服创世主和上帝的造物的概念，而以某种最高理念所谓的大一统将这些概念包罗在内；对后者而言，这些概念是极限的”（引自列夫·托尔斯泰的书：pro et contra. СПб.：Издательство Русского Христианского гуманитарного института，2000. С. 480）。请将《上帝俯视，而人们在仰视》这首诗接下去所讲的内容与此作一番比较。比齐利接下去写道：“‘纯粹的’神秘主义哲学导致从基督教神学观点看来，它是不信神的”。比齐利的文章刊载于巴黎的杂志《现代论丛》（«Современные записки»，т. 36，1928）。据 С. 舒尔茨证实，布罗茨基在60年代上半叶曾看过全套《现代论丛》（*Шульц 2000*. С. 77）。

Но в сердце льстец отыщет уголок.（不过献媚者在心里会找到一席之地。）—— 引自克雷洛夫的寓言《乌鸦与狐狸》（参见《发扬克雷洛夫精神》的注释，№ 27）。“Льстец”（献媚者）——恶魔的传统名字之一。

Марло（Marlowee，1564—1593）——马洛，英国剧作家，悲剧《浮士德博士》的作者。

вальтер-клозет——双关的俏皮话，表示厕所（ватер-клозет）是自杀的地方。（*СИБ* 的两个版本中此处都误植为：ватер-клозет）。

«инкубус» ——中世纪观念中的恶魔，专在夜里与睡眠中的妇女交媾。

дас ист айне кляйне глобус —— 这是个小地球仪。正如文茨洛瓦所言，就是标题中所说的“容器”。显而易见的是不合理推理（须知恶魔并不是烧瓶），原因在于《容器里的两个小时》中

所有冒牌德语的正文都近似于故弄玄虚而弱化了句法联系和逻辑联系。

ивиковы злые журавли.（尹库布斯的那些凶恶的鹤。）在席勒的叙事诗《尹库布斯的鹤》（1797）中鹤揭发了杀人凶手。

из веймарского выпорхнув тумана.（轻盈地飞出魏玛的浓雾）魏玛是歌德和席勒居住过的城市。

И не спасла нас зоркость Эккермана.（爱克曼的机敏也救不了我们。）爱克曼（Eckermann；1973—1854）是《歌德生前最后几年的谈话录》（1836）的作者。

человеком — ницше.（人——尼采。）双关语，基于哲学家弗里德里希·尼采（Nietzsche；1844—1900）的又一个名字“忧郁的日耳曼天才”。

«Фелькиш Беобахтер». «Volkischer Beobachter»（《人民观察家》），希特勒德国民族社会主义党的主要报纸。

72. Остановка в пустыне（在旷野扎营）Грани. 1969. № 72. 手稿——*РНБ*. 这首诗布罗茨基写于1966年6月3日前，6月3日赠予A. Я. 谢尔盖耶夫作为生日礼物（*Сергеев 1997*. С. 442）。

利戈夫大街起点的圣德米特里·索伦斯基教堂曾为彼得堡的希腊天主教团体服务，是彼得堡知名的“希腊教堂”，是列宁格勒苏维埃当局摧毁的最后一座著名的宗教建筑物。1967年在它的原址完成了“十月”音乐厅的施工（当然，教堂几年前就被拆毁了）。布罗茨基觉得，这个野蛮行径在诡辩史上具有重大的象征意义，便使《在旷野扎营》成为标题诗。从《创世记》借用的穿过旷野并在旷野扎营的主题，几乎是布罗茨基全部创作的中心主题：从叙事诗《以撒和亚伯拉罕》（№ 13）到最后一部诗集的最后一篇，标题是《寄往绿洲的信》（1991；№ 417），其中表现了同一个主题的又一个变体。详细注释《在旷野扎营》的哲学史内容时（*Polukhina 1989*. P. 45－52），B. 波卢欣娜说，他的主题在艾略特《文化概念的定义札记》（参见《艾略特之死》的注释，№ 66）中得到了表达："如果基督教信仰完全消失的话，我不认为欧洲文化能存活下来〈……〉，基督教消失了，文化也就消失了"（请比较曼德尔施塔姆的话："凡是有文化修养的人都是基督教徒"；《语言和文化》，1921）。除了对处于特定理解的（参见 *Лосев 2006*，глава Ⅶ）希腊化时代和"野蛮亚洲"之间的歧路上之俄罗斯历史命运的冥思，《在旷野扎营》也包含着相当重要的个人认同祖国及其命运的主题——在这里起很大作用的是选择"我们"来表示抒情人物，从难于置信的"我们拆毁了希腊教堂"开始。

《在旷野扎营》彻底地实现了新的、"语义学"诗学原则，布罗茨基是在60年代下半叶转向这种诗学的。这里没有复杂的多层次的隐喻，而且总是较少转喻，关于实际情况的叙述是以谈话的风格进行的，然而词语暗含的附加含义却具有重要的意义。例如讲述教堂被拆毁的第一诗节的末尾三次出现了«безобразие»（不成体统）这个词的变体，通过联想暗示教堂被毁所失去的东西——образ（圣像），按东正教的信仰来说，这是通向神性之窗。因而 безобразие 不仅是苏联建筑艺术的评语，也是 без-образие（没有圣像），背弃上帝的见证。第二诗节提及（在履历上是符合实际的）对一个鞑靼家庭的访问，充满了诡辩史上的悲观情绪，第五和第六诗行中有关形容词的平行配置突显了持反对立场的希腊——*鞑靼*因素。

Теперь так мало греков в Ленинграде.（现在列宁格勒的希腊人那么少。）斯大林时期希腊人属于“受惩罚的民族”之列，很多希腊人为逃避迫害而隐瞒身份，改名换姓。

концертный зал на тыщу с чем-то мест.（有一千多个座位的音乐厅。）《十月》音乐厅共有 3764 个座位（《在旷野扎营》写于音乐厅完工之前）。

чугунной гирей.（铁锤。）Б. 霍季姆斯基说，他曾向布罗茨基指出这个错误，撞毁墙壁的大锤不是铁的，而是钢的，可是诗人拒绝修改（Борис Хотимский. Живой Иосиф//*Мир Иосифа Бродского 2003*. С. 377 - 378）。

от чего мы больше далеки: /от православья или эллинизма?（我们离什么更远：/是离东正教还是希腊化时代?）认为东正教的附加作用在于成为希腊化时代的文化向导，是俄罗斯白银时代人们所特有的观点。

73. Прощайте, мадемуазель Вероника（《再见，韦罗妮卡小姐》）*ОВП*. 手稿——*РНБ*。

在 *ОВП* 和最后几种集子里是“мадмуазель”，不过在作者认可的最后版本（*СИБ - 1* 和 *СИБ - 2*）里是现在这个词，发音不大准确，然而是称呼未婚女子的法语词“mademoiselle”的更传统的译法。写作时间不早于 1967 年 7 月的下半月，因为正文曾暗示埃及和以色列之间发生于六月初的所谓六日战争（参见下面的注释）。

诗是献给他最亲近的朋友之一，艺术学家兼艺术史家以及布罗茨基和其他俄罗斯作家的作品的法语译者韦罗妮卡・希尔茨（Véronique Schiltz）。献给她的还有《十月之歌》（№ 95）、

《1971 年 12 月 24 日》（№ 110）和《波斯人的箭》（№ 418）。这些诗里满是提及复活节、受难周和救世主经受十字架磨难的文字，在正文中直接或代码化地提及（“交叉［*скрест*ив——这个俄语词中的斜体部分即十字架］双臂”、“在所有的十字路口［пере*крест*ках——这个俄语词中的斜体部分亦即十字架］”等等）——这不只是现实生活中一次见面的日历般准确的标记，而且也是树立女主人公精神肖像的一种方式，她的名字获得称号绝非偶然：圣韦罗妮卡用自己的手巾为走向各各他殉难处的基督擦了脸，手巾上神奇地留下了救世主的面容。

Марс перемещается ближе к пальмам.（玛尔斯移到离棕榈更近的地方。）玛尔斯是罗马神话中的战神；讽喻意义：大多数战争都发生在南部地区。布罗茨基曾对托马斯·文茨洛瓦说，战争“成了小国的奢侈品”，——暗示 1967 年 6 月的阿拉伯 — 以色列战争。

как Бонапарт на Эльбе.（像厄尔巴岛上的波拿巴。）对流放在厄尔巴岛的拿破仑·波拿巴的标准描绘是双臂交叉在胸前。

когда придет Гавриил с трубою.（在加百列带小号来的时候。）天使长加百列的小号将预告最后审判的日子。

Назонов Калхас.（纳左诺夫·卡尔哈斯。）奥维德《变形记》第 12 卷提及预言家卡尔哈斯。

учить алфавит по Брайлю. /Безнадежно. Предметов 〈...〉 *на тебя похожих на ощупь в мире, /что называется, кот наплакал*.（等于按布拉伊利的方法学字母。/毫无希望。……好像在你身上触摸，世间称/这种事少之又少。）«Алфавит по Брайлю» —— 盲人书写系统，适用于触觉，“靠手指阅读”（请比较曼德尔施塔姆在他的诗《我忘了我想说的话……》，1920：“噢，

但愿还能羞愧地挽回有视力的手指，尝到凸面的喜悦……”）。

Ла Гарды тише.（静于加尔达湖。）Гарда（Lago di Garda）——意大利北部的加尔达湖，即布罗茨基在套用俄罗斯的俗语“静于水”。请比较《对话》：“他躺着，静于湖……”这座湖，而不是欧洲湖泊的其他什么特点引起了诗人的注意，因为他爱慕的罗马抒情诗人之一卡图卢斯的祖传庄园就在这里的湖岸上。加布里埃尔·邓南遮的别墅也在那一带地方，布罗茨基对他也有过兴趣，不过是一种嘲讽意味的兴趣。

много меньше раскинутых рук распятья. / 〈...〉 *эта находка певца хромого*.（远少于把张开的双手钉在十字架上的日子。/……瘸腿歌手。）“你向太多的人为拥抱而张开十字架上的双臂”，——见布罗茨基给予高度评价的帕斯捷尔纳克的诗《抹大拉的马利亚（2）》（1949）（参见：*СИБ* – *2*. Т. 7. С. 194 – 196）帕斯捷尔纳克童年从马背上跌下之后就有点瘸。

Лазарь/*был воскрешен*.（拉撒路复活。）约翰福音第十一章：41—44节。

речь о кресле/*ьолько повод проникнуть в другие сферы*.（关于安乐椅的谈话/只是向其他领域渗透的幌子。）参见《献给椅子》的注释（№ 267）。

стрекочет будильник под лампой.（灯下的/闹钟在持重地嘀嗒作响。）试比较献给同一个对象的《十月之歌》：《旧钟有规律地滴答作响的时候……》（№ 95；参见：曼德尔施塔姆的这个形象的言外之意）。

图书在版编目(CIP)数据

布罗茨基诗歌全集.第一卷.上/(美)约瑟夫·布罗茨基著;
娄自良译.—上海:上海译文出版社,2019.4
书名原文:BIBLIOTEKA POETA by Joseph Brodsky
(UKWYI) MS
ISBN 978-7-5327-7987-1

Ⅰ.①布… Ⅱ.①约… ②娄… Ⅲ.①诗集—美国—
现代 Ⅳ.①I712.25

中国版本图书馆CIP数据核字(2019)第038394号

图字:09-2012-802号

布罗茨基诗歌全集　第一卷　(上)
[美]约瑟夫·布罗茨基　著　娄自良　译
策划/冯涛　责任编辑/刘晨　装帧设计/小阳工作室

上海译文出版社有限公司出版、发行
网址:www.yiwen.com.cn
200001　上海福建中路193号
江阴金马印刷有限公司印刷

开本 889×1194　1/32　印张 15.5　插页 6　字数 258,000
2019年4月第1版　2019年4月第1次印刷
印数:00,001—10,000册

ISBN 978-7-5327-7987-1/I·4916
定价:98.00元